U0938477

JPC
HK

我手寫我口

中外人士廣東話書寫

(1585-1935)

李燕萍
片岡新 編著

目錄

上編　中國人的廣東話書寫

方志百科

文學作品

商業貿易

宗教信仰

語言學習

下編 外國人的廣東話書寫

字典辭書

文學作品

商業貿易

宗教信仰

語言學習

大眾生活

地方輿圖

報刊文章

前言

我們筆者二人，一個是教外國人廣東話的香港人，一個是在香港教中文語法的日本人。因為我們都對研究廣東話有興趣，所以先用了 20 年研究外國人用廣東話書寫的作品，近年又繼續研究中國人用廣東話書寫的作品。綜合研究的結果讓我們看到中外語言文化碰撞後擦出令人喜悅的火花。除了中文、日文、英文等文獻，我們還找到了法文、德文、西班牙文、馬來文等其他外語版本的廣東話作品，所以在研究過程中我們參考了很多書，也使用了一些外文翻譯工具。最後我們精選了 60 部 / 篇作品，希望讀者讀後能夠明白中外人士為甚麼用廣東話書寫作品，感受到中外語言文化碰撞後產生了怎樣的效果。

我們精選了 1535-1935 年這四百年間的作品，主要考慮如下：第一，1535 年之前，明朝史官記錄的廣東地方志資料不全，較難取得典型文獻；第二，1535 年之後的《廣東通志》幾經修訂，雖沒有甚麼特別之處，但在 1700 年《廣東新語》取得突破性的發展；第三，大多數用廣東話書寫作品的外國人是傳教士，1940 年後大批傳教士離開中國，再往後就沒有像之前那麼多的翻譯作品；第四，現代人能夠輕鬆地透過廣東話書寫作品瞭解 1935 年前廣東社會、語言、文化、生活的讀物不多，故輯錄起來，有一定文獻價值。

一、中國人的廣東話書寫

為了查證第一手資料，我們從香港各間大學開始搜尋，進而擴展到世界各國的大學和國家圖書館。結果發現，不少圖書館都有收藏早期以廣東話書寫的作品，並且在網上公開供大眾查閱。我們找到最早的相關作品是明朝《廣東通志初稿》（1535 年），其中記載了當時的廣東話，例如：用「大頭蝦」來形容冒失鬼、把中秋節剝芋頭稱作「剝鬼皮」。最著名的是《廣東新語》，它被後人美譽為「清初廣東百科全書」。

至於很多人熟悉的「木魚書」，我們也找到了現存最早的版本《靜淨齋第八才子書花箋記》（1713 年）。清朝至民國初年，大眾流行的娛樂，除了聽木魚歌、龍舟歌、南音、粵謳，民眾還會買「木魚書」，在家一邊看唱本，一邊自己吟唱，或者邀約三五知己一起演唱。此外，民眾喜歡聽街頭的說書人講故事，也喜歡看說書人編輯的話本《俗話傾談》。這些廣東話說唱文本本來是民間藝人的創作，經過文人的潤色甚至創作後，便隨之進入俗文學的殿堂，馳名中外，而且不少現代的大學圖書館都有收藏。

從中外交流的背景看，廣東長期以來都是中國對外商貿中心。即便在 1757 年，清政府實行「閉關政策」，仍開放廣東作為唯一通商口岸。中國商人為了與外國商人溝通，自創了「廣東番話」（一般稱為 Pidgin English）：在《紅毛番話貿易須知》中，一個英文字都沒有，只有中文，例如：「一」對應的「廣東番話」注音是「溫」。有研究指出，在 1830–1840 年間，為了滿足商貿需求，廣東出版了很多「廣東番話」的書籍。後來有中國人學會了英語，並且在怡和洋行做總買辦，編寫了《英語集全》，正式的商用粵英雙語教材如《英語不求人》才面世。從以下辭典的例子中，可以看到其中包含中英文和兩種拼音。

中文	廣東話拼音	英文	英文拼音（以粵語讀）
日	yat	sun	新

在宗教領域，除了有佛教主題的木魚書《觀音化銀》之外，天主教也用廣東話口語進行寫作，甚至有中國基督教教會領袖與德國牧師共同編修了《新約全書．廣東話》。

當時，有不少廣東人因為想「掘金」，便湧去「金山」（專稱三藩市，泛指美國）。由於這些廣東人不懂英文，很難融入當地社會，於是有作者編寫了《英語不求人》，來幫助華工。後來，因為「新金山」（專稱墨爾本，泛指澳洲）也發現了金礦，很多不懂英文的廣東人又奔赴澳洲。當地的華僑領袖為了幫助這些廣東人學習英文，編寫了《英文雜話　無師自曉》。這本書總共有 104 個廣告。如此多的廣告反映出，不僅作者可以用廣告費來出版教材，讀者看到廣告也會光顧那些銀行、律師樓及店鋪。再接著，有廣東人前往南洋謀生，當地馬來語不僅是馬來西亞的官方語言，在印尼、新加坡、汶萊等地方也通用。於是，又有中國人編寫了《馬拉語粵音譯義》，來幫助華工學習馬來語。而在歐洲，很多國家都說英語或者西班牙語，清末民初領事館的退休官員便編寫了《呂華英三國會話》（清朝稱「西班牙」為「大呂宋」，書名中的「呂」指西班牙文），教授廣東人西班牙語。

除了廣東人學習外語，相對應想要學習廣東話的外交官、外國傳教士、外國商人也越來越多。故而，教外國人廣東話聽、說、讀、寫的教材應運而生，例如：《粵音指南》、《你噲講唐話咩》、《六百字粵語雜句》。

當時大多廣東老百姓的教育水平較低，清末華人傳教士王炳耀首創《拼音字譜》來教平民學習拼音。也有教育家編寫《粵東白話二論淺解》、《婦孺譯文》，用廣東話來解釋文言文。其他用廣東話口語書寫的作品還有兒歌、謎語、廣東話流行曲，以及宣傳革命的廣東話報刊《廣東白話報》等。

綜上，我們精選了 30 部作品，作為本書的上編「中國人的廣東話書寫」，其出版時間跨度為 1535–1907 年，主要包含八類：方志百科、文學作品、商業貿易、宗教信仰、語言學習、大眾生活、語文經典、報刊文章（編者按：部分類別有交叉）。

二、外國人的廣東話書寫

除了中國人之外，從 19 世紀開始，外國人因為要與廣東人進行商貿往來，初期學習廣東人自創的「廣東番話」已經無法滿足溝通需求，例如：chop 指「店主的單據」，也指「給官員的報告」等。馬禮遜（Morrison）本來是傳教士，由於清朝「禁教」，所以只好在英國東印度公司改當翻譯員，才得以居留。東印度公司貨物種類繁多，與廣東商人溝通困難，便讓他想辦法解決。馬禮遜用廣東話口語和自創的羅馬拼音系統，編寫了 *A Vocabulary of the Canton Dialect*（《廣東省土話字彙》），例如：

英文	漢字（廣東話）	拼音（廣東話）
beer	卑酒	pay tsǎw

馬禮遜這本辭典在 1828 年由東印度公司出版，有效地幫助了外國商人與廣東商人進行溝通。另外，還有一部 *The 'Fan Kwae' at Canton Before Treaty Days 1825-1844*（《廣州番鬼錄》）記錄了當時外商只可以在「十三行」做買賣的情況，以及對在廣東生活的懷念。

此後，歐美基督教傳教士不斷前往廣東傳教。同樣鑒於廣東平民教育水平較低，傳教士主要用廣東話書寫的文體來編譯宗教讀物，其間夾雜一些白話文和文言文，例如：聖經、主禱文、使徒信經、十誡。至於向兒童傳教的讀物，除了把詩歌、聖經故事翻譯成廣東話外，還很注重教育通用知識，例如編寫《幼學保身要言》，教導幼兒保健知識，助力孩童健康成長。而且為了讓孩童易於學習，還借鑒中國《三字經》的形式，以每句四個字編寫《幼學四字經》，教導孩童中國倫理道德、鄰近國家情況、社會常識及基督教教義等。

在語言學習方面，有英國人、美國人、法國人、德國人、日本人等學習廣東話的教材。比較特別的是，日本人由於急於學習英文以推進改革，便將廣東人編寫的《華英通語》加上日文，出版了《增訂華英通語》。在文學方面，有外交官將《伊索寓言》翻譯成了文言文及加注廣東話拼音。在大眾生活方面，則有英國人用英文翻譯了一本中文老師編寫的關於中國文化的對話錄：*Dialogues in the Canton Vernacular*，涵蓋儒家、佛教、道教、教育、文字、學習、婚姻等內容。令人意想不到的是，一些外國人竟然還會用廣東話翻譯中國聖旨，編寫西餐食譜，繪製中國地圖等。此外，我們還發現，有些外國人收集廣東植物名稱、兒歌、歇後語之後，投稿到當時的一份英文期刊 *The China Review*（《中國評論》），成為不可多得的外籍視角的廣東話書寫文獻。

就此，我們在本書下編「外國人的廣東話書寫」中列舉 30 部作品，時間跨度為 1828–1934 年，主要包含八類：字典辭書、文學作品、商業貿易、宗教信仰、語言學習、大眾生活、地方與圖、報刊文章。這些作品的翻譯者及編撰者的國籍包括英國、美國、德國、法國、意大利、日本等。他們的職業除了傳教士之外，還有漢學家、外交官以及在廣東工作、從商的人士。

廣東人與外國人接觸、往來的過程中，雙方大多都用廣東話口語溝通，並用廣東話口語來書寫通俗作品。本書不僅介紹了 60 部中外廣東話作品，還分析了當時所記錄的早期廣東話語言特色、社會風貌和民生百態，讓讀者可以在短時間內瞭解廣東話書寫的歷史，以及中外語言文化交流碰撞擦出的火花。

最後，感謝各大圖書館及學界友好提供了珍貴的文獻材料，為筆者的研究帶來極大便利。因文獻版本眾多，本書在轉引過程中，如有疏失錯漏，懇請讀者方家不吝指正。

李燕萍　片岡 新

2025 年 5 月於香港

編者按：為呈現文獻原貌，本書引文、示例中的用字和拼音，儘量遵循相關材料的實際寫法；如確屬有誤或需要解釋的，則在行文中加以說明。

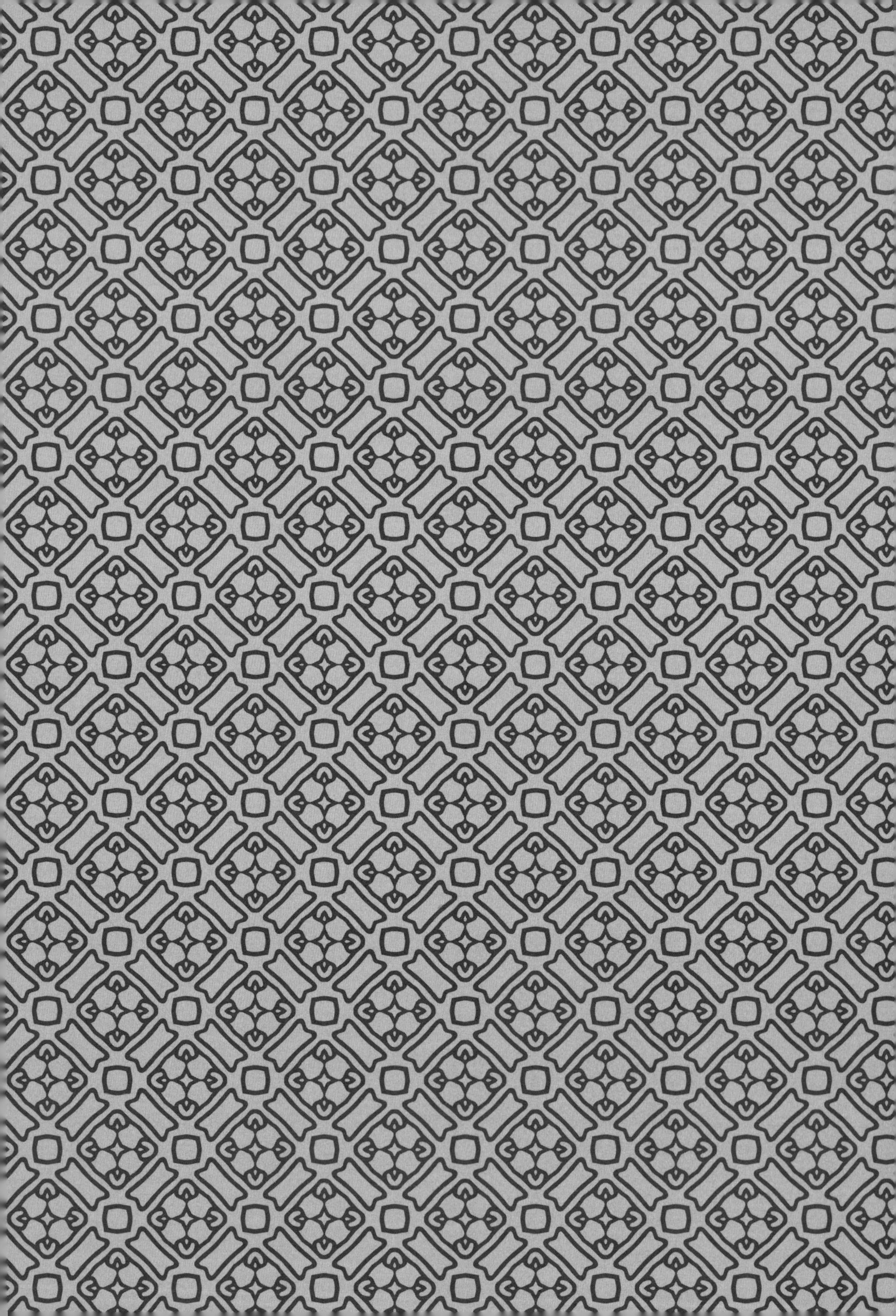

上編

中國人的廣東話書寫

01

《廣東通志初稿》——明朝廣東地方志

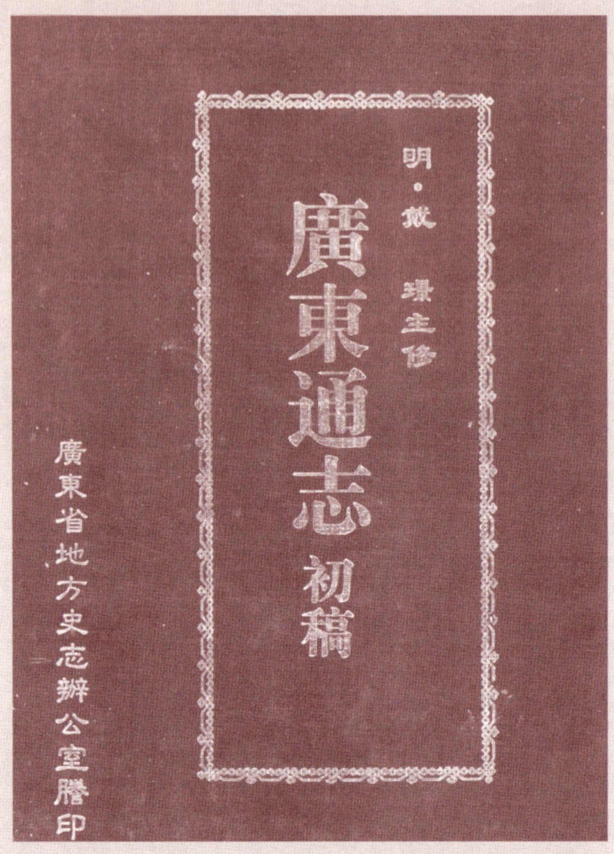

出版年份：明朝嘉靖乙未（1535 年）。

作者：戴璟，浙江人，博學多才，品德高尚。明朝嘉靖年間先後在江蘇和廣東為官，勤政愛民。著有《新編博物策會》、《廣東通志初稿》、《新編漢唐品藻》。

本文採用 1535 年重印版。全書分為前序、凡例、地理圖、目錄、後序，共 40 卷，分別介紹廣東的山川、政治、經濟、古蹟、人物、教育、禮教、風俗、土產、外族、建築、賑災、文學等。有些書卷又細分幾個小類。

一、文獻價值

明朝嘉靖年間，廣東尚無一本完整的地方志。此前相關文獻早已破舊失修，且未記錄當時廣東的資料。戴璟主編這本地方志，是想將當時廣東最新的資訊記錄下來，例如：第三十卷「番舶」就反映出當時鄰國仰慕中國文化，用大船運載珍貴禮品前來中國進貢的情況。

作者自認這本地方志編寫得不夠理想，所以在序言說明，書名要加上「初稿」二字，最後將書命名為《廣東通志初稿》，希望起到拋磚引玉的作用。正如作者所願，後來不斷有學者對這本地方志進行修訂，例如黃佐（1561 年）、郭棐（1602 年）、阮元（1822 年）等人，他們都將書命名為《廣東通志》。

許多學者原本都認為，最早記錄廣東話口語詞的書籍是明朝的「木魚書」，但目前找到最早的「木魚書」都是 1713 年的版本。而《廣東通志初稿》是我們目前發現的最早記錄有廣東話的書籍，出版於 1535 年，比學界找到最早的「木魚書」早了一百多年。

《廣東通志初稿》中的「方言」類與「時節」類都記錄了當時的廣東話。我們收錄《廣東通志初稿》，是因為它是《廣東通志》的首創版本，具有承先啟後的作用。後來屈大均認為《廣東通志》仍有很大的改善空間，這才促使他出版了《廣東新語》（1700 年）。這本書記錄了 16 世紀廣東的語言、文化、歷史、人文地理、地域政治等資料，是一本非常珍貴的文獻。

我們在香港教育大學圖書館找到了廣東省地方史志辦公室 2003 年重印的 1535 年初版。大家來看看大概五百年前的廣東話有甚麼特別之處吧！

二、作者「睇真啲」

由於《廣東通志初稿》受到不少批評，所以較少出版社和圖書館重印這本書。因為作者戴璟謙稱自己所寫的《廣東通志》為「初稿」，所以後人都將這本 1535 年出版的《廣東通志》稱作《廣東通志初稿》。如今，有些網站介紹《廣東通志》的作者是郭棐。然而，我們發現郭棐修訂版其實在 1602 年才出版。廣東省地方史志辦公室 2003 年考證後，確定戴璟才是《廣東通志》的原創作者。

三、廣東話特色「睇真啲」

第十八卷「風俗」中的「方言」類記錄了當時廣東話口語詞，有下面三種情況。

❶ 與現代廣東話相同

◉ 不曉事者曰大頭蝦

現代仍然稱「冒失鬼」為「大頭蝦」。

◉ 來曰黎

現代仍然稱「來」為「黎」，但改寫成「嚟」。

◉ 問如何曰點樣

現代問「如何」仍說「點樣」。

❷ 與現代廣東話部分相同

◉ 父曰爹曰爸

《廣雅》（227 年）說明：爹、爸，父也。現稱：阿爸 / 老豆 / 爹哋 / 爸爸。

◉ 母曰媽曰阿姐

《廣雅》（227 年）說明：媽，母也。現稱：阿媽 / 媽 / 媽咪 / 媽媽。

◉ 呼兒曰仔　其不儉者曰散仔

現代「散仔」指某組織的低級別人員，例如：海關散仔。

❸ 與現代廣東話完全不同

節錄自第十八卷「風俗」中的「方言」類。

矲	音矮，不高故矮也
	現代寫成「矮」（讀 ai²）。
氽	音酋，人在水上也（讀：游）
	19 世紀的文獻多寫成「泅」。現代寫成「游」（酋、泅、游均讀 jau⁴）。現代有個類似的字「汆」，與氽上下兩部分組合的字不同。「氽」的上面部分是「人」，「汆」是「入去」的「入」。 「汆」有兩個意思： 1.「潛水」（讀：mei⁶）；2.「飛水」，指食材要先放在水裏稍微煮一下，去除不潔的東西（正音讀 cyun¹；俗音讀 fei¹）。

<table>
<tr><td rowspan="2">𡗔</td><td>音魅，人沒入水下也（讀：未）</td></tr>
<tr><td>現代一般會說「潛水」，但也有人還說「未水」（魅、未均讀 mei^6），例如：穿潛水裝的人叫「未水銅人」。</td></tr>
</table>

以上三個由「上下兩部分組合」的古字，現今已經不用了。但是我們看到《戴志》記載的下面兩個字，現代廣東話仍然使用：

1）上面是「不」＋下面是「正」＝「歪」，例如：「歪理」（指不正的道理，歪讀 waai^1）、「借歪」（指有人阻擋前路時請他讓路，歪讀 me^2）；

2）上面是「不」＋下面是「大」＝「奀」（指瘦，讀 ngan^1）。

四、節日食物

第十八卷「風俗」中的「時節」類所記錄的節日習俗有些跟現代相同，如端午節舉辦龍舟競渡活動、過年之前進行大掃除、新年時四處張燈結綵並向親友拜年、重陽節掃墓與登高等。至於節日的食物與現代不同的，有以下幾個例子：

于門兒女戴朱書家付樂合香俗絲縷繫長者臂又與
插花皆曰辟邪江浙設龍舟競渡以效楚俗觀先後為
勝負勝者得賞武臣備弓馬挾刀挾箭會教場射柳以
演武事夏至屠狗食之謂之解瘟七月七日出衣服書帙
于中庭晒之有用六月六日其夜兒女聚集為乞巧會
中元用綵楮作冥衣備牲醴祀祖先而焚之有惑於佛者
或為盂蘭盆會二十五日郡人俊遊滿洞謂之訪仙以安
期生是日飛昇也他處未必同中秋具酒熟芋招邀賞月
或以麵作團圓餅以相饋或賞天南星剝食曰剝鬼皮九
月重陽食糕泛菊花采萸酒仍登墓謂之登高或十月登
墓是日惟載酒肴携親朋同登眺者十月儺數人衣紅服
持鑼鼓迎前騶擁入人家謂逐疫或儺於里社以禳大災
冬至亦相拜賀或遇風寒多具貲筵待客謂之便爐其
法具煖爐以魚肉蜆菜雜煮環坐而食十二月二十後數
席捐聚名曰分歲酒二十四日以竹枝掃除屋塵換爐灰
具酒菜祀竈君朝帝除夕換桃通夕飲團圓酒長幼咸集
坐守不寐謂之守歲夜分掛楮錢于門易門神桃符春帖
以灰畫弓矢象于道以射祟具香燭設果酒物食貿明

廣東通志卷十八　風俗　十四

◉ 夏至屠狗食之

「夏至」是一年中白晝最長的一天，在當時，人們會在這一天吃狗肉。有報導轉引山東大學調查顯示，廣西玉林仍然保留著「夏至荔枝狗肉節」這種民俗活動。然而，如今食用狗肉這種行為已經在社會上引發了很大爭議。

◉ 中秋節以麵作團圓餅以相饋或煮天南星剝食，曰剝鬼皮。

明朝時，每逢「中秋節」，家家戶戶都會用麵粉製作「團圓餅」用以送禮。「天南星」指的是「芋頭」，人們在煮芋頭時要連皮一起煮，煮熟後剝去芋頭皮叫做「剝鬼皮」。明朝人相信，這樣做可以「驅邪趕鬼」。到了清朝，《澄海縣志》(1764年）也有記載：「中秋節，士庶家以月餅相饋。用熟芋去皮食之，曰『剝鬼皮』。」如今，雖然在中秋節仍有人會吃芋頭，但已不再有「剝鬼皮」的說法了。

◉ 冬至遇風寒，多具「骨董羹」待客，謂之「便爐」。

其法，具暖爐以魚、肉、蜆、菜雜煮，環坐而食。

「骨董羹」是用魚、肉、蜆、菜等食材煮的羹，稱之為「便爐」。黃佐主修的《廣東通志》(1561年）把「便爐」改作「邊爐」。到了清朝，吃火鍋被叫做「打邊爐」。「打邊爐」這個說法，廣東人一直沿用至今。

五、廣東歌謠

以下兩首歌節錄自第十八卷「風俗」中的「音歌」。

◉ 民家嫁女集群婦共席唱歌以道別謂之歌堂。

上面這首歌是明朝時的廣東人嫁女前，邀請一些婦女一起吃飯、唱歌來道別的場景寫照。其實，早在南宋時期的《嶺外代答》(約1180年）就已經記錄了嶺南人在嫁女前一晚，一對新人要坐在廟前，女伴們唱歌來與之道別。中國有些地方有不同的習俗，比如《婦女風俗考》(1991年）記載，湖南女子出嫁前一晚，眾人會進行哭泣的儀式。這種「哭嫁」的習俗在廣西、湖南、山西等地也較為常見。

◉ 每耕種時鬥歌為樂。

明朝時期，多數人都以務農為生。耕種本就很辛苦，但一邊工作，一面與別人鬥歌，就能令人忘卻辛勞，心情變得愉快。我們認為，16 世紀的廣東人知曉通過「對唱」這種方式，將工作寓於娛樂之中，的確是個好點子。

六、中外交流情況

從第三十卷「番舶」的記載中，我們發現中外交流的開端之一是鄰國傾慕中國文化，前來「進貢」，之後中國才逐漸允許外國人到廣東做生意。由於商船帶來的外國商品極具吸引力，中外商貿往來日益頻繁，於是廣東建立起了海關制度，來管理中外貿易。例如：爪哇國（現今印尼中部）、暹羅國（現今泰國）與中國交流最為頻密，所以在進口課稅方面享受到優惠。到了 1757 年，清政府實行「閉關政策」，但幸好仍將廣東作為唯一通商口岸開放。

02

《廣東新語》——清朝廣東百科全書

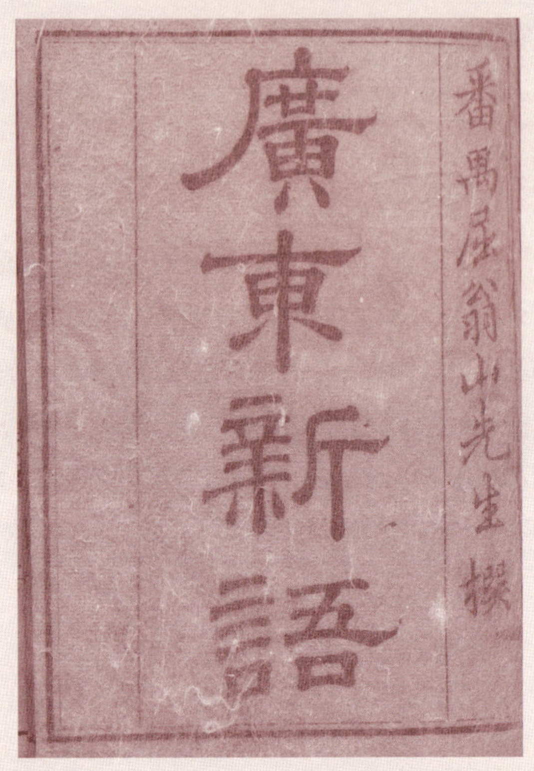

出版年份：清朝康熙庚辰（1700 年）。

作者：屈大均（1630–1696 年），廣東人。面對明末清初的改朝換代，加入反清軍隊多年。期間為躲避清軍追殺，曾出家為僧。喜愛旅遊，增廣見聞。被美譽為「嶺南三大家」之一，作品有：《翁山易外》、《翁山詩外》、《廣東新語》、《皇明四朝成仁錄》等。後人為了紀念他，在廣州番禺化龍鎮莘汀村興建了「屈氏大宗祠」。

本文採用 1700 年版。全書分為序言、卷，卷再分小類。介紹廣東的天文地理、語言文化、鳥獸蟲魚等特色。共 28 卷，每卷以「語」命名，有：天語、地語、山語、水語、石語、神語、人語、女語、事語、學語、文語、詩語、藝語、食語、貨語、器語、宮語、舟語、墳語、禽語、獸語、鱗語、介語、蟲語、木語、香語、艸語（草本植物）、怪語。每卷再細分小類，例如：第十一卷「文語」的「土言」類及第十二卷「詩語」的「粵歌」類，雖然多用文言文書寫，但是其中也使用了一些廣東話口語詞。

一、文獻價值

清朝康熙年間，《廣東通志》已經殘舊不堪，而且內容有很大的改善空間。屈大均編寫的《廣東新語》突破了傳統編寫「地方志」的規限，其內容範疇擴展到天文地理、語言文化、鳥獸蟲魚、文學藝術、人民生活等多個方面，讓人們能夠全面瞭解當時廣東的真實面貌。

《廣東新語》的另外一個特色就是記錄了很多第一手資料。作者喜愛旅遊，將親身考察後的所見所聞書寫下來。後人稱讚這本方志是「第一本廣東百科全書」，我們認為它當之無愧，因為它能夠讓後人從多個角度瞭解 17 至 18 世紀廣東的社會情況。到了 21 世紀，中外許多圖書館都收藏了這本書。如今，不僅能在網上找到電子版，書店也能買到重印版。我們看見大家不只在學術研究領域會引用《廣東新語》，就連推廣旅遊、宗親會活動、報章文章、中學生作業等也會用到它。這本書的影響力已經持續了三百多年。

有研究指出《廣東新語》初版的年份是康熙二十六年（1678 年）。我們找到德國巴伐利亞國家圖書館所藏的《廣東新語》1700 年電子版。收錄這本書，是因為它是目前我們找到最早記錄廣東話和廣東文化的第二本書，其中「文語」的「土言」類及「詩語」的「粵歌」類所介紹廣東話的口語詞組、廣東歌等例子，比《廣東通志初稿》更多，而且解釋得更為詳細，值得一看。

二、廣東話特色「睇真啲」

第十一卷「文語」的「土言」類記錄了當時的廣東話口語詞，我們歸納起來有下面三種情況。

❶ 與現代廣東話完全相同

◉ 廣州謂美曰靚

現代仍然稱「漂亮」為「靚」。

◉ 罵人曰鬧

現代仍然稱「罵人」為「鬧人」。

❷ 與現代廣東話部分相同

◉ 廣州謂新婦曰心抱

漢朝《方言》記載：「抱，耦也。」而「耦」指「配偶」。《廣東新語》記錄廣州人稱「媳婦」為「心抱」。現在「媳婦」稱為「心抱」或「新抱」，「抱」字反映了「婦」字的古音。

◉ 謂母……曰媽……亦曰毑。凡雌物皆曰毑

《康熙字典》（1710 年）記載：「毑，母也。」《集韻》（1037 年）記載：「毑本作毑，當以毑為正。」現代很多人將「毑」寫成「乸」，一般表示雌性，但也可以表示「母親」，例如：「兩仔乸」（兩母子）。

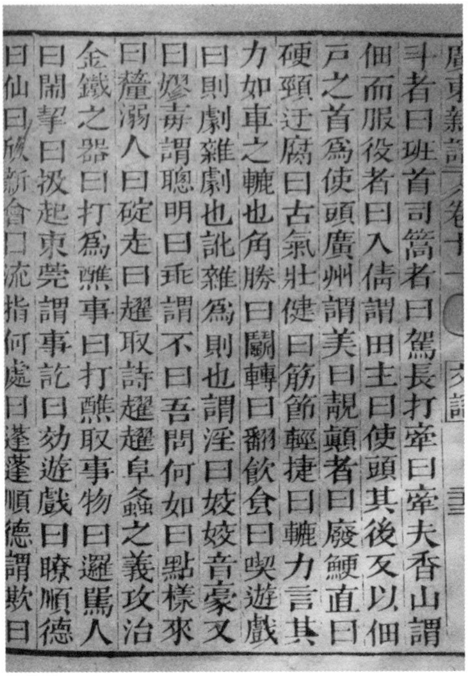
廣東新語　卷十一　文語
斗者曰班首司篙者曰駕長打牽曰牽夫香山謂佃而服役者曰入倩謂田主曰使頭其後又以佃戶之首爲使頭廣州謂美曰靚顛者曰廢鰋直曰硬頸迂腐曰古氣壯健曰筋節輕捷曰轆力言其力如車之轆也角勝曰鬬轉曰翻飲食曰喫遊戲曰則劇雜劇也訛雜爲則也謂淫曰姣姣音豪又曰嫪毐謂聰明曰乖謂不曰吾問何如曰點樣來曰獶溺人曰碇走曰趯取詩趯趯阜螽之義攻治金鐵之器曰打爲醮事曰打醮取事物曰邏馬人曰鬧挈曰扱起東莞謂事訖曰攰遊戲曰暸順德曰仙曰[illegible]新會曰流指何處曰蓬蓬順德謂歎曰

❸ 與現代廣東話完全不同

《廣東新語》	現代廣東話
小販曰販仔	小販
子初生者曰大孫頭	大孫、大孫仔、大孫女

三、17 至 18 世紀的風俗習慣

從第十一卷「文語」的「土言」類中可以看到當時有「猜燈謎」的風俗：

◉ 元夕黏詩藏謎，以示博物通微，曰打燈。

「猜燈謎」在中國有著悠久的歷史。廣東人「打燈」的說法，在《南越筆記》（1710 年）、《南海縣誌》（1833 年）中都有同樣的記載。「燈謎」由三部分組成：謎面（引導猜謎者思考的線索語句）、謎目（提示謎底所屬的範圍）、謎底（答

案）。元宵節晚上，出「燈謎」的人先將謎面（以前多為詩詞）貼在彩色燈籠上，讓大家一邊欣賞花燈一邊猜燈謎。如果大家都猜不出來，出題者才會說出「謎目」來提供提示，猜中的人會獲得獎品。這種益智的傳統活動能夠為元宵節增添節日氛圍，所以一直延續到了今天。

第二十七卷「艸語（草本植物）」類其中一項是「薑」。從中可以看到當時廣東婦女產後有吃薑醋的習俗。

◉ 凡婦娠，先以老醋煑薑……既產，則以薑醋薦祖餉親戚。

從以上記載可以看出，17 至 18 世紀廣東婦人從懷孕時就開始煮薑醋。產後，先用薑醋來祭祖。到了產後十二天，稱為「十二朝」，確認母子平安後，才把薑醋送給親戚。

有民間故事相傳，明朝時，有一個婆婆嫌棄媳婦沒有添丁，便將她趕出門。然而丈夫疼愛妻子，瞞著母親在外面找了地方安頓她。後來妻子懷孕生下孩子，兩夫婦煮了薑醋，帶著新生兒去見婆婆。婆婆見到男孫，吃了薑醋立即說：「好酸！好孫！」因為在廣東話中，「孫」與「酸」同音（讀 syun[1]）。這個大團圓的結局便使吃薑醋成為了廣東的一項習俗，延續至今。

四、廣東歌謠

以下的例子均節錄自第十二卷「詩語」的「粵歌」類。

◉ 粵俗好歌，凡有吉慶，必唱歌以為歡樂……其歌也辭不必全雅，平仄不必全葉，以俚土音襯貼之……或文或不文，總以信口而成。

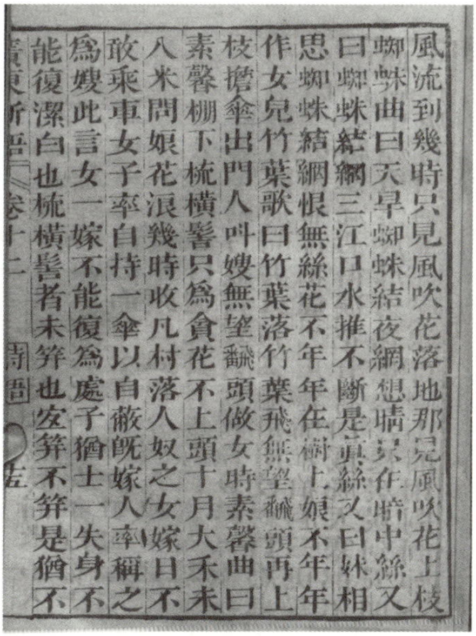

廣東人喜愛唱歌的歷史很長，以上清楚地說明了廣東歌填詞不必過於嚴格，可以加入口語，平仄也可以靈活處

風流到幾時只見風吹花落地那見風吹花上枝
蜘蛛曲曰天旱蜘蛛結夜網想晴只在暗中絲又
曰蜘蛛蜘蛛結網三江口水推不斷是真絲又曰妹相
思蜘蛛結網恨無絲花不年年在樹上娘不年年
作女兒竹葉歌曰竹葉落竹葉飛無望翻頭再上
枝擔傘出門人叫嫂無望翻頭做女時素馨曲曰
素馨棚下梳橫髻只為貪花不上頭十月大禾未
入米問娘花浪幾時收凡村落人奴之女嫁日不
敢乘車女子率自持一傘以自蔽既嫁人率稱之
為嫂此言女一嫁不能復為處子猶士一失身不
能復潔白也梳橫髻者未笄也宜笄不笄是猶不
廣東新語《卷十二 詩語

理。在當時，遇到喜慶之時，廣東人都會唱歌來助興。

◉《竹葉歌》曰：竹葉落，竹葉飛，無望翻頭再上枝。擔傘出門人叫嫂，無望翻頭做女時……女子率自持一傘以自蔽。

以上歌詞反映了當時女子出嫁已經有「擔傘」(現代說「擔遮」，即「撐傘」)的風俗，而且出身低下階層的新娘要自己「擔傘」。在現代，香港新娘出嫁那天仍然會「擔遮」，但不同的是，由大妗姐或伴娘為新娘撐紅傘。

◉ 有曰：「大姐姐，分明大姐大三年，擔凳井頭共姐坐，分明大姐坐頭邊。言女嫁失時也，妹自愧先其姊也。」

歌詞中的「擔凳」指「搬凳子」。我們乍眼一看，只不過是一首民歌，看到接下來編者的解釋，才知道這首歌寓意妹妹比姐姐早結婚感到愧疚。

五、地名

節錄自第十一卷「文語」的「土言」類。

地名一般由「專名」和表示地理條件的「通名」組成，例如：「馬鞍山」的專名是「馬鞍」，通名是「山」。《廣東新語》解釋了很多廣東一帶常見的通名，而這些通名至今還能在香港地名中見到，例如：

通名	《廣東新語》	現代解釋	香港地名
涌	謂港曰涌，涌，衝也，音沖。	李如龍（1998 年）：「涌」為小河汊，用作水道小河名，也用作村落名。	東涌、鰂魚涌、葵涌
嶺	稱山之有林木曰山，無者曰嶺。	饒玖才（1998 年）：「嶺」為山脈、山峰，長形山峰，通常樹木較少。	粉嶺、打鼓嶺
墟	粵謂野市曰墟，市之所在。	現代廣東話把「趕集」叫做「趁墟」。俗話說：「三個女人一個墟。」	大埔墟

03

《廣東俗語考》——民初註解廣東話口語詞來源的辭書

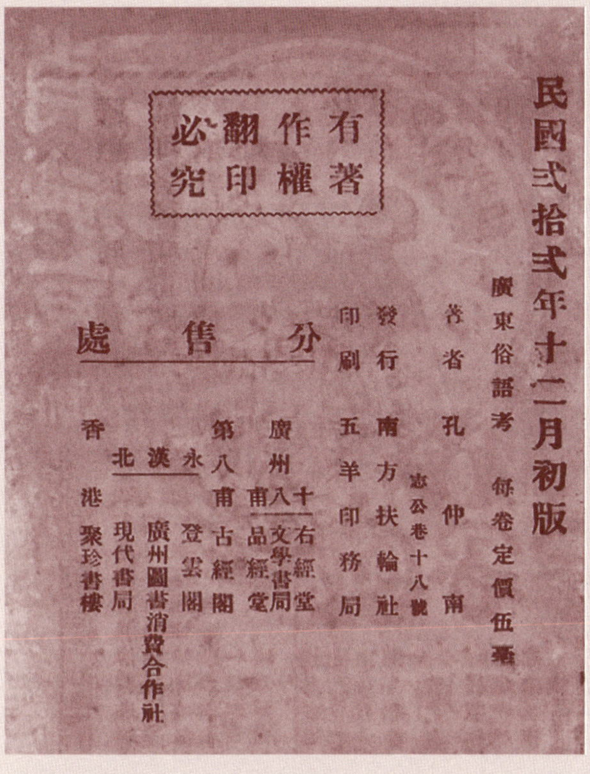
民國弍拾弍年十二月初版

廣東俗語考　每卷定價伍毫

著者　孔仲南

發行　南方扶輪社　志公巷十八號

印刷　五羊印務局

分售處

廣州　十八甫右文經堂　十八甫文學書局　品經堂

第八甫古經閣

永漢北　登雲閣　廣州圖書消費合作社　現代書局

香港　聚珍書樓

有著作權　翻印必究

出版年份：民國二十二年（1933 年）。

作者：孔仲南，生卒年不詳，廣東人。精通經、史、子、集。民國初年學者，主要研究廣東俗語來源。

本文採用 1933 年版。全書分為目錄、自序、凡例、廣東方言 16 卷、跋語（後記）、南方扶輪社啟示、17 個廣告。正文共 16 卷，分門別類介紹廣東話口語詞，並進行注音、解釋和標明出處。

目錄						
目錄	釋天時	釋地理	釋宮室	釋衣服	釋飲食	釋形體
	釋疾病	釋動作上	釋動作下	釋聲氣	釋性質	釋情狀
	釋疊字	釋名稱	釋器具上	釋器具下	釋動物	釋植物

一、文獻價值

雖然廣東人「我手寫我口」的傳統歷史悠久，但在日常生活中說的廣東話仍有不少難以書寫，於是自創了許多新詞。孔仲南考究廣東話口語詞多年，發現廣東話其實有不少口語詞不但能夠書寫，而且這些詞存在已久。

《廣東俗語考》是目前所見文獻中第一本將廣東話分類的詞典，出版至今將近一百年，但不少當年的廣東話口語詞現在仍在使用，例如：「口花花」（油嘴滑舌）、「生勾勾」（活生生地）。

隨著時代變遷，廣東話口語詞也在不斷演變。像 1933 年，人們還需要「更夫」來「打更」報時，而如今有了手機，隨時都能看時間，除了小朋友快到起床時間，家長可能會報時（比如媽媽叫起床時），基本上大家都不需要專門報時的人了。

這本辭典研究廣東話口語詞的本字。本字研究需要漢語音韻及語法演變的廣泛知識，從當下來看，雖然這本辭典的分析還不夠詳盡，但它給我們提供了廣東話口語詞書寫的參考資料及討論機會。我們在中國台灣華文電子書庫找到 1933 年初版，而香港幾間大學也藏有上海文藝出版社的 1992 年重印版。閱讀這本辭典，能讓我們瞭解當年與現今日廣東社會語言文化的異同 。

二、名稱

以下例子節錄自「釋名稱」。

◉ 妻妾：妻曰少奶。妾曰二奶。

中國 1903 年已經廢除「立妾」制度，但 1933 年出版的這本書仍然提到當時稱妾為「二奶」。由此可見即使國家廢除「立妾」，廣東不少男人仍然明目張膽納妾。到了 2000 年，政府特別針對處理「包二奶」的問題，宣佈對「包二奶」的男人治罪、重罰，此後這一社會問題才逐漸得到解決。

三、飲食

以下例子節錄自「釋飲食」。

◉ 簋音鬼，方器也。今人謂擺酒席間有九簋者曰九大簋。

「簋」是放食物的方形器皿，因筵席上有九道菜，所以叫「九大簋」。2024年香港有網絡節目介紹正宗的圍村盛宴「九大簋」。因為「簋」字比較難寫，所以也有人用同音字「鬼」來替代，寫成「九大鬼」。

◉ 裹蒸曰粿、豆去皮曰豆沙、蛋半熟曰溏心、餛飩音雲吞、以香料與鹽醃肉曰鹵味、以糯米粉作餅曰餈（音慈）。

以上提到的食物，如今「裹蒸糉」通常在端午節食用較多，類似平時去飲茶時吃的「糯米雞」或比較小巧的「珍珠雞」。至於「溏心蛋」、「雲吞麵」、「鹵味小食」、「糯米餈」（餈寫成糍）、「紅豆沙」等食物也仍然受很多人喜愛。

四、天時

以下例子節錄自「釋天時」。

◉ 早曰侵早、午曰晏晝、天將晚曰挨晚、中夜作食曰消夜。

從以上描述一天不同時段的詞，我們可以看到，過去與現在相同的口語詞有：「晏晝」（下午）、「挨晚」（黃昏）。「中夜作食曰消夜」指半夜吃夜宵。現在會寫作「半夜食宵夜／消夜」。與現在不同的口語詞有：「侵早」，指「早上」。現在廣東話會說「朝早」或「上晝」。

五、古字

以下例子節錄自「釋地理」。

	《廣東俗語考》第 13 頁：泅音游。「說文」浮行水上也。
	在 16 世紀的《廣東通志初稿》中寫成「汆」。在 18 世紀的《廣東俗語考》中寫成「泅」。現代辭典中仍能找到「泅」字，但實際應用上只使用「游」字，例如：「游水」。廣東話「泅」字讀游 jau^4。
	《廣東俗語考》第 13 頁：沒音味。「說文」沉也。
	在 16 世紀的《廣東通志初稿》中寫成「氼」。在 18 世紀的《廣東俗語考》中寫成「沒」。現代也用「沉沒」，但「沒」的讀音是 mut^6。指「沉」時，廣東話口語不讀 mut^6，會讀「未」（未 = mei^6）。廣東話「未水」指「潛水」。

六、重疊詞

以下例子節錄自「釋疊字」。

有些疊字跟現代相同，我們摘錄了幾個，並註明讀音及解釋：

	《廣東俗語考》	解釋
1.	黑﨤﨤	黑漆漆
2.	圓轆轆	圓圓的
3.	慌瑟瑟	慌慌張張的。「瑟」與「失」同音（讀 sat[1]），現在寫作「慌失失」。

七、動詞

以下例子節錄自「釋動作」。

《廣東俗語考》有三個意思相近的詞：「拈」、「拎」、「搦」。

	《廣東俗語考》	解釋
1.	拈	沒有注音。按照 19 世紀編的辭典，「拈」讀 nim[1]。
2.	拎	注音為「匿」，「匿」的廣東話讀音是 nik[1]，但是「拎」讀音應該是 ling[1]。
3.	搦	注音為「匿」（讀 nik[1]）。

《廣韻》：拈，取物也。拎音匿，持取也。搦音匿，以手持物曰搦。19 世紀外國人用廣東話書寫的文獻也有記錄「拈」、「擰」、「搦」這三個詞。「拎」（讀 ling[1]）是「擰」（讀 ning[1]）的變體。到了 21 世紀，「拈」字已經被「拎」、「擰」或「搦」取代了。

八、地理

以下例子節錄自「釋地理」。

除了《廣東新語》，《廣東俗語考》中也解釋了一些廣東常用的通名。

通名	《廣東俗語考》	其他書籍	現代地名
磡	地之企巖為磡。	《廣韻》：巖崖之下。	紅磡、大磡、橫頭磡
甽	田間水道曰甽。 通作圳，音震。	饒玖才（1998 年）：指河邊或田間水溝。	深圳

特別要介紹一個表示地方的詞「堵」：

《廣東俗語考》（1933 年）舉了一個表示地方的詞「堵」，並解釋：「個處為個堵」。「個處」是「那裏」的意思，現代廣東話寫成「嗰度」，而最近年輕人會寫成「果到」。「堵」（讀 dou^2）、「度」（讀 dou^6）、「到」（讀 dou^3）這幾個字雖然聲調不同，但都是廣東話的方位詞。

「度」在 19 世紀的外國人用廣東話書寫的文獻中很少使用，而用得最多的是「處」（讀 cyu^3）或者發音已經弱化了的「嘘」（讀 syu^3），例如：《廣東省土話字彙》（1828 年）寫成「個處」，《述史淺譯》（1866 年）寫成「個嘘」。

九、出版社啟事

南方扶輪社是當年出版《廣東俗語考》的出版社。《廣東俗語考》正文結束後有一則關於《滑稽文選幽默集》的啟事，體現了當時出版社與讀者之間的互動，「賞格」（酬金）機制展現了出版社的營銷智慧，類似於現在的「讀者徵稿」：

◉ 書中有幽默美人小照一幀，徵求該美人出處題詞，具有賞格：（一）「事實」：能將美人出處事實證明，贈袍金十元；（二）「題贈」：不拘文詞詩賦，取錄後分甲乙丙三等酬金，甲等十元，乙五元，丙一元。即在第二輯刊登揭曉後，請作者持密碼到本社領取可也。南方扶輪社啟。

十、廣告

在早期文獻中看到廣告的機會不多，比如清末民初出版的木魚書中能夠見到幾個成藥的廣告。

《廣東俗語考》第 75–78 頁可以見到大大小小總共 17 個廣告。廣告中佔比例最多的是關於「醫治奇難雜症的醫生」、「藥物」、「補品」的。另外還有「書籍」的廣告，例如：《分韻廣州八聲譜》、《孔夫子演義》。最不可思議的是，竟然有「酒店」的廣告。

這是我們第一次在以廣東話書寫的作品裏見到如此多的廣告。由此可見，當時出版社經營不易，通過賣廣告來增加收益不失為一個好方法。這本書註明在廣州有七個分銷處，在香港也有一個。我們認為這本書在當時應該比較受歡迎，正因為有這麼多分銷處，才會有這麼多人願意在這裏投放廣告吧！

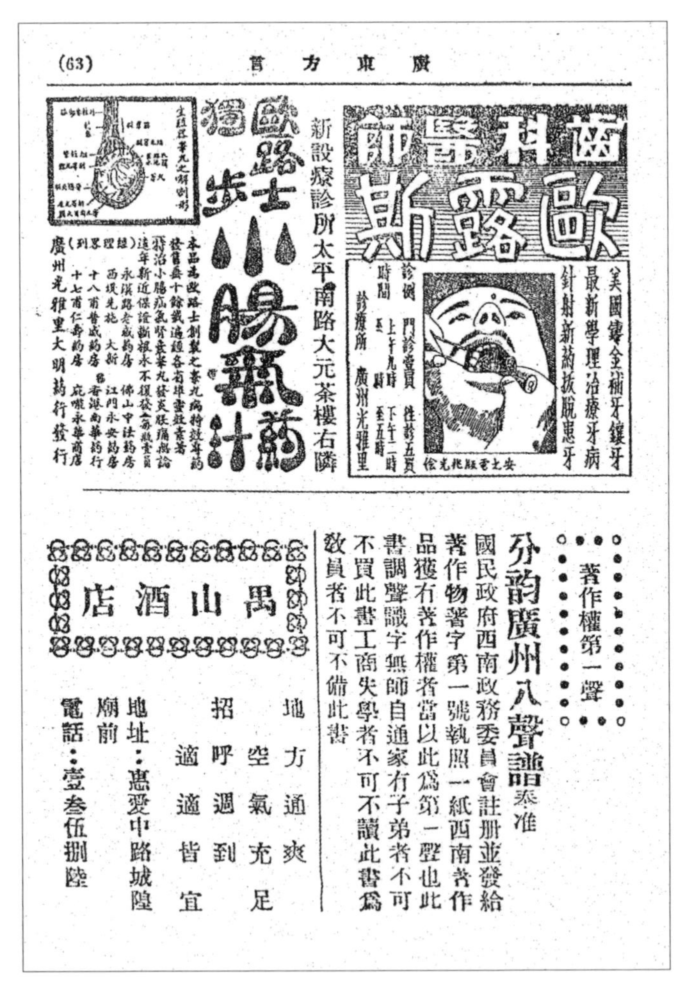

《靜淨齋第八才子書花箋記》——清朝馳名中外的木魚書

情子外集

第八才子花箋

靜淨齋藏板

出版年份：初版已經失傳。現存最早的是康熙五十二年（1713 年）版《靜淨齋第八才子書花箋記》。

作者：不詳。我們推測作者可能是明末清初的文人。當時的文人認為用廣東話口語詞寫作難登大雅之堂，故不願署名。

文學批評家：鍾映雪（1683–1768 年），字戴蒼，清朝廣東東莞人。把《花箋記》評價為「第八才子書」的文學家。他的書齋叫「靜淨齋」，所以其修訂版叫《靜淨齋第八才子書花箋記》（以下簡稱《花箋記》）。批點的書有《花箋記》、《二荷花史》等。作品有《四吟集》、《屑玉津梁注》、《史傳偶論》等。

本文採用 1713 年版。全書分為：序言、目錄、分目（小類）、故事。這個長篇故事共有六卷，59 回：

卷一	自序			
卷二	花箋大意	拜母登程	姚府祝壽	棋邊相會
	碧月收棋	梁生癡想	梁生問妗	步月相思
卷三	回府訴情	訪買書房	拜訪和詩	歸館相思
	主婢看詩	楊爺回拜	夫妻貪婿	遇婢陳情
	閨閣達情	復遇芸香		
卷四	主婢看月	花園復遇	對花自嘆	主婢私談
	誓表真情	舟中許親	差僕接主	柳陰哭別
卷五	回家見父	對月自歎	聞婚罵婢	房中化物
	聞爹陞任	托眷錢衙	復往長洲	聞爹遭困
	姚生勸試	同赴秋闈	天開文運	翰苑重逢
卷六	奏旨征（ ）	梁生被困	別妗解糧	芸香報主
	聞兒身喪	玉卿思節	梁生議計	劉府逼婚
	玉卿投江	提學救問	聞報尋屍	箭傳機密
	奏凱回朝	瑤仙聞喜	聖旨皆封	劉舅訴情
	聖旨為媒	奉旨迎親	龍爺奏婚	瑤仙勸娶
	雙鳳團圓			

【以上標題裏的（　）是當時因為避諱而留空。】

故事敘述癡情男子梁亦滄遇見夢中情人楊瑤仙，便展開猛烈追求。終於打動神女芳心，二人私訂終身。但是出現重重波折，兩人經歷不少苦難。最後皇帝賜婚，亦滄與瑤仙有情人終成眷屬。

一、文獻價值

清末民初，婦女不但喜歡聽賣藝者唱「木魚歌」，而且喜歡買木魚歌的唱本「木魚書」，在家裏歌唱。由於市場需求量很大，有不少印刷商應運而生。為了提高競爭力，一些印刷商就請文人潤色賣藝者創作的「木魚歌」，然後用木刻印製出售。但當時很多做潤飾甚至創作「木魚書」的文人，認為這份工作比較低下，他們只是為了討生活才不得已為之，所以往往都不願留名。後來「木魚書」由短篇發展到中篇及長篇作品，越來越多文人參與寫作，「木魚書」變成中上階層人士的讀物。

現今大家找到最早的「木魚書」是文學批評家鍾戴蒼批點的版本，例如：他稱讚作者編寫「一鈎新月光如水」這一句，雖然參考元朝詩句「一輪明月天如水」，但僅改了「鈎」、「新」及「光」三個字，就令整句生色不少。

《花箋記》促使「木魚書」得以登上中國俗文學之殿堂。先後有人將其翻譯成英文、德文、法文、俄文、荷蘭文等多國譯本，留存海外，讓外國人瞭解中國語言文化。

我們收錄這本書，是因為它是「木魚書」發展成長篇後最出名的作品，它也是我們找到的第一本廣東話夾雜文言文的「木魚書」。除了 1713 年版外，我們也找到很多後期的版本，在比較不同版本後，才知道這些版本都存在差異，這讓我們能夠更深入地瞭解不同年代的廣東語言及社會的特色。

二、廣東俗文學

「粵語入文」追溯到最早有木魚歌、龍舟歌、南音、粵謳等作品。明末清初這些民歌在廣州一帶流行，由口傳變成手抄及木刻版唱本，從短篇發展到中篇及長篇。後來文人加入創作，出現文學水準比較高的作品，被點評為「才子書」，而後逐漸發展成通俗文學。

我們在《花箋記》卷二第一回「花箋大意」裏看到：「曾聞一段奇風月　鍾情好似海天長　埋沒風流誰曉得　故此替他傳出與後人看」。從這幾句可見作者認為這「唱本」既可以用來「唱」，又可以用來「看」。流傳到今天，我們不但能看到《花箋記》印刷版的書，還可以看到電影及在舞台上表演的粵劇。

三、清朝政治「睇真啲」

清朝（1636–1912 年）對反清人士進行鎮壓，據清史研究專家郭成康教授統計，清朝「文字獄」次數約達 160–170 次左右。《靜淨齋第八才子書花箋記》為避免捲入漩渦，將所有「政治敏感詞」變成空格。例如：1. 卷六第二十一回題目「奏旨征（　）」，內容例如：「斬平（　）」、「出力征（　）」。後來的版本分別補填為「奏旨征番」、「斬平胡虜」、「出力征胡賊」。2. 第二十二回「梁生被困」的內文有很多空格，例如：「（　）人」、「（　）兵」，後來的版本補填為「番人」、「番兵」。

四、廣東話特色「睇真啲」

這本書記錄了當時廣東話口語詞，我們歸納起來，有下面幾個特色：

❶ 文白夾雜

以下例子節錄自卷二第四回「棋邊相會」：

◉ 做乜花林蕩出一個少年郎

「做乜」指「為甚麼」。整句的意思是「為甚麼在花草叢林中突然有一個男性少年走出來」。

◉ 夫人答道眞登對

「登對」指「這對男女很般配」。整句的意思是「太太回答說兩人很般配」。

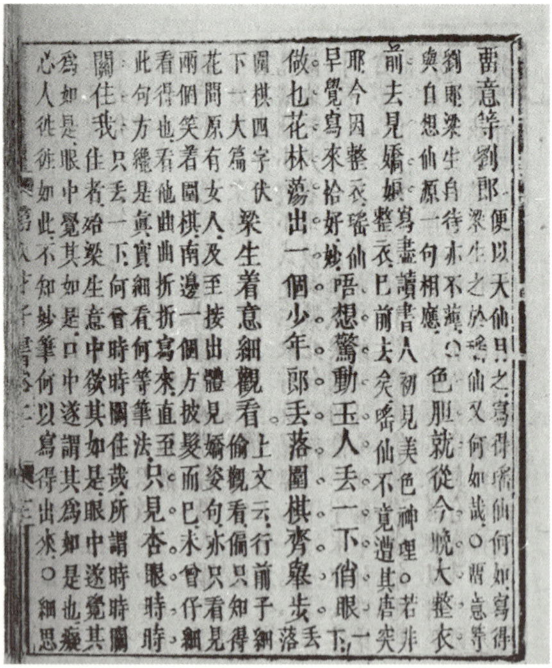
畨意等劉郎便以天仙目之寫得瑤仙何如寫得
劉郎梁生之於瑤仙又何如哉○晉意等
劉耶梁生自待亦不藥○色胆就從今晚大整衣
與自想仙原一句相應
前去見嬌娘寫盡讀書人初見美色神理○若非
整衣已前去矣瑤仙不覺遭其唐突
耶今因整衣瑤仙唔想驚動玉人丟一下俏眼下
早覺寫來恰好妙
做乜花林蕩出一個少年郎丟落圍棋齊舉步落
圓棋四字伏上文云行前子細
下一大篇
梁生着意細觀看
花間原有女人及至接出體見嬌倫觀看偏只知得
兩個笑着圍棋南邊一個方披髮姿句看只看見
看得也看他曲曲折折寫來直至而已未亦曾仔細
此句方纔是真實細看何等筆法只見杏眼時時
關住我只丟一下何曾時時關住哉所謂時時
為如是眼中者殆梁生意中欲其如是眼中謂遂覺其
人如是眼中覺其如是口中遂謂其為如中是也癡
心人徒徒如此不知妙筆何以寫得出來○細思

❷ 語法與現代不同

廣東話「過」有以下多種功能：

- 動詞，表示通過、經過，例如：過馬路、過一年；
- 動詞後綴，表示經驗體，例如：去過美國；
- 動詞後綴，表示重新，例如：再嚟過（再來一遍）；
- 介詞，引入比較對象，例如：高過哥哥（比哥哥高）。

除了以上這些功能以外，19 世紀的廣東話還有一個功能。

- 介詞，引入給予對象，相當於現代廣東話的「畀」，例如：送過朋友 = 送畀朋友（送給朋友）。

在 1713 年版《花箋記》，我們看到使用以上第五種功能「過」的例子，例如：卷五「有乜因由言過我」（有甚麼原因說給我聽）。

❸ 押韻

在一句曲詞最後一個字押韻會產生和諧的效果。全曲押了不同的韻，例如：

- 「oeng」韻：涼、香、雙、長、鴦，等等。
- 「ong」韻：郎、妨，忘、光，邦，等等。

❹ 平仄

廣東話有九個聲調，最高音階和最低音階的聲調屬「平聲」（入聲 -p ／ -t ／ -k 除外），其他都屬「仄聲」。唱《花箋記》時，部分內容第一句的最後一個字是「仄聲」，第二句最後一個字是「平聲」，就像對聯一樣，平仄交替對應，和諧悅耳，產生抑揚頓挫的效果。以下幾句是「花箋大意」中形容男主角的句子：

◉ 蘇州府內吳江縣（仄），有一人才身姓梁（平）。
父號印波為學士（仄），母親姚氏極賢良（平）。
雁行孤獨無兄弟（仄），名諱芳州字亦滄（平）。

五、風俗習慣

下面是卷二第四回「棋邊相會」其中一句：

◉ 的息金蓮二寸長

「的息」指「細小」，「金蓮」指「腳」。

從以上一句可見明末清初上流社會的女性從小就開始「纏足」。當時社會認為女性纏到只有三寸長的小腳才算美，而且也是社會地位的象徵。

六、婚姻法

下面是卷六第五十九回「雙鳳團圓」其中一句：

◉ 卿長瑤仙年一歲，平為姊妹冇相欺。芸香碧月收為妾。

由以上句子可見明末清初男主角可以有兩妻兩妾。1950 年實施《中華人民共和國婚姻法》，禁止重婚、納妾，但中國香港因殖民管治等歷史原因，直到 1971 年才實行「一夫一妻」的婚姻制度。

七、大眾教育

❶ 勸世良言 1

下面是卷六第四十四回「玉卿思節」其中一句：

◉ 貞節世間人嘆羨，貪淫喪德敗人倫。

當時結婚要奉父母之命，劉玉卿被父母許配給男主角。當她聽到男主角戰死沙場，便對自己說了「貞節」最重要，然後投江自盡。可見當時婦女覺得「貞節」比生命更重要。

❷ 勸世良言 2

下面是 1950 年版《花箋記》其中幾句：

◉ 此書往日多淫句　今特刪除盡改之　自由行聘須思想

莫把淫心作主持　名譽所關最重要　芳明節烈播華夷

以上幾句是編訂者在書最後一頁的結語，他說以前的版本有「色情」句子，所以將全部有關色情的部分修改，因為這些色情思想會毒害讀者純潔的心靈。而且名譽攸關，要做個正人君子才可以在世上立足。

❸ 婦女識字

過去的婦女沒有很多娛樂可以選擇，「木魚書」是為數不多的一項。婦女喜歡聽藝人唱曲，也喜愛自己一邊看「木魚書」一邊唱曲。會看唱本便可以唱出來，從而學會認字。《香港大學所藏木魚書敘錄與研究》的作者梁培熾曾說過他的母親就是通過看《第八才子書花箋記》識字的。

05

《客途秋恨》——清朝癡情男子哀歌

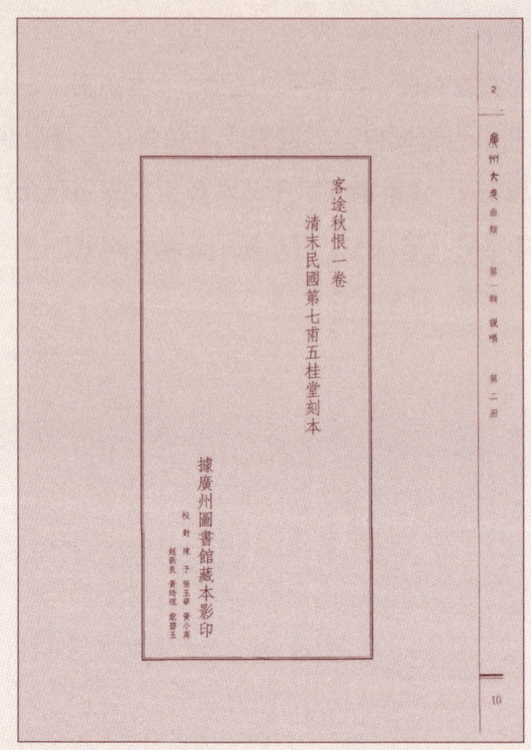
廣州大典 曲類 第一輯 說唱 第二冊

客途秋恨一卷

清末民國第七甫五桂堂刻本

據廣州圖書館藏本影印

校對 陳子 張玉華 黃小高 趙新良 黃琦琨 黎碧玉

出版年份：清末民國。

作者：有三種說法，由繆蓮仙，或宋湘，或葉瑞伯所寫。南音研究專家梁培熾考證後，認為作者是葉瑞伯。葉瑞伯原名葉廷瑞（1786–1830 年），字瑞伯，福建人。因曾祖父去廣州開店做生意，從此一家住在廣州。葉瑞伯成年後，長期旅居南海。喜愛南音曲藝，是用廣東話口語夾雜文言文和白話文填詞的先驅。

本文採用清末民國版。全曲只有三頁。曲詞共 144 句，大多數句子都是由七至十個字組成。文體是用廣東話口語夾雜文言文和白話文，俗稱「三及第」。全曲用了約 50 個廣東話口語詞，在比例上比《花箋記》高很多。

這是一個癡情男子繆蓮仙獨自在旅途上的哀歌。他想起一年之前的秋天，與妓女麥秋娟情投意合，但是只能一起度過兩個月的幸福生活。麥秋娟為他餞行時仍然說會等他，但是因為他沒有能力帶她走，所以獨自抱恨，只能為她祝福，祈求上天眷顧她。

一、文獻價值

清末民初的廣東人喜歡聽南音，其中最受歡迎的一首曲子是葉瑞伯創作的《客途秋恨》。這首曲子一直流行到 21 世紀初，採用了廣東話口語詞，用南音的唱腔來演唱，讓廣東人深深感受到了一個可憐癡情男子的痛苦。

這首曲子先後引起國內外學者的研究，例如：日本漢學家波多野太郎教授搜集各版本，在進行比較分析後，於日本出版《客途秋恨》（1977 年）。梁培熾研究後出版《南音與粵謳之研究》（1988 年）。《香港三及第文體流變史》（2002 年）的作者黃仲鳴認為《客途秋恨》是「三及第」文體的雛形。《客途秋恨》可以說是第一本「三及第」的作品。

在不同年代，不同撰曲者、出版社及演唱者對《客途秋恨》的演繹都有出入，現代版本可算是集體創作的成果。《客途秋恨》對現代的娛樂事業產生了一定的影響，香港粵劇名伶、幾個流行曲的歌星都曾演唱過該曲，轟動一時，家喻戶曉。

我們在香港大學收藏的《廣州大典》曲類第二冊（2019 年，廣州：廣州出版社）找到清末民國《客途秋恨》第七甫五桂堂版本。收錄這本書是因為它是南音最出名的作品之一。雖然這首曲子篇幅很短，但卻十分動人，傳唱至今。大家在網上仍可以看到現代版曲詞，聽到藝人演唱。

二、南音曲藝

《客途秋恨》是南音的代表作。《南音與粵謳之研究》（1988 年）的作者梁培熾認為這種曲藝是建基於木魚、龍舟等歌體，加入潮曲和江浙的南詞，發展出來的「新歌體」。曲詞比較典雅，在行文結構上以七言韻文為主。演唱要求比較嚴格，而且要與樂器拍和。而《南音粵謳的詞律曲韻》(1999 年) 的作者陳志清認為古今南音有差異，現代南音的體式和唱法是經過很長的時間發展而成的。

「地水南音」是南音的一種，以前有很多視障者演唱。杜煥是地水南音的著名「瞽師」，而他的首本名曲便是《客途秋恨》。

南音後來融入粵劇、電影，不再由視障者演唱。2011 年，中國國務院公佈「澳門南音」成為國家級非物質文化遺產項目。香港政府在 2014 年將南音列入「香港非物質文化遺產」。

三、文學特色「睇真啲」

陳國球教授從文學角度分析了《客途秋恨》頗受文人歡迎的原因：「抒情主導以及情景措置，是中國文學傳統中最廣受重視的環節；《客途秋恨》的文辭和筆法，顯示出其足以廁身文學之林的素質。」

筆者非常同意他的分析。《客途秋恨》情文並茂，故事哀怨動人，成為俗文學作品的佼佼者，的確是實至名歸。

四、廣東話特色「睇真啲」

《客途秋恨》記錄了當時廣東話口語詞，我們分析後概括出以下幾個特色：

❶「三及第」文體

◉ 況且在客途抱恨呀你話對乜誰言。

廣東話「乜誰」指「誰人」。文言文「客途抱恨」指旅客在旅途中心中有遺憾終身的心事。這一句是男主角的獨白。整句意思是「況且我在旅途上，心中那些令我遺憾終身的心事又可以向誰人說呢！」

❷ 平仄

廣東話有九個聲調，最高音階和最低音階的聲調屬「平聲」(入聲 -p / -t / -k 除外)，其他都屬「仄聲」。唱南音時，如果第一句最後一個字是仄聲，第二句最後一個字是平聲，平仄交替對應，構成音律美，便會產生抑揚頓挫的效果，就像對聯那樣。請大家看看曲詞開頭四句：

◉ 涼風有信（仄），秋月無邊（平）。

虧我思嬌情緒（仄），好比度日如年（平）。

❸ 押韻

在一句曲詞最後一個字押韻會產生和諧的效果。全曲 144 句，其中 37 句押下面三種韻：

- 「in」韻：邊、年、面、天、燕等。
- 「yun」韻：全、圓、權、願、源等。
- 「an」韻：塵、身、跟、裙、雲等。

❹ 四字成語

在「三及第」的文體中加插四字成語，能夠顯示填詞人的文化素養，提高作品水平，達到雅俗共賞的效果。這首曲包含的四字成語有：才貌雙全、逢凶化吉、孤掌難鳴、神女有心、襄王舞夢等。

五、社會問題

◉ 遊戲文章賤賣錢　知你憐才情重更不嫌貧

虧我胸中枉有千言策　做乜並無一計挽釵裙

在清朝的制度下，旗人官員地位最高，其次是漢人官員。那些沒有通過科舉考試、無法做官的書生，便成為了高不成低不就的邊緣人。從以上節錄自《客途秋恨》的四句可以看出，男主角是個窮書生，科舉落第，只能寫一些遊戲文章，靠賤賣文章過活。即便遇到欣賞他才華又不嫌棄他窮的夢中情人，他也完全沒有能力養活她。

六、民間信仰

◉ 個陣廣寒宮殿無關鎖　你話可愁好月不團圓

重望慈雲法力行方便　把楊枝甘露救出火坑蓮

廣東話「個陣」的意思是「那時候」。「廣寒宮」指傳說中天上嫦娥住的月亮。

「慈雲」、「法力」、「楊枝甘露」都是佛教用語。當男主角窮途末路時，他希望傳說中嫦娥所住的月亮之門沒有關閉，這樣他與女主角便可以到月亮上居住。他還相信佛教中慈悲為懷的「觀音菩薩」，認為菩薩把手中的楊枝甘露向女主角一灑，便可以救她出火坑。可見男主角在非常無助的時候，只能向當時傳說中的神仙或佛主求助。

七、《客途秋恨》的傳唱

在清朝，聽賣唱者演唱《客途秋恨》本來是平民的流行娛樂，能夠延續至今，主要是因為後繼有人。香港粵劇天王新馬師曾將此曲唱得家喻戶曉。著名粵劇花旦白雪仙的父親白駒榮唱的首本名曲也是《客途秋恨》。1987 年，香港電影《胭脂扣》中，主角張國榮和梅艷芳都演唱了《客途秋恨》，再次掀起熱潮；1990 年上映的電影《客途秋恨》由許鞍華執導，也很受歡迎；2023 年，南音著名歌手李玉華演唱《客途秋恨》，亦有不少聽眾。

06

《粵謳》——清朝歌姬盡訴心中情之歌

出版年份：清朝道光戊子（1828 年）。

編撰者：招子庸（1786-1830 年），廣東人。詩人、畫家、歌曲填詞人。曾在山東做官，因被牽累罷免官職。生性不羈、精通音律，喜愛與友人去花艇聽歌妓唱歌。把粵謳曲藝提升到可以進入廣東俗文學殿堂的功臣。

本文採用 1828 年版。封面只有「粵謳」二字。全書分三部分：1. 作者序言加上十位名士作序題字；2. 方言凡例，直解 70 多個書內常用的廣東話口語詞；3. 曲詞約 100 首。

民間傳說招子庸還是窮書生時，與歌妓秋喜相愛。秋喜被逼還債，跳海自殺。招子庸知道後用「粵謳新歌體」寫《弔秋喜》來憑弔愛人。這些曲子包括：1. 招子庸的個人作品；2. 收集這類歌曲後優化的作品；3. 招子庸與一些文人以歌妓心事作為主題，比試誰用「粵謳新歌體」創作最佳的作品。這些曲詞大多數都是描寫歌妓心聲的。

一、文獻價值

廣東俗文學的種類很多，除了「木魚歌」、「龍舟」、「南音」之外，還有「粵謳」。「粵謳」是在清朝乾隆期間流行的新歌體，當時很多人都會去珠江河上的花艇聽歌姬唱曲。因為很多文人參與創作，招子庸便採用了這種新歌體編寫了《粵謳》一書。作者不是高高在上以文人自居，而是以第一人稱來描寫歌妓的真實感受，反映出當時社會這一群淪落人的悲涼。

近代文學家鄭振鐸給予《粵謳》很高的評價，認為即使不懂廣東話的人亦會欣賞。這部作品推動廣東俗文學向前發展了一步，鞏固了廣東俗文學已有的地位。《粵謳》還對後來的文人寫作產生了影響，例如：《再粵謳》（1901 年）、《新粵謳解心》（1924 年）。後來，有報刊開設「粵謳」專欄，用於反對吸食鴉片、纏足、迷信等不良社會現象。

粵謳對粵劇和電影也產生了影響。例如：將《弔秋喜》改編為《臨江月夜弔秋喜》後，由粵劇天王新馬師曾演唱。1954 年，有影業公司改編《弔秋喜》，出品了香港製作的電影《夜弔秋喜》。《粵謳》更引起了外國人的關注，例如：曾任香港港督的英國人金文泰將其翻譯成英文，日本的波多野太郎將《粵謳》刊登在《華南民間音樂文學研究》上。此外，還有葡文譯本。

2018 年，「粵謳曲藝」已經成為廣東省白雲區（招子庸故鄉）的非物質文化遺產。有學者用《粵謳》來研究當時的語言社會情況。

我們在德國巴伐利亞國家圖書館找到了《粵謳》1828 年的電子版。在香港教育大學，我們發現《廣州大典・曲類》第二冊（2019 年，廣州：廣州出版社）也收錄了《粵謳》。我們選擇收錄這本書，是因為它是我們找到的第一本附有「方言凡例」附錄的廣東話作品，非廣東人士也能從中享受到閱讀的樂趣。而且，「粵謳」是廣東曾經流行的曲藝。

二、粵謳特色「睇真啲」

《南音與粵謳之研究》的作者梁培熾指出，《粵謳》的「謳」漢朝就已經出現，常見於古籍，這個字的意思是「民間歌曲」。招子庸用「粵謳」作為書名，來表示

「廣東的民間歌曲」。後來，民間將「粵謳」指一種跟木魚歌、南音等其他俗文學不同的廣東「新歌體」。這些曲通常會用一些語尾詞，如「呀」、「罷咯」來提示一曲即將結束。在樂器方面，大多用揚琴、琵琶、二胡、胡琴來伴奏。

被譽為「粵謳第一傳承人」的陳麗英說：「粵謳的文辭雖然屢有討論，但具體唱法卻很少有人會了，現在還保存完整的粵謳譜子和錄音也只有寥寥數曲。」不過，在她及兩位徒弟不斷在廣州及香港的推廣下，越來越多的人聽到了她們演唱「粵謳」。陳麗英於 2017 年來香港舉辦粵謳南音研習班，其徒弟程美寶也在 2022 年香港中文大學舉辦的「粵韻寄情線上音樂會」上演唱了「粵謳」。

《粵謳的詞律曲韻》的作者陳志清認為，粵謳詞多腔長，創作每首曲子在篇幅、句法、長短上都比較自由。我們可以看到，粵謳也注重押韻，例如：在《唔好發夢》這首曲子中，首四句最後一個字都押「ung」韻：

◉ 勸你唔好發夢。恐怕夢裏相逢。

夢後醒來事事都化空。分離兩箇字豈有心唔痛。

三、歌妓心態「睇真啲」

從《粵謳》中我們發現當時有三類歌妓：1. 對愛情嚮往，失戀後唱出哀歌，例如《薄命多情》一曲，描述一個女人怨恨自己命苦，淪為歌妓後，偏偏又愛上逢場作戲的壞男人；2. 知道風月場所無真愛，告誡自己不能動真情，例如《花花世界》；3. 明白賺到錢才可以脫離苦海，自信天生麗質，認定會有很多壞男人上釣，例如《生得咁俏》。

四、文體特色「睇真啲」

《粵謳》運用了大量廣東話口語詞，夾雜文言文和白話文，例如：

◉ 生得咁俏

我生得咁俏，怕冇鮮魚來上我釣。今朝揸在手，重係咁尾搖搖。呢回釣竿收起都唔要，縱不是魚水和諧都係命裏所招。我想大海茫茫魚亦不少，休要亂跳，鐵網都來了，總係一時唔上我釣啫，我就任你海上逍遙。

以上「生得」(長得)、「咁」(這麼)、「冇」(沒有)、「今朝」(今天早上)、「重係」(還是)、「呢回」(這次)、「都唔要」(都不要)、「總係」(總是)、「唔」(不)、「啫」(而已)均為廣東口語字詞;「海上逍遙」、「休要」屬於文言文詞彙;「來了」則是白話文。粵謳用了這麼多廣東話口語詞,使廣東人感到非常親切。難怪《香港三及第文體流變史》的作者黃仲明認為,《粵謳》將「三及第」文體推向了更高峰。

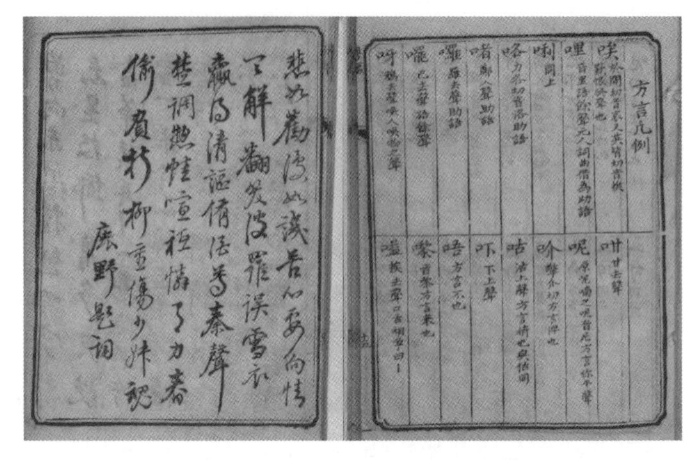

方言凡例

咧 同上

吓 下上聲

唔 方言不也

叶 甘去聲

《粵謳》附錄 70 多個廣東話口語詞,名為「方言凡例」。這是為了讓中國其他地區的讀者能更好地理理解曲詞內容。如右表所示:

	廣東口語詞	解釋
1.	唔	不也
2.	冇	無也
3.	呢陣	此時也
4.	人地	別人家也
5.	咁耐	日子如此久也

五、文學特色「睇真啲」

❶ 真摯情感

招子庸終日流連珠江花舫,聽歌妓唱情歌,因而瞭解這些癡心女子戀上薄倖郎的心情,所以在寫《粵謳》時,他能夠設身處地,以同理心去描述她們的心境。例如:

◉ 做乜我在煙花叢築起愁城⋯⋯攞人條命都係箇一點癡情。

❷ 比喻手法

廣東話用「桄榔樹一條心」來形容深情專一的好男人。招子庸也用了這個比喻,例如:

◉ 桄榔樹，我知道你係單心……

樹猶如此，我怨只怨句情人……

佢學你咁樣子單心，我就長日無恨。

六、解決困難的方法

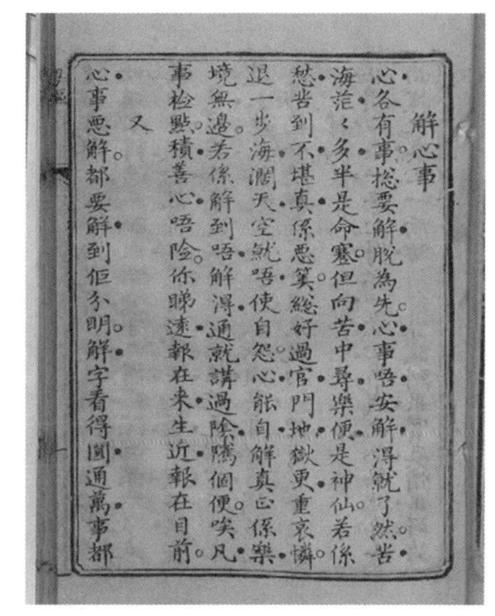
解心事
心各有事總要解脫為先心事唔安解得就了然苦
海茫茫多半是命蹇但向苦中尋樂便是神仙若係
愁苦到不堪真係惡算總好過官門地獄更重哀憐
退一步海闊天空就唔使自怨心能自解真正係樂
境無邊若係解到唔解得通就講過陰騭個便唉凡
事檢點積善心唔險你睇遠報在來生近報在目前
又
心事惡解都要解到佢分明解字看得圓通萬事都

下面兩句節錄自前言：

◉ 請以此一卷書，普度世間一切沉迷慾海者

從以上的曲詞，我們看到「普度」、「慾海」兩個關鍵詞。兩個都是佛教用語，「普度」指廣行佛法以救眾生，「慾海」指人的情慾如深廣的大海。由此可見，作者希望用這本書來幫助沉迷於情慾的人。星雲大師講解人生時，強調我們最大的慾望是愛情，如果能將情慾昇華變成慈悲，便可得到解脫。

下面幾句節錄自《解心事》：

◉ 苦海茫茫多數是命蹇，但向苦中尋樂便是神仙……退一步海闊天空就唔使自怨……積善心唔險，你睇遠報在來生，近報在目前。

從以上曲詞，我們可以總結出解決困難的辦法有以下幾種：

- 苦中尋樂便是神仙（苦中作樂）
- 退一步海闊天空（不要轉牛角尖）
- 遠報在來生，近報在目前（多積功德）

除以上幾個辦法，我們認為人生有很多困難不一定能夠解決。學會接受無法改變的事實是最重要的。如果能夠再積極一點，分享自己的經歷去安慰有類似經歷的人，便最理想了。

07

《俗話傾談》——清末第一本廣東話三及第話本

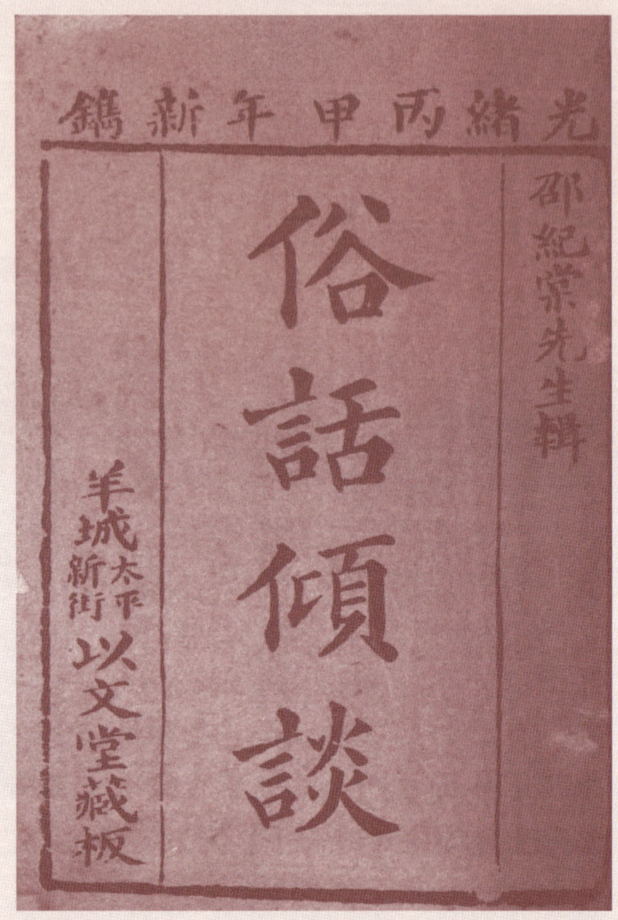

出版年份：初版失傳。民俗學家葉春生指出，最早的版本是同治三年 (1864 年)。筆者找到最早的是 1896 年版上卷、同治九年 (1870 年) 下卷。

編輯者：邵彬儒，字紀棠，廣東人。生卒年不詳，生活於清朝。著名說書人，講解非常動聽。促使「三及第」故事在民間流行，再度提升廣東俗文學地位。廣東話作品有：《俗話傾談》。文言文作品有：《諫果回甘》、《吉祥花》。

本文採用 1896 年上卷、1870 年下卷。封面有：俗話傾談、邵紀棠先生輯、光緒丙甲（編者按：申）年新鐫、羊城太平新街以文堂藏板。

全書包括：1. 自序；2. 目錄；3. 第一集分上、下兩卷，共 11 個故事。上卷：橫紋柴、七畝肥田；下卷：邱瓊山、種福兒郎、閃山風、九魔托世、饑荒詩、瓜棚遇鬼、鬼怕孝心人、張閻王、修整爛命。4. 第二集分上、下兩卷，共七個故事。上卷：骨肉試真情、潑婦、生魂遊地獄、借火食煙；下卷：好秀才、砒霜砵、茅寮訓子。這些故事都以倫理道德為中心，我們將其歸為以下幾類：

1. 婆媳關係	2. 爭奪遺產	3. 好人有好報	4. 壞人有惡報
5. 女人要守婦道	6. 兄弟要相親相愛	7. 子女要盡孝	8. 父母要培養兒孫成才

一、文獻價值

在清朝時期，平民大都沒有機會接受教育。有一群商人組成了一個團體，邀請口才好的說書人到民眾聚集的地方講解倫理道德。邵彬儒便是其中一位說書人。他收集了許多民間故事，在廣東一帶說書，由於他口才出眾，講故事十分動聽，所以深受歡迎。

他將「說書的話本」輯錄成書，出版《俗話傾談》。其目的是希望不僅在現場聽書的人，連看到這本書的人也可以學會倫理道德。書中故事有短篇的、中篇的和長篇的。雖然每個故事都獨立成篇，但主題都是環繞講解中國傳統維繫人倫關係的道德準則，有人把這種「說書的話本」歸入小說類。這本書使用了很多廣東話口語詞，夾雜著白話文及文言文。《香港三及第文體流變史》的作者黃仲明稱《俗話傾談》為最早的「三及第」小說。

《嶺南俗文學簡史》（2003 年）的作者葉春生認為初版是同治三年（1864 年）版。他稱讚邵彬儒善用易懂的語言和通俗的故事來吸引群眾。再加上他口才好，文字書寫流暢，到 1903 年仍然有人再版，可見這本書在倫理道德傳播方面的影響力。

19 世紀的漢學家波乃耶（Dyer Ball）在他編寫的 *Readings in Cantonese Colloquial*（1894 年）裏面，節錄了《俗話傾談》，向外國人介紹廣東文學。這本書是廣東早期俗文學作品的代表，所以被不少外國圖書館收藏，比如美國哈佛大學圖書館、日本關西大學圖書館。

我們在美國哈佛大學找到《俗話傾談》1896 年版上卷，同時在美國哥倫比亞大學找到《俗話傾談》1870 年版下卷。我們收錄這本書，是因為它是第一本用「三及第」書寫的話本。它反映了 19 世紀的家庭問題、語言特色、社會規範等，值得我們藉此瞭解當時的情況。

二、說書特色「睇真啲」

❶ 淺白有趣

節錄自序言：

◉ 善講古者，須談別致。講得深奧，婦孺難知；惟以俗情俗語之說通之，而人皆易曉矣，且津津有味矣。

以上幾句表明了編者編輯此「話本」的目的是讓婦孺也能享受閱讀故事的樂趣。

❷ 故事人物名字比較具有代表性

故事	故事中的名字	解釋
第一集上卷：橫紋柴	大成之母，稟性極偏，不循道理。鄰里婦女加其號曰「橫紋柴」。	「橫紋柴」指性格偏激、不講道理的人。
第一集上卷：霸巷雞	二成個老婆花號又叫做「霸巷雞」。	「霸巷雞」指霸道、野蠻不講理的女人。現代會叫這種女人「霸王雞乸」。

❸ 說教

第一集下卷「瓜棚遇鬼」的故事，講述了陳四與鬼聊天，從中獲益良多。故事快結束時，陳四才從遇到的鬼那裏得知，母親因為行善所以添了壽。他聽後便開始行善，最後不但母親多添了八年壽，連自己的晚年也變得非常幸福和長壽。以下是故事快要結束時的內容：

◉ 陳四……歡喜奉承以待老母。其母又安享八年而死。

陳四此時取妻生子矣。後修善行，晚年福壽而終。

三、家庭問題

我們將第一集上卷第一篇《橫紋柴》撮要。故事裏有個蠻不講理、亂發脾氣的婆婆，被人稱作「橫紋柴」。大兒子大成的太太珊瑚，雖然盡心盡力侍奉婆婆，但「橫紋柴」對其百般刁難，例如：

◉橫紋柴一向性情佻撻，見珊瑚美麗，自覺懷慚，遂大聲罵曰：做新婦敬家婆，是平常事，你估好時興麼？何用支支整整、聲聲色色，辦得個樣嬌嬈，想來我處賣俏嗎？

編輯者加插旁白：「家婆教新婦，理宜話：『亞嫂你都算有禮，但係仔𡃁上頭，駛乜咁拘束呢？粗衣麻布到來問候，便是規模，不用太為著意。如此說話，方是教道後生。』」

橫紋柴小兒子二成和妻子「霸巷雞」都不孝，後來知錯，但「所生男女共十餘胎，不能養得一個」。最後故事大團圓結局，「珊瑚生得三子，兩子中進士。大成以細仔過繼二成。至今，大成子孫昌盛無比，而二成三代僅至數人，不過貧民而已。」

從這個故事我們看到：1. 珊瑚堅守婦道，最後婆婆和丈夫知錯，她兩個兒子做官，丈夫後代興旺強盛；2. 二成夫婦不孝，所以生了十多個孩子都死了，真是惡有惡報；3. 括號裏附加的編輯者旁白令故事更加生動有趣。

加其號曰橫紋柴其人可想矣。橫紋柴見大成年紀有二十歲。爲之婚娶。其新婦姓鄭名珊瑚生得十分美貌。極有禮義柔聲下氣奉事家婆每朝晨早定必到家婆處問安捧茶獻餅少不免修飾顏容威儀致敬。誰不知橫紋柴一向性情佻撻見珊瑚美麗自覺懷慚。遂大聲罵曰做新婦敬家婆是平常事你估好時興麼何用支支整整聲聲色色辦得個樣嬌嬈想來我處賣俏嗎我當初做新婦時重好色水過你十倍唔估今日老得個樣醜態減去三分

四、廣東話「三及第」特色「睇真啲」

我們將第一集上卷第二篇《七畝肥田》撮錄供大家試讀：

◉ 潮州普陽縣，來得一個新官，來做知縣，審事甚明白。陳名智，生下二子，長子陳亞明，次子陳亞定。……及父死後，兄弟相爭，親族不能解散，兩相結訟。……叫差役拿鐵鏈一條來，將亞明、亞定各鎖住一隻腳，封其鎖口，不許私開。官叫亞明、亞定謂之曰：「你兩人各留一子足矣。亞明居長，留長子。亞定居次，留次子。」亞明、亞定聞此判斷，啼哭曰：「太爺！我不敢咯。」官曰：「你兩人或者真心，你兩人之妻未必肯讓。」由是兄弟放回。亞明妻曰：「我未曾見過官，我唔駛怕佢。」亞明曰：「唔怕官，總怕管呀。你唔怕，我怕咯。你兩個仔，如今押在差房，嚇得面青青，魂都冇了。」妻大驚曰：「點算呀！撞板咯！嚇死我兩個仔咯。」

【唔駛＝不用、點算呀＝怎麼辦、撞板咯＝受到挫折了】

從撮錄中可見這篇「三及第」有以下幾個特色：

❶ 敘述故事用文言文，例如：

◉ 及父死後，兄弟相爭，兩相結訟。

❷ 敘述故事用文言文＋白話文，例如：

◉ 潮州普陽縣，來得一個新官，來做知縣，審事甚明白。

❸ 兩個男主角都以廣東人的習慣起名，例如：

◉ 長子陳亞明、次子陳亞定。

❹ 每人說話前都用文言文「曰」，例如：

◉ 亞明妻曰：「我未曾見過官，我唔駛怕佢。」

❺ 兩個男主角說話多半用廣東話＋白話文＋文言文，例如：

◉ 你兩個仔，如今押在差房，嚇得面青青，魂都冇了。

❻ 兩個女主角說話多半用廣東話，例如：

◉ 點算呀！撞板咯！嚇死我兩個仔咯。

08

《俗話爽心》——清末繪聲繪影廣東話三及第話本

光緒十九年新鐫
新增趣緻
俗話爽心
娛目爽心
板藏省太平
新街以文堂

出版年份：清朝光緒十九年（1893 年）。

編輯者：邵彬儒，字紀棠，廣東人，生卒年不詳，生活於清朝。1864 年出版的《俗話傾談》，編輯者名字用了「邵彬儒」。1893 年出版的《俗話爽心》，編輯者名字卻用「邵紀棠」。《俗話傾談》與《俗話爽心》的編輯者是同一人。其實「邵彬儒」就是「邵紀棠」。他是清朝著名說書人，口才好，說故事非常動聽。除了說書，他把平日搜集的故事輯錄，讓更多人看到這些故事，並藉此講解倫理道德。他編輯的《俗話傾談》非常受歡迎，所以再接再厲，出版《俗話爽心》。

本文採用 1893 年版。封面刻印：俗話爽心、新增趣緻、娛目爽心、光緒十九年新鐫。正文前有：1. 首頁註明「新刻三集俗語爽心」、「省城太平新街以文堂藏版」；2. 博陵邵紀棠氏評輯；3. 俗話傾談目錄。

全書分四卷，共 13 個故事。第一卷：賣茶公、激服蠻妻、做亞瓜；第二卷：偷門匙、棄產存孤、土地公公、搶新娘。第三卷：斬柴遇虎、告大嫂、望煙樓。第四卷：闊佬、珠璣巷逃難、茅寮訓子。這些故事都以倫理道德為中心，我們將其歸納為以下幾類：

1. 拾財不貪	2. 制服蠻妻	3. 善有善報
4. 惡有惡報	5. 男人好色	6. 浪子回頭

一、文獻價值

1893 年邵彬儒以邵紀棠之名出版了《俗話爽心》。這本書中的故事十分有趣，同樣採用了「三及第」文體。除了故事趣緻、娛目爽心之外，這些故事還可以讓讀者受到倫理道德的教育。《俗話爽心》全書共四卷，包含十二個故事。我們梳理了幾個比較有代表性的故事，如《賣茶公》說明了善有善報；《做亞瓜》講述了母親如何引導壞兒子浪子回頭；《偷門匙》說明了惡有惡報。

我們在日本關西大學和美國加州大學圖書館，都找到了 1893 年版《俗語爽心》的電子版。收錄這本書，是因為它是《俗話傾談》的續集，也是我們找到的第二本用「三及第」書寫的話本。它反映了 19 世紀價值觀、語言特色、社會情況等，值得我們藉此瞭解當時的情況。

二、廣東話「三及第」特色「睇真啲」

「三及第」的特色是集文言文、白話文、廣東話三種文體於一身。第一卷中「拾財不貪」的故事可以明顯看到編輯者夾雜運用了三種文體。

◉ 賣茶公

一日，有行客經過飲茶。飲完担遮而去，遺下一黑布袋仔。賣茶公拾得，打開一看有銀二百之多，快的藏至竹籮。以待此客回取。誰知此客總不回頭。……

遲了一年失銀客又經過此地…… 企住想起從前…… 賣茶公叫聲曰：貴客飲茶呀。…… 客曰：我唔飲得你个的二百兩銀一盅。…… 客人笑曰：你勿整個的耳聾樣，賣茶得寶仲炸唔知。…… 公喜曰：你真正冇本心。咁剩落的手尾要我朝擔晚擔。擔得氣喘。

從以上撮錄的故事，可以看到有幾個詞語／短句用了廣東話口語：

- 擔遮＝撐傘
- 黑布袋仔＝小黑布袋
- 企住＝站在那裏
- 我唔飲得你个的二百兩銀一盅＝我沒錢喝你那種「二百兩」一茶盅的茶
- 整個的耳聾樣＝扮聽不見的樣子
- 仲炸唔知＝還裝不知道
- 冇本心＝沒有良心
- 咁剩落的手尾＝那麼留下來的遺物

以上撮錄的故事，文言文運用得不算太多，只有「此、曰」等。大部分都是使用比較淺白的白話文。所以當時知識水平不高的平民也看得懂，能夠享受到閱讀的樂趣。故事裏的賣茶公雖是窮人，但拾金不昧，等了一年，終於等到客人來取。這種德行值得大家學習。

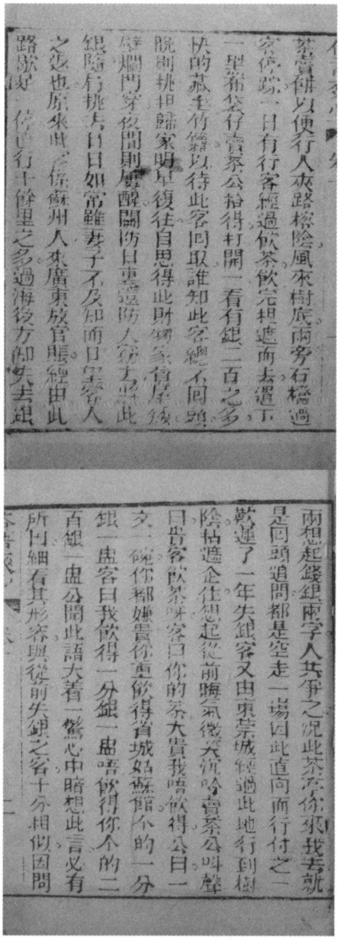

三、浪子回頭的故事

壞孩子很難教導，究竟要怎樣做呢？第一卷第三篇《做亞瓜》這個故事，講述了一位母親怎樣教導好她的「壞」兒子。

故事講述楊細柳雖然是女孩子，卻自小聰明，喜愛讀書。到了十九歲還未嫁。父母怒曰：「今你不嫁。想在家做老姑婆麼……」。剛好「有一讀書人姓高名懷慎，結髮之妻死了。遺下一子叫長福。有五歲矣。」高懷慎與楊細柳結婚五年後突然逝世。兒子長福年有十歲，不愛讀書。細柳曰：「你既不願讀書。老母亦難相強……於是換以爛衫難褲。使他看守牛羊。同家奴隸食番薯芋頭。如是十日。雨淋日曬。辛苦難堪。泣跪庭前下自願回館讀書。」

從以上的故事中我們可以看到，當時女子到了十九歲還未出嫁，就被父母逼婚，叫她「老姑婆」（嗤笑高齡未婚女人）。楊細柳最後嫁給了一個妻子逝世，但是有一個五歲孩子的男人。做個有愛心的後母已經不易，加上五年後丈夫突然離世，而那個已經十歲的孩子是個頑劣孩子。細柳想盡辦法，最後決定要孩子嚐一嚐「吃不好、穿不好、做苦工」的滋味來改變他。希望做父母的讀者，充滿智慧地去教育孩子。即使是「壞」孩子，教育得好，也會浪子回頭。

四、惡有惡報的故事

第二卷第一個故事《偷門匙》是用來教訓好色之徒的。

故事的男主人公亞松常常要「出外經商，有胞弟亞桃年十七八……幼無父母，依嫂養大。」有一天，亞松回家，妻子本來想敬酒給亞松，但是「見二叔在旁，唔好意趣，遂將此酒先敬亞桃。」亞松懷疑妻子與弟弟有姦情，很不高興，第二天一早就離家。妻子看透亞松心情便回娘家，將門匙交給亞桃。誰知到了晚上三更半夜，亞桃聽見有婦人叫救命，那婦人懇求亞桃收留她借宿。亞桃收留她後「想起男孤女寡事避嫌疑」，所以去大嫂家暫避。「嫂有一弟名叫亞實。聞此言心神麻亂話亞桃真正係蠢仔……偷亞桃門匙。」亞松晚上回家聞見「床上有男女兩人喃喃細語，怒氣填胸……摸著兩個人頭盡力一刀割斷……」。

亞松因懷疑妻子與弟弟有姦情，最後殺錯妻子的弟弟亞實和投宿女。因為亞實聽見亞桃說有女人投宿，起了色心偷了鑰匙去亞松家，才被誤殺。以上故事用來警示大家不要放縱情慾。

09

《五諫刁妻》——清末民國生動詼諧的木魚書

出版年份：據《廣州大典》估計，本書出版於清末民國年間。

作者：不詳。這首曲的詞比較通俗，我們推測作者是以口頭創作的賣藝者。

本文採用清末民國影印本。封面註明省港五桂堂，正字龍舟，《五諫刁妻》。全曲分上、中、下三卷，共有 12 頁。曲詞大多數句子由七到九個字組成。全曲運用了大量廣東話口語詞，在比例上比《客途秋恨》更高。

故事講述了男主角「劉口水」對待妻子有時好言相勸，有時惡言相向。妻子受斥責不服氣，便與他對罵。「劉口水」最後忍無可忍對妻子動粗。父母見狀立即勸阻，並教訓兩人只有和睦相處，二老才能歡喜快樂。

一、文獻價值

清末民初的唱本「木魚書」有雅有俗，所以受到社會各階層人士的喜愛。之前介紹過的《花箋記》被譽為「第八才子書」，是中國文學作品的代表，被中外多國收藏。

《五諫刁妻》則是通俗風格「木魚書」的代表作，目的是給草根階層提供娛樂，而且起到警惡勸善的作用。這本書運用了大量廣東俗語，以夫婦吵架為題材，對罵內容生動有趣。賣藝者為了營造氣氛，開場會先用祝福話恭賀眾人，然後利用「諧音」，將男主角稱作「劉口水」，「劉口水」與「流口水」同音。

賣藝者採用演唱「龍舟歌」的方式，一邊敲打小鑼鼓，一邊吟誦那些有平仄、押韻，且夾雜大量廣東話口語的曲詞，即便知識水平不高的普羅大眾，也能一起享受欣賞《五諫刁妻》的樂趣。

在當時男尊女卑的社會裏，這首曲中的女主角對丈夫說的話，代表了當時婦女的心聲。同時，故事結尾藉男主角父母之口，來教訓丈夫不可毆打妻子，強調夫婦相親相愛才能享受天倫之樂。

這首曲不僅能讓大家瞭解「龍舟歌」的特色，還反映出當時平民娛樂、家庭倫理以及廣東話的特點，可供學者研究當時的語言社會狀況。其中夫妻對罵的精彩橋段被 1963 年立達影業公司借鑒，拍攝成電影《五諫刁妻》，由任劍輝、鳳凰女主演。

我們在《廣州大典》曲類第一輯找到英國倫敦大學收藏的省港五桂堂正字龍舟《五諫刁妻》清末民國影印本。收錄這本書，是因為它是我們看過最通俗易懂的「木魚書」。不同文體的「木魚書」雅俗共賞，《五諫刁妻》值得一讀。

二、龍舟歌「睇真啲」

龍舟歌刻印而成的唱本即為「正字龍舟」木魚書，因此唱本封面寫有「正字龍舟五諫刁妻」。龍舟歌又稱「盲妹歌」或「乞兒歌」，這是因為當時賣唱者要麼是失明女子，要麼是生活困苦的窮人。《嶺南俗文學簡史》的作者葉春生認為，龍舟歌屬於吟誦式歌謠，賣唱者在表演時，一邊搖動木雕龍舟，一邊敲打小鑼鼓，一邊進行吟誦。其歌詞內容大多圍繞警惡勸善、喜慶吉祥的主題。

三、廣東話特色「睇真啲」

❶ 廣東話口語詞

- 書中使用了不少廣東話口語詞（括註相對應的釋語）。
- 一個字：唔（不）、孭（背）、鬧（罵）
- 兩個字：鬼鼠（鬼鬼祟祟）、衰鬼（壞蛋）、頂頸（吵架）
- 三個字：冇陰公（很可憐）、污糟貓（很骯髒的人）、依開嘴（開口笑）
- 四個字：大隻雷雷（健壯男人）、鞠埋胞氣（生悶氣）、成日做野（整天工作）
- 整句：「前世唔修嫁著尔个只咁野」

  （自己前世沒有做好事，所以會嫁給你這個壞蛋）

  「我要問明你个死佬邊个係我情人」

  （我要問問你這個壞老公誰是我的情人）

❷ 押韻

在一句曲詞的最後一個字押韻，會產生和諧的效果。全曲先後押不同的韻，例如：

- 「eoi」韻：居、虛、嚶、雷、趣等。
- 「e」韻：爹、夜，姐、些、謝等。
- 「eng」韻：醒、精、靚、頂等。
- 「ou」韻：都、好、路、肚等。
- 「aai」韻：太、街、帶、奶等。

❸ 平仄

廣東話有九個聲調，最高音階和最低音階的聲調屬於「平聲」（入聲 -p / -t / -k 除外），其他都屬於「仄聲」。演唱《五諫刁妻》時，部分內容第一句最後一個字是仄聲，第二句最後一個字是平聲，就像對聯一樣，平仄交替對應，構成音律美，產生抑揚頓挫的效果。例如下面四句：

◉ 有位姓劉名叫做口水（仄），娶著一个妻房總不湊米隨（平）。不知禮法無規矩（仄），時常吵鬧在家居（平）。

❹ 祝頌語

每逢喜慶，很多婦女都會請賣藝者到家裏唱龍舟歌助興。即使是街頭賣藝，賣唱者也會唱一些如意吉祥的祝頌語。《五諫刁妻》一開始便唱了以下兩句祝頌語：

◉ 壽比南山成百歲，引福歸堂就把妖魅驅。

❺ 廣東話口語詞一字多寫

「看」這個動詞，在《廣東通志》（1535 年）中寫作「睇」，在《花箋記》（1713 年）中寫作「體」，在《五諫刁妻》（1900–1949 年）中寫作「体」，如今寫作「睇」。

「誰」這個疑問代詞，在《客途秋恨》中寫作「乜誰」。白駒榮唱《客途秋恨》的版本也有「乜誰」。《五諫刁妻》是 20 世紀初的作品，上卷寫作「乜誰」，中卷寫作「邊個」。可見當時兩個詞都在使用。現代只說「邊個」，雖然不說「乜誰」（讀 mat[1] seoi[4]），但是一些粗俗或搞笑的人有時會說一個近似的音「乜水」（讀 mat[1] seoi[2]）。「誰」讀成「水」是語言學家所說的高升變調。

四、平民娛樂

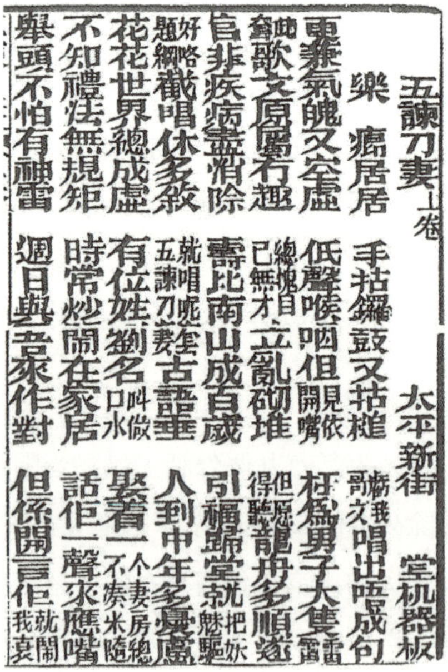
五諫刁妻上卷　太平新街　堂机器板

樂　癮居居　手拈鑼鼓又拈槌　虧我哥文唱出唔成句
東兼氣餒又空虛　低聲喉咽但見依開嘴　枉為男子大隻雷
此歌文原屬有趣　總愧自己無才立亂砌堆　但願聽得龍舟多順遂
自非疾病盡消除　壽比南山成百歲　引福歸堂就把妖魅驅
好咯題綱細唱休多敍　就唱呢套古語五諫刁妻　人到中年多憂慮
花花世界總成虛　有位姓劉名叫做口水　娶着一个妻房總不湊米隨
不知禮法無規矩　時常炒鬧在家居　話佢一聲來應嘴
舉頭不怕有神雷　週日與佢來作對　但係開言佢就鬧我哀

當時的平民知識水平有限，所以歌詞大多使用廣東話口語詞。賣藝者為了營造氣氛，會採用以下方式：

❶ 開場營造氛圍：「樂　戇居居　手拈鑼鼓又拈槌」，讓讀者彷彿能聽到樂曲的前奏；

☛【「戇」ngong[6] 在《五諫刁妻》寫成「癮」。】

❷ 自嘲拉近距離：通過「虧我哥

文唱出唔成句……此套歌文原屬冇趣 總愧自己無才立亂砌堆」進行自嘲；

❸ 送上美好祝福：以「但願得聽龍舟多順遂 官非疾病盡消除」表達祝福，希望聽眾心情舒暢；

❹ 巧用諧音遊戲：介紹故事男主角的名字，「有位姓劉名叫做口水」，利用廣東話中「劉口水」與「流口水」同音的特點，增添趣味，廣東人聽到這種「諧音遊戲」往往會覺得好笑。

夫婦吵架是家常便飯，《五諫刁妻》選取這一主題，容易引發共鳴。書中還用詼諧的手法，生動地描繪了丈夫對妻子的勸戒，例如：「識食偷閒又去練精……字花時常見你買。」同時也將妻子不服氣與丈夫對罵的情景刻畫得惟妙惟肖，例如：「又要我漿洗衣裳與共把仔孭……我咁行為你重唔多謝，你重反來罵我懶如蛇。」

五、家庭倫理

❶ 丈夫對妻子的勸諫

我們撮錄幾句歌詞供大家試讀。

◉ 第一堂前奉侍爹和母　又要曉得我係天牌係你丈夫
婦人針指正係生涯　四德三從你曉到明
殺妻罪律非為重　無非監禁與受苦工
殺妻行孝更重英雄　舉起拳頭亂咁舂

☞【亂咁舂＝亂打一通】

丈夫的勸諫源於於對妻子的不滿。在封建制度下，丈夫要求妻子遵守三從四德，完全服從丈夫，服侍老人，只能從事做家務、刺繡、縫紉等工作。既然勸諫無效，那就可以毆打妻子，甚至殺害妻子也無需償命，還自以為這樣做才有「英雄本色」。

❷ 妻子的吶喊

◉ 想我在家如似一個千金姐　自係過門歸你宅舍

早起更兼眠要夜　從朝做到日頭斜

從以上曲詞中，我們彷彿能聽到妻子對「三從四德」這種枷鎖的吶喊。妻子婚後遭受虐待，卻不能主動離婚。當時的觀眾大多是婦女，妻子的吶喊很容易引發共鳴。

六、平民教育

歌曲最後男主角的父母教訓了夫婦倆。

◉ 夫唱婦隨氣味投　有有無無安份守　積少成多銀會大舊

買田買地起高樓　个陣我做老人歡喜到透

【大舊＝一大塊、个陣＝那時候】

龍舟歌以教育大眾為目的。以上幾句可以看出，《五諫刁妻》通過歌曲教導平民百姓夫婦相處之道，以及一家人如何才能幸福快樂。

10 《紅毛番話貿易須知》——清朝早期商用英語學習手冊

出版年份：無從稽考。我們找到最早的是《紅毛番話貿易須知》富桂堂版。
作者：不詳。

本文採用《紅毛番話貿易須知》富桂堂版。封面有一個身穿 18 世紀服裝的外國男子畫像。全書總共 12 頁，內文分四部分：1. 生意數目門；2. 人物俗語門；3. 言語通用門；4. 食物雜用門。每部分都有廣東話詞語和相應的「廣東番話」注音。「廣東番話」以英語為主，例如：用「哥」給英文 go（去）注音。也有葡萄牙語，例如：用「吧地利」給葡文 padre（神父）注音，反映出葡萄牙在早期中外貿易的重要性。雖然這本書是學習外語的書，但並未寫外語原文，所有外語詞彙都用漢字注音，漢字需要以廣東話讀出，否則唸出來便不像原文。我們認為「廣東番話」注音是一種廣東人自創的書寫方式，用於與外國人做生意。

一、文獻價值

廣東一直都是中國對外貿易的通商口岸。廣東人與外國人做生意時，最大的障礙就是語言不通。19 世紀，有人自創一種名為 pidgin 的「中英混合語」，又叫「廣東番話」，相關作品出版後在市面上出售。《紅毛番話貿易須知》就是為中國人學習「廣東番話」而編纂的詞彙集。廣東人不會拼音，作者便用方塊字自創「注音外語」，例如：英文 one 的注音是「溫」。在語法方面，這本書也很有特色，例如：英語 cannot 是「助動詞＋否定詞」，而「廣東番話」按照中文語序，變成「哪堅」（no can）。

這本書的內容專門針對廣東商人團隊，設計了與外國人做生意的相關詞彙，包括商品數目、商品名稱、詢問價格、討價還價、商品評價等方面。

這種因通商需求而用方塊字自創注音外語的方法，後來被很多外語學習書籍借鑒。其實世界各地不少圖書館都有收藏不同版本的早期「廣東番話」作品。有學者對 19 世紀兩種文化接觸後產生的混合語進行研究，例如：《言語接触とピジン：19 世紀の東アジア》（2009）。

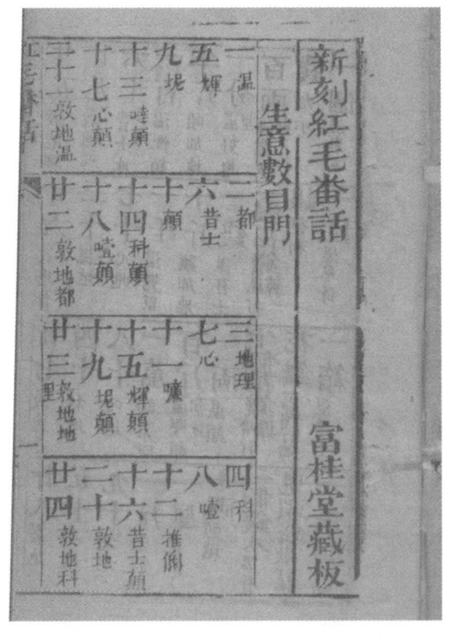

新刻紅毛番話

富桂堂藏板

生意數目門

一 溫　二 都　三 地理　四 科
五 輝　六 昔士　七 心　八 噎
九 坭　十 顛　十一 嚫　十二 推顛
十三 哇顛　十四 科顛　十五 輝顛　十六 昔士顛
十七 心顛　十八 噎顛　十九 坭顛　二十 敦地
二十一 敦地溫　廿二 敦地都　廿三 敦地地理　廿四 敦地科

我們在德國柏林國家圖書館找到《紅毛番話貿易須知》富桂堂電子版。收錄這本書，是因為這是我們找到的第一本由中國人編寫的「廣東番話」書籍，且印刷清晰。通過這本書，人們能夠瞭解 19 世紀廣東人與外國人進行商貿往來的情況。

二、對外貿易語言

清朝康熙皇帝在 1684 年批准外商在廣州等四個口岸經商，乾隆皇帝在 1757 年實行關閉鎖國政策，只允許廣州繼續與外商開展貿易。當時，中國商人跟西方人談生意時，因為語言不通，只能使用一種中英混合語進行談話。這種口語叫「Canton English」或「廣東番話」。

廣東人最早與荷蘭人、西班牙人、菲律賓人、葡萄牙人、印度人進行商貿活動，後來又與英國人、美國人通商。因此，到了 1830–1840 年期間，市面上出版了很多「廣東番話」書籍。例如：英文 four 的注音是「科」，印度的 curry 叫「咖喱」。而西方的商人團隊為了與廣東人溝通，也自創了一些詞語，例如：把中國的「帆船」叫做 junk、把「搬運工人」叫做 coolie 。後來廣東人也借鑒了 coolie 一詞，注音成「咕哩」。

三、廣東番話

The 'Fan Kwae' at Canton Before Treaty Days 1825-1844, by an old resident（《廣州番鬼錄》）（1882 年）的作者 William C. Hunter 記錄道，廣東商人團隊，包括行商（外商擔保人）、買辦（負責商館一切大小事務）、看銀師（外幣替換人）、苦力等，都需要學習外語。Hunter 還記錄道，在 1825–1844 年間，廣州市面上隨處可見「廣東番話」相關書籍出售。據內田慶市、周振鶴（2009 年）研究指出，1830–1840 年期間，出版了許多類似的書籍，如《紅毛通用番話》、《紅毛買賣通用鬼話》、《夷音輯要》等。這些書籍在體裁、內容、漢字注音方法等方面都十分相似。衛三畏（Samuel W. Williams）在 1836–1837 年期間，於 *Chinese Repository* 上發表過幾篇有關「廣東番話」的文章，他也提到坊間有很多類似的小冊子出

售。可見，在廣東人和外國人因語言障礙難以溝通做生意的情況下，「廣東番話」發揮了重要作用。

四、常用貿易用語

在十三行工作的中國商人和外國商人交流時，需要掌握各類商業用語，包括商品數目、商品名稱、詢問價錢、討價還價、商品評價等。《紅毛番話貿易須知》原文只有「中文詞彙」和「注音」兩項。為了讓讀者更深入瞭解當時的「廣東番話」，我們添加了相對應的「19 世紀發音」和「英語詞彙」兩項。

❶ 數目

中文詞彙	番話注音	19 世紀廣東話發音	英語詞彙
一	溫	wan	one
二	都	du	two
三	地理	di li	three

這種用漢字讀英文的方法一般被稱為「通勝英語」，我們現在還能在通勝（通書）裏看到。其實這種「注音法」在清朝就已經很流行。需要注意的是，廣東出版的詞彙集一定要用廣東話讀出，才接近原文發音，例如：英文 four 注音是「科」。

19 世紀廣東話和現代廣東話的發音不盡相同，例如現代廣東話的 ou 和 ei，在 19 世紀分別讀作 u 和 i，所以「都」現在讀 dou，但是 19 世紀初期讀 du；「地」現在讀 dei，但是 19 世紀初期讀 di。《紅毛番話貿易須知》將 two 注音為「都」，而當時的廣東話讀 du，因此其發音與英語 two 比較接近。同樣，three 寫成「地理」，現代廣東話讀 dei lei，但當時的發音應該是 di li，讀出來便接近 three 了。雖然注音的漢字跟實際原文發音存在一些偏差，但隨著雙方溝通的增多，再加上肢體語言及實物展示，慢慢便能理解對方的意思。

❷ 重量

中文詞彙	番話注音	19 世紀廣東話發音	英語詞彙
斤	加地	gaa di	catty
一斤	溫加地	wan gaa di	one catty
十斤	顛加地	din gaa di	ten catties

廣東人常用貨物的重量單位是「斤」，但與外國人貿易時需要使用 catty，所以「廣東番話」就把英語 catty 注成「加地」。當重量多於 one catty 時，英文要用複數形式 catties，但「廣東番話」仍使用「加地」。

❸ 商業用語

中文詞彙	番話注音	19 世紀廣東話發音	英語詞彙
俾錢	刼加示	gip gaa si	give cash
買乜貨	悲屈听	bei wat ting	buy what thing

「廣東番話」用「加示」標音來表示 cash。用「悲屈听」表示 buy what thing，這是典型的廣東式英語，跟英語的語序不同。由此可見「廣東番話」的語法直接受到了廣東話語法的影響。

❹ 表示感情、評價

中文詞彙	番話注音	19 世紀廣東話發音	英語詞彙
實守好	威里活	wai li wut	very good
中意	咄忌	lai gi	like
多謝	听忌	ting gi	thank you

「廣東番話」有很多表示感情或評價的用語，這些都是買賣過程中常用的。其實，現在廣東人有時開玩笑會把 very good 說成 weli good、把 like 說成 likey。由此看來，這些有趣的英文說法已經有二百年的歷史了。

❺ 商品名稱

中文詞彙	番話注音	19 世紀廣東話發音	英語詞彙
魚	非士	fi shi	fish
米	嚟士	lai shi	rice
茶	哋	di	tea

這些詞的發音具有以下特點：

1）英語單音節詞，在「廣東番話」中變成雙音節，例如 fish 的「廣東番話」是「非士」；

2）英文 tea 當時讀「哋」di，與英語發音比較接近。我們現在把「哋」讀成 dei，是因為當時的 i 音在現代已經變成 ei 音。

五、廣東話語法「睇真啲」

這本書使用了不少廣東話口語詞（括註相對應的釋語）：

中文詞彙	番話注音	19 世紀廣東話發音	英語詞彙
唔夠（不夠）	哪哈凹	no hap nap	no have enough
唔做得	哪堅都	no gin du	no can do

其語法特點如下：

廣東話和英語都採用「主語 + 謂語 + 賓語」的語序，但在表達否定時，英語採用「助動詞 + 否定詞」結構，如 cannot，而中文是「否定詞 + 動詞」結構，如「不做」。「廣東番話」在對 cannot 注音時，採用中文語序，變成「哪堅」（no can）；對 have not 注音時同樣採用中文語序，變成「哪哈」（no have）。有趣的是，一些不符合英語語法的「廣東番話」，最後被正式納入英語口語，例如《牛津英語辭典》收錄了 no can do 這個俚語，以及大家比較熟悉的 long time no see。

11

《英語集全》——清末商用英語必讀教材

出版年份：清朝同治元年（1862 年）。

作者：唐廷樞（1832–1892 年），廣東人。在馬禮遜（R. Morrision）開辦的英華書院接受西式教育，英語水平較高。擔任買辦多年，曾在怡和洋行擔任總買辦。為洋務運動代表人物，是李鴻章的下屬。曾籌辦煤礦，興辦中國第一條鐵路。

本文採用 1862 年版。全書有六卷。卷一封面註明「英語集全卷一」、「 英語集全」、「同治元年六月」。卷一首頁有：The Chinese and English Instructor, Tong Ting Kü, Canton, 1862、Preface、兩個中文「序言」、「自序」。卷一內容：1. 切字論；2. 讀法；3. 總目錄；4. 卷一分八類：天文、地理、時令、帝治、宮室、武備等。卷二分七類：馬車、器用、工作、服飾、食物等。卷三分十類：進

出口通商稅則、雜貨、匹頭、中外銀錢等。卷四分九類：數目、顏色、尺寸、斤兩、茶價等。卷五只有一類：人事。卷六分二十類：匹頭問答、賣茶問答、賣雞鴨問答、買辦問答等。全書六卷生詞都有相對應的「中文」、「廣東話拼音」、「英文」、「英文注音」，例如：

中文	廣東話拼音	英文	英文注音（以粵語讀）
日	yat	sun	新

一、文獻價值

早期廣東人與外國人做生意時，多使用自創的「中英混合語」pidgin，又叫「廣東番話」。後來部分中國人接受西式教育，其中唐廷樞精通商用英語，對中國進口貨物關稅準則、出口通商關稅準則、免稅貨物、違禁貨物等都瞭如指掌。

中商團隊除了老闆，還包括：1.「買辦」，負責商館一切大小事務；2.「通事」，協助外商辦理一切日常事務；3.「看銀師」，擔任外商擔保人；4.「苦力」，從事貨物搬運工作。雖然他們需要用英語與外商團隊溝通，但大多數人都不懂英語。

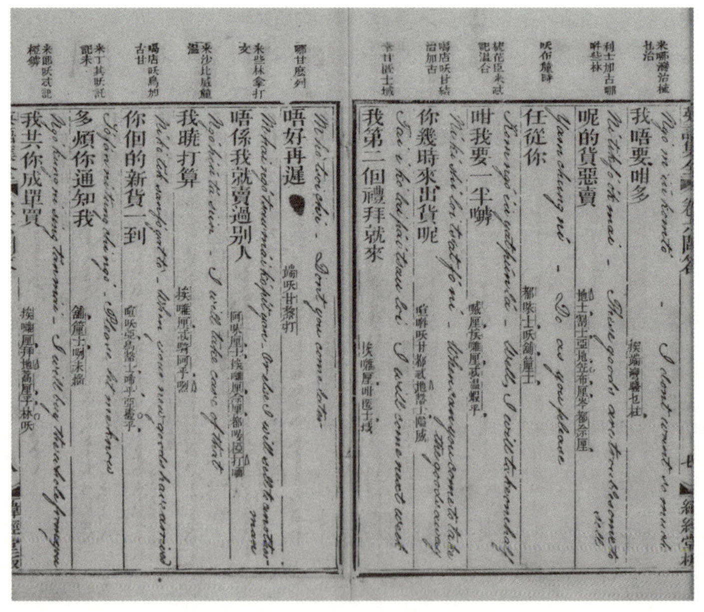

我唔要咁多 — I don't want so much
呢的貨惡賣 — These goods are troublesome to sell
任從你 — Do as you please
咁我要一半嘅 — Well, I will take half
你幾時來出貨呢 — When are you come to take the goods away
我第二個禮拜就來 — I will come next week
唔好再遲 — Don't you come too late
唔係我就賣過別人 — Or else I will sell to another man
我曉打算 — I will take care of that
你個的新貨一到 — When your new goods have arrived
多煩你通知我 — Please let me know
我共你成埕買 — I will buy the whole

這本書所有生詞都附有中文、廣東話拼音、英文、英文注音，不但可以幫助中商團隊用英語與外商團隊交流，也可以幫助外國人學習廣東話，從而促進中外商貿人士的有效溝通和雙方貿易往來。

《英語集全》反映出當時廣東人與外國人的貿易情況、清政府的稅制、語言特色等等，被不少學者用於研究當時的社會商業狀況，因此世界各國不少圖書館都有收藏。

我們在美國哈佛大學圖書館、日本京都大學圖書館都找到《英語集全》1862年電子版。我們收錄此書，是因為它是第一本中國人用中文、廣東話拼音、英文、英文注音編寫的「商用英語教材」。作者不止精通英語，還具有買辦實踐經驗，使得這本書非常實用。透過這本教材，我們得以窺見清朝商業的資料，實在難能可貴。

二、通商關稅

以下例子節錄自卷三。

❶ 進口貨物關稅準則

清朝針對這些從外國進口的貨物制定了關稅準則，例如：

	例子 1	**例子 2**
中文名	棉花	白魚翅
廣東話拼音	min fá	pak üchi
英文名	cotton	white sharks' fins
注音	割頓	喱索士吩（吩字花堅切）
中文稅則	每百觔叁錢伍分	每百觔壹両伍錢
英文稅則	T 0.3.5 per picul	T 1.5.0 per picul

☞【1 picul= 100 觔，「觔」是「斤」的俗字。T 是貨幣單位「両 Tael」，後面三個或四個數字的單位分別指「両、錢、分」或者「両、錢、分、厘」。進

口貨物分 13 類：油蠟、香椒、藥材、雜貨、布匹、食物等。

魚翅的英文是 fins，用的注音是「花堅切」= 花（f）＋ 堅（in[1]）= fin[1]。】

❷ 出口通商關稅準則

清朝也為從中國出口的貨物制定了關稅準則，例如：

	例子 1	例子 2
中文名	蜂蜜	蒜頭
廣東話拼音	fung mat	sün tau
英文名	honey	garlic
注音	恨尼（恨字上平）	加力
中文稅則	每百觔玖錢	每百觔叁分伍厘
英文稅則	T 0.9.0 per picul	T 0.0.3.5 per picul

【上平＝第一聲，即「恨」讀 han[1]。書中提及的出口貨物還有茶葉、絲綢、人參、雲石、古玩、食物等。】

❸ 免稅貨物

清朝海關註明了部分從外國進口的免稅貨物，例如：

	例子 1	例子 2
中文名	牛奶酥	外國墨
廣東話拼音	ngau nai sú	ngoi kwok mak
英文名	cheese	ink
注音	痴士	英

【書中提及的免稅貨物還有行李、熟肉、洋錢、香水、外國酒、首飾等。】

❹ 違禁貨物

清朝海關還註明了從外國進口的違禁貨物，例如：

	例子 1	例子 2
中文名	火藥	食鹽
廣東話拼音	fó yeuk	shik yim
英文名	gunpowder	salt
注音	根泡打	梳路

【書中提及的違禁貨物還有炮、鳥槍、手槍、一切軍器等。】

三、買賣對話

下面詞語節錄自卷六。

例子	問	答
1	乜嘢茶呢	綠茶紅茶都有
2	你肯俾茶換貨唔呢	我明日話你知

以上第一個例子的對話與現代廣東話相同。第二個例子與現代廣東話不同：1. 採用「以物換物」交易方式；2. 當時的問句句式為「肯＋動詞短語＋唔呢」，現代變成「肯唔肯＋動詞短語＋呢」；3. 當時寫「我明日話你知」屬於文白夾雜，現代則會純粹用廣東話寫成「我聽日話俾你知」。

四、廣東話特色「睇真啲」

❶ 語音

19 世紀的語音與現代有些不同，例如：

	例子
中文名	鯉魚
廣東話拼音	li ü
英文名	carp fish
注音	喻非薯

現代廣東話韻母 ei 在 1862 年出版的《英語集全》仍然讀韻母 i，如鯉 li。

❷ 語法：問句的詞序

19 世紀和現代的正反問句最大的不同在於賓語的位置。

《英語集全》：正反問句採用「有＋（東西）＋冇」，例如：你有乜新貨到冇。

現代廣東話：正反問句使用「有＋冇＋（東西）」，例如：你有冇（乜）新貨到。

12

《觀音化銀》——清朝以佛教為題的木魚書

出版年份：據《廣州大典》估計，本書出版於清朝。

作者：不詳。根據其曲詞通俗的特點，估計作者是賣唱者。

本書採用《觀音化銀》五桂堂清朝版。全曲只有八面。詞共237句，大多數句子由七到九個字組成。文體是用廣東話口語夾雜文言文和白話文，俗稱「三及第」。全曲使用了不少廣東話口語詞和廣東人常吃蔬菜的名稱，使觀眾聽起來倍感親切。故事講述蔡中興母親遇難時祈求上天拯救，並答應若獲救便興建洛陽橋答謝神恩。蔡中興中狀元之後，用盡家財仍未能完成洛陽橋的興建。上天派觀音下凡幫他完成心願。

一、文獻價值

有人認為「木魚書」的來源與佛教僧人一邊唸經一邊打「木魚」有關。「木魚書」的題材中，有些以比較輕鬆的方式來傳授佛理。以佛教為題材的作品中，《觀音化銀》最為通俗，因為它採用了「三及第」的文體，能讓小市民明白故事主角因孝行感動上天，從而得到觀音相助的道理。這個故事還能鼓勵人們行善積德。

這本書最大的吸引力在於其娛樂效果。在佛教中，「觀音」是四大菩薩之一，通常莊重高雅、慈悲為懷。然而，《觀音化銀》這個故事打破了傳統觀音的優雅形象，讓觀音以富裕美女的姿態出現在人間。

在說唱文學領域，《觀音化銀》也受得到國內外機構的肯定、收藏。我們在《廣州大典》曲類第一輯找到英國倫敦大學《觀音化銀》清朝版。用這種有趣的故事來宣揚佛道，不失為一個好方法。這個故事橋段對後來的娛樂事業產生了影響，例如，1940 年上映的電影《觀音化銀》被香港電影資料館收藏，成為 2019 年舉辦「尋存與啟迪：香港早期聲影遺珍」活動中再次上映的電影之一；楊秉坤演唱的南音《觀音化銀》由「香港中文大學中國音樂研究中心」館藏錄音及推廣，如今在 YouTube 上隨時都可以聽到。

二、觀音菩薩

羅悅棋（2019 年）指出，印度的觀音是男性，傳入中國後，從唐朝開始觀音逐漸被塑造成女性形象。在中國傳統社會中，不育的婦女往往會失去尊嚴及家庭地位，因此她們會拜觀音祈求生子。觀音常常應允這些祈求，故而有了「觀音送子」的美譽。觀音逐漸成為慈悲的化身、中國人的女神，民間出現了「觀音廟」、「觀音山」等地方，以及「觀音誕」、「觀音借庫」等節日。

元朝管道升撰寫的文獻將觀音塑造成孝感動天的「妙善公主」。在《西遊記》中，觀音多次拯救唐三藏師徒。到了明朝、清朝、民國時期，有數以千計的作品將觀音故事傳播到民間，號召普羅大眾信奉觀音以擺脫苦海。《星雲大師全集》提到，佛教裏觀音是四大菩薩之一，這位菩薩能夠激發起我們的良知，教導我們保護眾生。

三、寓教於樂

我們看到木魚書中有一些佛教主題故事，比如《觀音出世》、《觀音十勸》、《觀音化銀》等。其中，《觀音化銀》的故事最有趣，觀音變身為美女，站在彩蓮船上讓人用錢幣投擲她。有人為此賣掉田地，有人甚至賣掉妻子，就連八十歲的老公公也拿出養老送終的「棺材本」（養老金）來投擲觀音。這個故事橋段極具娛樂性，而且歌詞使用了大量廣東話口語詞，使得當時知識水平不高的平民也能聽得明白、看得高興。

故事的結局是觀音將所有「賺得的」錢幣送給男主角，幫助他完成了興建洛陽橋的任務。曲詞最後兩句「奉勸為人多孝善，自然天地不虧人」揭示了故事的主旨。我們認為，通過這種有趣的故事，讓人們理解故事背後的深層意義，是一種很好的寓教於樂的平民娛樂方式。

四、工作行業

故事中除了狀元男主角和他的家丁（官僚雇佣），還展現了群眾的工作行業：

1. 有等丟書唔讀前來看	2. 農夫丟手懶耕田
3. 深閨娘女停針線	4. 亦有生意唔做到河边
5. 自係十歲挑瓜和賣菜	6. 和尚一見淫心起

從以上幾句可知，男性包括讀書人、生意人、農夫、賣菜小販、和尚；婦女主要從事針線活。另外，還有人賣狗肉，有人是吸食鴉片的無業遊民。

五、廣東話特色「睇真啲」

《觀音化銀》記錄了當時廣東話口語詞，經歸納有下面幾個特色：

（一）「三及第」文體

◉ 定言你是神仙女　引我地凡人得咁顛　咁多人擲尔唔得中

定言你係鬼邪端　慈悲又乃回然道　你們眼界要加添

以上幾句中，廣東話有「我地」（我們）、「咁顛」（這麼瘋狂）、「咁多」（這麼多）、「唔得」（不能）、「係」（是）。文言文有「定言」（必定、必然）、「尔」（你）、「乃回然道」（就回答說）。白話文有「是」、「你們眼界要加添」。三種文體夾雜使用，富有地方色彩，讓廣東人更加能夠享受其中的樂趣。

（二）平仄

廣東話有九個聲調，除最高調的入聲外，最高和最低的聲調叫「平聲」，其他聲調稱為「仄聲」。這首曲用木魚歌來唱，如同對聯一樣，第一句最後一個字是仄聲，第二句最後一個字是平聲，產生了抑揚頓挫的效果。例如，下面四句對觀音變成美女的描述：

◉ 上著碧沙綢與緞（仄） 五色花裙襯住個對小金蓮（平）。
手中揸住真金扇（仄） 輕看桃口就開言（平）。

（三）押韻

在一句曲詞最後一個字押韻會產生和諧的效果。全曲大部分都押韻，例如：

- 「yun」韻：端、緣、船、轉、眷等。
- 「in」韻：言、顛、鮮、便、錢等。

（四）修辭

❶ 複句及誇張

作者採用了「不論／唔論在甚麼情況下，結果都不會改變」的複句，使曲辭變得更加生動。同時運用了一些誇張手法，如貌醜、年老、痲瘋等詞，增添了趣味。

◉ 不論九流兼貌醜　唔論佢豆皮共背脊
唔論佢青春及年老　不論佢外江兼本地
不論痲瘋和帶疾　總要金銀擲中我身边

❷ 重疊

作者運用了「重疊」的方法，將單音節詞變成雙音節，音律經過調節後變得更加動聽。作者用「匕」字作為疊字符號，例如：

1. 齊匕爭看彩蓮船	2. 便叫婆匕忙使㨂
3. 奴匕家住山西省	4. 八十歲公匕無妻子

☞【齊匕＝齊齊、婆匕＝婆婆、奴匕＝奴奴、公匕＝公公。】

❸ 常用詞

作者在曲詞中加入「蔬菜」來表達「祝福」或「警戒」，顯得生動有趣，例如：

1. 枸杞年匕吉慶添	2. 波菜波埋子共孫
3. 生菜生涯好利錢	4. 芥菜戒人切勿賭博

☞【年匕＝年年】

《新約全書·廣東話》
——清末中國教會領袖與德國牧師共同修訂的方言聖經

救主耶穌降世一千九百零六年

新約全書

廣東話

大清光緒三十二年歲次丙午

聖書公會印發

BRITISH AND FOREIGN BIBLE SOCIETY. 1906.
Canton Colloquial New Testament.

出版年份：清朝光緒三十二年（1906 年）。

修訂者 1：區鳳墀（1847–1914 年），廣東人。英國倫敦會在廣州開辦教會的華人領袖。曾修訂廣東話版聖經。孫中山從美國來到中國香港，區鳳墀教他中文，並向他傳播福音，後來孫中山受洗成為基督徒。（引自《中國基督教人物小傳》2011 年再版）

區鳳墀

修訂者 2：葉道勝（I. G. Genähr，1897–1928 年），德國牧師，能說流利的廣東話。其父親是廣東醫療傳教士葉納清（F. Genähr）。曾任中華基督教禮賢會總牧。參與聖經「和合本」翻譯工作。（引自《中華基督教禮賢會區報》2019 年 7 月第 93 期）

本文採用 1906 年版。由廣州教會領袖區鳳墀及德國牧師葉道勝共同修訂。現代版的聖經每一章都有標題，但是 1906 年版仍然未有。新約全書一共有 27 卷。內容記述耶穌基督出生、教導真理、訓練門徒傳福音、趕鬼、醫病、死在十字架上，以及復活升天等事蹟。

一、文獻價值

基督教聖經分為舊約、新約兩部分：舊約有 39 卷，新約有 27 卷。有人說「新約」是上帝寫給人類的「情書」，上帝派耶穌來到世界，讓人們領悟上帝的慈愛。最後耶穌犧牲在十字架上，流出寶血洗淨世人的罪過。世人藉此可以與上帝重新建立關係，死後進入天國，獲得永恆的的福樂。

傳教士認為信徒使用母語閱讀聖經最好，因此積極將聖經翻譯成多語種版本。最早的中文版是用文言文撰寫的《新舊遺詔全書》（1822 年）及《神天聖書》（1823 年）。然而，傳教士發現很多中國平民難以理解文言文版本，於是改用淺文言文、官話來翻譯，但仍然有閱讀障礙，後來開始翻譯各種方言版本。

廣東話聖經有四種：1. 漢字版；2. 羅馬字版；3. 廣東話漢字＋英文雙語字版；4. 點字版。美國牧師丕思業（C. F. Preston）在 1862 年出版最早的廣東話版《馬太傳福音書》和《約翰傳福音書》。從 1871 年開始，美國牧師丕思業、英國牧師俾士（G. Piercy）和德國牧師公孫惠（A. Krolczk）共同翻譯聖經新約「四福音」（新約頭四卷書）和《使徒行傳》，其他書卷大多數由美國長老會翻譯，到了 1905 年出版廣東話版整本聖經。後來，英國聖經公會希望出版專屬於該會的「廣東話新

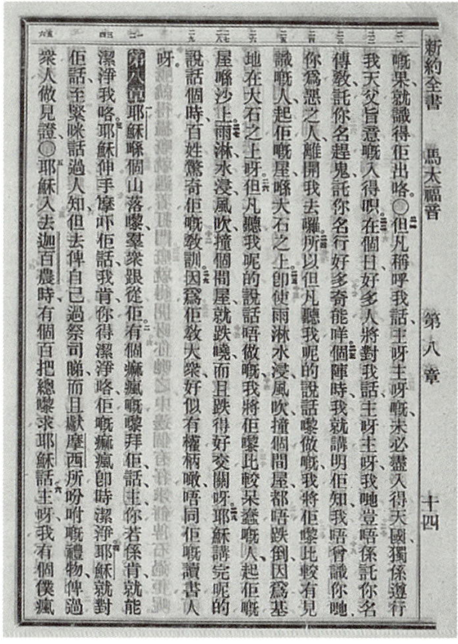
新約全書　馬太福音　第八章　十四

嘅果、就識得佢出咯。◎二一但凡稱呼我話、主呀主呀嘅、未必盡入得天國、獨係遵行我天父旨意嘅人得㗎。二二在個日、好多人將對我話、主呀主呀、我哋豈唔係託你名傳教、託你名趕鬼、託你名行好多奇能咩。二三個陣時、我就講明佢知、我唔曾識你哋、你為惡之人、離開我去囉。二四所以但凡聽我呢的說話嚟做嘅、我將佢嚟比較有見識嘅人、起佢嘅屋喺大石之上。二五即使雨淋、水浸、風吹、撞個間屋、都唔跌倒、因為基地在大石之上呀。二六但凡聽我呢的說話唔做嘅、我將佢嚟比較呆蠢嘅人、起佢嘅屋喺沙上。二七雨淋、水浸、風吹、撞個間屋、就跌嘵、而且跌得好交關呀。二八耶穌講完呢的說話、個時百姓驚奇佢嘅教訓。二九因為佢教大衆、好似有權柄噉、唔同佢嘅讀書人呀。

第八章 一耶穌喺個山落嚟、衆衆跟從佢。二有個痲瘋嘅嚟拜佢、話、主、你若係肯、就能潔淨我咯。三耶穌伸手摩吓佢、話、我肯、你得潔淨咯、佢嘅痲瘋卽時潔淨。四耶穌就對佢話、至緊咪話過人知、但去俾自己過祭司睇、而且獻摩西所吩咐嘅禮物、俾過衆人做見證。◎五耶穌入去迦百農時、有個百把總嚟求耶穌話、六主呀、我有個僕瘋

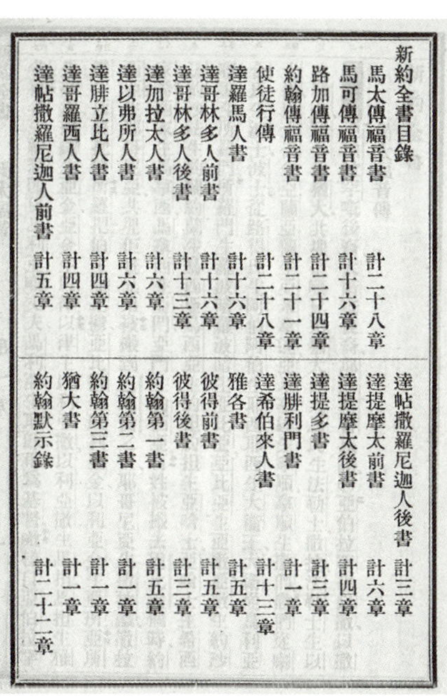
新約全書目錄

約聖經」，於是委派華人教會領袖區鳳墀及德國牧師葉道勝共同修訂俾士翻譯的「廣東話新約聖經」，並於 1906 年出版廣東話漢字版《新約全書》。

在 1906 年之前，廣東話聖經均由外國人翻譯。我們在澳洲國家圖書館找到了《新約全書．廣東話》1906 年電子版。我們收錄這本書，是因為它是由華人教會領袖區鳳墀及德國牧師葉道勝合作修訂的廣東話聖經，翻譯質量較之前的版本更好。

二、基督教聖經中文版歷史

❶ 第一階段：文言文聖經

以前基督教的聖經是聖典。第一個來中國的英國牧師馬禮遜的任務是翻譯中文聖經。當時清政府明令禁止中國人教外國人中文，違者處死。馬禮遜雖然終於請到老師，但只能在晚上秘密上課。老師甚至隨身攜帶毒藥，以防萬一被發現便服毒自盡。所幸上課過程未被發現。馬禮遜學會中文之後翻譯新舊約聖經，於 1823 年出版《神天聖書》，被來華傳教士普遍使用。

在印度浸信會的英國傳教士馬士曼（J. Marshman）1822 年出版了第一本中文的文言文聖經《新舊遺詔全書》。由於該版本在中國境外翻譯，所以僅在浸信會內使用。

❷ 第二階段：淺文言文聖經、官話聖經

傳教士最初用淺文言文、官話翻譯聖經。由於不同宗派對 God、Spirit 的中文譯詞存在分歧，經會議決定，英國聖經公會出版用「上帝、聖神」，一般稱作「上帝版」，而美國聖經公會出版則使用「神、聖靈」，一般稱作「神版」。至於 Baptism 的翻譯，浸信會則用「受浸」，其他教會則用「受洗」。今日香港聖經公會出版「上帝版」、「神版」、「浸版」聖經，供基督教不同宗派的教徒使用。

❸ 第三階段：方言聖經

由於許多平民看不懂淺文言文聖經或官話聖經，傳教士開始翻譯各種中國方言版本。

到了清末民初，隨著廣東人的識字率慢慢提高，加上華人教會漸漸成熟，對廣東話聖經的需求大大減少。1919 年白話文版「和合本聖經」問世，很多信徒都採用。我們看到香港聖經公會 1997 年出版的《新廣東話聖經》已經將以前的《廣東話聖經》大為翻新，採用現代廣東話進行翻譯，更適合現代廣東人研讀。現代的廣東話聖經除印刷版外，音檔版也越來越流行。

三、上帝的特性

❶ 上帝是愛的化身

摘錄自《約翰福音》第三章第十六節：

◉ 因為上帝愛世界，甚至摵佢獨生之子，賜過佢哋，令但凡信佢嘅，免至滅亡，又得永生。

摘錄自《羅馬書》第五章第八節：

◉ 我哋重係罪人，基督替我哋受死，敢就上帝顯明仁愛過我哋。

聖經裏面描述的上帝是三位一體的神，即「聖父／上帝」、「聖子／耶穌」、「聖神／聖靈」。因為世人都犯了罪，要下地獄，所以「聖父」派聖子耶穌降臨人間，經歷十字架之苦，流出寶血洗淨世人的罪過。「聖神／聖靈」會令世人悔改，使人得以進入上天堂，得到永生。

上面節錄的經文「甚至摵佢獨生之子」的「摵」，現代用「將」，書面語是「把」，整句的意思是「甚至把獨生的兒子」。「賜過佢哋」的「過」現代用「俾」，書面語是「給」，整句的意思是「賜給他們」。

❷ 聖靈是良師益友

下面三個例子分別摘錄自《約翰福音》第十六章第七、八、十三節。

◉ 若然我唔去，保惠師就唔嚟你處

◉ 佢嚟之時，必定令世界為罪惡、為公義、為審判、責成自己

◉ 真理嘅聖神嚟，佢必定引你入各樣真理處

聖靈是保惠師，如果一個基督徒犯了罪，聖靈會予以責備。同時，聖靈也會引導基督徒走上光明正道，幫助信徒更新心意，塑造全新的生命。

❸ 耶穌是信徒學習的榜樣

下面的例子摘錄自《馬太福音》第四章第一至四節「耶穌被魔鬼試探」：

◉ 聖神引耶穌去到曠野，被魔鬼試佢，已經唔食四十日四十夜咁耐，後來肚餓。個試者對佢話，你若係上帝之子，可以吩咐呢的石變做餅。耶穌答佢話，聖經有寫，人不獨倚賴餅嚟生。

耶穌來到世界也曾經歷魔鬼試探。在 40 天沒有進食的情況下，面對魔鬼讓他把石頭變成餅吃時，耶穌堅守原則，拒絕落入魔鬼的圈套，表明人生存不僅僅是為了食物。

四、福氣「睇真啲」

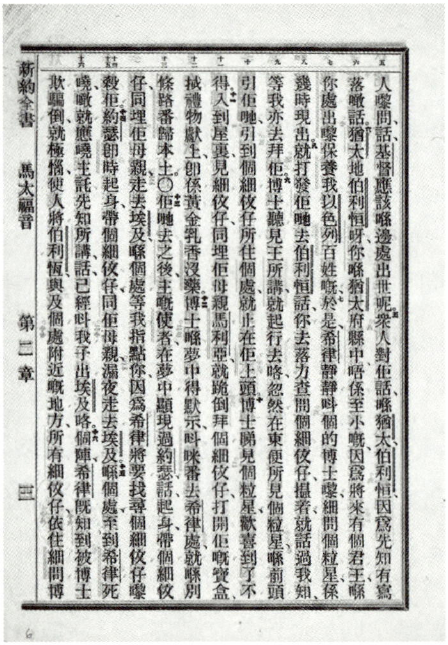

以下摘錄自《馬太福音》第五章第一至十節的經文，現代基督徒稱之為「八福」。

◉ 耶穌就開口教佢哋話，

虛心嘅人有福咯……

悲切嘅人有福咯……

溫柔嘅人有福咯……

如飢渴愛慕公義嘅人有福咯……

可憐人嘅有福咯……

清心嘅人有福咯……

令人和睦嘅人有福咯……

為公義被人迫害嘅人有福咯……

根據基督教的教義，我們把以上八種福氣作淺白的解釋如下：

福	屬靈品格	解釋
1	虛心	自知不足、謙和

福	屬靈品格	解釋
2.	悲切	為自己的罪痛悔、為生命中的苦痛哀傷
3.	溫柔	受到委屈不惡言相向，待人體貼入微
4.	飢渴愛慕公義	愛慕公正的義理
5.	可憐人	富有同情心，願意幫助他人
6.	清心	去除雜念，純潔無邪
7.	令人和睦	調解爭端，促進和諧
8.	為公義被人迫害	為堅持公正義理受到傷害

五、廣東話特色「睇真啲」

下面摘錄自《路加福音》第九章第十三至十七節。這段經文描述耶穌用五餅二魚餵飽五千個人的神蹟：

◉ 我哋獨係有五個餅兩條魚呪……因為大約有五千人呀。耶穌又對門生話，叫大眾排開「坐倒處」，每隊五十人。佢照依噉做，叫大眾「坐倒處」。耶穌擰起個五個餅兩條魚，望住天祝謝，擘開交過門生，叫佢派開「喺眾人面前」。

從「坐倒處」和「喺眾人面前」這兩個例子可以看出，20 世紀初有「倒」和「喺」兩個處所介詞。到了 21 世紀只剩下「喺」，「倒」已經消失了。當時的「坐倒處」21 世紀說成「坐喺度」，而「喺眾人面前」到了 21 世紀維持不變。

14 《俗言問答》——民初天主教入教規條

出版年份：天主降生一千九百十二年（1912 年）。

相關資料：聖經裏記載，最早的洗禮是「施洗約翰」為耶穌及其他信徒施洗。早期天主教信徒申請入教，宗教領袖便開始編寫「洗禮要理」，作為入教指南。我們找到最早的《聖洗規儀》是 1657 年駐華葡萄牙耶穌會士穆迪我神父（Jacques Motel）用文言文編寫的入教規條。

翻譯者：香港神職人員獲得天主教教廷批准，將「洗禮入教規條」簡化並翻譯成廣東話後，出版《俗言問答》。該書出版後用作教材，用於教導慕道友學習天主教教義。

本文採用 1912 年版。封面註明：1. 俗言問答；2. 聖類斯業務學堂（聖類斯中學前身）印。全書只有八頁。正文之前註明「香港主教師　准」。內容共有 70 條問題和答案，經歸納分為六部分：1. 申請加入天主教的動機是否純正；2. 是否認識天主；3. 是否明白教

會規條；4. 是否真心相信天主；5. 是否承諾遵守教會規條；6. 是否清楚入教後可以獲得永生的福樂。全書採用廣東話口語書寫，便於慕道友理解學習。

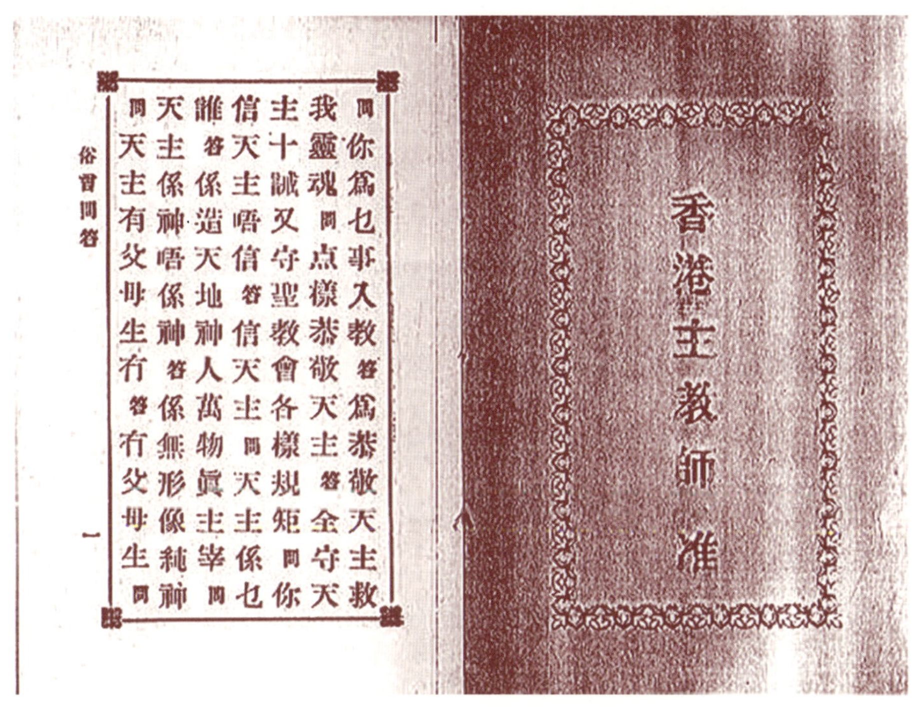
問你爲乜事入教答爲恭敬天主救
我靈魂問点樣恭敬天主答全守天
主十誡又守聖教會各樣規矩問你
信天主唔信答信天主問天主係乜
誰答係造天地神人萬物眞主宰問
天主係神唔係神答係無形像純神
問天主有父母生冇答冇父母生問

俗言問答

一

一、文獻價值

20 世紀初，天主教在香港對貧苦大眾開展了大量慈善及教育工作，吸引了眾多渴望學習天主教道義、進行洗禮入教的慕道友。

1657 年，來華的穆迪我神父（J. Motel）用文言文編寫了《聖洗規儀》。而 1912 年出版的《俗言問答》以廣東話來書寫，主要面向當時香港看不懂文言文及白話文的普通市民。這本廣東話版具有時代特色，是天主教在香港傳教歷程中的見證，因此被香港天主教教區收藏至教區檔案的古籍資料庫，在香港天主教的歷史上佔有一席之地。

從天主教傳教歷史來看，天主教神職人員開展了諸多慈善工作，包括照顧被遺棄兒童、老人、婦女、傷殘人士，醫治病人，教育失學者，關懷罪犯等。到了現在，香港仍有很多天主教興辦的學校、醫院、慈善機構為市民服務，天主教教堂也越來越多。

我們在香港天主教教區檔案的古籍中找到《俗言問答》1912 年版，從中可知天主教批准申請人入教的準則：申請人必須真心相信天主拯救其靈魂。收錄這本書，是因為這是我們找到的第一本用廣東話翻譯的「天主教入教規條」。《俗言問答》記錄了當時的廣東話特色，成為語言學家研究廣東話演變的寶貴語料。

二、香港天主教的歷史

參考夏其龍神父編寫的《香港天主教傳教史》（2014 年），以下為香港天主教歷史發展的幾個重要方面：

❶ 天主教駐華總署進駐香港

天主教駐華總署因一直不滿在澳門傳教時受葡萄牙人控制的局面，於 1841 年英軍佔領香港島之際，將天主教駐華總署從澳門遷至香港。

❷ 天主教與港英政府關係

英國政府的國教是基督教，但與天主教保持良好關係。1860 年，港督寶靈（J. Bowring）的女兒艾美莉（E. Bowring）邀請意大利嘉諾撒仁愛會修女來港辦學後，加入仁愛會成為修女，並在學校成立後擔任校長。這所學校後來發展成為嘉諾撒聖心書院。

1863 年安博神父（A. Percira）目睹青少年因失學淪為罪犯的現象，設立感化院。港督羅便臣（R. Robinson）視察後，撥出地皮給天主教教會興建職業先修學校。這所學校後來發展成聖類斯中學。

1877-1883 年間，港督軒尼詩（J. Hennessy）作為天主教徒，在任期間大力推動天主教在香港的發展。

三、天主教洗禮入教

《俗言問答》以廣東話口語詞翻譯呈現，其內容經歸納分為六部分：

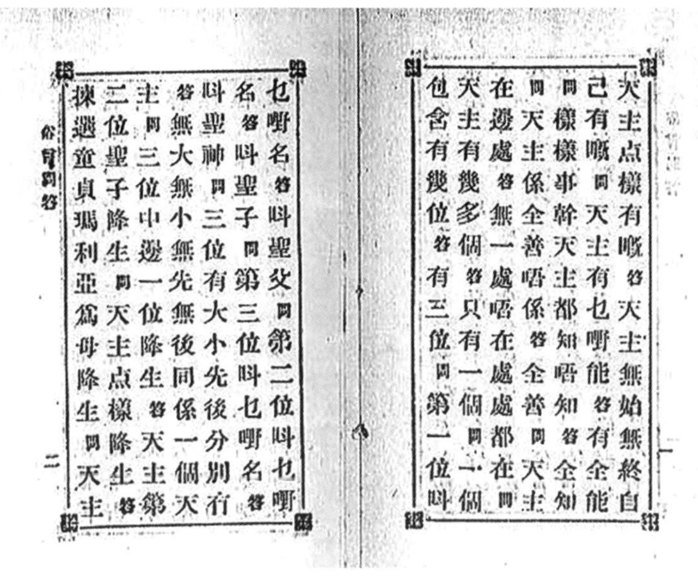
天主点樣有嘅 答 天主無始無終自
己有嘅 問 天主有乜嘢能 答 有全能
問 樣樣事幹天主都知唔知 答 全知
問 天主係全善唔係 答 全善 問 天主
在邊處 答 無一處唔在處處都在 問
天主有幾多個 答 只有一個 問 一個
包含有幾位 答 有三位 問 第一位叫

乜嘢名 答 叫聖父 問 第二位叫乜嘢
名 答 叫聖子 問 第三位叫乜嘢名 答
叫聖神 問 三位有大小先後分別冇
答 無大無小無先無後同係一個天
主 問 三位中邊一位降生 答 天主第
二位聖子降生 問 天主点樣降生 答
揀選童貞瑪利亞為母降生 問 天主

俗言問答 二

❶ 入教動機純正，例如第一題：

◉ 問：你為乜事入教　答：為恭敬天主救我靈魂

❷ 認識天主，例如第四題：

◉ 問：天主係乜誰　答：係做天地神人萬物真主宰

❸ 明白教會規條，例如五十二題：

◉ 問：聖洗係乜嘢

答：係耶穌立嘅聖事　為消滅願奉教人原罪本罪

並赦其所當受之罰　能做天主及聖教會義子

❹ 真心相信天主，例如第三題：

◉ 問：你信天主唔信　答：信天主

❺ 清楚入教後可以獲得永生的福樂，例如第六十八題：

◉ 問：你全信聖教會道理想望乜嘢

答：想望天主恩　賜耶穌功勞　賞我享天堂真福

❻ 承諾遵守教會規條，例如第七十題：

◉ 問：⋯⋯你該當乜嘢本分

答：該當棄絕各樣異端　痛改各樣毛病

全望教規誡　學習教中道理並要緊經言

四、香港市民對白話文的認識

除了 1912 年的《俗言問答》外，香港天主教教區檔案中還有 1921 年出版的《聖教要理問答》。兩本書裏 70 條問答內容完全相同，但表述形式有區別。《俗言問答》採用廣東話口語詞書寫，而《聖教要理問答》採用白話文書寫並附有廣東話拼音。例如：

問題	《俗言問答》1912 年	《聖教要理問答》1921 年
第一題	你為乜事入教	你為甚麼進教 Ni$_2$ wai$_3$ chap$_4$ mo^1 tsun^3 káu^3
第四題	天主係乜誰	天主是誰 T'in^1 chü^2 shi$_3$ shui$_1$

☞【《聖教要理問答》的拼音用 1、2、3、4 表示聲調，寫在右上角表示高音階，寫在右下角表示低音階，跟何神父（L. Aubazac）在《粵法字典》中使用的方法相同。「甚」chap4 應該是 shap4，法語 ch 讀 sh，此處可能存在筆誤。】

五、廣東話特色「睇真啲」

《俗言問答》以廣東話書寫，展現出以下特色：

（一）廣東話口語詞

❶ 與現代相同的詞語：「乜嘢」（甚麼）、「點樣」（怎樣）、「翻生」（復活）、「邊處」（哪裏）、「睇見」（看見）等。

❷ 與現代不同的詞語：「頭人」（首領）現代說「阿頭」，「乜時候」（甚麼時間）現代說「幾時」，「唔曾」（沒有）現代說「未呀」，「耶穌基利斯督」現代說「耶穌基督」等。

❸ 文白夾雜現象：廣東話夾雜白話文或文言文，讓人感覺沒有那麼通俗，例如：「來唔來」（來不來）現代說「嚟唔嚟」，「使之終身和睦」（使兩夫婦終身和睦相處）現代說「令佢哋兩夫婦成世都好好哋相處」。

（二）廣東話問句

❶ 與現代疑問句的語序相同

1)「點樣」（怎樣） ◉ 天主點樣降生？

2)「邊處」（哪裏） ◉ 天主在邊處？

3)「邊个（個）」（誰） ◉ 邊个係教會頭人？

❷ 與現代正反問句的語序不同

年份	廣東話句型	例子
1912 年	主語＋動詞＋賓語＋否定詞＋動詞	你＋信＋天主＋唔＋信 耶穌＋係＋天主＋唔＋係
現代	主語＋動詞＋否定詞＋動詞＋賓語	你＋信＋唔＋信＋天主 耶穌＋係＋唔＋係＋天主

15

《英語不求人》——清末美國人與華人合編的粵英雙向教材

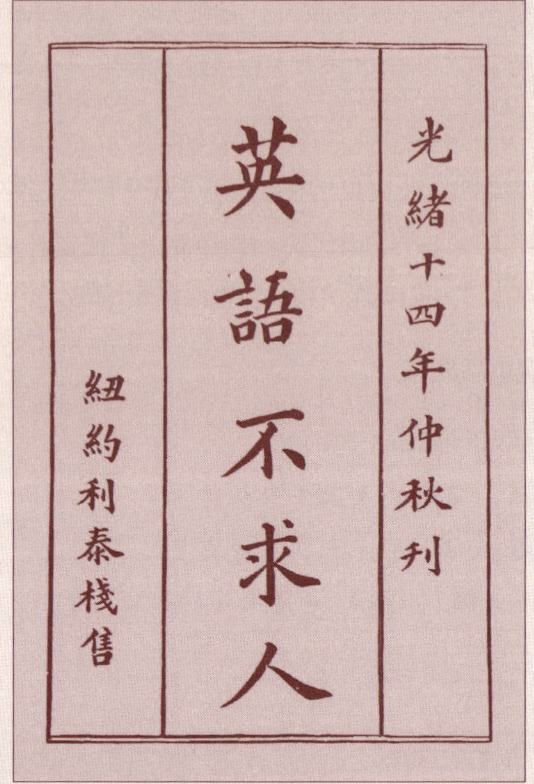

出版年份：清朝光緒十四年（1888 年）。

作者 1：T. L. Stedman，生平不詳。

作者 2：李桂攀（Lee Kwai Pan, 1859–？），廣東人。1873 年清政府派往美國留學的第二批幼童之一。當時很多幼童在美國改穿西服，剪掉辮子，加入基督教，李桂攀因此被清政府遣返中國。其後，自費返回美國繼續留學。在留學美國時，喜愛打棒球，是「東方人棒球隊」隊員。

本文採用 1888 年初版。中文封面標註：1. 英語不求人；2. 光緒十四年仲秋刊；3. 紐約利泰棧售。第一頁英文內容：1. A Chinese and English Phrase Book in the Canton Dialect；2. T. L. STEDMAN and K. P. LEE；3. Copyright 1888；4. New York William R. Jenkins Publisher。第二頁寫著：英文目錄。正文共 187 頁，歸納後分六部分：1. 英文序言；2. 中文序言；3. 英文字母；

4. 課文（41 課）；5. 數目詞（四種）；6. 信稿。

我們將 41 課課文歸納為七類：1. 學習；2. 社交；3. 工作；4. 交通；5. 活動；6. 宗教；7. 麻煩事。

每一課所收錄的句子都分兩部分：1. 英文句子逐字用漢字注音，如「this morning = 地$_{\text{時}}$ 麼寧」，小字「$_{\text{時}}$」與前面大字連讀時要短促讀出；2. 相對應的廣東話句子逐字用廣東話拼音註明，如「今朝＝ ,kam ,chiu」。該廣東話拼音系統借用了衛三畏式拼音系統（Williams's System），但修改了聲調符號。

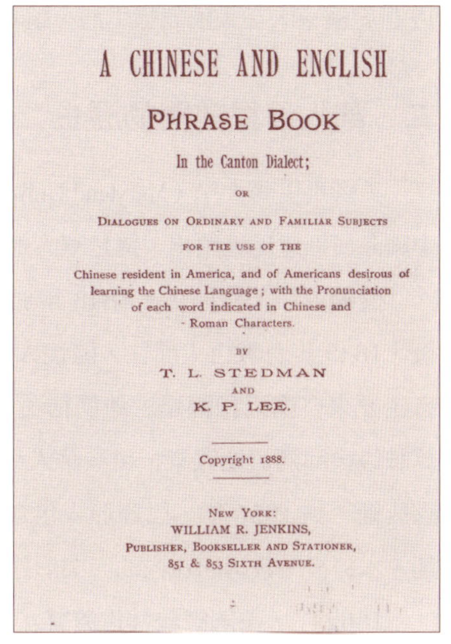
A CHINESE AND ENGLISH
PHRASE BOOK
In the Canton Dialect;
OR
DIALOGUES ON ORDINARY AND FAMILIAR SUBJECTS
FOR THE USE OF THE
Chinese resident in America, and of Americans desirous of learning the Chinese Language; with the Pronunciation of each word indicated in Chinese and Roman Characters.
BY
T. L. STEDMAN
AND
K. P. LEE.

Copyright 1888.

NEW YORK:
WILLIAM R. JENKINS,
PUBLISHER, BOOKSELLER AND STATIONER,
851 & 853 SIXTH AVENUE.

一、文獻價值

1848 年美國人在加州三藩市發現金礦，同時中國經歷鴉片戰爭，在此背景下，前往美國的廣東人越來越多。很多廣東人不會說英語，很難與美國人溝通。而美國人出於商貿需求，與廣東人接觸的機會越來越多，也希望學習廣東話。

1888 年出版的《英語不求人》是第一本由中國人與美國人合編的「粵英雙向」教材。書中每個廣東話口語詞都用漢字注音，廣東人一看就可以讀出英文發音；同時附有廣東話拼音，美國人一看就可以讀出廣東話發音。

1888 年初版和 1911 年再版都可以在美國紐約的利泰棧購得，可見這本書在美國華人社會頗有銷路。這本在美國出版的書開了粵英雙向教材的先河，幫助當時的廣東人與美國人溝通。我們收錄此書，因為其語料不但可以用於研究 19 世紀廣東話特色，還能幫助瞭解當時廣東人在美國的生活狀況。

我們在美國康乃爾大學圖書館找到《英語不求人》1888 年電子版。若想瞭解

19 世紀廣東人在美國怎樣生活，這本粵英雙向教材是絕佳參考。

二、華人移民美國的歷史

美國馬里蘭大學（Maryland University）2009 年研究顯示，1785 年已經有三名中國海員抵達馬里蘭州，這是華人進入美國的最早記錄。

美國人口記錄顯示，1848 年加州只有三個華人居民。加州三藩市發現金礦後，1849 年有數百人前往，隨後人數逐年上升，1852 年高達兩萬人。這些淘金者主要來自廣東和福建，他們稱美國為「金山」（三藩市專稱，泛指美國），打算賺錢後回鄉買地置業。這些華人都聚集在同一小區生活，隨之慢慢出現很多中國店鋪。到 1856 年，已經形成包含餐館、雜貨店、藥行、草藥店、理髮廳、肉鋪、木料行、裁縫店在內的商業形態。

1862 年，美國總統林肯簽署《太平洋鐵路法案》（*The Pacific Railroad Act*），計劃興建一條橫貫美國全國的鐵路。由於華工刻苦耐勞，美國鐵路公司僱傭一萬多名華工赴美興建鐵路。

三、華人留學美國的歷史

《大清留學幼童記》（2003 年）記載布朗牧師（Rev. S. R. Brown）1843 年開始擔任香港「馬禮遜學校」校長，1846 年帶容閎、黃寬及黃勝三個學生赴美讀書，最終只有容閎一人留在美國升學。1854 年容閎在耶魯大學畢業後，返回中國推動幼童赴美留學計劃。1871 年，曾國藩和李鴻章聯名奏請同治皇帝，建議每年派 30 名學童到美國留學，四年共 120 名，要求學成歸國後終生為朝廷服務。皇帝批准後，由容閎擔任中國留學事務部副委員。選出的 120 名幼童中，廣東籍的有 84 人，佔比達 70%。他們到美國後的英文名多用廣東話拼音，如這本書的作者李桂攀的英文名 Lee Kwai Pan。

很多幼童赴美後改穿西服、剪掉辮子、加入基督教、參加棒球活動等行為令清政府極度不滿，最終被遣返中國。作者李桂攀被遣返後，自費重返美國繼續完成學業。

四、廣東人在美國學英文

英國字母

ALPHABET

縊	A	a	A	a	ab	eb	ib	ob	ub
鼻	B	b	B	b	ac	ec	ic	oc	uc
仕	C	c	C	c	ad	ed	id	od	ud
地	D	d	D	d	af	ef	if	of	uf
意	E	e	E	e	al	el	il	ol	ul
縊戶	F	f	F	f	am	em	im	om	um
治	G	g	G	g	an	en	in	on	un
縊治	H	h	H	h	ap	ep	ip	op	up
埃	I	i	I	i	ar	er	ir	or	ur
祭	J	j	J	j	as	es	is	os	us
契	K	k	K	k	at	et	it	ot	ut
縊奶	L	l	L	l	ax	ex	ix	ox	ux

早期在美國生活的廣東人因為英語不通，社交圈局限於同鄉之間。《英語不求人》（1888 年）中有四篇內容聚焦基礎英文，包括英文字母、學講話、寫字、讀書。

❶ 英文字母

廣東人學習 26 個英文字母是英語入門第一步。這些英文字母均用漢字注音，並且可以用廣東音讀出。有些字母只是注一個音節，如 A= 縊。有的字母注兩個音節，如 F = 縊戶。有的字母注三個音節，如 W= 搭布要。為了保證發音準確，作者將讀音速度及連讀都標示出來。有兩 / 三個音節時，大字要用常速讀，小字要用短速且與前面的大字連讀。作者使用了 19 世紀廣東話來注音，若用 21 世紀的發音來唸則會出現偏差。

❷ 學講話

這本書英文句子、詞語注音採用漢字、通用廣東字、自創廣東字，如 how 注音「拷」，learn 注音「㗎」，後者是作者自創的廣東字，加上口字旁來標示該詞是廣東話口語詞。書中所有廣東話句子、詞語都有廣東話拼音，如「學」的拼音是

「hok.」。以下為第八課節錄：

問：How	did	he	learn	English?				
拷	跌	希	唎	英忌利時				
佢	點	樣	學	英	國	話	來	呢。
ˎk'ü	'tim	ˎyeung	hok.	'ying	kok.	waˋ	.loi	'ni

以上表達方式跟現代不盡相同，「佢點樣學英國話來呢」是 19 世紀的廣東話問句類型，現代會說：「佢點學英文㗎？」。

答：He	talks	with	every	Englishman	he	meets.			
希	吒時	嘁	縊嘁厘	英忌時慢	希	滅時			
佢	一	見	英國	人	呢，	就	同	佢	講咯。
ˎk'ü	yat,	kin'	'ying kok,	.yan	'ni	chauˋ	.t'ung	ˎk'ü	'kong lok.

英文第三人稱的動詞如 talks 詞尾有 s，作者用小字「時」標註，talks 注音「吒時」，表示與前面的動詞 talk 連讀時要短速。

五、廣東人在美國的社交

廣東人希望融入美國社會，學習了英語基本功後，開始學習與美國人交往的英語。相關的課文有：相會語詞、離別語詞、天時、時候、探朋友、年紀、招呼用語。

以下例子節錄自第三課：

LESSON III.

THE WEATHER.
地滑打

1. How is the weather out this morning?
拷衣時地滑打，匾地地時麼寧。

2. It was raining all night, but it has cleared off now.
咽地鍋時連寧，阿吁泥地，筆咽蝦時，棋璃吁地阿闌。

3. It is very cold indeed out, and there is a strong wind blowing.
咽衣時威厘扣炉地烟跌匾地，晏地爹吁衣時縊時地浪嗢布些營。

4. It is not as cold as it was yesterday.
咽地衣時吶，呀時扣炉地呀時咽地鍋時爺時他低。

5. The wind is from the south, so it will be warmer to-morrow.
地嗢衣時乎攬地收時，噝咽地嘁吁卑，乎往麻，吐摩羅。

6. It rained all day yesterday.
咽地連地阿吁低，爺時他低。

7. If it rains, the roads will be very muddy.
衣户咽地連時地咾時，嘁吁卑威厘蜜地。

8. Do you think it is going to snow?
都腰星奇，咽地衣時高營，吐時怒。

9. When the snow melts it makes very bad walking.
温地時怒，咲路時，咽地脉時，威厘八鑊徑。

問：How is the weather out this morning?
拷 衣時 地 滑打 區地 地時 麼寧

今 日 嘅 天色 點 呀。
‘kam yat. ke’ ˏt‘in sik, ‘tim ‘a

現代表述中，「今日嘅天色點呀」會說成「今日嘅天氣點呀」。

答：It is not as cold as it was yesterday.
咽地 衣時 吶 呀時 扣爐地 呀時 咽地 鍋時 爺時他低

而家 冇 昨日 咁 冷。
.ngi ‘ka ˙mó chok. yat. kam’ ˙láng

現代表述中，「而家冇昨日咁冷」會說成「而家冇琴日咁凍」。

六、廣東人在美國的生活

❶ 工作

廣東人除了開設中國餐館，還經營中國雜貨店、鐵器鋪（五金鋪）、首飾店。發現白人不願意從事洗衣燙衣工作且洗衣館收費很貴後，很多廣東人便開辦了洗衣館。其他的廣東人或做生意或打工，職業包括木匠、泥水匠、廚師、企枱（夥計）等。

❷ 交通

廣東人學會用英文問路之後，便可以去較遠的地方，涉及買火車票、買火船票、叫街車（有馬夫的馬車）、租馬車搬運（可以請或不請馬夫）等出行場景。

❸ 宗教

美國的國教是基督教，不少傳教士學會廣東話後，向定居美國的廣東人傳教。面對傳教，廣東人反應不一，有人婉拒，有人前往教會聽道，也有人成為基督徒。「謝神日」Thanksgiving Day（感恩節）、「耶穌生日」Christmas（聖誕節）作為法定假期，即便不信基督教的廣東人也會入鄉隨俗，像美國人一樣慶祝。

❹ 活動

從課文可以看到廣東人在美國活動範圍覆蓋銀行、街市、書信館（郵局）、寄貨公司、電報館（電報局）、得律風（電話）館、禮拜堂等場所，日常事務包括買雜物、買檯椅等物、租洗衣館、租客寓（租套房），以及求職等。

❺ 麻煩事

生活中如果遇到洗衣館顧客失票取衣、涉及法律事務需前往綠衣房（警察局）、去請狀師（請律師）、去衙門（法庭），或生病請醫生等情況，也可以在本書中找到相關英語表達。

七、廣東話特色「睇真啲」

❶ 廣東話詞語有些與現代不同，例如：

- 外來語翻譯的「膳冰」（現代：溜冰）；
- 廣東話通用詞語「我共你」（現代：我同你）。

❷ 廣東話「完成體標記」與現代不同

動詞後加「完成體標記」可以表示動作完成。這本《英語不求人》用「咻」（讀 ꜀heu）來作為「完成體標記」，如「昨日落咻一日雨」。今天的廣州、香港使用「咗」zo^2，如「你食咗飯未呀？」。

16 《英文雜話　無師自曉》——清末澳洲華人的英語教材

出版年份：1892 年。

作者：孫俊臣（Sün Johnson，1868–1925 年），廣東人。中國香港出生，英國留學，1880 年移民澳洲。到澳洲悉尼定居後，擔任華僑領袖。著有《廣益華報》、《英文雜話　無師自曉》。

本文採用 1892 年版。封面標註：英文雜話　無師自曉 Chinese and English Self - Educator。全書分為五部分：1. 序言；2. 目錄；3. 英文字母＋注音；4. 25 個主題，共 178 頁；5. 廣告。我們將 25 個主題歸納為 13 類：數字、時間、買賣、木匠、衙門、賭博、衣裳、廚師、租屋、交通、問路、藥房、書寫信件。每個主題所收錄的詞彙包括：1. 廣東話口語詞；2. 英文；3. 英文注音，例如：「薯仔、Potatoes、不爹度士」（「不爹度士」是英文 potatoes 的注音）。

一、文獻價值

19世紀，澳洲發現金礦，廣東人將其稱為「新金山」。許多廣東人以為可以去掘金發財，但到達之後才發現根本無金可掘，只能從事體力勞動來維持生計。當時，不會英文的廣東人只能從事底層工作，還受到種族歧視及不公平對待。而具有專業知識及精通英文的廣東人則有機會成為專業人才。

本書的作者孫俊臣移民澳洲後，當上華僑領袖。為了幫助那些不會英語的廣東人提高生活質素，於1892年出版《英文雜話　無師自曉》。考慮到讀者群是廣東人，書中英文都用漢字（廣東話）注音，如「布顛、Pudding、砵丁」。「砵丁」就是英文Pudding的注音，廣東人一看便能讀出英文。1904年該書推出第二版，可見有不少移民澳洲的廣東人有學習英文的需求。而且為求印刷精美，作者購買了「中文鉛活字鑄字」設備來印刷第二版。

我們在澳洲國家圖書館找到《英文雜話　無師自曉》1892年電子版。收錄這本書，是因為這是我們發現的第一本由中國作者編寫，旨在幫助移民澳洲的廣東人學習英文的教材。透過這本書，能夠瞭解清末廣東人在澳洲是怎樣生活的。

二、中國人移民澳洲的歷史

澳華歷史博物館記錄顯示，在1848年前，已經有18位中國人移居澳洲。最早的是麥世英（Mak Sai Ying），他於1818年，年僅二十歲時前往悉尼工作。1840年，澳洲勞動力供應短缺，大量從中國廣東和福建輸入勞工。華工在澳洲被分派的工作包括清理叢林、挖井和通溝渠等。19世紀50年代「新金山」（專指墨爾本，泛指澳洲）的「淘金熱」吸引了許多中國人前往。1861年有超過兩萬名中國人移民澳洲。

孫俊臣出版此書，正是為了幫助不會英語的廣東人在澳洲應對買賣、工作，甚至在警察局和法庭等場景中的溝通需求。通過這本書，他們就可以自學英語了。

三、廣東人在澳洲的工作

19 世紀末，在澳洲比較有錢的廣東人會做生意，開店鋪賣雜貨，開藥鋪賣中藥和西藥，開茶莊賣茶葉。以下例子節錄自「人倫並工匠類」。

❶ 小販

做小本生意的人就做小販，出售方式有兩種：

1）在路邊賣蔬菜、水果之類的流動商販，英文是 Hawker，注音是「竞架」。

2）挨家挨戶拍門兜售雜貨者，英文是 Pedlar，注音是「咧度喇」。

❷ 專業人士

那些有一技之長的人便可以做本行工作，如廚師，英文是 Cooks，注音是「曲士」；剃鬚、剃頭或剪髮師父，英文是 Barber，注音是「巴罷」。另外，還有農夫、鞋匠、木匠、鐘錶匠等。

❸ 非專業人士

至於沒有一技之長的人只好從事工人、掘金人、臨時工等工作。

四、廣東人做買賣的情況

我們將廣東人做的買賣歸納為下面三類：

❶ 小買賣

資金不多的人會賣蔬菜、水果、花、文具、日用品等。例如，在「賣菜蔬合用之英語」主題中，買賣黃瓜的對話顯示，19 世紀用的正反問句為「有 + 東西 + 冇」，如「你有黃瓜冇呀」，現代則是「有 + 冇 + 東西」，即「你有冇黃瓜呀」。此外，cucumbers 當時翻譯成「黃瓜」，現代稱「青瓜」。

中文	你有黃瓜冇呀
逐字翻譯	有　你　的　黃瓜
英文	Have　you　some　cucumbers?
注音	虾乎　夭　心　嚆昤罷士

❷ 中買賣

資金較充裕的人經營規模較大的生意。如在「鋪戶合用之英語」主題中，當時廣東話「皮」讀 pi⁴，「𠮩」讀 li⁴，「皮𠮩士」便讀成 pi^4li^4 si^6，近似英文 please。

中文	多煩你攞半磅俾我
逐字翻譯	由　我　有　半　一磅　多煩
英文	Let　me　have　half　a pound　please.
注音	列　咪　下乎　虾父　啞旁　皮𠮩士

❸ 大買賣

有大量資金的便做批發商，主要與零售商交易。在「買賣講價合用之英語」主題中，我們可以看到商人不會以零售方式賣給個別顧客商品。問句「每一個幾多銀」現代說法說是「每一個幾多錢」。現代除了「收銀」（收銀員）外，很少用「銀」來指代「錢」了。

中文	每一個幾多銀呢
逐字翻譯	幾　多　每個
英文	How　much　each?
注音	口　乜治　衣治

五、廣東人在澳洲的食物

廣東人入鄉隨俗，在澳洲主要吃西餐。以下例子節錄自主題「做廚合用之英語」：

1. 麵包 Bread 卑咧	2. 布顛 Pudding 砵丁	3. 麵龜 Pie 派

4. 生食菜蔬 Salad 沙辣	5. 牛肉扒 Beef-steak 卑父 士的	6. 牛尾湯 Ox-tail soup 惡士爹路嗗

其中，beef 注音「卑父」，當時「卑」讀 bi ，不讀 bei，「父」的發音短促，讀音接近英文 beef。

六、「上法庭」用語

很多廣東人遇到麻煩事都要上法庭，作者提供了相關用語。下面的例子節錄自主題「上衙門合用英語」：

❶ 相關人士

1. 綠衣 / 差人 Policeman 鋪**兀**士嘜	2. 翻譯 Translator 地蘭士列打	3. 狀師 Lawyer 囉吔
4. 兇手 Murderer 孖打刺	5. 犯人 Prisoner 皮**兀**臣那	6. 證人 Witness 喊呢士

❷ 有關罪行

1. 偷 Steal 士的路	2. 搶劫 Robbery 嗱巴**兀**	3. 發假誓 Swear falsely 士喴丫 科路士**兀**
4. 打架 Fighting 揮丁	5. 打死人命 Murder 孖打	6. 賭博 Gamble 嗛布路

❸ 審判結果

1. 釋放 Release 丆李士	2. 問吊 To be hung 吐卑杏	3. 充軍 Banish 扮呢吐
4. 罰銀 Fine 快吾	5. 坐監 Imprison 厭皮丆純	6. 赦罪 Forgive 科基父

Policeman 注音「鋪丆士嘜」，而 Prisoner 注音「皮丆臣那」。Policeman 中的 li 和 Prisoner 其中的 ri 都用「丆」來注音。「丆」其實是「釐」的俗字，當時讀 li。因為廣東話沒有 r 這個音，所以作者乾脆把 ri 寫成 li。

七、廣告

在我們收集的文獻中很少看到廣告。清末民初出版的「木魚書」中，僅有一兩個「成藥」廣告，1933 年出版的《廣東俗語考》中有 17 個涉及醫治「奇難雜症」、「書籍」、「酒」等的廣告。

這本 1892 年出版的《英文雜話　無師自曉》也包含了大量廣告。出版本書是為幫助廣東移民學習英文，但考慮到讀者群收入低微，可能沒有錢買書，書中未註明出版社、發行所及價錢，推測可能是免費贈送給有需要的讀者。

全書有 87 個大尺寸廣告，涉及銀行、煤炭英商、英國秀才狀師（英國律師行）、有限公司、大洋行、鏡片公司、藥房、首飾和鐘錶店等。11 個中間尺寸的廣告，6 個小尺寸廣告，共計 104 個廣告。這麼多廣告反映出雙贏局面：作者藉助廣告收入來支持出版，讀者關注廣告並可能光顧那些店鋪。

17

《粵音指南》——清末外國官員的廣東話教材

原著《官話指南》

出版年份：清朝光緒七年（1881 年）。

作者 1：吳啟泰，日籍華人。清末到中國學習三年漢語。任北京日本領事館翻譯員。其父吳碩三朗是日籍華人，時任外交部翻譯官。吳啟泰率先開始編寫《官話指南》。

作者 2：鄭永邦，日籍華人。清末到中國學習三年漢語。任北京日本領事館翻譯員。其父鄭永寧是日籍華人，時任外交部翻譯官。與吳啟泰一起編寫《官話指南》。

《粵音指南》（《官話指南》的廣東話版）

出版年份：上卷於清朝光緒二十一年（1895 年）出版，下卷於清朝宣統二年（1910 年）出版。

翻譯者：不詳。

本文採用 1895 年上卷與 1910 年下卷。上卷：1. 由香港文裕堂活字版承印；2. 卷一是應對須知；3. 卷二是官商吐屬。下卷：1. 由香港別發印字館活版印；2. 卷三是使令通話；3. 卷四是官話問答。

我們對上下兩卷的主題進行歸納，分為四部分：日常對話、官員與商人對話、主僕對話、官員之間對話。原著《官話指南》中的「官話語音特色」被刪除，而《粵音指南》並沒有相應補上「粵音特色」。

一、文獻價值

清朝時，「官話」作為官方語言，使得駐北京日本領事館的翻譯員於 1881 年出版了《官話指南》。該書出版後，成為來華外交官學習漢語的教材，不但有英文版，還有上海話版及廣東話版。

《官話指南》的廣東話版即《粵音指南》，全書用廣東話書寫，幫助外國官員與廣東的官員、商人、僕人溝通。這些語料具有重要的學術價值，現代學者不但可以用於比較一百多年前官話與廣東話的異同，也可以藉此研究一百多年間廣東話的演變情況，還可以瞭解一百多年前外國官員與廣東人互動的情況。

《粵音指南》上卷（1895 年）影印本是日本關西大學內田慶市教授所提供的；下卷（1910 年）重印版則在《廣州大典》第五十五輯中找到。收錄《粵音指南》，是因為這是第一本記錄清朝官員與不同階層交流對話的書籍，同時還記載了當時的社會現象，其中「主僕對話」的內容尤為生動有趣。

二、《粵音指南》內容「睇真啲」

❶ 1895 年版上卷（卷一、卷二）

卷一「應對須知」：共 45 章，內容多為兩個知識分子的日常生活對話。

卷二「官商吐屬」：共 40 章，內容多為外交官與一般廣東人的對話。

❷ 1910 年下卷（卷三、卷四）

卷三「使令通話」：共 20 章，主要記錄一個官員（男主人）和一個跟班（男僕人）的日常生活對話。

卷四「官話問答」：共 20 章，內容多為兩個官員之間的對話。

三、官話「睇真啲」

節錄自卷一「應對須知」：

◉ 唐話本係難曉、各處有各處嘅土談、官話算係通行嘅咯、我聽見人講官話、都重分開南北兩處嘅音呢、官話雖有南北腔之分、但係字音都差唔多啫

☛【難曉＝難明白、算係通行嘅咯＝算是通行的、差唔多啫＝差不多吧】

明朝到清中葉，知識分子普遍使用「南方官話」，到了清末，「北方官話」成為中國共同語言。隨著「北方官話」成為官方語言並在全國通行後，外國外交官員也將其列為學習內容。

四、初次見面用語

外國官員會根據對方的不同身份，在初次見面時使用不同用語：

❶ 外國官員與中國知識分子對話

節錄自卷一「應對須知」：

◉ 貴姓呀、小姓吳、有幾位昆季呢、三兄弟、貴省呢、敝省河南、府上喺城裏住嗎……

◉ 尊姓大號呀、小姓張、尊行呀、我居長、今年貴庚呢、我年紀重細、二十四歲啫……

從以上兩個例子可知，官員對初次見面的中國知識分子比較客氣，尊稱對方時使用「貴、尊、大」等字，自稱時則使用「敝」。過去詢問新朋友的個人資料時，涉及的內容比較多，包括姓氏、兄弟人數、排行、籍貫、年齡等。

「有幾位昆季呢」中「昆季」的意思是「兄弟」，整句的意思是「有幾個兄弟」。

❷ 廣東平民與外國官員對話

節錄自卷三「使令通話」：

◉ 老爺睇吓、如果係啱、就請留起佢嚟使、個啲自然喇。呢位就係鄭老爺、你請安喇。佢係邊處嘅人、姓乜野、今年有幾多歲、佢係第幾、

我係山東人、姓張、今年十八歲、行一……

以上例子是廣東本地中介人對外國官員介紹僕人時的開場白。他要尊稱官員為「老爺」。至於那個去應徵的小夥子，初次見官員因不懂禮儀，自稱「我」，後來逐漸學會自稱說「小的」。

粵音指南第一卷

應對須知

貴姓呀、小姓吳、台甫係、草別資靜、有幾位昆季呢、三兄弟、貴省呢、敝省河南、府上喺城裏住嗎、係喺城裡住、仰慕好耐咯、未有會過、失敬失敬、先生今年貴庚呀、虛度六十咯、好福氣、實首壯健、鬚髮都不甚白呎、托福、都已經白瞰半嚇、都算你好、我今年致五十歲啲鬚已經白瞰大半咯、尊姓大號呀、小姓張、官名叫做守先、尊行呀、我居長、

應對須知　卷一　一

❸ 中國官員與外國官員對話

節錄自卷四「官話問答」：

◉ 閣下係貴國邊一縣……閣下嚟嘵敝國有幾多年呢……閣下到敝國三年、官話講得咁好、實在係絕頂聰明、佩服佩服、承閣下過奬咯

中國官員與外國官員初次見面時相互禮讓，跟卷一的情況相似，尊稱對方用「貴、尊、大」，自稱用「敝」。中國官員稱讚對方官話水平，對方說謙虛回應。

五、對看到美女的反應

節錄自卷一「應對須知」：

◉ 嗰個姑娘就致喺呢處行過……生得十分好樣、兼夾穩重……聽日嚟同舍親做媒

上述內容描寫了官員見到美女時的反應，稱其「十分好樣、兼夾穩重」，並想為「舍親」（謙稱自己的親戚）做媒。

【嗰個＝那個、聽日嚟同舍親做媒＝明天去跟你們家親戚做媒人吧】

六、日本茶與西式麵包

節錄自卷三「使令通話」（原著的作者是日籍華裔，內容富有日本特色；廣東話翻譯忠於原著）：

◉ 沖茶過先生、老爺係要沖乜野茶、係嚟啡嗅紅茶呢、⋯⋯沖日本茶喇⋯⋯你昨日瘟瘟燉燉俾咽幾多茶葉嚟沖嗰啲茶、沖到咁濃呀、苦到直頭唔入得口嘅、你唔睇見昨日吳少爺飲茶個時苦到皺埋眉頭咩⋯⋯今日啲麵飽使搽啲牛油嗎⋯⋯

☞【瘟瘟燉燉＝迷迷糊糊、皺埋眉頭＝皺起眉頭、搽啲牛油＝塗些黃油】

由此可見，這個日本官員喜歡喝日本茶。通常服侍外國領事館官員的僕人懂得沖泡咖啡和紅茶，但對日本茶的沖泡方法就比較陌生，導致泡出的茶又濃又苦。此外，日本官員也會食用塗黃油的西式麵包。

對話中，「係嚟啡嗅紅茶呢」中的「嗅」，現今廣東話用「定／定係／抑或」代替，書面語為「還是」。「俾咽幾多茶葉」的「咽」現今廣東話用「咗」代替，書面語是「了」。「沖茶過先生」的「過」現今廣東話用「俾／畀」代替，書面語為「給」。

七、郊遊

節錄自卷三「使令通話」：

◉ 過兩日我要去西山逛一逛、⋯⋯同埋太太去逛吓⋯⋯既然太太都要去、我哋呢處啲堂客出門之時、總係自己帶住個馬桶⋯⋯

從中可知，官員要帶太太郊遊，僕人提及的「我哋呢處啲堂客出門」的「堂客出門」指「婦女外出」。由於當時沒有公共廁所，有錢婦女外出需要自帶「馬桶」，體現出當時人們考慮之周全。

八、中外官員公事

節錄自卷四「官話問答」：

◉ 敝國有個翻譯官、領嘵護照到某處遊歷、佢到個笪地方就駐喺一間店處、誰知嗰處啲百姓、每日三五成群、擠擠擁擁喺店門口處嚟睇、其中重有啲出言不遜嘅、若係有外國人帶住護照、到處遊歷、地方官總要加意保護⋯⋯

中國官員常常要處理外國領事館官員的投訴，如上述事例。雖然中國與外國簽有條約，規定地方官員需保護持護照遊歷的外國人，但因為大多數中國人很少接觸外國人，對其身高、膚色、服飾都感到十分好奇，導致相關規定實際上很難有效落實。

18

《拼音字譜》——清末中國人首創的廣東話拼音系統

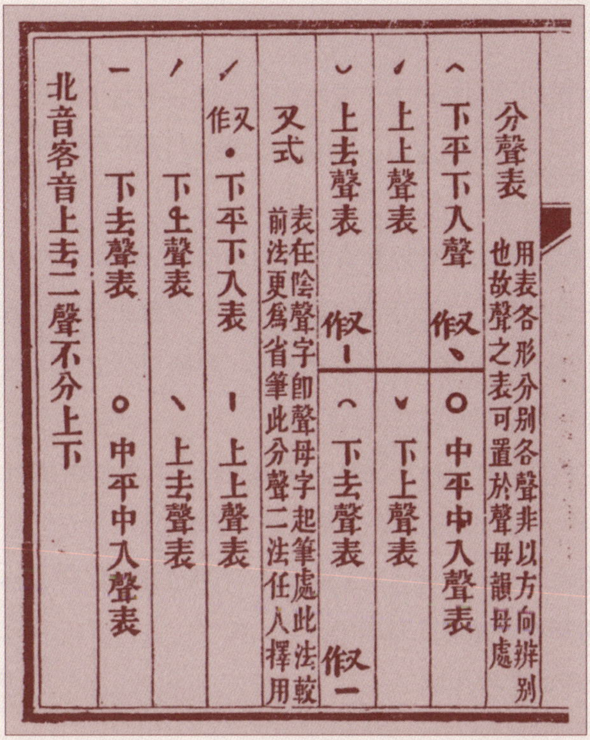
分聲表 用表各形分別各聲非以方向辨別也故聲之表可置於聲母韻母處
下平下入聲 假丶 中平中入聲表
上上聲表 下上聲表
上去聲表 假丨 下去聲表 假一
又式 表在陰聲字卽聲母字起筆處此法較前法更爲省筆此分聲二法任人擇用
又作・下平下入表 上上聲表
下上聲表 上去聲表
下去聲表 中平中入聲表
北音客音上去二聲不分上下

出版年份：清朝光緒二十二年（1896 年）。

作者：王炳耀（1843–1902 年），字煜初，廣東人。曾任香港巴陵會育嬰堂教師、香港道濟會堂首位華人堂主任牧師。是孫中山先生的好友，關注社會現狀。曾出版《釋疑匯編》、《孝道折衷》、《播道說》、《教士上書記》等。

本文採用 1896 年重印版。目錄包括：辨音總義、電字說（電報用）、軍字說（以燈與旗標音）、陽聲字圖表（韻母）、陰聲字圖表（聲母）、分聲表（聲調）、要道拼讀、聖諭拼讀等。本書自創廣東話拼音系統（以聲符來表示）。

一、文獻價值

鴉片戰爭後，中國淪為半殖民地半封建社會。當時很多知識分子為了挽救民族危亡，發起了文字改革運動，即「切音字運動」。《拼音字譜》（1896 年）便是其中的救國文字改革方案之一。

王炳耀編寫《拼音字譜》，旨在幫助未受過教育的人通過他設計的拼音系統拼讀漢字。他設計的拼音符號大部分是為了標示廣東話的語音，學會此系統的廣東人便能夠拼讀中文。考慮到中國各地方言的語音存在差異，除廣東話之外，他還附錄了北方官話、客家話、福州話及潮州話的拼音符號。

《拼音字譜》是清末拼音文字的重要史料，文字改革出版社將其收錄於拼音文字史料叢書，並於 1956 年重印。我們使用的是香港教育大學圖書館 1896 年重印版。收錄這本書，意在讓大家瞭解首位中國人（廣東人）自創的拼音聲符，用以教導無教育背景者拼讀漢字的歷程。雖然那時中國人不大接受中文拼音化，但如今拼音已經成為中國小朋友入學的必學內容。

二、廣東話聲調種類

中國音韻學家陳澧在 1842 年左右所著的《廣東音說》中提到，廣州話分「平上去入四聲，各有一清一濁」。1841 年美國傳教士裨治文編寫的廣東話教科書也只分八個聲調。可見 19 世紀中葉普遍都認為廣東話有八個聲調。後來禮賢會傳教士 1867 年出版的《路加福音廣東話拼音版》中，音譯者花之安（E. Faber）開始增加一個中入聲。就中國人著作來說，目前找到最早提及廣東話九個聲調的是王炳耀的《拼音字譜》，他可謂首位提出廣東話有九個聲調的中國人。

三、王炳耀的音韻知識

王炳耀是中國第一代牧師王元深的長子，他用「王煜初」這個名字在中國進行教會活動。他的正職其實是牧師，不是音韻學家。他為甚麼那麼清楚瞭解廣東話的音韻系統呢？這或與他的成長環境有關，他曾受教於禮賢會德籍傳教士，這些傳教士都曾參與廣東話聖經翻譯工作，對廣東話語音和拼音非常瞭解，王炳耀也因此積累了相關知識。

四、王炳耀拼音系統「睇真啲」

在《拼音字譜》中，王炳耀把廣東話的音節分成聲母、韻母、聲調，然後用羅馬字母和速記符號進行標注。他為廣東話設計了 22 個聲母和 54 個韻母的聲符。下面分別介紹聲母和部分韻母符號。

（一）聲母 22 個

羅馬字母	符號	例字
m	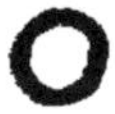	買、美、妙
w	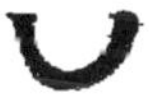	歪、為、挽
f		非、否、凡
p		拜、包、彼
ph		泡、皮、婆
s	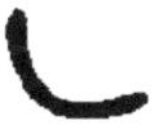	瑣、叟、蘇
sh	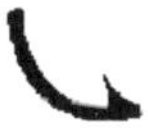	篩、捨、視
k	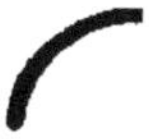	街、高、狗
kh		慨、靠、摳
h	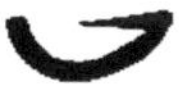	孩、好、何
y	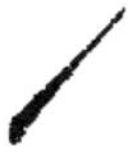	愚、有、養

羅馬字母	符號	例字
l	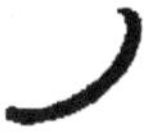	勞、李、留
n	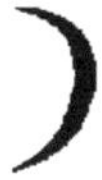	乃、惱、內
t		大、代、刀
th	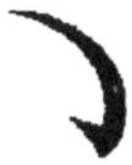	太、台、叨
ts	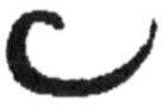	早、嘴、租
tsh	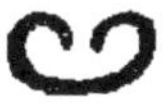	曹、隨、粗
ch	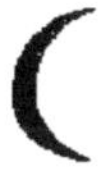	召、者、知
chh	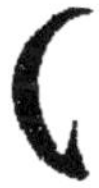	超、扯、除
kw	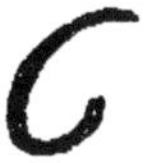	掛、卦、寡
kwh	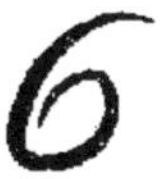	夸、姱
ng	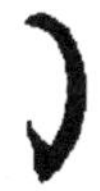	鵝、我、餓

王炳耀設計的聲母有以下特色：

❶ 區分送氣與不送氣音：王炳耀標示了廣東話不送氣音和送氣音的區別，在不送氣的聲母旁加「h」標示送氣音。為了方便比較，我們在括號裏面加上了現代粵拼聲母。

不送氣	p (b)	k (g)	t (d)	ts (z)	ch (z)	kw (gw)
送氣	ph (p)	kh (k)	th (t)	tsh (c)	chh (c)	kwh (kw)

❷ 細分聲母類型：王炳耀將現代粵拼中同一字母表示的聲母分為兩個字母。例如，「早、嘴、租」的聲母「ts」與「召、者、知」的聲母「ch」不同，「曹、隨、粗」的聲母「tsh」與「超、扯、癡」的聲母「chh」不同，「瑣、叟、蘇」的聲母「s」和「篩、捨、視」的聲母「sh」不同。王炳耀的拼音系統相關聲母分為六組，而現代「粵拼」僅為三組。這種差異反映了 19 世紀廣東話的兩組聲母演變到 21 紀已經合併成一組了。

19 世紀王炳耀拼音系統	ch	ts	chh	tsh	sh	s
21 世紀粵語拼音系統	z		c		s	

（二）韻母 54 個（只節錄 10 個由元音組成的韻母）

羅馬字母	符號	例字	羅馬字母	符號	例字
a		家、假、嫁	ei		威、偉、畏
e		遮、者、蔗	ai		皆、解、介
i		衣、倚、意	au		修、叟、秀
o		科、火、貨	āu		交、絞、教

羅馬字母	符號	例字
u	—	孤、古、故

羅馬字母	符號	例字
ou	ㄴ	都、倒、到

王炳耀使用的羅馬拼音的韻母有以下特點：

❶ 現代讀「ei」韻的，王炳耀標為「ê」，如「幾、紀、記」。推測「ê」的口形比「e」小。「ê」在 20 世紀變成「ei」。

❷ 現代讀「eoi」韻的，他標成「ů」和「ůi」，如「雖、髓、歲」。可見當時有兩個讀法。類似的情況現在也有，如「廚房」的「廚」，粵拼可以寫成「ceoi」或「cyu」。

❸「粵拼」用「aa」來標的語音，如「加 gaa、交 gaau、間 gaan」，王炳耀根據尾韻情況使用兩個字母：無韻尾時用「a」，如「加」；有韻尾時用「ā」，如「交、間」。此拼法沿用了禮賢會的拼音系統。

（三）聲調 9 個（符號只有 6 個）

王炳耀	上平	上上	上去	上入	中入	下平	下上	下去	下入
符號	（不標符號）	❘	╲	（不標符號）	○	╱	╱	—	╱

王炳耀把聲調分成九種：上平、上上、上去、上入、中入、下平、下上、下去、下入。上平和上入不用符號標示。下平和下入用同一符號來標示，所以聲調符號實際只有六種。

（四）音節：聲母 + 韻母 + 聲調

我們來看一個三種聲符合併後的例子：

中文	聲母	韻母	聲調	合併	音節
我	ng)	o ╲	下上 ╱	➡	[illegible]

五、「切音字」運動

清末，為幫助未受過教育的人學習漢字，很多知識分子設計了文字改革方案。據資料顯示，主要有四種方法：1. 使用拉丁字母（也稱羅馬字）；2. 使用漢字偏旁（類似日語平假名、片假名）；3. 自創標音符號；4. 簡化漢字。盧戇章在《一目了然初階》（1892 年）中基於廈門音來設計標音符號，並把自己創造的拼音文字稱作「切音字」。從此之後，「切音字」逐漸成為文字改革運動的代名詞，王炳耀亦是該運動的提倡者之一。「切音字運動」在民國建立後進一步發展並開花結果，比如參考章太炎 1908 年發表的方案，在 1918 年公佈「注音字母」等。

19

《你噲講唐話咩》——清末美國人的廣東話教材

出版年份：1904 年。

作者 1：俾孋拿（W. B. Brouner, 1869－？），美國人。1888 年畢業於美國紐約哥倫比亞醫學院。對中國語言文字及向美國華人傳教感興趣。邀請英國漢學家翟理斯（H. A. Giles）擔任本書顧問並撰寫導言。

作者 2：馮悅茂（Fung Yuet Mow），清末民初的廣東人。在美國接受神學訓練後，被美國浸信會立為牧師。1892 年開始在美國三藩市、紐約的唐人街向中國人傳教。曾回廣東開宗教會議，邀請中國牧師赴美傳教。其作品包括《你噲講唐話咩》、*China as Seen by a Chinaman*。

本文採用 1904 年版。首頁以英文標註書名、作者、導言、出版機構、出版年份。正文前包含：1. 英國漢學家翟理斯撰寫的英文導言；2. 作者寫的英文序言；3. 作者寫的中文序言；4. 英文目錄；5.

作者介紹自創廣東話拼音的特色。正文分四部分：1. 33 課課文＋主禱文；2. 三字經＋中英詞典；3. 常用詞語＋中英詞典＋中國詩詞＋語法；4. 漢字。常用詞語按 12 個主題分類：人倫、各國人民、人之性情、人之事業、國中之屋宇、做生意之所、人所學校之處、由書院所考起嘅人之名目、屋內之物、馬房內之物、木匠之器具、人之所著嘅。另外，介紹廣東話語法，包括眾數、量詞、形容詞、名詞、副詞、介詞、連詞等。

一、文獻價值

《你噲講唐話咩》是筆者目前發現的第一本中國人與美國人合編的較為完整的廣東話教科書，內容涵蓋廣東話語法解釋及廣東話拼音。當時一些美國人學習中文十分認真，且希望學習書面語（即文言文），而廣東人會用廣東話將之讀出來。本書編寫全面，兼顧了聽、說、讀、寫。

本書可以幫助美國傳教士快速掌握廣東話，便於其在美國唐人街或前往中國廣東傳教。此外，不少移民美國的廣東人後代只會說英文，此書可以幫他們用廣東話跟長輩溝通。

我們在美國加州大學圖書館找到《你噲講唐話咩》1904 年電子版。收錄這本書是因為它反映了廣東人與美國人的日常生活，例如收錄了中式及西式食物、飲品、調味品等相關詞彙。

二、美國華人的飲食

從書中節錄的中式及西式食物、飲品和調味品詞彙，我們可以看到美國華裔的飲食既有中式也有西式：

	中文	英文
中式飲食	鹹魚	salted fish
	鮑魚	shell fish
	魚翅	fins

書上提及的中式調味品有豉油、花椒，中式飲品包括燒酒、茶。

	中文	英文
西式飲食	炕麵包	toast
	火鷄	turkey
	牛仔肉	veal

書上提及的西式小食還有之古辣（chocolate）、蛋糕，西式調味品還有芥末、胡椒末（現代說「胡椒粉」），西式飲品包括咖啡、啤酒。

三、美國的現代化

本書的詞語體現了 20 世紀初美國進入現代化的特徵，例如：出現四種舊式和新式的室內照明用品：

中文	英文
蠟燭	wax candle
火水燈	oil lamp
電燈	electric lamp
自來火燈（現代稱「煤氣燈」）	gas lamp

四、廣東話教材「睇真啲」

19 世紀初，歐美傳教士抵達廣東時，完全沒有廣東話教材。他們開始創立廣東話拼音系統，結合廣東話口語詞和英文解釋編寫廣東話教材，以供後續的傳教士學習。1841 年，在廣東傳教的美國傳教士 Bridgman 出版 *Chinese Chrestomathy in the Canton Dialect*，這是第一本用英文及廣東話口語詞編寫的廣東話教材。據統計，1841-1902 年期間，歐美傳教士編寫的廣東話教材有 20 本。《你噲講唐話咩》的讀者對象是英語人士，其中一位作者是牧師。由此看來，當時大部分廣東話教材由傳教士編寫，這或與他們有向廣東人傳教的使命，因而一定要學好廣東話有關係。

五、廣東話特色「睇真啲」

❶ 同義詞與現代不同

want ＝愛

◉ 你愛食咩呀？

want ＝要

◉ 我要買一個鐘。

書中大多數情況用「愛」來表示 want。現代廣東人多用「要」，「愛」僅在特定情境下使用，如收盤子的人看見你的食物已經吃得差不多時，可能會問：「仲愛唔愛呀？」

❷ 外來語翻譯與現代不同

英文	1904 年廣東話	2025 年廣東話
gold dollar	金仔	金幣
washroom	洗身房	沖涼房
glove	手指袋	手套

❸ 解釋廣東話語法

很多人都以為廣東話沒有語法，實際上，19 世紀來到廣東的傳教士編寫廣東話教材時，就已經開始解釋其語法。現代很多語言學家也已經研究出廣東話具有一套完整的語法體系，這本書同樣介紹了一些語法知識。

- 代名詞表示眾數時要加上「哋」，如「我哋」、「佢哋」。
- 指示代詞表示眾數時要加上「啲」，如「呢啲」、「嗰啲」。
- 數詞＋量詞＋名詞，如「一間房」、「一餐飯」。
- 動詞＋「緊」表示動作進行中，如「行緊」、「彈緊琴」。

❹ 介紹漢字

書中介紹了漢字部首、幾種書寫字體（篆書／隸書／楷書／行書／草書）、常用字解釋等。當然，也介紹廣東話常用字，並附上英文解釋，例如：

廣東話常用字	英文
嚟	come
喺	at
睇	to look / to see

六、美國人學習文言文

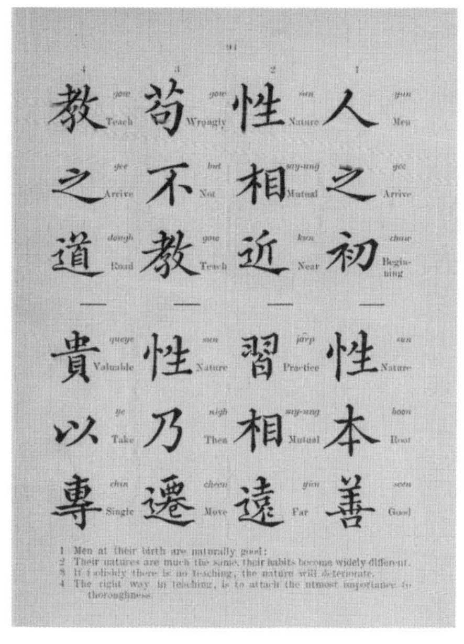
94

1
人 yun Men
之 gee Arrive
初 chaw Beginning
性 sun Nature
本 boon Root
善 seen Good

2
性 sun Nature
相 say-ung Mutual
近 kun Near
習 jarp Practice
相 say-ung Mutual
遠 yun Far

3
苟 gow Wrongly
不 but Not
教 gow Teach
性 sun Nature
乃 nigh Then
遷 cheen Move

4
教 gow Teach
之 gee Arrive
道 dongh Road
貴 queye Valuable
以 ye Take
專 chin Single

1 Men at their birth are naturally good:
2 Their natures are much the same, their habits become widely different.
3 If [illegible] there is no teaching, the nature will deteriorate.
4 The right way in teaching, is to attach the utmost importance to thoroughness.

部分美國人學習中文的態度十分認真，為了跟廣東人溝通，也希望學習中國文言文。從下面的例子可以看出，作者編寫這本書時也考慮到了這類人的需要。

例子 1：節錄自第 94 頁「三字經」首兩句。

◉ 人　之　初

Men　Arrive　Beginning

性　本　善

Nature　Root　Good

例子 2：節錄自第 12 頁「主禱文」首兩句。

◉ 我　父　在　天

Our　Father　In　Heaven

願　爾　名　聖

Wish　Thy　Name　Holy

20 《馬拉語粵音譯義》——民初廣東移民的馬來語教材

馬拉語粵音譯義

廣東省西關第七甫咸嘉巷三元堂書坊印行

目錄

數目　天文

地理方位附　時令

貨物　食物

藥材　器用

衣服　首飾

船中器皿　工匠

顏色　建造物料

房屋　身體

馬拉話粵音譯義　目錄　七

出版年份：民國二年（1913 年）。

作者：馮穗滋，廣東順德人。清光緒期間訴訟失敗，逃到南洋，民國初年返回粵東生活。編著有《翠琅玕館叢書》、《珠江送別詩》、《味古堂印存》。

本文採用 1913 年版。本書是為廣東人學習馬來語編寫的工具書。全書共 72 頁，包括序文、自序、出版行廣告、目錄。內容有 26 類：數目、天文、地理、時令、貨物、食物、藥材、器用、衣服、首飾、船中器皿、工匠、顏色、建造物料、房屋、身體、骨節臟腑、病症、人類職事、五金、稱呼、礦務、果菜、飛禽走獸、一字、二字、三字、長短句。

一、文獻價值

中國與東南亞國家自漢代開始便開展海上貿易，南洋各地一直有華人聚居。明清時期，政府實行海禁政策，嚴禁沿海居民移民南洋。不過實際上不少福建、廣東居民因天災人禍逃難到南洋，落地生根。1857–1860 年，英法聯軍進侵中國，清廷簽訂《天津條約》，開放移民。當時東南亞開發自然資源需要大量勞工，1895–1927 年間，約 600 萬華人勞工前往新加坡與馬來亞工作或定居。

本書以廣東話詞條／句子和相應的馬來語詞彙／句子的形式呈現，馬來語均採用漢字注音，需用廣東話讀唸才接近馬來語發音。例如：「多謝」、「熱」的馬來語注音分別是「地厘孖加詩」、「班乸士」。以現代馬來語來寫的話，應該是 terima kasih、panas。為了幫助廣東人快速學會馬來語，作者使用了不少廣東話口語詞注音，如「孖」maa^{1}、「乸」naa^{2}。

本書把 Malay 音譯成「馬拉」，現代翻譯成「馬來」。初版於清光緒十六年（1890 年）在廣州出版，後來在新加坡再版。我們在新加坡國立大學圖書館找到《馬拉語粵音譯義》1913 年電子版。收錄這本書，是因為這是我們目前發現的第一本為移民東南亞的廣東人學習馬來語而編寫的教材。大家一起看看當時的廣東人是怎麼學馬來語的吧！

二、馬來語的實用性

馬來語不僅是馬來西亞的官方語言，也在印尼、新加坡、汶萊這些地方通用。作者馮穗滋在自序提到：「南洋諸島通商不下數十埠，皆以馬拉語行。」另外一篇序言的作者羅維翰也指出：「馬拉話實則巫來由之本音，南洋各島均可通用。」（「巫來由」指馬來人）可見，掌握馬來語有助於馬來西亞華人在南洋各地生活。

三、語言特色「睇真啲」

廣東話跟馬來語的語法很不一樣。雖然兩個語言的基本語序同樣是「主語＋動詞 ＋ 賓語」，但修飾語和被修飾語的次序剛好相反。廣東話一般是「修飾語＋被修飾語」，以下以「人 ＋ 民族」的語序為例：

中文詞彙	馬來語注音	廣東話發音	直譯
中國人	阿冷毡	o laang zin	人＋中國
馬拉人	阿冷馬𠼮夭	o laang maa laai jiu	人＋馬來
英國人	阿冷布爹	o laang bu de	人＋白
法國人	阿冷法冷些士	o laang faat laang se si	人＋法國
暹羅人	阿冷暹	o laang cim	人＋暹羅（泰國）

人類職事

馬拉王 拿爺
暹羅王 拿爺禰
兵頭 黎爺
各段地方官 拿督 又保母撈
暗牌更丁 馬打馬打及笠
更丁頭 馬打馬打甲巴拿
中國人 阿冷毡
暹羅人 阿冷暹
神明 [illegible]猶拿

王子 王姑 又[illegible]姑
大王 [illegible]無失
更頭 非厘爺
侍衛 崩厘嘛
四畫更丁 暗不[illegible]實
寫字 刀厘士
馬拉人 阿冷馬[illegible]天
結寧人 阿冷結寧
菩薩 拿督

皇家 公[illegible]爺
審事官 [illegible]舖厘
量地官 烟毡爺
更丁 馬打馬打
傳話 耳檳嘛沙
才庫 稼拿厘
英國人 阿冷布爹
法國人 阿冷法冷些士
傳教人 [illegible]巴地利

三十四

四、注音特色「睇真啲」

用漢字注音學外語對華人來說有利與弊。這樣做的好處是：漢字兼有語音和含義，便於背單詞時藉助字義記憶。部分注音的漢字組合成詞，看起來像廣東話詞組，所以廣東人學起來特別容易，例如：

中文詞彙	馬來語注音	相應的馬來語
豬	馬尾	babi
好	米米	baik baik
明	打冷	terang
此處	是你	sini
炒	我冷	goreng

然而，這種方法也存在問題：

中國各地方言區漢字讀音不同，本書的漢字注音採用了廣東音，僅適用於廣東人或者熟悉廣東話的群體。例如：

中文詞彙	馬來語注音	相應的馬來語
多謝	地厘孖加詩	terima kasih
熱	班乶士	panas
夜	孖冧	malam

五、廣東人在南洋的生活情況

❶ 工作

廣東人去南洋可以做甚麼工作呢？本書列出 12 種有關工匠的名詞，並附加相對應的馬來語：木匠、泥水匠、打鐵匠、打金匠、工頭、師傅、打銅匠、打銀匠、搭棚匠、打石匠、油漆匠、打錫匠。由此可見，當時在南洋從事這些行業的華人比較多。

❷ 交通

從「南洋」一詞可見，南洋的幾個國家都是海洋國家。當時最普遍的交通工具是船，書中收錄了不少有關船隻的詞彙，如火船、帆船、三板、唐船、錨、舵、桅、桅託、桅纜等。

❸ 交易

華人在南洋需要輸出輸入的貨物有甚麼呢？書中記錄多類貨物，以「日常食品」和「其他」物品為例：

- 日常食品：瓜子、燕窩、鮑魚、蠔豉、冬粉、雲耳、蜜糖、八角、硼砂、丁香、胡椒、豆蔻；
- 其他：樟腦、犀角、牛皮膠、乳香、象牙、番梘、檀香，甚至還有鴉片煙。

❹ 食物

當時的南洋華人吃甚麼呢？書中列舉了有關食物和調味料的詞語，並附加相對應的馬來語。雖然馬來人多信奉回教禁食豬肉，但書中仍記錄了華人喜愛的豬肉。此外，還有雞、鴨、鵝、牛肉、羊肉、鹹魚、糯米、梅菜、粉絲、菜脯，以及調味品豉油、醬、鹽、白糖、豬油、椰油等。

❺ 麻煩事

在異國生活時，華人往往遇到麻煩事。書中收錄了這方面的短句，如「因乜事罵我」、「乜誰做證人」、「佢被人捉去」、「罰佢五十大元」等。

☞【乜＝甚麼、乜誰＝誰、佢＝他】

21

《六百字粵語雜句》——民初外國人的廣東話書寫教材

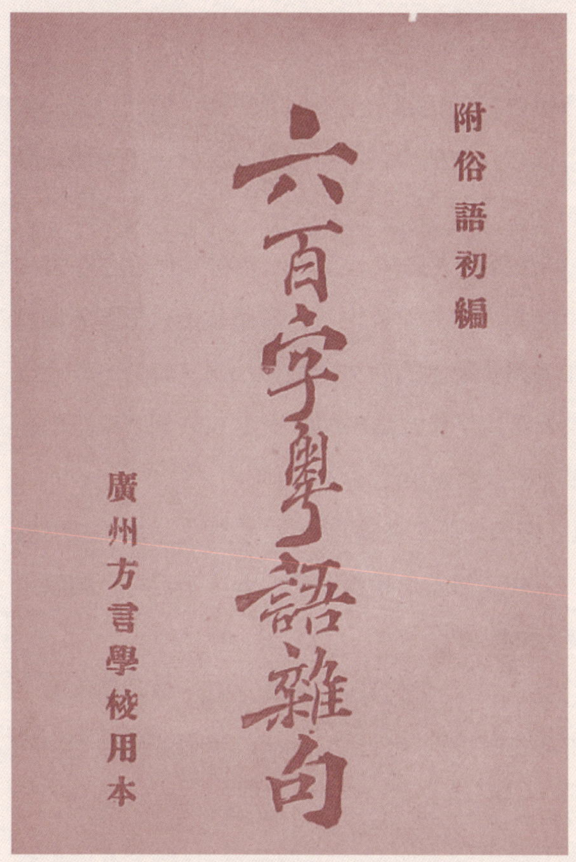

出版年份：1923 年。

作者：何純葆，生卒年不詳，廣東人。曾在廣州方言學校教授外國人廣東話，熟悉基督教聖經及廣州日常用語。著有《六百字粵語雜句》。

本文採用 1923 年版。首頁包括：1. 六百字粵語雜句；2. 附俗語初編；3. 廣州方言學校用本。正文前有：1. 序言（用文言文書寫）；2. 例言（用文言文書寫）；3. 字種新編（將基本筆畫細分為 30 種）。正文（用廣東話口語詞書寫）包括：1. 600 個廣東話常用字；2. 解釋 600 個常字及雙關語；3. 22 課課文。全書共有 150 頁。課文內容歸納後分為四類：工作、傳教、社會、教育。

一、文獻價值

早期外國人學廣東話的教材多與傳教士相關，出於傳教使命，他們對於學習廣東話的聽說讀寫很有毅力，學會後往往會把學習心得編寫成教材，並用廣東話翻譯聖經。

《六百字粵語雜句》是廣州一間教外國人廣東話學校的教材。作者在序言中提到，所教的外國學生因覺得廣東話漢字難學而抗拒。一般傳教士只學習怎樣聽和怎樣說廣東話，至於學習閱讀和書寫廣東話的教材則很難找到。於是，作者以聖經新約中的《馬可福音》結合廣州常用字作為語料庫，選出 600 個廣東話口語字，每天由淺入深地教外國學生閱讀和書寫廣東話。

作者圍繞這 600 字創作了 5000 多個句子，並編寫成 22 篇課文，這些課文展現了當時廣州的社會語言文化面貌。外國傳教士學會此書內容，不但可以閱讀用廣東話書寫的作品，還可以向廣東人傳教。

我們在澳洲國家圖書館找到《六百字粵語雜句》1923 年電子版。收錄這本書，是因為這是我們找到的第一本由中國作者特別為外國人編寫的學習廣東話讀寫的教材。

二、漢字的基本筆畫

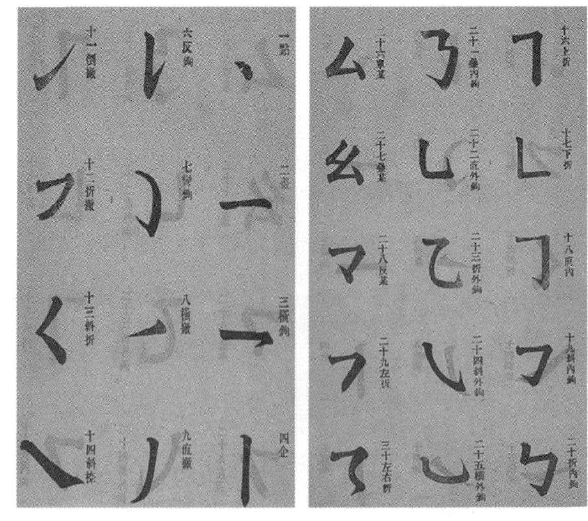

傳統漢字的基本筆畫分為八種：點（丶）、橫（一）、豎（丨）、撇（丿）、捺（㇏）、提（㇀）、折（㇇）、鉤（亅）。為了幫助外國人更輕鬆地學習漢字，作者額外細分出 22 種筆畫，使基本筆畫總數達到 30 種。

如今，無論是政府還是民間編寫的幼兒漢字學習教材，也多將筆畫細分，基本筆畫數量由 20 多到 30 多種不等，本書早在一百年前就已細分漢字筆畫。上圖摘錄自《六百字粵語雜句》字種新編（凡三十字）。

三、六百個常用字

作者挑選的 600 個常用字，每個字均註明了筆畫、部首、調類（上平、上上、上去、上入、下平、下上、下去、下入）及例子，例如：

口語字	筆畫	部首	調類	例子
佢	六畫	亻部	下上	佢大力、佢打大人、我大佢小
野	十一畫	里部	下上	食野、出一身野（生瘡之類）、大野（架勢闊佬之類）、起野（有貨物寄到，去郵局收取）
嚟	十八畫	口部	下平	今日有人嚟、昨日我去嚟、佢有嚟我有去（禮尚往來）

☞【佢＝他／她、野＝東西、架勢闊佬＝有錢有勢、出一身野＝全身生瘡或有皮膚病、去嚟＝已經去了】

四、廣州的傳教情況

這本書不少詞句都與基督教有關，如基督、神、天主、福音堂、聽福音、教會兄弟好、禮拜堂等。

◉ 第三課

坐落同佢講起的舊事，邊個女又出門、邊個又出身去講福音……

◉ 第六課

今日有乜事呢。「今日係主日。你都唔知咩。我哋去禮拜堂拜上帝、聽福音。你入教未。」入咯。「你話入教。禮拜日都唔知嘅。」我上一季洗禮嘅啫。父親唔歡喜我長時入禮拜堂。

◉ 第十四課

十一點幾鐘、男客女客、一路入禮堂、坐落後、打十二點就開會。個傳道先生讀經。有一個人客上去講書…… 人人都聽到笑。講完歇一陣，有幾位執事，整定餅果擺茶。㨂的圓茶盤嚟載餅。又有一盒盒軟糖。擰俾人客食。

從以上課文可知，20 世紀初的廣州人對基督教並不抗拒，有人已經洗禮入教，有人會在週日前往福音堂，聽完講道後享用茶點。

【邊個＝誰、乜＝甚麼、唔知咩＝不知道嗎、入咯＝「入咗教咯」（入教了）的省略、噉＝那麼、坐落＝坐下來、噉樣＝這樣子、整定餅果擺茶＝準備好餅乾水果和茶、㨂的圓茶盤嚟載餅＝用一些圓型的盤子來把餅乾放在裏面、擰俾人客食＝拿給客人吃】

五、廣州生活「睇真啲」

❶ 教育

清朝時期，平民很少有機會受教育，在封建觀念束縛下，女性受教育的機會更少。本書中有四課課文與教育相關：

◉ 第二課

我問佢話，你的女喺邊處讀書呢。佢話，「女使乜讀書…… 過得幾年打發佢出門。個時又係人哋嘅人。我點得佢嘅好處呢。」…… 我直白對佢話，你嘅見解好唔着。今時大唔同先日。呢處地方，男男女女都一自自去讀書。一年開通過一年。

◉ 第五課

張先生呢個大女讀好多年書。滿口番話。的字好嚟得。又有禮。……呢的噉嘅女子。所以人見人愛。

◉ 第十三課

你個仔喺邊處讀書。「喺城西中學」。要俾學費唔呢。「要呀，一年連埋米飯，唔少費用。」…… 人人得倒好嘅教化。罪惡都減噉好多。個個改變為善人。又曉得新學識。

◉ 第二十二課

個間學堂起得夠好。係一個富商出銀起嘅。…… 東南便嘅騎樓全用英泥。

【使乜＝不用、人哋嘅人＝人家的人、好唔着＝不大對、滿口番話＝英文說得很流利、英泥＝混凝土】

從第二課可見，當時部分廣州人仍認為女兒無需讀書，但也有人提出反對意見；第五課顯示廣州已有思想開通之人，注重栽培女兒，使其能說流利的英語；第十三課的對話描述了讀書對個人的益處；第二十二課則展現了商人出資興辦學校，體現了教育投資的重要性。

❷ 飲食

常言道「食在廣州」，廣東菜美味可口，點心特別受歡迎，許多廣東人喜歡飲茶吃點心。本書第十課便與食點心有關：

◉ 第十課

一早趕住出門口，未曾食到野，肚空空。行過南園茶樓，就入去食噉十多件點心。「聞得南園中西菜都好過食，係唔係呢。佢呢間野，所有食物，係樣都出色。堂座房座遇時坐滿人。又有音樂聽。」

【未曾食到野＝還沒有吃東西】

此段描述了張先生飢腸轆轆時經過南園茶樓食用十多件點心的情景，並評價該茶樓中西菜都很美味，時常客滿，且有音樂聽。

「食噉十多件點心」中的「噉」讀 gam^2，放在動詞後面，用來表示達到心目中預定的數量。

❸ 生活

書中呈現了廣州形形色色人物及其從事的各類活動，反映了當時廣州人的生活情況，例如：1. 有富商出錢興辦學校；2. 有銀行監督看西紙（外幣）起跌；3. 過年有兵對（軍隊）出動維持秩序；4. 有華籍水手落水救人；5. 有一家八口只靠老婆做裁縫過活；6. 廣州日夜都有人做生意；7. 大街設有街燈，燈火通明，而小巷沒有街燈，居民晚上回家很不方便。

22

《呂華英三國會話》——民初廣東人的西班牙語及英語教材

CONVERSACIONES
EN
Español, Chino é Inglés
POR
Tam Pui-Shum,
Autor del primero y único Diccionario Español-Chino, etc., etc.

呂華英三國會話
譚培森亦豪甫著
始創世界唯一呂宋華文合璧字典等書

Spanish, Chinese, & English
CONVERSATIONS
Tam Pui-Shum,
Author of the first & only Dictionary of the Spanish & Chinese Languages, &c., &c.

香港美倫印務公司承印
PRINTED AT THE MILLAN PRINTING CO.
25, LEE TUNG STREET, WANCHAI,
HONGKONG.
1928.

出版年份：1928 年。

作者：譚培森（Tam Pui Shum），生卒年不詳，又名譚亦豪，廣東人。精通西班牙文、英文。曾被清朝皇帝冊封為「榮祿大夫」（一品官）。曾先後出任駐西班牙、墨西哥等國代辦公使（領事館官員）。退休後在香港定居，除了寫作，曾開設譚亦豪書籍總發行所。作品有《袖珍呂宋華文合璧字典》、《呂宋華文合璧字典》、《呂華字典續編》、《呂華英三國會話》、《漢譯西班牙文法》、《呂華英務尺牘》。（清朝稱「西班牙」為「大呂宋」。以上書名的「呂」均指西班牙文。）

本文採用 1928 年版。首頁用西班牙文、中文、英文註明：1. 書名：Conversaciones en Español, Chino e Inglés 呂華英三國會話 Spanish, Chinese, & English Conversations；2. 作者：譚培森亦豪甫著 Tam Pui Shum；3. 特色：Autor del primer y único Español, Chino, etc 始創世界唯一呂宋華文合璧字典 Author of the first & only Dictionary of the Spanish & Chinese Languages；4. 出版機構：香港美倫印務公司承印 Printed at the Millan Printing Co. Lee Tung Street, Wanchai。第二頁：1. 第六次出版；2. 每本

定價貳元；3. 香港總發行。第三頁：「序」。第五頁：「呂英語言文字比較」。第六頁：「目錄」。會話內容歸納後大致分為四類：工商問答、士宦應酬、華洋交涉、社會接談。詞 / 句都提供對照學習：1. 呂（西班牙語）+ 注音，廣東話讀出；2. 華（漢字 / 廣東話）；3. 英（英語）+ 注音，廣東話讀出。

一、文獻價值

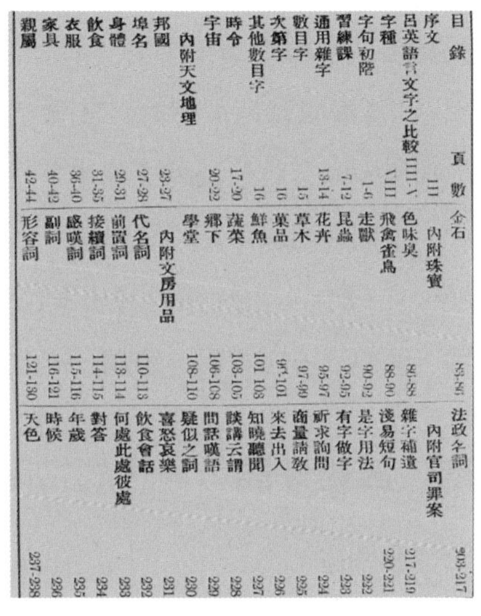

目錄

	頁數				
序文	III	金石	83-85	法政全詞	213-217
呂英語言文字之比較	III-V	內附珠寶		內附官司罪案	
字種	VIII	色味臭	86-88	雜字補遺	217-219
字句初階	1-6	飛禽雀鳥	88-90	淺易短句	220-221
習練課	7-12	走獸	90-92	是字用法	222
通用雜字	13-14	昆蟲	92-95	有字做字	223
數目字	15	花卉	95-97	祈求詢問	224
次第字	16	草木	97-99	商量請教	225
其他數目字	16	菓品	99-101	來去出入	226
時令	17-20	鮮魚	101-103	知曉聽聞	227
宇宙	20-22	蔬菜	103-105	談講云謂	228
內附天文地理		鄉下	106-108	問話嘆語	229
邦國	23-27	學堂	108-110	疑似之詞	230
埠名	27-28	內附文房用品		喜怒哀樂	231
身體	29-31	代名詞	110-113	飲食會話	232
飲食	31-35	前置詞	113-114	何處此處彼處	233
衣服	36-40	接續詞	114-115	對答	234
家具	40-42	感嘆詞	115-116	年歲	235
親屬	42-44	副詞	116-121	時候	236
		形容詞	121-130	天色	237-238

過去，中國官方文件常以「大呂宋」指「西班牙」、「小呂宋」指「斐律濱」（菲律賓）。這本書的「呂」即指西班牙文。菲律賓曾是西班牙殖民地，後因美國勢力崛起，與西班牙交戰並助力菲律賓獨立，致使說英文的菲律賓人日漸增多。

《呂華英三國會話》是第一本用廣東話注音學習西班牙文及英文的辭典，目標讀者包括海外僑居人士、中國外交人員、工商界人士及旅客。

書中部分廣東話詞語、句型和用語與當代不同，且說西班牙語和英語的國家社會亦發生了變遷。因此，這些語料可以幫助學者研究 20 世紀與當今廣東話的異同，以及比較廣東人當時與現今華人在使用西班牙語及英語國家的生活異同。

香港中文大學及香港科技大學都藏有 1916 年版的《呂華英三國會話》，但不外借。故本文採用的是香港教育大學的 1928 年電子版。收錄這本書，是因為這是我們目前發現的第一本為廣東人學習西班牙語及英語而編寫的教材。這本近百年前出版的書籍，在香港市面上仍然可以買到 2011 年版。

二、作者「睇真啲」

《呂華英三國會話》2011 年版的作者註明「譚培森　亦甫豪」，看似是兩位作者；1928 年版作者註明「譚培森　亦豪甫」，但英文只有「Tam Pui- Shum」，且最後一頁署名「譚亦豪先生（Mr. Tam Yik Ho）」。經考證，「甫」的意思是「別名」，1915 年版《袖珍呂宋華文合璧字典》作者註明「譚培森亦豪氏著」，以「氏」代「甫」，由此可見，譚培森就是譚亦豪。

三、中國與西班牙的關係

西班牙被羅馬帝國征服後成為殖民地（公元前 218 年至 109 年），慢慢發展為羅馬帝國的商業中心。16 世紀，西班牙脫離羅馬統治，建立新的「民族國家」，逐漸成為殖民帝國，先後佔領古巴、墨西哥、秘魯、荷蘭等地，這些殖民地都與中國有貿易及外交往來。

中國稱西班牙為「大呂宋」、菲律賓為「小呂宋」，中國與兩地的貿易發展良好。1557 年，澳門被葡萄牙殖民管治，而 1581–1640 年間，西班牙與葡萄牙合併，使得三方在貿易、宗教、文化上形成了緊密聯繫。

四、西班牙語 / 英語的初階學習

❶ 字母

作者在《呂華英三國會話》首頁中提及西班牙字種（字母）有 28 個，但是後面的字母表卻列出 30 個。作者 1915 年出版的《袖珍呂宋華文合璧字典》比較清楚地列出了西班牙字母的數目，歸納如下：

西班牙文單字母	a, b, c, d, e, f, g, h, i, j, l, m, n, ñ, o, p, q, r, s, t, u, v, x, y, z	25 個
西班牙文雙字母	ch, ll, rr	3 個
外文字母	k, w	2 個
總數		**30 個**

我們查考後發現，傳統的西班牙字母有 30 個，而現代西班牙字母刪除「ch、ll、rr」後有 27 個。英文的 26 個字母與現代西班牙字母相同，唯獨缺少西班牙特有的字母「ñ」。

❷ 詞語 / 短句

書中收錄 71 個最基本的詞語 / 短句，西班牙語和英語均配有注音，以下為「字句初階」節錄：

呂	華	英
Bueno. 勃煙奴	好	Good. 骨
Muchas gracias. 毛乍時 格刺舍時	多謝	Many thanks. 曼尼 廳時
Cómo se llama? 甘毛 舍 也麻	點樣叫法？	How is it called? 侯 衣時 熱 哥路

五、廣東人與當地人的交談

這本書所提供的話題能幫助廣東人在西班牙語 / 英語社會生活，與當地人交談，內容涵蓋打招呼、天氣狀況、認識對方、問候近況、時事新聞、飲食起居、娛樂消遣、喜慶節日等方面。例如：

呂	華	英
Qué tal?	好呀嗎？	How are you?
Qué hay de nuveo?	有乜新聞？	What is the news?
Chapurreo el inglés .	我講的是咸水英語。	I speak Pigeon-English
Qué pieza dan ésta noche?	今晚做乜嘢戲？	What play is acted tonight?
Tome lo que quiera.	隨便起快。	Take what you please.
Feliz Año Nue vo.	恭賀新年。	I wish you a Happy New Year.

上述句子中的「呂」為西班牙語、「英」為英語、「華」是廣東話口語與白話文夾雜的書面語。例如，現代廣東話會將「我講的是咸水英語」表述為「我講啲唔鹹唔淡嘅英文」。

六、廣東人的行業

廣東人多開辦餐館、雜貨店、洗衣店，打工行業則包括洗衣服婆、麵包師傅、鞋匠、木匠、泥水匠、賣藥人、裁縫、教員、傳話（翻譯）等。

❶ 餐館

除了老闆（事頭，boss）外，餐館主要的員工還有以下幾種：

呂	華	英
cocinero / cocinera 箇線呢羅 / 箇線呢剌	火頭，男廚 / 女廚（廚師）	cook 菊
galopín / fregona 架洛徧 / 付力干拿	洗盤碗人（洗碗）	scullion 時鳩刃
camarero 監麻哩羅	企枱（夥計）	waiter 威打

❷ 雜貨店

- 一般貨品：煤炭、柴、火水、洋燭、罐頭食物、通心粉、杏仁、芝麻、生薑、鹹牛肉、掃把、皮帶、麻繩。
- 中國日本貨品：扇、燈籠、蓆、茶壺、杯、玩具、公仔、煙仔盒、花瓶、畫架、托盤、手巾、棋子、薄荷油。

七、外交官員公事「睇真啲」

作者是領事館的官員，編寫本書的其中一個目的是幫助中國外交官用西班牙語和英文與當地官員交流，內容涉及政府、政治、海陸軍、領使等話題。

呂	華	英
Presidente 布力薛顛地	總統	President 布力薛定
Voto 和度	選舉票	Vote 和屋
General 牽尼剌路	陸軍大將	General 箋尼羅
Ministro 棉尼時脫羅	公使	Minister 棉尼時打

此外，考慮到華人若觸犯當地法律，領事館需要保護華人權益，書中還收錄了「法政名詞」，如司法、冤枉、刑事案、賠償、死罪、監禁等。

23

《廣州兒歌甲集》——民初廣東民間流行的兒歌

出版年份：民國十七年（1928 年）。

編輯：劉萬章，生卒年不詳，廣東人。收集廣東民間資料的學者，曾任《民俗周刊》編輯。出版《廣州民間故事》、《廣州謎語》、《廣州兒歌甲集》等。

本文採用 1928 年重印版。總目錄包括 100 首廣東話兒歌歌名。其中有不少歌名相同但歌詞不同的版本，例如，「鷄公仔」有九個版本、「月光光」有五個版本。內容主題可歸納為九類：1. 大自然（如「落大雨」）；2. 動物（如「雞公仔」）；3. 睡覺（如「愛姑乖」）；4. 動作（如「排排坐」）；5. 食物（如「家家去買冬瓜」）；6. 人物（如「一個細蚊仔」）；7. 親情（如「哥哥抱妹去睇燈」）；8. 祝福（如「龍舟舟」）；9. 其他（如「搖櫓櫓」）。

一、文獻價值

廣東兒歌擁有悠久的歷史。我們找到最早的記錄是《廣東新語》(1700 年)中的一首:「大姐姐,分明大姐大三年,擔凳井頭共姐坐⋯⋯」。後來,劉萬章在《廣州兒歌甲集》中記錄了 100 首民初流行的兒歌,有些到現代仍在傳唱。

兒歌從孩子出生後就發揮重要的作用,例如,嬰幼兒睡覺前常會哭鬧。媽媽或褓姆通常會一邊把孩子抱在懷裏輕輕搖晃,一邊為他們唱催眠曲,如「愛姑乖,愛姑大,愛姑大來嫁後街⋯⋯」。雖然孩子還聽不懂歌詞含義,但是每句句尾都押了「aai」韻:「乖」gwaai、「大」daai、「街」gaai,聽起來很舒服,孩子自然就容易入睡了。2020 年香港有一個網站上刊登了「嗳姑乖,嫁後街」這首兒歌的不同版本,獲得超過一千個網友點讚。當孩子成長到肌肉可以活動的時候,便可以教他／她一邊動動手指頭,一邊唱「點蟲蟲,蟲蟲飛⋯⋯」。等到孩子可以走動,就可以玩「氹氹轉、菊花園⋯⋯」。

我們在香港教育大學圖書館找到《廣州兒歌甲集》1928 年重印版,同時在香港的書店找到 2018 年版。收錄這本兒歌集,是因為它記錄了近一百年前的兒歌,有些傳唱至今。至於那些不會唱的,也可從中瞭解當時的社會情況。相信這本兒歌集可以勾起很多人美好的童年回憶。

二、廣東兒歌的流傳

這本書收錄的是民初流行的廣東兒歌。民俗學家顧頡剛為該書撰寫了第一個序言,他是蘇州人,編寫過《吳歌甲集》。在顧頡剛撰寫的序言裏,可以發現,作者收集的廣東兒歌,有的竟然與他收集的蘇州兒歌頗為相似。我們括註對應的白話文,方便非粵語讀者理解。

◉ 廣東:搖櫓櫓、賣櫓櫓、阿爺撐船過海娶心抱(媳婦)。
蘇州:搖大船、擺渡過、大哥船上討新婦。

以上兩首兒歌內容十分相似,都圍繞娶媳婦展開,廣東兒歌中是爺爺撐船尋找,蘇州兒歌是大哥乘船尋求。

◉ 廣東:鷄公仔,尾彎彎,做人心抱(媳婦)甚艱難:早早起身都話晏，眼淚唔乾入下間。

蘇州：陽山頭上花小籃，新做新婦多許難：朝晨提水燒粥飯……眼淚汪汪哭進房。

這兩首兒歌都描繪了成為「媳婦」後的艱辛。廣東媳婦在被責備「早早起身都話晏」（很早起床都說起得晚）後，會去下間（廚房）哭泣；蘇州媳婦則因「朝晨提水燒粥飯」等勞碌委屈哭泣。

從這些相似的兒歌內容可見，兒歌在民間存在相互流傳的現象，同時也反映出當時普遍存在的婆媳關係問題：當年的中國母親，兒子長大了便要幫他娶媳婦，可惜娶了媳婦後卻又讓她受委屈；而「巧婦熬成婆」之後，往往又會讓自己的兒媳婦受委屈。不只在廣東如此，大概中國各省都存在這種婆媳關係問題吧！

三、安眠曲「睇真啲」

這本書有幾首安眠曲，在此節錄部分內容，供大家閱讀：

◉ 第三十七首　愛愛愛

愛！愛！愛！愛大乖姑嫁秀才，唔嫁秀才又嫁官；嫁官又有官廳坐，八人抬橋入衙門……十隻大船搬嫁妝，十隻戒指響鈴琅……

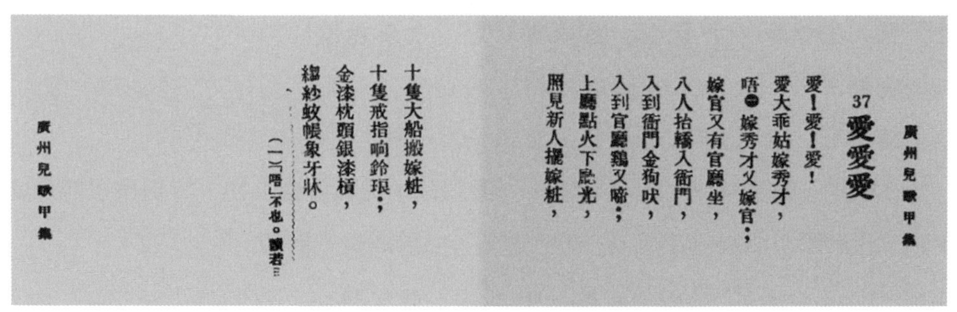

廣州兒歌甲集

37

愛愛愛

愛！愛！愛！
愛大乖姑嫁秀才，
唔(一)嫁秀才又嫁官；
嫁官又有官廳坐，
八人抬轎入衙門，
入到衙門金狗吠，
入到官廳鷄又啼；
上廳點火下廳光，
照見新人擺嫁粧，
十隻大船搬嫁粧，
十隻戒指响鈴琅；
金漆枕頭銀漆櫃，
綢紗蚊帳象牙牀。

(一)「唔」不也。讀若𠮶

廣州兒歌甲集

從這首媽媽或褓姆唱的安眠曲可見，除了希望孩子早點安睡，歌詞還蘊含著祝福，期望孩子長大後嫁得良人，無論是嫁秀才還是嫁官員，都能過上好日子。

◉ 第三十九首　愛姑乖

愛姑乖，愛姑大，愛姑大來嫁後街，後街又有鮮魚鮮肉賣；又有鮮花戴，戴唔晒，丟落牀頭怕被老鼠拉，拉去大新街……

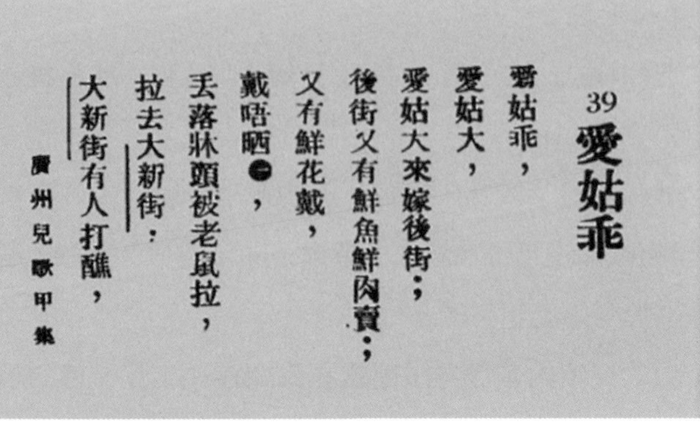

39

愛姑乖

愛姑乖，
愛姑大，
愛姑大來嫁後街；
後街又有鮮魚鮮肉賣；
又有鮮花戴，
戴唔晒㊀，
丟落牀頭被老鼠拉，
拉去大新街：
大新街有人打醮，

廣州兒歌甲集

這首安眠曲的作曲填詞者似乎想到甚麼便唱甚麼，雖然沒有祝福的語句，但非常注重節奏，每句句末都押了「aai」韻：「乖」gwaai、「大」daai、「街」gaai、「賣」maai、「戴」daai、「晒」saai、「拉」laai。

四、兒歌教育

嬰兒時期，孩子雖然聽不懂兒歌，但隨著成長，開始學坐時會接觸「排排坐」；肌肉發展到能活動手指時，便可以唱「點蟲蟲，蟲蟲飛」。兒歌還能幫助孩子認識實物、學習詞語，例如：

◉ 第九十二首　家家去買冬瓜

家，家，家，去買瓜，冬瓜有新郎，食黃糖；
黃糖有砂，食西瓜；西瓜有核，食蒲突（苦瓜），
蒲突甘，食人參；人參貴，食蝦米；……

在家中，家長可以一邊唱兒歌，一邊教孩子認識各種食物。等到孩子能到處走動，喜歡跟小朋友玩耍時，一起唱遊更有益於成長，例如：

◉ 第八十二首　旋旋轉

旋旋轉，菊花園，炒米飯，糯米團，
阿媽叫我睇龍船，我唔睇，睇雞仔，
雞仔大，捉去賣，賣得幾多錢？
賣得三兩錢，得來買膏又買鹽！

五、兒歌修辭

如果歌詞中上一句結尾的詞語在下一句重複，可使歌詞銜接緊密，增強聲音的韻律感，達到流暢動聽的效果，這種修辭手法叫做「頂真」。例如：

◉ 第一首　月光光

月光光，照地塘；年卅晚，摘檳榔；檳榔香，摘子薑；子薑辣，買葡突（苦瓜）；葡突苦，買豬肚……

從第四句開始，「摘檳榔；檳榔香 / 摘子薑；子薑辣……」都運用了頂真修辭，讓兒歌讀起來十分順口，孩子易於記憶。

兒歌除了使用「頂真」的修辭手法，也會用「對比」等手法。例如，在當時，貧窮的少女會被賣到有錢人家做奴婢，服侍嬌生慣養的千金小姐或女主人，遭受虐待，但第二十七首《雞公仔》所描述的奴婢的命運卻有所不同：

◉ 雞公仔，美團圓，人做丫環真正賤；我做丫環快活過神仙；小姐繡花奴解線，小姐彈琴我做和弦！

填詞人在這裏運用了「對比」手法，強調了丫環和小姐不同的命運。由此可見，即使同為窮家女出身的奴婢，命運也不相同，正如廣東俗語所說：「同人唔同命，同遮唔同柄。」

六、現代兒歌

第一首香港創作的兒歌是 1935 年由錢大叔作曲、冼幹持作詞的《兒安眠》，當時十分流行。其歌詞如下：

◉ 兒安眠，兒安眠，長夜安眠到曉天。媽媽只要兒入夢，兒要媽媽看月圓。雲蓋月光難望見，乖乖呀快快眠。兒安眠，兒安眠，明月影兒到窗邊。

雖然這首兒歌一個廣東口語詞都沒使用，但很適合用廣東話來演唱。為了讓歌曲動聽，作曲者大多數句子末尾押「in」韻：「眠」min、「天」tin、「見」gin、「邊」bin。

韋然則從 1976 年創作第一首兒歌《紅花開》開始，寫了大量兒歌，有「香港兒歌之父」的美譽。他將傳統兒歌改寫成兼具「現代感」和「教育性」的作品，例如：

◉ 鷄公仔、尾彎彎、做人呢、點可以、怕艱難、清早起床返學去囉、執齊啲書本上學堂、一份耕耘、自有一份收穫、懶惰去做人、又點會有所成……

這些現代兒歌在保留傳統元素的同時，融入了新時代內容和教育理念，更符合當代兒童的成長需求。大家可以在網上聆聽。

24 《廣州謎語》——民初廣東民間流行的語言遊戲

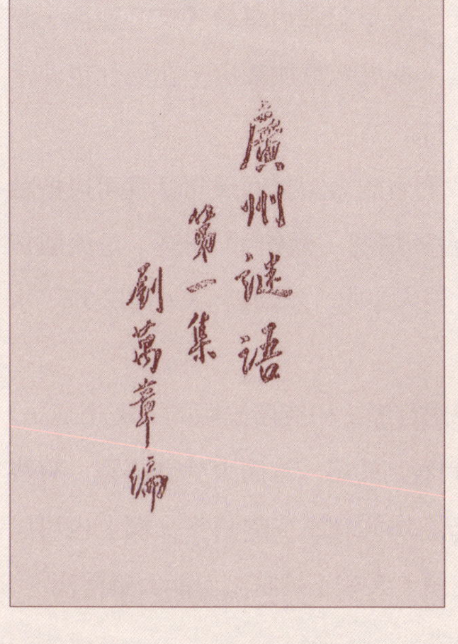

總目錄　頁數

出版年份：民國十七年（1928 年）。

編輯：劉萬章，生卒年不詳，廣東人。收集廣東民間資料的學者，曾任《民俗周刊》編輯 。出版《蘇粵的婚喪》、《廣州民間故事》、《廣州謎語》、《廣州兒歌甲集》、《澳門考略》等。

本文採用 1928 年版。首頁寫著「廣州謎語　第一集」。序言有三篇，包括民俗學家顧頡剛撰的序言、學者鍾敬文撰寫的序言、編者自序。總目錄包括 130 題謎語。內容主題歸納後可分為十類：

1. 人（如「蘇蝦仔」）；2. 動物（如「狗」）；3. 家居害蟲（如「木虱」）；4. 動作（如「食飯」）；5. 用品（如「梳」）；6. 大自然（如「雨」）；7. 瓜菜（如「黃瓜」、「菠菜」）；8. 海產（如「魚」）；9. 水果（如「荔枝」）；10. 其他（如「當票」）。

一、文獻價值

謎語這種「益智遊戲」已經有很長的歷史，最早記載可見於《文心雕龍·諧讔》及《廣東新語》。它可以刺激人們的大腦，令思考更加敏捷，在現代也非常流行。

從劉萬章收錄的明末清初流行的謎語，我們看到短短謎面幾句話就可以把謎底形容得淋漓盡致。這些謎語反映了當時社會的情況，例如：「銅錢」是流通貨幣、結婚時用「花轎」、照明仍然用「蠟燭」、老人家吃「水煙筒」、小朋友玩「木頭公仔」等等。

我們在香港教育大學圖書館找到中山大學語言歷史研究所出版的《廣州謎語》1928 年電子版。收錄這本書，是因為這是我們看到的第一本廣東話謎語集。有些謎語很容易就可以猜出來，有些則猜不到。現在坊間有不少謎語集，網上也可以找到很多有趣的謎語。這本近一百多年前的謎語，大家不妨試試看能否猜得出。

二、廣東謎語的流傳

「謎語」是一個人用一種間接的方式隱晦地把話說出來，請對方來猜測隱藏的意思。除了個人還可以集體玩這種語言遊戲，《廣東新語》就記載了 16 世紀廣東群眾在節日集體「猜燈謎」，集體玩起來更加有趣。

這本書搜集的是民初流行的廣東謎語。民俗學家顧頡剛認為：「謎語」不但可以用來表現自己的智慧，同時可以用來量度別人的智慧。因為這種「益智遊戲」可以提高大家的思考能力，所以流傳到今日。政府積極推廣「謎語」活動，組織創作謎語的師傅教導製作謎語的人怎樣設置「謎壇」、「按主題創造謎語」，並教授他們「解謎技巧」。

三、謎語主題「睇真啲」

用甚麼主題都可以製作謎語，我們將書中的主題歸納為以下十種。這些謎語都是和我們的日常生活息息相關的，大家看看下面的例子吧！謎底見括註。

❶ 關於「人」的謎語

◉ 細時四隻腳，大來兩隻腳，老來三隻腳。（人）

◉ 歸家三百日，出門天大光，回頭翻眼望，不見舊家鄉。（蘇蝦仔）

【蘇蝦仔＝嬰兒】

❷ 關於「動物」的謎語

◉ 一條樑，四條柱，頭打鼓，尾擔槍。（狗）

◉ 不是狐，不是狗，站在地上做人。（猴子）

❸ 關於「動作」的謎語

◉ 日行千里不出鄉，同胞兄弟各爹娘；高中狀元無榜上，結髮夫妻唔得久長。（做戲）

◉ 拉開天窗，磨定老薑，一啖一個，透心滑腸。（吃田螺）

❹ 關於「海產」的謎語

◉ 老章老章，背負皮箱，鉸剪兩把，快子四雙。（蟹）

◉ 有眼冇眉，有翼唔會飛，日行千里路，神鬼不知天。（魚）

❺ 關於「用品」的謎語

◉ 柔柔軟軟，軟軟柔柔，風吹不去，水大不流。（鎖鏈）

◉ 一間屋仔窄窄，僅僅裝得五位人客。（鞋）

四、算盤「睇真啲」

算盤是中國傳統的計算工具。廣州一直都是商業發達的地方，算盤是當時最流行的計算工具。這本書收錄了三個有關「算盤」的謎語（第七十五至第七十七條）。

◉ 一間屋子兩邊過，五男二女齊齊坐，何事打起來？因為家財分未妥！

謎語中的「五男二女」運用了「擬人」的手法，四句中有三句尾字都押韻了「o」韻：「過」gwo、「坐」cho、「妥」to。

◉ 木做板障，竹做排梁，珍珠排滿；慢慢參詳。

這條謎語說明了「算盤」是用甚麼材料製造的，以「珍珠」來比喻「珠子」。四句中有三句的尾字都押了「oeng」韻：「障」zoeng、「梁」loeng、「詳」coeng。

◉ 上山斬舊離碌木，鬥張離碌床，生的離碌仔，離離碌碌，碌滿一床。

這條謎語說明了製造「算盤」的過程，先「上山斬木」，然後做框架「鬥張床」，最後做珠子「離碌仔」。「離離碌碌」則形容打算盤時珠子的活動狀態。

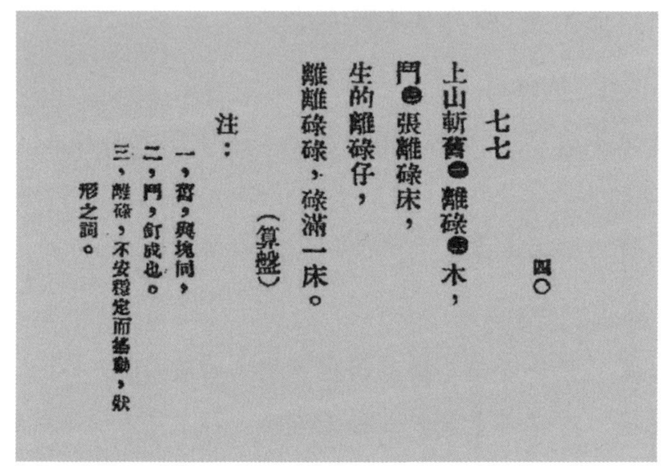

四〇

七七

上山斬舊(一)離碌(三)木，

鬥(二)張離碌床，

生的離碌仔，

離離碌碌，碌滿一床。

（算盤）

注：

一，舊，與塊同，

二，鬥，釘成也。

三、離碌，不安穩定而搖動，狀形之詞。

隨著科技的進步，現代人們用計算器、手機就可以完成簡單的計算工作，複雜一點的就會直接利用電腦完成。在比較舊式的老店，如中藥鋪，也許還能找到算盤的身影。

五、社會情況「睇真啲」

這本謎語集反映出近百年前廣州的社會風貌，當年與今日的社會有些情況仍然相同，但也存在不小的差異。

❶ 錢幣

◉ 八十二

又圓又扁又四方，四邊四便伴君王；

得佢來時真正好，佢不來時心就忙 。（銅錢）

❷ 照明工具

◉ 九十一

一個細蚊仔著件紅衫仔，愈行越矮。（蠟燭）

❸ 娛樂

◉ 八十九

七個兄弟七處住，一個住在獨家村，

一陣橫風吹過去，兄弟七個開開門。（簫）

◉ 六

四四方方一條柴，做官做官做太太，

綾羅綢緞都穿過，未曾穿過半對鞋。（木頭公仔）

❹ 曬衣工具

◉ 六十八

我在園林青青瘦瘦，我在人家黃皮骨瘦，

遇著阿嫂日曬夜露。（曬衣裳竹）

❺ 當鋪

◉ 八十一

四四方方一壢田，日月乾坤在兩邊，

萬兩黃金都在內，厘戥稱來冇半錢。（當票）

從以上謎語中，我們可以看到當時社會：

- 使用的錢幣是「銅錢」；
- 使用的照明工具是「蠟燭」；
- 兒童玩具有「木頭公仔」；
- 兒童樂器有「簫」；
- 晾衣服的工具是「曬衣裳竹」；
- 窮人會去當鋪典當物品，拿著「當票」等有錢再將東西贖回。

除了以上六個特色，從其他謎語中我們也可以窺見當時社會的情況，如結婚時用「花轎」、老人家用「拐杖」和吸「水煙筒」、夏天要用「蚊帳」、漁民打魚用「漁網」、看時間用「時辰鐘」等。

六、拜祭習俗

從以下謎語中，我們可以瞭解到當時民間有拜祭的習俗。人們家裏會擺放一個紀念先人的靈牌，隨時供奉。

◉ 二十四

頭圓腳四方，腹內好文章，或時茶担日，

又擺燒豬又擺羊。（神主牌）

☞【神主牌＝設位致祭所用的死者或祖先的靈牌，茶担日＝忌日。】

◉ 九十五

五姊妹，同條街，三個修行，兩個食齋。（香案）

☞【香案是用來擺放香燭貢品，供奉神靈、牌位等的長方形桌子。】

◉ 九十二

頭帶紅纓帽，腳踏火灰爐。（香）

25

《點解我鍾意你》——民初長壽粵語流行曲

首唱年份：1935 年。

作曲者／填詞人：作曲者和填詞人生平不詳。這首歌是「天一影片公司」（邵氏兄弟創立的影片公司）所製作的電影插曲，我們推測作曲和填詞人都是「天一影片公司」的工作人員。

演唱者：前後多位藝人演唱，歷時九十年。1. 紫羅蘭：1935 年電影《鄉下佬遊埠續集》插曲《點解我鍾意你》原唱者，廣東人；著名歌舞藝人、「紫羅蘭歌舞劇團」班主名演員。2. 白鳳：南洋女歌手；曾演唱過《飄零燕》、《海角情鴛》等廣東歌曲；1952 年翻唱《點解我鍾意你》。3. 櫻花：馬來西亞長大的新加坡女歌手；她與凌雲在東南亞歌唱界是著名的「歌唱姊妹花」，曾多次到香港演唱；1972-2002 年，三十年間不斷翻唱《點解我鍾意你》。4. 現代仍有香港歌手翻唱《點解我鍾意你》。

本文採用 1935 年紫羅蘭演唱的原版本。這首歌共 16 句歌詞，「點解我鍾意佢／你」反復出現了 12 次。歌詞說表達了喜歡某人的原因：1. 皮膚白嫩；2. 說話溫柔；3. 容貌漂亮。歌詞還表達了喜歡的程度：看到她就病，病到臉都發青，幾乎要沒命。

一、文獻價值

粵語流行曲是從甚麼時候開始的呢？很多香港人可能認為是 1974 年歌神許冠傑演唱的《鬼馬雙星》。實際上，從 1930 年開始，廣東話插曲便隨著電影的流行而興起。

邵氏兄弟於 1925 年在上海創辦了「天一影片公司」，後來到中國香港、新加坡、馬來西亞開拓粵語電影市場。公司經過市場調查後發現市民喜愛喜劇題材，於是推出了《鄉下佬遊埠》系列電影。1935 年在戲院放映的三集皆大受歡迎，其中《鄉下佬遊埠續集》的插曲《點解我鍾意你》不但在當時很受歡迎，從 1935 年到 2002 年更不斷被歌手翻唱，成為長壽粵語流行曲。粵語老歌研究專家黃志華指出，南洋歌手演唱粵語流行曲的歷史比香港更久，他們的演繹加速了香港粵語流行曲早期的發展。

網上可以找到紫羅蘭 1935 初版、白鳳 1952 年版、櫻花 1972–2002 年間的多個版本，以及後來香港歌手的多個翻唱版本。閱讀黃志華編寫的《本可成佳話》（2023 年），能深入瞭解更多有關粵語老歌的相關資料。

我們收錄這首懷舊金曲，是因為它見證了粵語流行曲的萌芽階段，展現了廣東人從開始接受廣東話填詞歌曲，到曲調上逐漸由粵曲小調融合西方音樂並走上本土創作的過程。

二、早期廣東流行歌曲

根據黃志華在《本可成佳話》中的觀點，1930–1940 年間已有廣東歌。雖然這些歌曲均用廣東話演唱，但從歌詞語言角度可以歸納為以下三種類型：

1. 文言文：1941 年公演的電影《紅豆曲》主題曲，歌詞採用了唐代詩人王維的《相思》。其中四句歌詞就是「紅豆生南國，春來發幾枝？ 願君多採摘，此物最相思」。

2. 白話文：1935 年公演的電影《生命線》的插曲為原創作品《兒安眠》，其開頭三句「兒安眠、兒安眠、長夜安眠到曉天」便是白話文表述。

3. 廣東話：1935 年公演的電影《鄉下佬遊埠續集》的插曲《點解我鍾意你》，

開頭三句「點解我鍾意佢 ，因為佢係靚。點解我鍾意佢 ，幾乎攞我命」，使用了廣東話填詞。

三、異性相吸

《點解我鍾意你》歌詞中描述喜歡對方的原因是「白白淨、細細聲、好細聲、真靚」，其中「淨」、「聲」、「靚」押「eng」韻，使歌曲更加悅耳動聽。「靚」字在全曲中出現了八次，體現出外貌在吸引異性時的重要性。其實「靚」的標準很難界定，俗話說「情人眼裏出西施」，尤其對於外表平凡的人來說，所謂「合眼緣」，往往是第一眼見到就心生喜愛。

四、歌詞與旋律的關係

廣東話歌曲的旋律是以字的調值來確定的。《香港語言學學會粵語拼音方案》六個聲調的標記及調值如下：

聲調	第一聲	第二聲	第三聲	第四聲	第五聲	第六聲
調值	55	35	33	21	23	22

唱歌最重要的調值究竟有哪幾種呢？唱歌時，字音往往被拉長，最終留下尾聲的音高。因此，作曲時需重點考慮每個字的「尾音調值」。如果根據尾音調值來重新歸類廣東話聲調，只有四類：5 / 3 / 2 / 1。

歌詞每個字「尾音調值」與歌曲的旋律相契合，稱為「協音」或「啱音」；反之則為「拗音」或「唔啱音」。只有歌詞的抑揚頓挫和旋律配合，才能達到和諧的效果。

下圖試將《點解我鍾意你》第一段旋律和歌詞字調相比較：

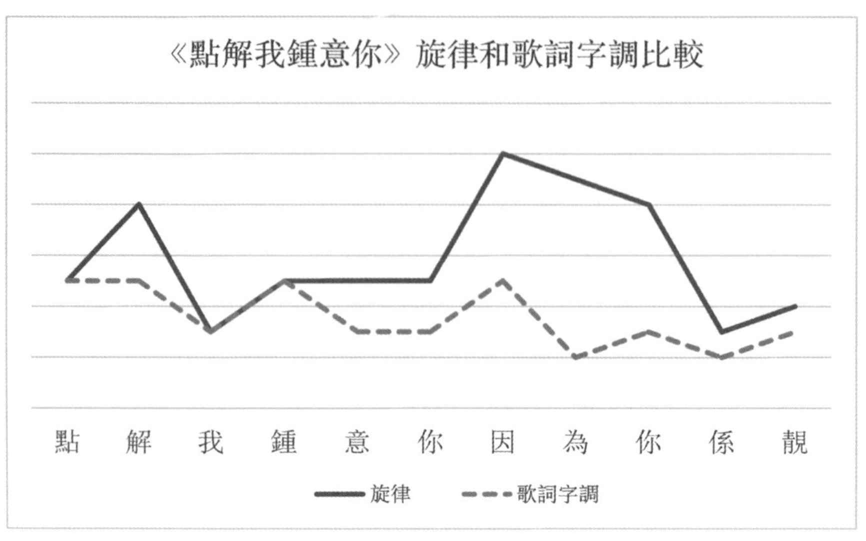

理論上，歌詞每個字的「尾音調值」與相對應的旋律一致才能達到「協音」效果。而在實際演唱中，即使旋律和字調不和諧，歌手也可以補救，如櫻花演唱這首歌時將不協音的「點解」（dim^2 $gaai^2$）改唱成「dim^6 $gaai^1$」（讀音：掂街），「鍾意」（$zung^1$ ji^3）改唱成「$zung^3$ ji^3」（讀音：眾意）。其後的歌手也都儘量用不同的方法來補救，營造出更加輕鬆愉快的聽覺效果。

五、對廣東話歌曲的態度

廣東的知識分子一直認為「廣東話書寫作品」難登大雅之堂。幾百年前「木魚歌」本來是賣藝者的口頭創作，經文人不斷潤飾、編創成「木魚書」後，才逐漸被知識分子接受。

到了 20 世紀初，知識分子仍覺得「廣東話歌曲」低俗，所以廣東話電影裏面的歌曲多採用文言文或者白話文填詞。而《點解我鍾意你》變得街知巷聞之後，儘管仍受到部分知識分子的批評，但深受普羅大眾喜愛，標誌著廣東話歌曲開始進入流行萌芽期。

到了 1974 年，許冠傑演唱的《鬼馬雙星》讓廣東歌受到香港市民喜愛，許冠傑也被譽為粵語流行曲的「歌神」。這一轉變，讓廣東人得以享受用母語唱歌、聽歌的樂趣。

六、長壽歌曲「睇真啲」

❶《點解我鍾意你》

作為 1935 年《鄉下佬遊埠續集》的插曲，其在當時受歡迎的原因如下：

1）電影講述鄉下佬進入大城市的故事，許多香港人有類似經歷，且採用喜劇手法呈現，娛樂性較強。

2）歌詞以「我手寫我口」的廣東話填詞，文化水平不高的觀眾聽起來非常親切。

3）不斷有歌手翻唱接力。1952 年南洋女歌手白鳳翻唱後，櫻花在 1972-2002 年間持續演繹，再後來有年輕歌手翻唱時更融入開派對的場景，以舊曲新唱的方式吸引了不同年齡的聽眾，可謂老少咸宜。

❷《邊個話我傻》

另外一首被翻唱幾十年的廣東歌是何大傻 1936 年演唱的《邊個話我傻》。原版開頭幾句為「邊個話我傻 傻 傻，請佢食生果……一於拍拖　拍拖　唔拍　唔埋拖」；1975 年仙杜拉演唱的《邊個話我傻》，開頭幾句為「邊個話我傻傻傻，我請佢食燒鵝鵝鵝，通街話我傻女傻妹，實在我未傻，傻傻傻，大姐自立唔向人求助」；2003 年盧海鵬的版本則是「邊個話我傻，請佢食燒鵝，心裏沒有煩惱來擾又點會係傻，唯望人人都學得我做長笑佛」。儘管後續的翻唱版本僅保留曲名和第一句歌詞，「邊個話我傻」卻成為香港人熟悉的短句。

從以上兩首歌可見，「後繼有人」，且在演唱方式、歌詞內容上進行創新，是廣東歌能夠長期流行的兩個重要原因。

26

《婦孺譯文》——清末婦孺的文言文啟蒙教材

出版年份：清朝光緒二十八年（1902 年）。

作者：盧湘父（1868–1970 年），廣東人。1897 年到康有為的學堂讀書，與梁啟超、陳子褒是同學。在康有為指導下編寫啟蒙教材。倡辦女子學校。1899 年應梁啟超邀請，到日本橫濱大同學校教書。曾出版《婦孺譯文》、《婦孺韻語》、《童蒙三字書》、《童蒙四字書》、《童蒙五字書》。

本文採用 1902 年影印版。正文前有自敘、譯文凡例、論教學童作論。正文有 19 頁，主題歸納後分為四類：1. 勉勵類：讀書明理、謹慎飲食、朋友相處、愛惜光陰、不可迷信等。2. 生活類：郊遊、天氣、買書、送禮、船隻避風等。3. 知識類：牛郎織女是定星、女學、中國常用之字數等。4. 勸戒類：不食鴉片、不買白鴿票、不要遊蕩、不要晚起賴床等。

一、文獻價值

清朝正式的書面語是文言文，當時考科舉也是使用文言文。長久以來，只有男性可以讀書，中國有「女子無才便是德」的傳統，所以即使有錢人的女兒也不一定有機會讀書。教育家盧湘父開辦了「蒙學書塾」，招收男女學生，並且編寫了婦孺啟蒙書籍。這本書對學生知識增長、人格培養、建立良好習慣、待人接物等方面都有幫助。

我們在香港大學圖書館找到《婦孺譯文》1902 年影印版。本書每個主題的內容先用廣東話書寫，如「大凡人想著做箇好仔。咁就唔好唔聽父母話咯」，然後翻譯成文言文，如「凡人欲為孝子。則不可不聽父母教矣」。收錄這本書，是因為這是我們找到的第一本用廣東話書寫並翻譯成文言文的啟蒙教材。我們從教材內容可以看到當時廣東話的特色及老師教導學生的內容，老師不僅教授學生知識，還會教導學生怎樣做人。

二、文言文的學習情況

清朝的小孩一入學就要學習文言文，但可以入學讀書的人不多，特別在中國傳統「重男輕女」的觀念下，女孩接受教育的機會少之又少。康有為強調只有教育才可以拯救落後的中國，所以要先從啟蒙教育開始。他的門生中，梁啟超成為了改革家，陳子褒和盧湘父成為了教育家。

陳子褒開辦的書塾招收學生不論性別，男女都收。因為當時一般學校仍然教授文言文，而文言文和廣東話口語有很大差別，學生、婦孺都難以學習，所以他自己編寫了《粵語白話小學教材》，讓學生先學習廣東話書面語，打好基礎後，再學習文言文。盧湘父在《婦孺譯文》的自序裏說明他編寫這本書的動機是：因為看見陳子褒去日本考察當地新的教育方法，學成歸來，創辦「蒙學書塾」。編輯教材力求文字與語言合一，用心良苦。他認為這種譯文方法非常好，所以便借用陳子褒的方法來編寫教材。

三、勉勵與教導

全書有九個主題用來勉勵學生。這些勉勵的話都是教導學生做一個好人的道理：1. 讀書明理；2. 為人子宜聽父母之教；3. 謹慎飲食乃能無病；4. 兄弟不可相爭；5. 朋友宜以信相與；6. 相愛；7. 勤學乃不虛度光陰；8. 惜陰（愛惜光陰）；9. 莫信釋道（不要迷信）。

以下是勉勵大家讀書的示例，在題目之後讓學生先學習書寫廣東話，學會之後，再學習翻譯成文言文的句子。

題目	**讀書明理**
廣東話	大凡人想著明白道理。咁就唔好唔讀書咯。
文言文	凡人欲明白道理。則不可不讀書矣。

學生對照後就比較容易理解廣東話口語與文言文有以下差異：

廣東話	大凡人	想著	咁就	唔好唔	咯
文言文	凡人	欲	則	不可不	矣

四、日常生活

全書有八個主題描寫日常生活：1. 遊馬交石；2. 遊花園；3. 暑熱；4. 催友買書；5. 風雨；6. 天陰；7. 船隻避風；8. 送物與友。以下是描寫日常生活的示例：

題目	**遊花園**
廣東話	今日好天。聽到熱頭落岡。 我地同埋去花園遊吓。在樹下乘涼。唔通唔快樂咩？
文言文	今日天氣晴朗。待至日落西山。 我等同往花園一遊。在樹下乘涼。豈不快樂乎？

學生看到對照後，則可以明白廣東話口語與文言文的差別：

廣東話	好天	熱頭落岡	我地	同埋去	遊吓	唔通唔	咩
文言文	天氣晴朗	日落西山	我等	同往	一遊	豈不	乎

以上例子的廣東話有些與現代不同，例如：「熱頭落岡」現在會說成「日落」或「太陽落山」，「遊吓」現在會說成「玩吓」。

五、擴展知識「睇真啲」

全書有七個主題用來擴展學生的知識面：1. 牛郎織女是定星；2. 女學；3. 熱；4. 水；5. 飲水；6. 中國常用之字數；7. 食物毒。

人人皆謂有牛郎織女七夕渡河。豈知牛郎織女皆是定星。並不是神仙耶。

女學

中國箇箇人都話女人唔好讀書。怎知歐西文明嘅國。唔拘男女。都要讀書。總冇一箇人唔識字呢

譯曰

中國人人皆謂女子不可讀書。豈知歐西文明之國。不拘男女。皆須讀書。並無一人不識字耶。

兄弟不可相爭

二九〇

婦孺譯文書 九

大凡人兄弟相處一定要和氣爲好。唔係呢成日相爭。父母睇見就好唔歡喜。外人睇見又恥笑你咯。

譯曰

凡人兄弟相處。必須和氣爲貴。不然終日相爭。父母看見則甚不歡喜。外人看見又恥笑汝矣。

朋友宜以信相與

大凡人共朋友相交。一定要信實爲好。唔係呢。一件事失信。就件件事都唔信你咯。凡人好話唔信

「女學」旨在改變中國人「女人不可讀書」的觀念。以下是相關知識示例：

題目	女學
廣東話	中國箇箇人都話女人唔好讀書。怎知歐西文明嘅國。唔拘男女。 都要讀書。總冇一個人唔識字呢。
文言文	中國人人皆謂女人不可讀書。豈知歐西文明之國。不拘男女。 皆須讀書。並無一人不識字耶。

學生對照學習後，就比較容易理解廣東話口語與文言文的差別：

廣東話	箇箇人	都話	唔好	怎知	嘅	都要	總冇	呢
文言文	人人	皆謂	不可	豈知	之	皆須	並無	耶

以上例子的廣東話有些與現今不同，例如：「怎知」現在會說成「點知」，「總冇」現在會說成「都冇」，「唔識字呢」現在會說成「唔識字嘅」。

六、勸說與告誡

全書有四個主題用來勸誡學生不要養成壞習慣，或不要做壞事：1. 戒友人食鴉片煙；2. 戒晏起；3. 戒友人買白鴿票；4. 戒友人遊蕩。

以下是戒晏起（晚起）的示例：

題目	**戒晏起**
廣東話	晏起就阻事幹，而且精神又唔得清爽嚹。
文言文	晏起則廢時失事，而且精神又不得清爽矣。

學生對照學習後，就可以理解廣東話口語與文言文有以下差別：

廣東話	就	阻事幹	唔得	嚹
文言文	則	廢時失事	不得	矣

以上例子的廣東話有些與現今不同，例如：「晏起」現在會說成「晏起身」，「阻事幹」現在會說成「阻住做嘢」，「精神又唔得清爽」現在會說成「精神又冇咁好」。

27 《粵東白話二論淺解》——民初《論語》廣東話解說版

目錄 上下兩冊各十章
第一章 學而 第三頁
第二章 為政 第六頁
第三章 八佾 第九頁
第四章 里仁 第十三頁
第五章 公冶 第十六頁
第六章 雍也 第廿一頁
第七章 述而 第廿五頁
第八章 泰伯 第卅一頁
第九章 子罕 第卅四頁
第十章 鄉黨 第卅九頁

粵東白話兩論淺解 五
香港香遠印務承刊

出版年份：1923 年。

翻譯者 1：梁應麟（生卒年不詳），九龍義學中文老師。著有《粵東白話二論淺解》、《粵東白話兩孟淺解》。

翻譯者 2：黎煥星（生卒年不詳），九龍義學中文老師。著有《粵東白話二論淺解》。

本文採用 1923 年影印版。全書以廣東話解說《論語》，分上下兩部分。上論有 10 篇，下論有 10 篇，共 20 篇。每篇包含的章節數量不等，最少的僅有三章，最多達 47 章。我們將內容歸納後，分為四個重點：1. 怎樣成為君子；2. 怎樣成為快樂的人；3. 怎樣學習；4. 怎樣建立良好品格。

一、文獻價值

在中國，《論語》長期以來都是讀書人必讀的經典名著。19 世紀，傳教士前往廣東傳教，主要學習文言文，《論語》也因此成為必讀課本。英國漢學家 James Legge（理雅各）來中國後，將《論語》譯成英文，使得這本中國經典走進外國大學課堂，也被眾多圖書館收藏。到了 21 世紀，人們在網上能免費查閱《論語》電子版，書店也有諸如《論語白話解選輯》之類的書籍可供選購。

《論語》是孔子的學生記錄「萬世師表」孔子言行教導的著作。民國初年，香港義學機構的老師為輔助教學文言文原版《論語》，用廣東話編寫了《粵東白話二論淺解》。書名中「二論」指代《論語》的上下兩部分。

《粵東白話二論淺解》1923 年影印本由香港中文大學張洪年教授提供。收錄此書，是因為它以廣東話解說《論語》，反映出當時書塾的老師如何幫助學生理解文言經典。《論語》雖然是古籍，對現代人的德育培養仍有重要的借鑒意義。

二、篇章數目「睇真啲」

全書分上下兩卷，各有十篇，每篇章節數量不同：

卷	篇序	篇名	章數	卷	篇序	篇名	章數
上卷	一	學而	16	下卷	十一	先進	11
	二	為政	24		十二	顏淵	20
	三	八佾	26		十三	子路	13
	四	里仁	26		十四	憲問	47
	五	公冶長	27		十五	衛靈	41
	六	雍也	20		十六	季氏	40
	七	述而	37		十七	陽貨	17
	八	泰伯	21		十八	微子	18
	九	子罕	30		十九	子張	25
	十	鄉黨	17		二十	堯曰	3

書中每章內容都用廣東話解說。為了方便理解，我們附上白話文對照（後同不贅）。

◉ 第二篇《為政》節錄

原文：三十而立，四十而不惑，五十而知天命，六十而耳順，七十而從心所欲。

廣東話：呢章係夫子自家講佢進學個的原因嘅。

☞【「個的」，現在寫作「嗰啲」，指那些。】

白話文：這一章是老師講述自己在人生不同階段要達成的那些不同目標。

三、君子的養成

孔子在《論語》中教導學生成為君子的方法，以下是書中的廣東話口語解說：

◉ 第一篇《學而》節錄

原文：君子食無求飽，居無求安，敏於事而慎於言，就有道而正焉，可謂好學也已。

廣東話：為學嘅君子，雖然食飯，都唔得閒求到飽。雖然居住，都唔得閒求到安樂。快脆去做自己嘅事幹，而且謹慎自己所講嘅說話，親就個的有道德嘅人，考正自己所行嘅得失。咁樣嘅人，可以叫得做係好學嘅人咯。

☞【「親就」的意思是「親近」。】

白話文：君子的飲食不求飽足，居住也不求安逸，做事勤勉高效，說話謹慎周全，主動向有德行的人請教來修正自身，這樣就可以稱作「好學」的人。

◉ 第七篇《述而》節錄

原文：君子坦蕩蕩，小人長戚戚。

廣東話：有德行嘅君子，但見佢嘅心，平平坦坦，常時都蕩蕩然咁舒服。冇德行嘅小人，但見佢嘅心，常時都憂憂戚戚。

白話文：君子做事正大光明，胸襟廣闊。小人做事則斤斤計較，患得患失。

◉ 第十六篇《季氏》節錄

原文：君子有三戒：少之時，血氣未定，戒之在色；及其壯也，血氣方剛，戒之在鬬；及其老也，血氣既衰，戒之在得。

廣東話：有德行嘅君子，有三樣戒除嘅事幹。少年嘅時候，血氣未曾堅定，應當戒除嘅，喺在色慾。及到年壯嘅時候，血氣正當剛強，應當戒除嘅，喺在爭鬥。及到年老嘅時候，血氣已經衰弱，應當戒除嘅喺在貪心。

白話文：君子有三件事要警戒：年輕時，還不成熟，要戒女色；年壯時，血氣正旺盛，要戒爭鬥；年老時，血氣已經衰弱，要戒貪婪。

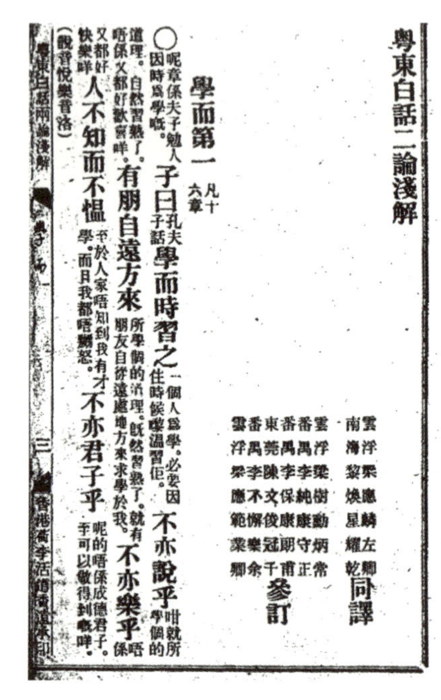
粵東白話二論淺解

雲浮梁應麟左卿　南海黎煥星耀乾　同譯

雲浮梁樹勳炳常　番禺李純康守正　番禺李保康朗甫　東莞陳文俊冠千　番禺李不懈樂余　雲浮梁應範業卿　參訂

學而第一 凡十六章

○呢章係夫子勉人因時爲學嘅。子曰孔夫子話學而時習之一個人爲學。必要因住時候嚟溫習佢。不亦說乎咁就所學個的道理。自然習熟了。唔係又都好歡喜咩。有朋自遠方來所學個的道理。既然習熟了。就有朋友自從遠處地方來求學於我。不亦樂乎係唔又都好快樂咩。人不知而不慍至於人家唔知到我有才學。而且我都唔嬲怒。不亦君子乎呢的唔係成德君子。乎可以做得到嘅咩。（說音悅樂音洛）

粵東白話兩論淺解　三

四、快樂的秘訣

孔子在《論語》中教導學生獲取快樂的理念，以下是書中的廣東話口語解說：

◉ 第一篇《學而》節錄

原文：學而時習之，不亦說乎？

廣東話：一個人為學，必要因住時候嚟溫習佢。咁就所學個的道理，自然習熟了，唔係又都好歡喜咩。

【「好歡喜」現代說成「好開心」。】

白話文：學習之後，常常複習，知識得到鞏固，這樣不是會令你快樂嗎？

◉ 第一篇《學而》節錄

原文：有朋自遠方來，不亦樂乎？

廣東話：所學個的道理，既然習熟了，就有朋友自從遠處地方來求學於我，唔係又都好快樂咩？

【現代翻譯通常省略「求學於我」。】

白話文：有志同道合的朋友從很遠的地方來（共同研究學問），不也快樂嗎？

◉ 第七篇《述而》節錄

原文：飯疏食，飲水，曲肱而枕之，樂亦在其中矣。

廣東話：我所食嘅係粗飯，我所飲嘅係淡水，夜晚寢睡，灣曲我隻手臂，摵來枕頭。我心中嘅真樂，亦都喺疏水曲肱嘅內中咯。

【「摵」，「用」的意思。】

白話文：吃粗糧，喝冷水，彎著胳膊當枕頭來睡覺，樂趣也就在其中了。

五、學習的態度

孔子在《論語》中教導學生怎樣學習，以下是書中的廣東話口語解說：

◉ 第二篇《為政》節錄

原文：溫故而知新，可以為師矣。

廣東話：一個人可能於舊日所聞嘅道理，時時溫習，咁就知到新鮮嘅道理。自然才學好，本領大，可以做人嘅先生咯。

白話文：溫習學過的知識，能夠有新體會、新發現，便可以做老師了。

◉ 第四篇《里仁》節錄

原文：朝聞道，夕死可矣。

廣東話：一個人如果平日用功，一朝早明白了個的道理，就係到夜晚死丫，亦都冇含恨咯。

白話文：早上明白了真理，即使晚上死去也是值得的。

◉ 第五篇《公冶長》節錄

原文：敏而好學，不恥下問。

廣東話：佢姿質聰明，而且歡喜為學。佢位置極高，都唔羞恥問及卑下的人。

白話文：聰明又勤奮好學，不以向地位比自己低的人請教為恥。

六、品格的培養

孔子在《論語》中教導學生如何培養良好的品格，以下是書中的廣東話口語解說：

◉ 第十二篇《顏淵》節錄

原文：非禮勿視，非禮勿聽，非禮勿言，非禮勿動。

廣東話：唔合理嘅顏色，禁止佢唔睇佢。唔合禮嘅聲音，禁止佢唔聽佢。唔合理嘅說話，禁止佢唔講佢。唔合理嘅事幹，禁止佢唔做佢。

白話文：不合於禮的事不要看，不合於禮的事不要聽，不合於禮的事不要說，不合於禮的事不要做。

◉ 第十二篇《顏淵》節錄

原文：己所不欲，勿施於人。

廣東話：自己唔想人地摵非禮嘅事畀我。亦都唔好摵非禮嘅事畀人。

【「摵」在這裏的意思是「將」。】

白話文：自己不願做的事，不要勉強別人去做。

七、名句的流傳

《論語》中許多名句流傳至今，以下是書中的廣東話口語解說：

◉ 第四篇《里仁》節錄

原文：見賢思齊焉。

廣東話：為學嘅人，睇見有德行嘅人，必要思想向埋佢一樣正好呀。

白話文：見到賢人，就要向他學習、看齊。

◉ 第十五篇《衛靈》節錄

原文：工欲善其事，必先利其器。

廣東話：譬如做工匠嘅人，想著精巧佢嘅事業，必定預先磨利佢所容嘅器皿。

白話文：工匠要做好他的工作，一定要先讓工具鋒利。比喻要做好一件事，準備工作很重要。

◉ 第十五篇《衛靈》節錄

原文：人無遠慮，必有近憂。

廣東話：如果一個人做事唔向遠處思慮，必定有眼前至近嘅憂患。

白話文：人如果沒有長遠的考慮，就必定會有近在眼前的憂患。

28

《廣東話變調規則》——清末中國人在英文期刊《中國評論》發表的文章

THE CHINA REVIEW.

RULES FOR THE USE OF THE VARIANT TONES IN CANTONESE.

Prefatory Remarks:—It is quite refreshing to find a Chinese, who using his acute ear for tones, has elaborated a series of rules governing the use of the 'variants' for each of the nine tones in Cantonese; for every one of these nines tones under certain circumstances or conditions is changed into what have been termed the colloquial rising tone, the upper even tone, &c. No complete scheme of these variants has ever been drawn up before; and the foreigner may now perceive, under the skilful touch of Mr. Ch'an, some of the beauties and niceties of the language, which years of blind study and groping in the dark, without a competent guide, would not reveal to him. It is not every one who is able to use these variants correctly. A man from another province may master Cantonese so as to speak it almost like a city-born man, but where the difference between the speech of the two will show itself is in a knowledge of the right use of these variant tones; again a man though of the same province, from some country district, will not be *au fait* in their use in the western suburbs of Canton, but will have some system which is in vogue in his own country-side.

To start with, Mr. Ch'an Chan-sin has two diagrams which show the pitch, rise, fall, and duration of the pronunciation of these tones in pure Cantonese, as well as of the nine primary tones familiar to all.

It will be seen that the diagrams are divided by horizontal lines into an upper, middle, and lower divisions; vertical lines are also employed, the spaces thus formed by the last being apportioned out, one for each tone, and in these spaces are what look like musical notes—semibreves, and minims. They are not however intended for notes in music and the lines which join them, when two or three occur in one space, are simply to show that the voice rises or falls while pronouncing the tone, for example a lower note joined by a line sloping upwards from left to right to an upper note shows that the voice rises while pronouncing that tone and an upper note joined by a line sloping down from left to right shows that that tone falls while being uttered. Leger lines are employed when the fall or rise of certain tones which commence low down in the scale is greater than can be represented by the three spaces. A tone prolonged more than usual on the same note in music is

出版年份：1900 年。

作者：K. H. Ch'an Chan Sene，生卒年不詳。19 世紀末 20 世紀初中國知識分子，精通廣東話語音學。因為沒有註明中文名，我們根據拼音暫時稱他為「陳真善」。

撰寫序言者：波乃耶（James Dyer Ball, 1847–1919 年），英美混血兒，在廣州及香港長大。著名語言學家，精通廣東多種方言。1883–1924 年間，其著作 *Cantonese Made Easy* 先後推出四版。現代語言學家常以此為依據研究 19 世紀的廣東話。作為「中國通」，他撰寫的《中國風土人民事物記錄》（*Things Chinese*）在 1882 年初版後，又經歷三次再版，共計四版。

本文採用 1900 年版，即陳真善於 1900 年在 *The China Review*（《中國評論》）上發表的英文文章，專門討論廣東話變調問題。James Dyer Ball 為陳真善撰寫了四頁英文序言，解釋廣東話九個聲調的音高，並說明十個引起廣東話變調的現象。

一、文獻價值

大家都知道廣東話有聲調，但某個字屬於哪個聲調，有時連母語者也搞不清。據說，中國人發現自己的語言有聲調是跟佛教從印度傳過來有關。南北朝時期（420–589 年），文人聽到佛教徒模仿印度人誦讀梵文佛經時，採用三種不同音高的方式，從而意識到自己的語言也存在音高不同的四聲「平、上、去、入」。

鴉片戰爭後，很多西方人來到嶺南學習廣東話。中文老師告訴他們廣東話有上下兩套「平、上、去、入」，總共八種聲調。到清末，中國人和西方漢學家的著作都先後提及廣東話有九聲。後來有耳朵非常靈的人進一步發現「變調」現象——廣東話口語裏面有很多詞不讀原調，聲調的尾聲常以高音結束。雖然西方漢學家開始在辭典（如 Chalmer, 1870）、教科書（如 Ball, 1883）中提及「變調」，但至於甚麼時候要用「變調」卻是個謎。陳真善在 *The China Review* 發表的這篇文章解答了很多人的疑問，也讓讀者得以瞭解廣東話聲調變調的演變歷史。

我們在香港大學圖書館所藏電子版 *The China Review* 第 24 期（1900 年）的 209–226 頁找到 Ch'an Chan Sene 的「Rules for the Use of the Variant Tones in Cantonese」（《廣東話變調規則》）。收錄這篇文章，是因為這是我們首次發現中國人在英文報刊上發表文章，並清晰闡述了廣東話的變調情況。

二、期刊 *The China Review*

The China Review 的中文名是《中國評論》，於 1872 年創辦，計劃是兩個月出版一次的雙月刊。在 1872 年 7 月出版的第一期首頁，介紹了期刊的特色。因為原文是英文，為了方便大家閱讀，現將節錄的部分翻譯成中文：

「《中國評論》的創始人希望把一個與中國和遠東有關的論文庫建立起來，與更多的讀者分享資訊。內容將包括中國歷史、文學、語言、文化、宗教等方面的論文（原創和精選），同時涵蓋日本、蒙古、東部群島的資訊。」

經統計，《中國評論》從 1872 年創辦至 1901 年停刊，歷時三十年。

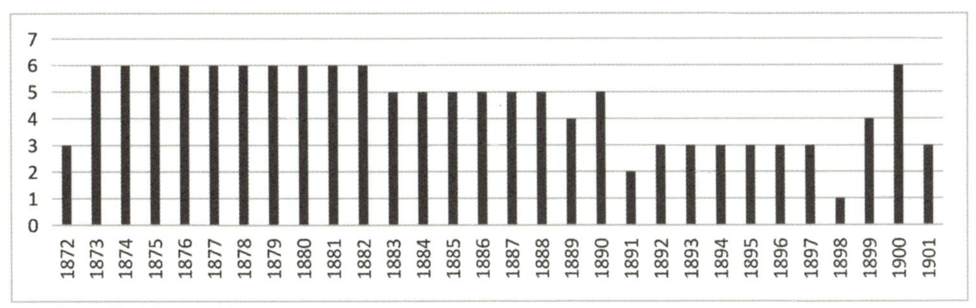

圖表顯示，此刊本來是每年出版六次的雙月刊，但由於種種困難，其實際出版情況如下：

- 1873 年至 1882 年及 1900 年每年出版了六期。
- 1883 年至 1888 年每年出版了五期。
- 1889 年及 1899 年每年出版了四期。
- 1872 年、1892 年至 1897 年、1901 年每年出版了三期。
- 1898 年這一年只出版了一期。

三、廣東話變調「睇真啲」

1900 年，陳真善在 *The China Review* 發表文章，以創新方法分析廣東話的變調問題。他將廣東話聲調分為上、中、下三個高度，然後將每個聲調的起點和終點用直線連接起來，沒有直線連接的是保持同樣高度的平調，使廣東話聲調呈現出類似音樂五線譜的效果。

正音譜

No.	1.	2.	3.	4.	5.	6.	7.	8.	9	10.
Tones	上平	下平	上上	下上	上去	中去	下去	上入	中入	下入
Characters	東	容	董	勇	貓	棟	動	篤	启	獨
上	○		○		○			○		
中			○	○		○			○	
下	○	○		○			○			○
		○								

以上聲調譜的特色是：

❶ 聲調分為四類：升調（高升與低升），降調（高降與低降），平調（高平、中平、低平），入聲（收 -p / -t / -k 尾，對應平調的三種高度）。

❷ 表中有十種聲調，但作者在下面的變調表解釋「上去」是「上平」的變調，二者都屬於「上平」（粵拼標示的第一聲），所以實際上只有九個聲調。

❸ 當時的聲調名稱跟現在的廣東話聲調名稱不同，為了便於理解，現將「粵拼」聲調 1–6 對照如下：

陳真善	上平	下平	上上	下上	上去	中去	下去	上入	中入	下入
粵拼	1	4	2	5	1	3	6	1	3	6

作者還以圖表展示了廣東話九個聲調在不同情況下的變調，並歸納出幾條變調規則，現結合粵拼對比如下，一起看看現在還有沒有這種變調：

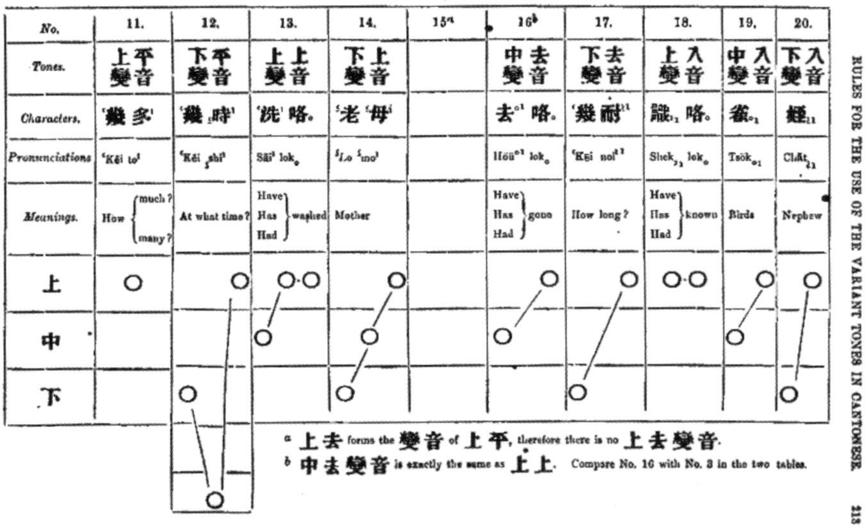

No.	11.	12.	13.	14.	15[a]	16[b]	17.	18.	19.	20.
Tones.	上平變音	下平變音	上上變音	下上變音		中去變音	下去變音	上入變音	中入變音	下入變音
Characters.	幾多	幾時	洗咯	老母		去咯	幾耐	識咯	雀	姪
Pronunciations	Kĕi to	Kĕi shi	Sāi lok	Lo mo		Höü lok	Kĕi noi	Shek lok	Tsök	Chʻat
Meanings.	How much? / many?	At what time?	Have / Has / Had washed	Mother		Have / Has / Had gone	How long?	Have / Has / Had known	Birds	Nephew
上	○	○	○·○	○		○	○	○·○	○	○
中			○	○		○			○	
下		○		○			○			○
		○								

[a] 上去 forms the 變音 of 上平, therefore there is no 上去變音.
[b] 中去變音 is exactly the same as 上上. Compare No. 16 with No. 3 in the two tables.

RULES FOR THE USE OF THE VARIANT TONES IN CANTONESE 213

作者說明的這些變調規則，有些在現代粵語中仍適用，有些則少用或在特殊情況下才使用。我們摘錄了部分例子，對照現代粵語使用情況做了歸納，並用「粵拼」標音，及括註普通話對譯。

❶ 跟現代一樣

1.	「形容詞重疊＋哋」的第二個形容詞變調	甜 tim^{4} 甜 tim$^{4\to2}$ 哋（甜甜的）
2.	動詞前面的形容詞重疊時，第二個形容詞變調	慢 maan^{6} 慢 maan$^{6\to2}$ 行 haang^{4}（慢慢走）
3.	常見的名詞變調	男人 jan$^{4\to2}$
4.	常見的專有名詞變調	劉備 bei$^{6\to2}$

❷ 現代少用

1.	動詞變調，表示動作完成，相當於現在的「動詞＋咗」	過 gwo$^{3\to2}$ 咯（過了）
2.	「咁」（那麼）後面的形容詞高平變調，表示相反意思	咁大 daai$^{6\to1}$（這麼小）
3.	「冇幾」（沒多）後面的形容詞變調	冇幾耐 noi$^{6\to2}$（沒多久）
4.	「姿勢動詞＋處所」的動詞變調	坐 co$^{5\to2}$ 隔籬（坐在隔壁）

20 世紀到 21 世紀，眾多學者持續研究廣東話變調。即使廣東話母語者，也很少留意「變調」現象及規律。筆者認為，陳真善 20 世紀初提出的「變調規則」，部分到了 21 世紀仍然適用。例如，「專有名詞」變調現象依舊常見，歌手「徐小鳳」的「鳳」會讀作變調 fung$^{6\to2}$；公司名稱如「裕華百貨公司」的「華」讀作 waa$^{4\to2}$、「怡和洋行」的「和」讀作 wo$^{4\to2}$、「恆隆地產」的「隆」讀作 lung$^{4\to2}$。

另外，筆者觀察到現代廣東話變調也出現了一些難以掌握的新現象。例如，2000 年有研究指出：「人」本來讀 jan^{4}，但強調只有一個人的時候讀 jan$^{4\to2}$，只有一個人且感到非常寂寞的時候讀 jan$^{4\to1}$。但是到了 2025 年仍有很多香港人習慣把「人」讀成 jan$^{4\to2}$，並非強調只有一個人，如「三個人 jan$^{4\to2}$、呢個人 jan$^{4\to2}$」，可見現代的變調規則已經不一樣了，且一直在變化中。

報刊文章

29

《唯一趣報有所謂》——清末開啟民智的香港報刊

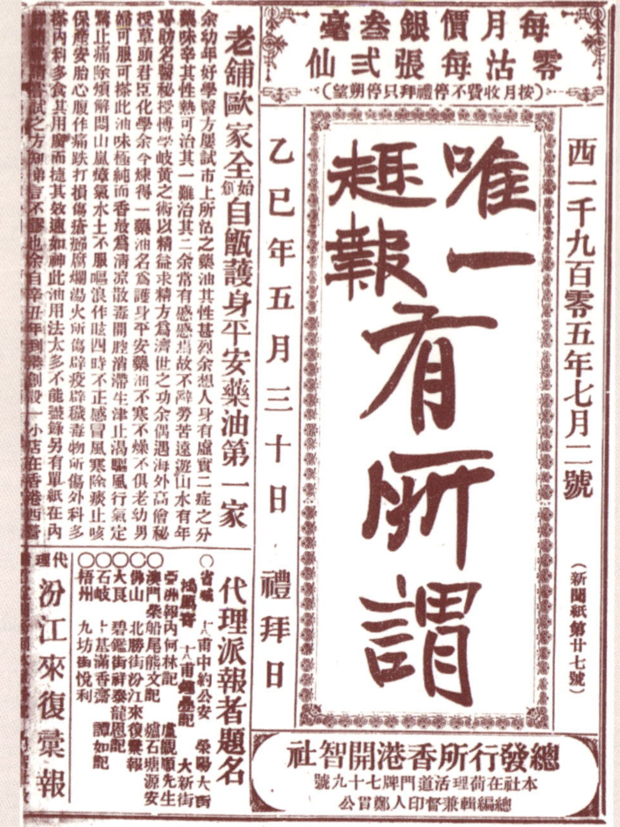
每月價銀叁毫 零沽每張弍仙
（按月收費不停禮拜只停朔望）

西一千九百零五年七月二號
（新聞紙第廿七號）

唯一趣報有所謂

乙巳年五月三十日 禮拜日

老舖歐家全始創自甑護身平安藥油第一家

余幼年好學醫方屢試市上所沽之藥油其性甚烈余想人身有虛實二症之分藥味辛其性熱可治其一難治其二余常有感感焉故不辭勞苦遠遊山水有年尋訪名醫秘授博學岐黃之術以精益求精方爲濟世之功余偶遇海外高僧秘授草頭君臣化學余今煉得一藥油名爲護身平安藥油不寒不燥不俱老幼男婦可服可搽此油味極純而香最爲清涼散毒開胸消滯生津止渴驅風行氣定驚止痛除煩解悶山嵐瘴氣水土不服嘔浪作眩四時不正感冒風寒除痰止咳保產安胎心腹作痛跌打損傷瘡瘍腐爛湯火所傷辟疫辟穢毒物所傷外科多搽內科多食其用廣而捷其效速如神此油用法太多不能盡錄另有單紙在內……試之方知弟言不謬也余自辛丑年到港創設一小店在香港西營……

代理派報者題名

○省城 十八甫中約公安 榮陽大街
鴻鳳寄 十八甫鎮泰記 大新街
亞洲 錦內何林記 盧觀順先生
○澳門 桑船尾熊文記 爐石塘源安
○佛山 北勝街汾江來復報
○大良 碧鑑街君泰龍恩記
○石岐 上基滿香齋譚如記
○梧州 九坊街悅利

代理 汾江來復報

總發行所香港開智社
本社在荷李活道門牌七十九號
總編輯兼督印人鄭貫公

出版年份：1905–1906 年。

創刊者：鄭貫公（1880–1906 年），廣東人。少年時父親到國外工作，送他到香港投靠親戚，在皇仁書院讀書。後到日本留學時，認識梁啓超及孫中山。對清政府不滿，立志用文字開啟民智。曾在《清議報》、《中國日報》、《廣東日報》、《世界公益報》任職，宣傳民主思想。並於 1905 年在香港創辦《唯一趣報有所謂》，十分暢銷，成為清末用報刊宣傳民主的先鋒。

本文採用 1905 年 8 月到 1906 年 7 月間出版的《唯一趣報有所謂》。有專欄採用「三及第」文體，通過趣味性專欄反映時弊，報導世界新聞和中國時事。報刊專欄有題詞、滑稽魂、官紳鏡、小說林、新鼓吹、社會聲、訪稿、要聞、調查等。

一、文獻價值

清朝時期，滿洲統治者對漢人實行差異化政策（如滿洲人可以擔任一等官，漢人只能擔任二等官），加之文言文報刊難以為普通民眾理解，晚清各地開始陸續創辦「白話報刊」，以開啟民智，推動民主思想傳播，讓普羅大眾瞭解中國的時事新聞、學習新知識。根據《晚清期刊全文數據庫》（2009 年）記載，當時比較具有影響力的民主思想期刊包括《無錫白話報》（1898 年創刊）、《杭州白話報》（1901 年創刊）、《中國白話報》（1903 年創刊）等。

《唯一趣報有所謂》由鄭貫公於 1905 年創辦，借用廣東民間說唱文學「粵謳」、「龍舟歌」、「南音」、「粵劇」等形式諷刺時弊，開創了報刊新文體，吸引了大量讀者。

我們在香港中文大學找到《唯一趣報有所謂》1905 年 8 月到 1906 年 7 月間的縮微膠捲。收錄這本期刊，是因為這是第一份我們看到的用廣東話口語書寫的報章，內容反映了當時的社會問題，提倡除舊佈新。創辦人鄭貫公一生都為改革變新努力，直到 21 世紀仍然有學術研究、報刊、網站提及他的貢獻和《唯一趣報有所謂》的影響力。

二、《唯一趣報有所謂》「睇真啲」

鄭貫公在香港成立「開智社」，1905 年 6 月 4 號創辦《唯一趣報有所謂》。我們將其辦報使命歸納為：雅俗共賞、伸張正義、除舊佈新、開啟民智。內容除了世界新聞及中國時事報導外，尤重以趣味性短文揭露社會弊端。

1905 年 7 月 2 號，報刊刊登了一則「增大紙張特告」：

◉ 本報出世以來。已匝一月。深感同胞過愛。一紙風行。頗饒價值。惟紙章限于篇幅。不能暢所欲言。殊以為憾。玆定于六月初二日起增廣其紙章。豐富其材料。而報費一仍舊價。不加分文。似此進步改良。想同胞眼簾中。又多一番光彩氣象也。特此預聞。

由此可見這份報刊廣受歡迎。後因鄭貫公突然病逝，報刊最後出版日期為 1906 年 7 月 12 號。

三、廣東話書寫「睇真啲」

當時，廣東話書寫雖然已經成為俗文學，但仍不被知識分子認可，報刊中更是罕見。鄭貫公覺察到用廣東話書寫可以增加趣味性，吸引更多廣東讀者。他創辦《唯一趣報有所謂》，以廣東話短文來諷刺時弊，各專欄具有不同的特點，例如：

❶「題詞」

用新詩形式及廣東話，精簡扼要說明內容。以下例子節錄自 1905 年 6 月 4 號首日報刊的專欄「題詞」：

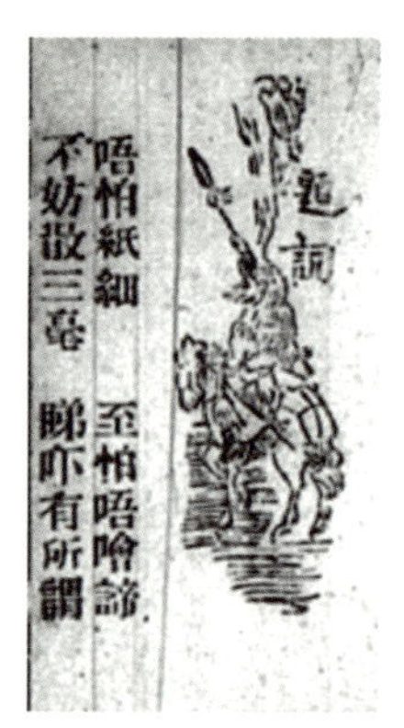
題詞
唔怕紙細　至怕唔噲諦
不妨撒三毫　睇吓有所謂

◉ 唔怕紙細　至怕唔噲諦

不妨散三毫　睇吓有所謂

以上四句廣東話的意思是：不怕這是小報，只怕不能說明義理，不妨花三毛錢，看看這份《唯一趣報有所謂》。

❷「社會聲」

借用民間喜歡的「粵謳」、「龍舟歌」來描寫社會問題。

以下例子節錄自 1905 年 6 月 5 號的專欄「社會聲」《花和尚（粵謳）》：

◉ 仍舊花和尚、做乜咁多錢。……逼佢要報効黃金、助費五千。……分明將眾騙。

採用「粵謳」的說唱形式，以「花和尚」來暗喻清政府腐敗，通過盤剝百姓獲取錢財，又因戰敗要大量賠款。

以下例子節錄自 1905 年 8 月 3 號的專欄「社會聲」《抵制美約（龍舟歌）》：

◉ 佢話你個的報館先生、真係唔怕醜……你自己知機、就好收住把口……日日吽人抵制、自己走去弄奸謀。告白高懸、把人客引誘。邊的係花旗貨物、頻頻介紹……等我嗣後唔登花旗告白、與你地大眾共賦同仇。

採用「龍舟歌」的說唱形式，以「投訴者」視角批評報館一邊號召抵制美貨一邊頻繁刊登廣告介紹美貨的矛盾行為，最終以自嘲態度承諾日後不再代理美貨廣告，展現了自我革新的誠意。這大概是《唯一趣報有所謂》受讀者歡迎的原因之一。

四、廣告

《唯一趣報有所謂》售價由 1905 年每月三毫調至 1906 年每月四毫，其主要經營收入源自廣告。創刊首日（1905 年 6 月 4 號）就刊載了六則廣告，例如：

廣告

方今風氣漸開文明日進本書莊特購東西洋文籍學堂用品石印鉛印各款新書發售諸君賜顧價值從廉舖設文武廟直街門牌一百一十九號

官場現形記一二三集二元

洗恥記五毫　軍役奇談二毫半

近世中國秘史五毫

秘密使者上下一元

血性男子三毫　明季稗史九毫

西裝石頭記二元

福爾摩斯六七八案三毫

人體解剖圖　未表二元二　已表三元

乙巳年五月初二日寶雲樓書莊謹啟

大德滙兌積聚貨倉按揭有限公司告白

寅啟者本公司實備資本銀一百萬員專造滙兌各埠銀兩兼辦積聚生財會貨倉按揭事宜所有各款章程務臻妥善諸、君光顧請移玉至皇后大道中門牌第一百七十八號本公司[illegible]樓倘祈留意不勝欣幸此佈

乙巳年五月初二日

總司理人　許順村　盧卓雲　謹啟

左圖的書莊廣告售賣東西方文籍學堂用品。右圖的「匯兌積聚貨倉按揭有限公司告白」反映了 20 世紀初香港商業的發達。

創刊到第四天，廣告已經增加到 17 則，其中有關醫療的超過一半，涉及醫生、成藥、牙醫。到了創刊第十五天，廣告已經比較多元化，例如：

徵集童謠廣告

一此童謠專爲未就学之童子而設、其句以短爲佳　須要有韵　以便易于記臆、

一此童謠須含有愛國思想、其字句須最普通最淺白爲要、字數以一百之內爲額、

一此場取列十名、首名謝教十元、二名謝教五元、三名四名二元　五名以下酌送地圖新書等件、

一賜教者須剪本報投箋寄來、方敢領教　若用別種紙箋、概從割愛、

一徵集此童謠、准六月初十日截、二十日列、

鍾朝袞謹訂

本社代收

西醫關心爲廣告

西醫關心爲遷至舊大藥房後便士丹利街門牌十八號A字早晚仍在衣利近街門牌二十一號三樓

乙巳年五月初二日

關心爲謹啟

「徵集童謠廣告」要求童謠必須「含有愛國思想、淺白為要」。「西醫」的廣告反映出 20 世紀初西醫已經受到香港人認可。到了 1906 年，廣告除了文字，還開始配有插圖。

以下廣告節錄自 1906 年 4 月 1 號：

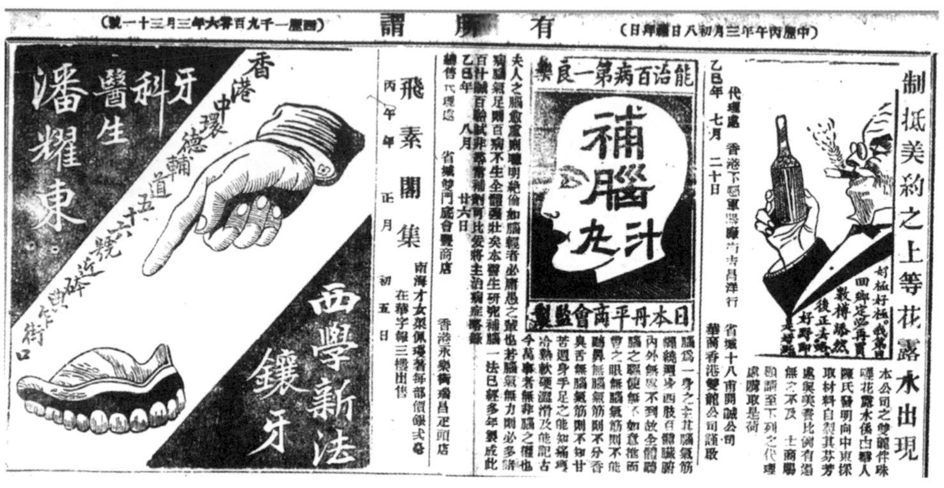

30

《廣東白話報》——清末諷刺時弊的廣州報刊

出版年份：1907 年。

創刊者 1：黃伯耀（1863–1940 年），廣東人。曾任《香港晨報》主編、香港聖保羅男女校老師，與弟弟黃世仲共同創辦《廣東白話報》。

創刊者 2：黃世仲（1872–1913 年），廣東人。資產階級革命家、宣傳家，與哥哥黃伯耀共同創辦此報。

本文採用 1907 年出版的《廣東白話報》第一期。《封面背頁是一幅題為「照妖鏡」的插圖。正文第一頁為「廣東白話旬報內容淺說」。全書的專欄有議事亭、大笪地、漫畫附上題詞、影相館、是非竇、地保戮、門官茶、時間袋、雜貨鋪等。

一、文獻價值

1906 年《唯一趣報有所謂》停刊後，黃伯耀、黃世仲兩兄弟於 1907 年創辦《廣東白話報》。這份報刊所書寫的廣東話口語詞比《唯一趣報有所謂》更多，旨在揭露專制政治，喚醒民眾，激發莊敬自強、救國救民的意識。

我們在香港教育大學查閱到《廣東白話報》1907 年第一期的電子版。在所搜集到的文獻資料中，這是首份用大量廣東話口語書寫的報刊，其內容揭露了當時政府專制統治的黑暗，反映了民間各種社會問題，體現出普通百姓渴望增長知識、改變現狀的需求。這份報刊不僅是當時除舊革新思潮與實踐的記錄，還反映出用文字的力量來鼓勵民眾邁入民主新時代。創辦人黃伯耀、黃世仲作為當時頗具影響力的作家，透過這份報刊留下了豐富的時代印記。該報對研究清末社會狀況具有重要的參考價值。

二、《廣東白話報》「睇真啲」

這份報刊在廣州編輯總發行，以廣東話口語記錄時事新聞，宣傳革命思想。報刊收費為一個每月貳毫伍角。告白（廣告）收費按篇幅大小而定，全篇一個月收費十元。除廣州外，在中國香港、澳門、江門、佛山、石岐，乃至海外新加坡等地都設有代理處。

第一期第一篇《廣東白話報旬報內容淺說》對該報刊內容進行了介紹。為方便讀者理解，現選取部分專欄示例，每段節錄三句重點內容，並於括號內解釋專欄特色：

❶「影相館」：時事大難，繪影繪聲；若影相館。（以時事漫畫呈現社會現象）

❷「議事亭」：救國主義，同胞猛聽；有議事亭。（聚焦救國救民議題，談論救國救民）

❸「是非竇」：評批得失，兩無偏低；曰是非竇。（公平地批判是非對錯）

❹「地保戳」：地方風俗，各處不仝；有地保戳。（敘述風俗習慣）

❺「雜貨鋪」：世事愈多；如雜貨鋪，堆擺面前。（記錄社會上發生的各類

事件）

❻「時聞袋」：遇事感喟，多重閉翳，入時聞袋。（描寫遇到壞事發愁）

以上幾個專欄共同傳遞出一個理念：只有革新，國家才能走向更好的未來。

三、時事漫畫

對於大多數沒有受過教育的讀者而言，圖畫的表達效果勝過文字。以下是兩份當時最受歡迎報刊時事漫畫案例：

❶《廣東白話報》

以下兩幅漫畫在報刊中配有廣東話書寫的解說，我們在此撮要成幾句，並在括號裏用白話文說明其含義。

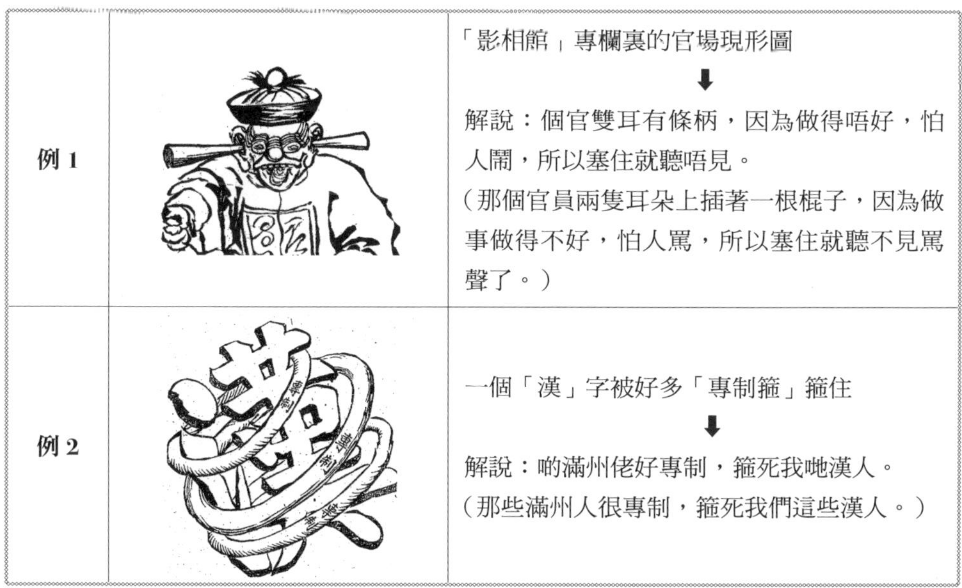

例 1		「影相館」專欄裏的官場現形圖 ⬇ 解說：個官雙耳有條柄，因為做得唔好，怕人鬧，所以塞住就聽唔見。 （那個官員兩隻耳朵上插著一根棍子，因為做事做得不好，怕人罵，所以塞住就聽不見罵聲了。）
例 2		一個「漢」字被好多「專制箍」箍住 ⬇ 解說：啲滿州佬好專制，箍死我哋漢人。 （那些滿州人很專制，箍死我們這些漢人。）

❷《時事畫報》

當時不少報刊都以漫畫反映時事，其中最出名的是 1905 年《時事畫報》刊登的《龜仔抬美人》時事漫畫，曾引發政治外交風波。

清末，美國人常乘坐轎子出行，其欺壓中國人的行徑引起民憤，因此有報刊以漫畫方式呼籲轎夫拒絕抬美國人。許多轎夫響應呼籲，結果引起美國領事館抗議。

四、白話的力量

當時外國人恥笑中國人為「病夫」，並紛紛侵略中國。創刊人認為，《廣東白話報》能讓市民認清中國危急存亡的局勢，從而不再忍受專制政治，團結起來救國救民。以下節錄自「議事亭」專欄文章《白話報係中國人嘅聖藥》部分原文：

◉ 點解個哋外人。開聲埋聲都話中國係病夫。……有得醫冇呢。……有聖藥响處都有得救嘅…… 中國人一味會做順民…… 外便哋人睇見你病得咁憎。蝦得咁易。都嚟蝦埋一份喇。…… 要多做白話報至得呢。要清左哋專制毒至得翻甦。個個陣時個個响自由世界處。揚眉吐氣。

醜醜美
作我哋係狗
日佢就未我準
探聽我哋人心
唔夠千祈唔
攞佢亞吽啞
果你重抬就
哩隻家爛豆

瘟仔抬美人

五、振興地利

當時廣東有許多山嶺因官吏和地方豪紳迷信風水而被封禁，導致土地資源浪費。《廣東白話報》建議農工商局對各個山嶺堪察考核，研究振興地利之法。以下節錄自「時聞袋」專欄文章《山頭土地重唔要走路》部分原文：

◉ 將個山封禁。……遭撻晒哋好地方。現在民智大開。呢哋陋俗，自應痛除。故此農工商局…… 現當振興地利。所有從前封禁嘅山，即刻要由地方官實實在在查明查白。

我們非常認同文章提出的建議，要想振興經濟，使中國變得富強，從地利開始的確是個好方法。文中「呢哋」現今寫作「呢啲」（這些）。

六、民間信仰

「浴佛節」是為了紀念佛教創始人釋迦牟尼佛誕生的節日。雖然廣東人並非每個人都是佛教徒，但是當時民間有用「芫西餅」拜神的習俗。然而，在「新寧」（廣東省台山市舊稱），人們把「浴佛節」改稱為「牛王誕」。以下節錄自「地保戮」專欄文章《四月八日拜牛王嘅怪誕》部分原文：

◉ 四月初八日相傳叫做浴佛節。都唔知幾高興。省城家家戶戶亦買芫西餅嚟拜神。至奇重係新寧。個哋耕種家。話四月初八係牛王誕。俾哋粽。同埋熟牛肉嚟拜佢。話舊時有個看牛仔。四月八日在山頭死左。個陣時哋人就當佢係菩薩。哋敢嘅事你話蠢唔蠢呢。

新寧有一個看牛的男童在四月初八「浴佛節」那天死在山上，當地人在他死候把他當做菩薩供奉，用粽子和熟牛肉來祭拜他。《廣東白話報》以此文批評當地人的迷信行為，呼籲民眾不要愚昧迷信。

下編

外國人的廣東話書寫

31 《增訂華英通語》——19世紀附加日文的粵英對譯辭典

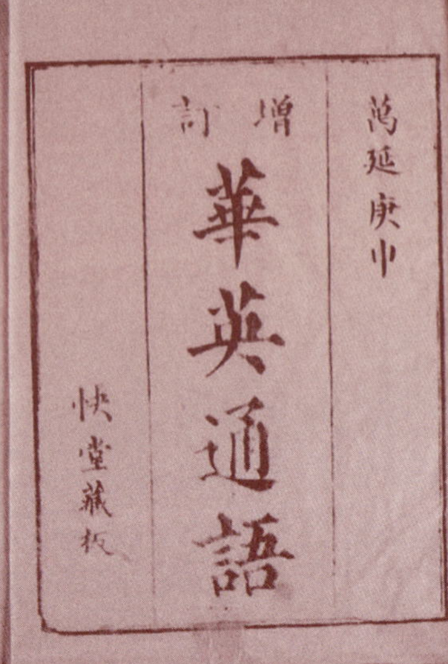

凡例

庚申之春余從某君航海至桑方西斯哥港適滯清
人子卿所著華英通語一篇于在港清商仲夏歸帆
之後乃欲上梓以公諸同志焉蓋子卿之舉素在由
外客之言語支離應接難通而著焉耳頃年我
皇國亦從開港已來蕃舶輻輳日加一日有司商賈

萬延庚申

增訂

華英通語

快堂藏板

原著《華英通語》

出版年份：1855 年。

作者：子卿，生卒年不詳，廣東人。從小到大在英文學校讀書，能說流利的英語，將自己所學與社會人士分享，編寫《華英通語》。這是第一本廣東人系統教授英文的著作。書中詞語分門別類，英文以廣東話漢字注音，中英對照。

日文譯本《增訂華英通語》

出版年份：日本萬延庚申年（1860 年）。

翻譯者：福澤諭吉（1835–1901 年），日本明治維新西學運動先鋒，曾三次到西方考察，將西方文明引入日本。自幼學習中文，亦學習並教授荷蘭文。後來發現英文是世界語言，於是開始學習英文。對《華英通語》進行增訂，附上日文翻譯，出版《增訂華英通語》。日本政府為了紀念他，曾把他的肖像印在一萬圓鈔票上。

本文採用 1860 年版。第一頁註明：增訂華英通語、萬延庚申、快堂藏板。正文前有「凡例」、「序言」。目錄分 46 類（包括日常生活詞語、商用詞語、一個字到七個字的詞語 / 短語、長句等）。正文每個詞條包含英文、廣東話意譯、廣東話音譯、日文音譯、日文意譯。

一、文獻價值

原著作者子卿編寫《華英通語》是為了幫助中國商人學習英文，推動中外貿易發展。日本英語教育先鋒福澤諭吉的《增訂華英通語》則將《華英通語》加譯了日文。

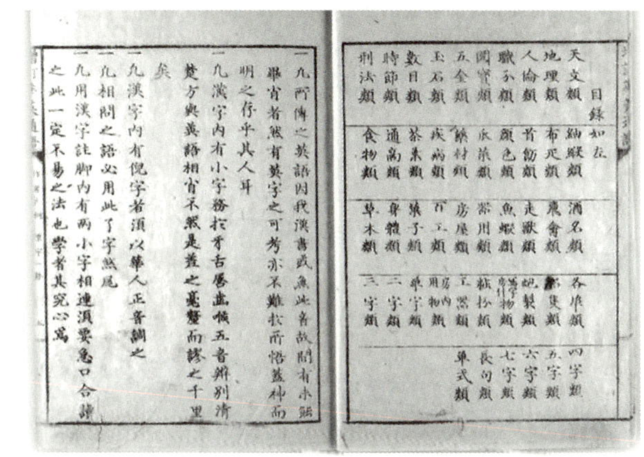

目錄如左

天文類	地理類	人倫類	職分類	國寶類	五金類	玉石類	數目類	時節類	刑法類
綢緞類	布疋類	首飾類	顏色類	衣服類	[illegible]材類	疾病類	茶菓類	通商類	食物類
酒名類	飛禽類	走獸類	魚蝦類	器用類	房屋類	百工類	孩子類	身體類	草木類
各埠類	船隻類	[illegible]類	[illegible]什物類	[illegible]類	工器類	房內用物類	單字類	二字類	三字類
四字類	五字類	六字類	七字類	長句類	[illegible]式類				

一凡所傳之英語因我漢書或無此音故附有小點畢肖者然有英字之可考亦不難於所悟蓋神而明之存乎其人耳

一凡漢字內有小字務於牙舌唇齒喉五音辨別清楚方與英語相肖不然是差之毫釐而謬之千里矣

一凡漢字內有俔字者須以華人正音讀之

一凡相聯之語必用此了字煞尾

一凡用漢字註腳內有兩小字相連須要急口合讀之此一定不易之法也學者其究心焉

日本政府採取開放政策後，對外貿易增加，但是缺少會說英文的翻譯員。《華英通語》由英文、廣東話音譯、廣東話意譯組成。這給福澤諭吉翻譯工作帶來了較大的困難。然而，當時日本人學習需求迫切，福澤諭吉於是保留原著內容，加上日文翻譯，僅用了幾個月便完成了翻譯工作。

我們在日本關西大學查閱到《增訂華英通語》1860 年版。這是我們找到的第一本日本人翻譯「廣東人教英文」的教材。因為我們兩位筆者一個是廣東人，一個是日本人，所以可以參考中文和日文的資料來瞭解這本書。在日本不斷有人研究《增訂華英通語》，近代開始也有中國人對其進行研究。這本書不但可以作為學術研究的語料，對研究中國、日本、西方國家之間的關係，也有很大的參考價值。

二、學習英文的迫切性

❶ 廣東人學習英文的迫切性

廣州一直都是中國的通商口岸，所以成為外貿中心。最初廣東商人團隊為與外國人溝通，自創了一種「廣東番話」，如《紅毛通用番話》、《紅毛買賣通用鬼話》、《夷音輯要》等。

在香港割讓給英國管治之後，越來越多外國人來香港，其中有外交官、外國商人、傳教士、旅客。外國教會開辦西式教育的學校也越來越多。香港的小朋友到這些學校讀書便開始學習英文，如《華英通語》的作者子卿。其實當時廣東社會上很多人都沒有機會學習英文，但是他們需要與外國人進行貿易，所以作者便用廣東話來給英文注音，幫助廣東人自學英文。

❷ 日本人學習英文的迫切性

江戶時代，日本閉門鎖國，只准外國商人在長崎進行貿易。當時的主要貿易國家是荷蘭，所以日本精英都去學習荷蘭語，然後擔任翻譯。到了 19 世紀中葉，美國派政治家赴日本勸諭開國，促使日本不得不進行改革。

1868 年「明治維新」標誌著日本邁入現代化新社會，由武士為主的幕府統治轉變為以天皇為中心的明治政府。除了學習西方船堅炮利之外，更放眼看世界。由於當時英國和美國的勢力很大，所以明治政府派遣精英去英國和美國去學習英文和當地文化。1860 年春天，福澤諭吉坐船去美國，在三藩市找到了子卿編寫的《華英通語》。福澤諭吉加譯日文之後，日本人藉此學習英文。

三、《增訂華英通語》的翻譯情況

日本採取開放政策後，對外貿易大大增加。由於具有英語翻譯能力的日本人不多，所以急需培養出英語翻譯員。

福澤諭吉從小學就學習漢學。當時日本漢學老師雖然教授中文閱讀及書寫，但是使用日文讀出漢字的發音。在這種教育方式下，福澤諭吉只認識漢字，並不會說漢語。福澤諭吉在《增訂華英通語》的自序中清楚地說明了他翻譯《華英通語》的困難：1. 有些漢字看不懂，無法意譯，所以「留白」；2. 無法讀出漢字的音的，都會「留白」；3. 意譯的詞雖然可以參考漢字，但是音譯英文的詞要用日文注音。

這本書的底本《華英通語》是由英文、廣東話音譯、廣東話意譯所組成的。福澤諭吉在此基礎上加上日文音譯和日文意譯。

<table>
<tr><td>A 日文音譯</td><td rowspan="3">D 廣東話意譯</td><td rowspan="3">E 日文意譯</td></tr>
<tr><td>B 英文</td></tr>
<tr><td>C 廣東話音譯</td></tr>
</table>

因而《增訂華英通語》中呈現出五種語言標記，下面用 A - E 來代替。

為了讓讀者清楚地瞭解《增訂華英通語》，我們採用了原書截圖，並以 A - E 代替文字來指示說明翻譯情況。

❶ 翻譯者認識漢字，將英文音譯和意譯成日文，如「月」。

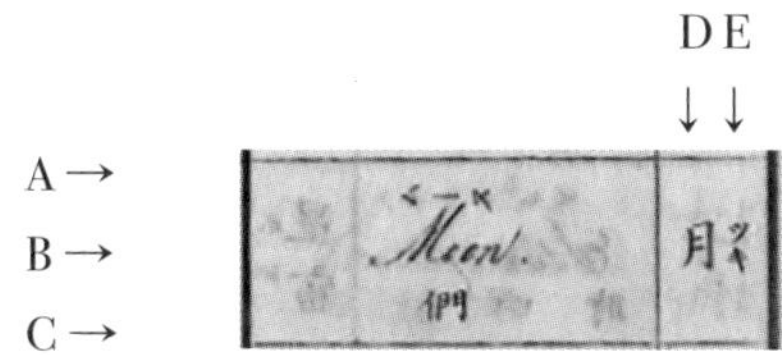

又如：我十分怒你。

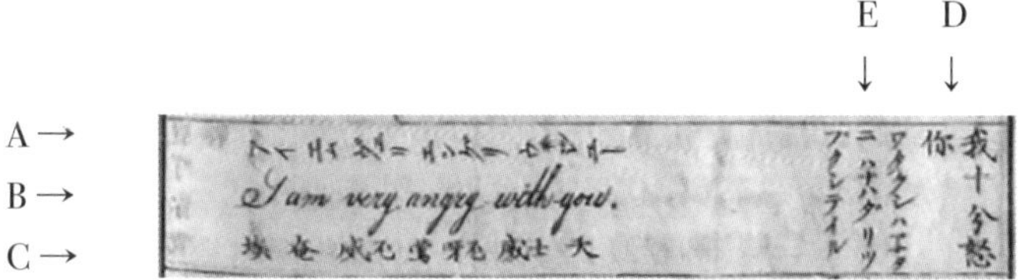

❷ 翻譯者認識部分漢字，將英文音譯和意譯成日文，如「賣布佬」中的「賣布」（而「佬」就未意譯）。

❸ 翻譯者不明白部分漢字的意思，所以沒有日文意譯，只把英文音譯成日文，如「今日是禮拜幾呢」中的「禮拜幾」一詞不明，故全句未意譯。

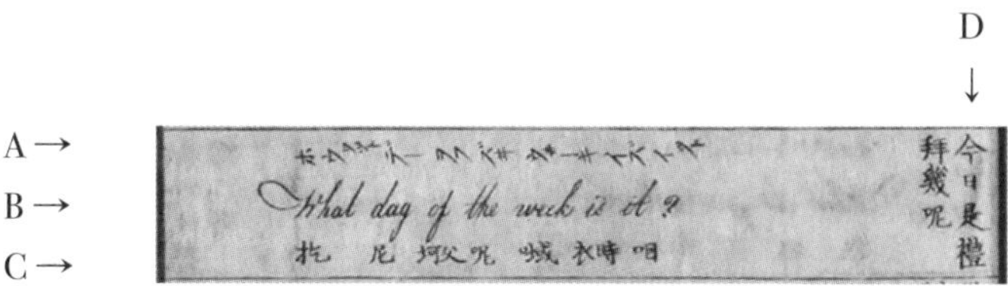

❹ 翻譯者看不懂漢字或日文中完全沒有這種說法，所以沒有日文意譯，只把英文音譯成日文。例如：師爺（廣東話口語詞）。

四、《增訂華英通語》的內容

《增訂華英通語》將《華英通語》附加上了日文，內容共 46 類。以下精選五類作為例子：

	1. 通商類	**2. 食物類**	**3. 各埠名類**
英文	Gum	Pork	Spain
廣東話	樹膠	豬肉	大呂宋
廣東話注音	啱	博	時賓
日語意譯英文	ヤニ	ブタノニク	イスパニア
日語音譯英文	ゴム	ポアルク	スペーヌ

	4. 三字類	**5. 七字類**
英文	Ours	Won't you take less for it?
廣東話	我地嘅	你肯減少的唔呢？
廣東話注音	區丫氏	既夭的吜時科咽
日語意譯英文	ワタクシドモノ	ソレヲ ヘスコトハ デキヌ カ
日語音譯英文	ヲアルス	ウヲントユーテーキレスファルイット

【吜中的「丆」是「釐」的俗字，當時讀 li。「吜時」是 less 的注音。】

32 《粵東俗字便蒙解》——19 世紀廣東話日文對照表

明治庚午九月官許

柳澤信大退藏著

粵東俗字便蒙解

松莊館藏梓

原著《字典集成》

出版年份：1868 年。

作者：鄺其照（1836–1892 年），廣東人。自小學習英文，曾任英文教師，編寫過英文教材。著有《字典集成》、《華英字典集成》。

日文譯本《粵東俗字便蒙解》

出版年份：日本明治庚午（1870 年）。

編譯者：柳澤信大（1837–1898 年），又名退藏，日本人。曾在中村正直（日本啟蒙思想家）開辦的私塾學習漢學和英語。曾任英語教師、內務省職員。譯著有《英華字彙》、《英華和譯字典》。

本文採用 1870 年版。柳澤信大把《字典集成》的附錄「粵東俗字註解」編譯成日文，並名為《粵東俗字便蒙解》。封面註明：1. 柳澤信大退藏著；2. 粵東俗字便蒙解；3. 松莊館藏梓；4. 明治庚午九月官許。書有兩部分：自序、正文。正文總共有三篇：實字、正字、虛字。

一、文獻價值

中國清朝末期和日本德川幕府末期都採取閉關鎖國政策，當時中國允許外國人在廣州十三行進行貿易，而日本則允許荷蘭人和中國人在長崎出島進行貿易。歐美國家武力打開通商口岸之後，中日兩國在政治、經濟、宗教、文化各方面都發生了巨大的變化。

中日兩國的精英為了改革，都要學習英語。德川幕府曾派日本人到英美兩國學習英語。此外，日本允許外國人在橫濱、神戶、長崎居住。當時，有不少住在這三個港口的中國商人出售中國出版的「中英辭典」，頗受日本人歡迎。

鄺其照編寫的《字典集成》，採用了夾雜文言文、白話文及廣東話的文體來解釋英語詞彙。為了方便非廣東讀者，在《字典集成》裏還附錄「粵東俗字註解」，用文言文、白話文解釋廣東話詞語。當時受過教育的日本人大多看得懂漢字，但看不懂用廣東話書寫的文字。柳澤信大翻譯時，只需要將附錄「粵東俗字註解」編譯成日文即可。

我們在日本國立國會圖書館找到《粵東俗字便蒙解》1870 年電子版。通過本書，可以看到明治維新前後，日本人怎樣通過中國出版的華英字典來學習英語。

二、實字

《字典集成》的附錄「粵東俗字註解」未對廣東話俗字進行分類，查考比較困難。柳澤信大為了方便日本讀者，遂將「粵東俗字註解」分成三類：「實字第一」、「生字第二」、「虛字第三」。

「實字第一」裏面有 66 個詞。實字其實指普通名詞，包括：生活用品、食品、職業的稱謂等廣東話詞彙。下文將鄺其照的「粵東俗字註解」和柳澤信大的《粵東俗字便蒙解》進行比較。

	廣東話詞語	解釋
鄺其照原文	遮	傘也。
柳澤信大編譯	遮（シャ）	傘（カラカサ）ナリ。

鄺其照把廣東話「遮」用文言文解釋成「傘也」。柳澤信大的編譯具有以下特點：

1. 編譯版「遮」上面註有日文片假名「シャ」。「シャ」是「遮」的日本漢字讀音。

2. 編譯版「傘」上面註有日文片假名「カラカサ」。「カラカサ」是「傘」的日語古文翻譯，意思是「唐傘」。「唐」在這裏的意思是中國，「唐傘」即指「中國的傘」。

3. 原文的「也」在編譯版翻譯成「ナリ」。這是傳統上日本人翻譯漢語文言文「也」時最常用的方法。

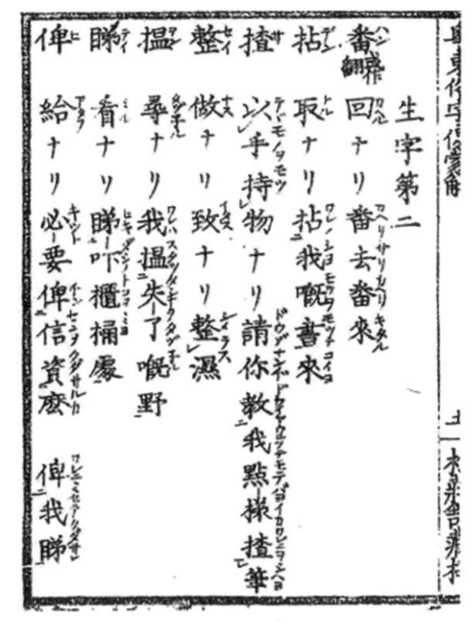

生字第二

番 回ナリ番去番來

拈 取ナリ拈我嘅書來

揸 以手持物ナリ請你教我點樣揸筆

整 做ナリ致ナリ整濕

搵 尋ナリ我搵失了嘅野

睇 看ナリ睇吓櫃桶處

俾 給ナリ必要俾信資嚟 俾我睇

三、生字

「生字第二」裏面有 24 個詞。柳澤信大將動詞歸到這一類。我們用以下的例子來比較鄺其照的原文和柳澤信大的編譯。

	廣東話詞語	解釋
鄺其照原文	番	回也。
柳澤信大編譯	番（ハン）	回（カヘル）ナリ。番去（カヘリサリ）。番來（カヘリキタル）。

鄺其照將廣東話的「番」解釋成「回也」。相比較，柳澤信大的編譯具有以下特點：

1. 編譯版「番」上面有日文片假名「ハン」。「ハン」是「番」的日本漢字讀音。

2. 編譯版「回」上面有日文片假名「カヘル」。「カヘル」是「回」的日語古文翻譯，現代日語會寫成「かえる（帰る）」。

3. 原文的「也」在編譯版翻譯成「ナリ」。

4. 原文沒有提供例句。柳澤信大加上兩個例子：「番去」和「番來」，並分別意譯成「カヘリサリ」和「カヘリキタル」。

四、虛字

「虛字第三」裏面有 55 個詞，包括：廣東話的疑問詞、否定詞、指示代詞等。我們用以下的例子來比較鄺其照的原文和柳澤信大的編譯。

	廣東話詞語	解釋
鄺其照原文	邊樣	那一樣也。
柳澤信大編譯	ヘンヤウ 邊樣	ドチノヒトツ 那一樣 ナリ。

鄺其照將廣東話的「邊樣」解釋成「那一樣也」。相比較，柳澤信大的編譯具有以下特點：

1. 編譯版「邊樣」上面有日文片假名「ヘンヤウ」。「ヘンヤウ」是「邊樣」的日本漢字讀音。

2. 編譯版「那一樣」上面有日文片假名「ドチノヒトツ」。「ドチノヒトツ」是「那一樣」的日語翻譯，現代日語會說成「どちらのひとつ」或簡單地說「どちら」。

3. 原文的「也」在編譯版翻譯成「ナリ」。

4. 原文沒有提供例句。柳澤信大提供一個例子：「你中意邊樣呢」，並在上面附加片假名「ナンヂハドチノハウガキニイルヤ」。這些片假名是日語古文意譯，現代日語會說「あなたはどちらのほうがすきですか」。

綜上所述，柳澤信大編譯《粵東俗字便蒙解》（1870 年）的底本是鄺其照《字典集成》（1868 年）的附錄「粵東俗字註解」，兩者存在以下差異：

「粵東俗字註解」原文 1868 年	《粵東俗字便蒙解》1870 年
沒有分類	整理成三類
142 個俗字	145 個俗字
用文言文及白話文解釋廣東俗字	翻譯成日文
沒有例子	用字典裏找到的例子，作為補充

Dictionnaire Cantonnais-Français
《粵法字典》——20世紀初法國人的廣東話辭典

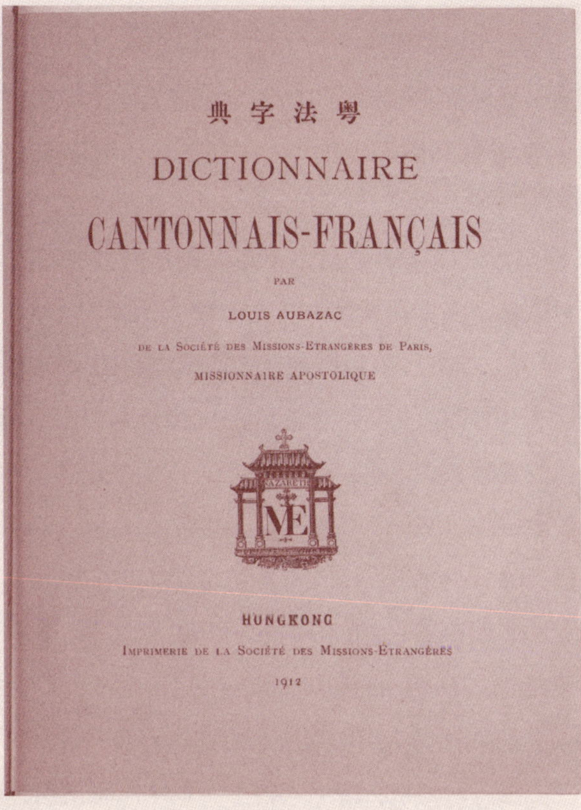

出版年份：1912 年。

作者：何神父（Louis Aubazac，1871–1919 年），法國巴黎外方傳教會（De la Societe des Missions-Etrangeres de Paris）神父。在法國接受神學訓練後，去羅馬學習意大利語。1894 年被教會派往廣東傳教。能說流利的法語、意大利語、廣東話、客家話。除了傳教，還喜歡研究廣東話。著有《法粵字典》、《粵法字典》、《粵語常用詞表》等。

本文採用 1912 年版。封面註明：1. 粵法字典 Dictionnaire Cantonnais-Français；2. Louis Aubazac；3. De la Societe des Missions-Etrangeres de Paris（巴黎外方傳教會）；4. Hong Kong；5. 1912。辭典共 1296 頁。除了前言、附錄，正文以廣東話的拼音作為排序，由 A 排到 Y。每一個廣東話的字及相關詞組都寫上漢字、廣東話發音及法文解釋。

一、文獻價值

法國人較為重視漢語，很早就開始制訂官方漢字記音方案。越來越多法國學者把中國文學、醫學、音樂等作品翻譯成法文，讓法語人士對中國有更多的認識，促進中法交流。

法國天主教神父何神父喜愛研究廣東話，不僅自創了適合法國人學習使用的廣東話拼音系統，而且撰寫了多本有關廣東話的書籍：《法粵字典》、《粵法字典》、《粵語常用詞表》、《粵法字典：附偏旁部首和漢字表》、《新傳教士粵法語言考試測試指南》、《粵法信仰詞彙》、《粵語俗語》、《粵語言最常用漢字表》。他編寫《粵法字典》的目的是讓法國人可以學好廣東話。他的貢獻不但使當時的法國人受益，更激發了後人倣效。另一位法國神父陳嘉言（Georges Caysac）編寫的法國人學廣東話的教材 *Dialecte Cantonnais*（《廣東話方言》）（1926 年），便註明採用何神父自創的廣東話拼音系統。

我們在法國國家圖書館找到 *Dictionnaire Cantonnais-Français*（《粵法字典》）1912 年電子本。這是筆者找到的第一本用法文所寫的粵語辭典。書中除了有法國人自創的廣東話拼音系統，也可看到當時廣東人古字、新字同時使用，以至廣東話中存在多個異體字的情況。此外，本書還記錄了當時廣東的一些社會現象，是研究 20 世紀初廣東話及社會情況的珍貴語料。

二、廣東話拼音系統

何神父在《粵法字典》創立的廣東話拼音系統，有部分採用了法語的拼法，跟英國或美國傳教士設計的廣東話拼音很不一樣。以下從聲母、韻母、聲調的示例，來看看它的特色。

❶ 聲母

還保留 s / sh 之分，但作者註明在 a、i 之前 sh 幾乎都變成 s。至於其他廣東話拼音方案的 ts / ch、ts' / ch' 之分，在這本書中則分別對應 ts / tch 和 ts' / tch'。

例子	箱	商	蹤	中	從	重
何神父拼音	$seung^1$	$sheung^1$	$tsoung^1$	$tchoung^1$	$ts'oung_1$	$tch'oung_1$
現代粵拼	$soeng^1$	$soeng^1$	$zung^1$	$zung^1$	$cung^4$	$cung^4$

❷ 韻母

其他拼音方案用 u 來標的音，在這本書中用法語式的 ou。另外，廣東話圓唇聲母 gw 和 kw 的 w，這本書也用 ou 來標。現代廣東話用 ei 來標的音，這本書還用 i。以及，保留 om / op 韻；韻母 au / aau 用 ao / áo 標寫；韻母 ik 用 ek 標寫。

例子	要	恐	規	喜	噉	夠	識
何神父拼音	iou^3	$houng^2$	$k'ouai^1$	hi^2	kom^2	kao^3	$shek^4$
現代粵拼	jiu^3	$hung^2$	$kwai^1$	hei^2	gam^2	gau^3	sik^1

❸ 聲調

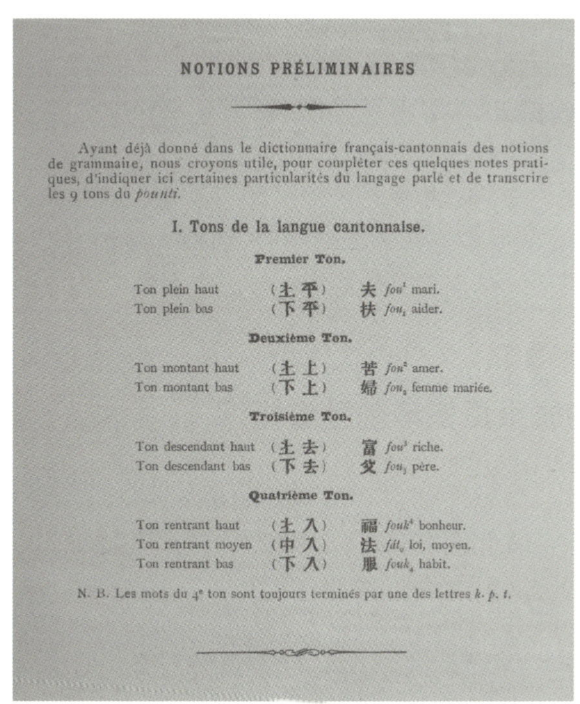

NOTIONS PRÉLIMINAIRES

Ayant déjà donné dans le dictionnaire français-cantonnais des notions de grammaire, nous croyons utile, pour compléter ces quelques notes pratiques, d'indiquer ici certaines particularités du langage parlé et de transcrire les 9 tons du *pounti.*

I. Tons de la langue cantonnaise.

Premier Ton.

Ton plein haut (上平) 夫 fou^1 mari.
Ton plein bas (下平) 扶 fou_1 aider.

Deuxième Ton.

Ton montant haut (上上) 苦 fou^2 amer.
Ton montant bas (下上) 婦 fou_2 femme mariée.

Troisième Ton.

Ton descendant haut (上去) 富 fou^3 riche.
Ton descendant bas (下去) 父 fou_3 père.

Quatrième Ton.

Ton rentrant haut (上入) 福 $fouk^4$ bonheur.
Ton rentrant moyen (中入) 法 $fát_o$ loi, moyen.
Ton rentrant bas (下入) 服 $fouk_4$ habit.

N. B. Les mots du 4e ton sont toujours terminés par une des lettres *k. p. t.*

這本詞典把廣東話聲調分成九個，用數字 1-4 來表示平、上、去、入調。高調標在廣東話拼音的右上角，例如：fou^1，低調標在四方格的右下角，例如：fou_1。小圓圈表示中入聲，標在廣東話拼音的右下角，例如：$fát_o$。

	Ton plein haut	Ton plein bas	Ton montant haut	Ton montant bas	Ton descendant haut	Ton descendant bas	Ton rentrant haut	Ton rentrant moyen	Ton rentrant bas
調類	上平	下平	上上	下上	上去	下去	上入	中入	下入
例子	夫 fou^1	扶 fou_1	苦 fou^2	婦 fou_2	富 fou^3	父 fou_3	福 $fouk^4$	法 $fát_o$	服 $fouk_4$

三、異體字

異體字是指與正體字（標準字形）在字音和字義上相同但字形不同的一組漢字。在很長一段時間裏，漢字正體字和異體字是共存和通用的。《粵法字典》就從廣東話的角度，記錄了許多當時的異體字。例如：

1906 年	現代	1906 年	現代
1. [illegible]	A. 海	4. 斈	D. 學
2. 閧	B. 巷	5. 孜	E. 好
3. 毉	C. 醫	6. [illegible]	F. 飛

四、辭書中的廣東百多年前社會情況

從這本辭典中，可以看到一百多年前的廣東社會的一些側影。以下示例來自原書，分別以漢字、廣東話拼音和法文標註：

❶ 對宗教的介紹

佛教

◉ 釋迦牟尼佛 shek[4] ka[1] mao_1 ni_1 fat_4

(Sakyamouni, nom de famile de Bouddha)

天主教

◉ 唔使欺騙神父 m_1 shai[2] hi[1] p'in[3] $shan_1$ fou_3

(ne mens pas au Père, ne te moque pas de lui)

❷ 對食物的描寫

中式

◉ 食飯 $shek_4$ $fán_3$ (prendre son repas)

西式

◉ 麪包喺枱面處 min_3 páo[1] hai[2] $t'oi_1$ min_3 shu[3] (le pain est sur la table)

❸ 買賣

本地商販

◉ 小販生意 siou[2] fán[3] shang[1] i[3] (colportage)

對外貿易

◉ 入口稅 yap_4 hao[2] sheui[3] (droits d'importation)

❹ 交通工具

◉ 坐轎 $ts'o_2$ kiou[2] (être en palanquin)

❺ 結婚

◉ 新婚酒 san[1] fan[1] tsao[2] (les noces)

Esop's Fables 《意拾喻言》——19世紀《伊索寓言》廣東話拼音版

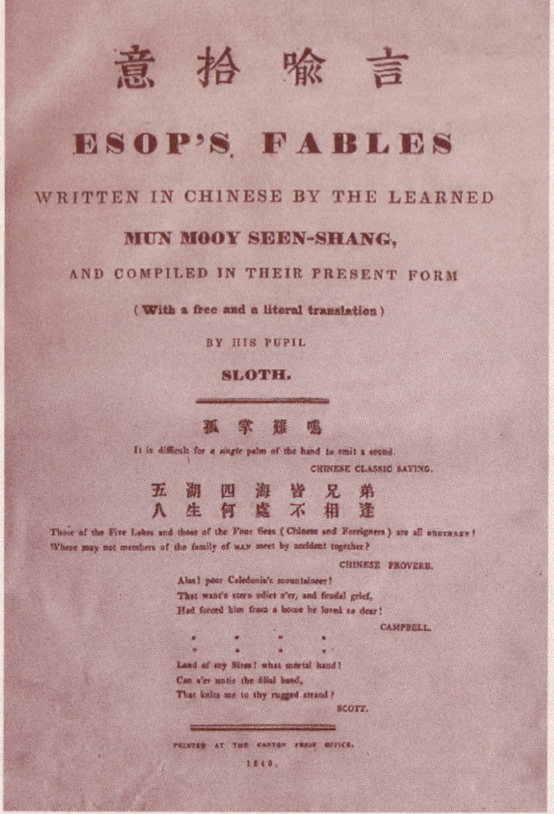

意拾喻言

ESOP'S FABLES

WRITTEN IN CHINESE BY THE LEARNED

MUN MOOY SEEN-SHANG,

AND COMPILED IN THEIR PRESENT FORM

(With a free and a literal translation)

BY HIS PUPIL

SLOTH.

孤掌難鳴

It is difficult for a *single* palm of the hand to emit a sound.

CHINESE CLASSIC SAYING.

五湖四海皆兄弟
人生何處不相逢

Those of the Five Lakes and those of the Four Seas (Chinese and Foreigners) are all BRETHREN! Where may not members of the family of MAN meet by accident together?

CHINESE PROVERB.

Alas! poor Caledonia's mountaineer!
That want's stern edict e'er, and feudal grief,
Had forced him from a home he loved so dear!

CAMPBELL.

* * * *

Land of my Sires! what mortal hand!
Can e'er untie the filial band,
That knits me to thy rugged strand?

SCOTT.

PRINTED AT THE CANTON PRESS OFFICE.

1840.

原著 *Aesop's Fables*

創作時間：古希臘時代（公元前 800 年－公元前 146 年）

原著作者：相傳是由古希臘奴隸伊索（Aesop）編寫，後人改編。

廣東話拼音版《意拾喻言》（*Esop's Fables*）

出版年份：1840 年。

編譯者：羅伯聃（Robert Thom，1807–1846 年）。曾於廣東怡和洋行工作，是寧波第一任領事。會說流利的官話、廣東話，能用文言文寫作。任英國駐華外交官時，代表英國用官話與中國談判。著有《王嬌鸞百年長恨華》、《英通用雜話》上卷、*Chinese Chrestomathy in the Canton dialect* Chapter 5 & 6 等。

本文採用 1840 年版。首頁寫著：1. 意拾寓言 Esop's Fables；2. Written in Chinese by the learned Mun Mooy Seen-Shang, and

compiled in their present form by his pupil Sloth.（編者按：由學者蒙昧先生編寫、懶惰學生整理）；3. Robert Thom。正文之前有用英文寫的前言、導言、說明、目錄。正文有 82 個伊索寓言故事，共 104 面。編譯者將英文版改編成中國的寓言故事。全書每個寓言故事都翻譯成：1. 文言文；2. 官話拼音；3. 廣東話拼音；4. 英文（逐字翻譯及整句翻譯）。

一、文獻價值

《伊索寓言》是世界名著，我們介紹的是 19 世紀英國外交官羅伯聃編譯的《意拾寓言》（Esop's Fables）。從明朝開始，分別有意大利神父利瑪竇（Matteo Ricci）、西班牙神父龐迪我（Diego de Pantoja）、意大利神父艾儒略（Giulio Aleni）將《伊索寓言》翻譯成中文。到了清朝，英國基督教新教傳教士米憐（William Milne）再度將之翻譯成中文。由此可見，這本書在西方世界的受歡迎程度之高。翻譯成中文也是想讓中國人可以享受閱讀《伊索寓言》的樂趣，瞭解西方文化及價值觀。

羅伯聃編譯的《意拾寓言》中文版本比較特別：1. 用了中國的人物形象取代原故事中的形象；2. 採用文言文夾雜白話文；3. 註明廣東話拼音（包括文言文，也是用廣東話讀出來）；4. 註明官話拼音；5. 英文部分有兩種翻譯方式：逐字翻譯和整句翻譯。我們認為羅伯聃編譯成中文版，在一定程度上是為了幫助在廣東工作、傳教、定居的外國人學習閱讀文言文，而用廣東話或者官話的拼音來讀，估計是因為用方言讀文言文的方式是當時廣東人的習慣。另外，英文逐字和整句翻譯可以看出是為了方便廣東人學好英文。

我們在美國康乃爾大學找到《意拾寓言》1840 年電子版。這是我們所見的第一本用廣東話拼音、文言文、白話文、官話拼音、英文對照的《伊索寓言》，具有承先啟後的作用。這本書有 82 個寓言故事，我們選了《龜兔賽跑》、《狼來了》、《狐狸與山羊》、《北風與太陽》來讓大家看看羅伯聃是怎樣編譯的。

二、《伊索寓言》中文譯本

日本學者內田慶市指出，《伊索寓言》早在明朝開始已經有三部譯本：

1. 意大利神父利瑪竇翻譯的《畸人十篇》

2. 西班牙神父龐迪我翻譯的《七克》

3. 意大利神父艾儒略翻譯的《五十言餘》

到了清朝，又有外國人翻譯了兩部譯本：

1. 英國傳教士米憐在他創辦的中文刊物《察世俗每月統記傳》刊登了幾則中文翻譯版《伊索寓言》故事；

2. 英國外交官羅伯聃翻譯的《意拾寓言》。

三、寓言《龜兔賽跑》

《伊索寓言》中《龜兔賽跑》描寫一隻兔子看到烏龜走路走得慢就罵它。烏龜不服，於是挑戰跟兔子比賽，看誰先到終點。兔子以為烏龜走得很慢，就在半途睡覺。醒來看見烏龜已經先到達終點，才醒悟自己「因為驕傲而失敗」。由於故事篇幅太長，我們只在此摘錄關鍵性的句子，並且省略官話的部分。

The Hare and the Tortoise. *Tortoise Hare.*	亀兎	Kwei, Too. *Kwei, Tou.*
When the Great Emperor Yu drained off the waters of the Deluge in nine *Yu divided-off nine rivers 's time*	禹疏九河之時、	Yü sō kew hō-che shē, *Yü shō k'eu hō-che shee,*
streams, all the birds, beasts, fishes, and tortoises ran away *all birds beasts fishes tortoise-genus hurrying-*	凡鳥獸魚鱉紛	fan neaou, show, yü, pēē, fun- *fan nēw, sh'au, yü, peet, fūn-*
in crowds helter skelter and hid themselves:—and it so happened that [with-] *crowding absconded-hid at-that-time Hare*	紛逃匿適兎與	fun taou-neih! Shih Too yü *fūn tou-nik! Shik Tou yü*
the Hare and Tortoise travelled in company. The Hare was continually *Tortoise together walked the Hare often*	亀同行其兎常	Kwei tung hing:—ke Too chang *Kwei tung hang:—ke Tou sheong*
upbraiding the Tortoise, saying, " among " all the animals that *upbraided Tortoise saying I see walk*	罵亀曰吾見行	má Kwei, yuē, " woo kēēn hing- *má Kwei, yuet, " 'ng keen hang-*
" I ever saw crawl along gawkily and lazily, *it crawling-side-wise slow-stupid p. d. p.*	之迤邐慢頓者、	" che ē-lē, man-tun-chay " *che ee-lee, man-tun-chay*

英文	文言文	廣東話拼音
When the Great Emperor Yu drained off the waters of the Deluge in nine streams,	禹疏九河之時	Yü shōk'au hō-che shee,
all the birds, beasts, fishes, and tortoises ran away in crowds helter skelter and hid themselves.	凡鳥獸魚鱉紛紛迯匿	fun nĕw, sh'au, yü, peet, fŭn-fŭn tou-nik!
The Hare was continually upbraiding the Tortoise.	兔常罵龜	Tou sheong má Kwei
The Tortoise said, "you upbraid me with being a very slow coach,	龜曰，汝謂我遲遲吾行者	Kwei yuet, "yü wei 'ngō chee-chee 'ng hang-chay,"
why then not lay a wager with me?"	何不與汝相賭乎	hō pŭt yü yü seong-tou oo?
she pointed to a place and remarked;	遂指一處曰	suy chee yut chü, yuet,
"let us see whether you or I will get to that place first!"	看你與我誰先到此	"hom nee yü 'ngō shuy seen tou tszé!"
The Hare thinking that the Tortoise walked so very slow,	兔思龜行如是之慢	Tou szé Kwei hăng yü-she-che man
she walked on till she got to mid-way, when she felt drowsy and went to sleep.	行至半途，不覺昏然睡去	hăng chee poon tou, pŭt kok fŭn-yeen shuy hŭy!
on awaking, the Tortoise had already arrived at the goal!	及醒，其龜已先到矣	kŭp sing, ke Kwei ee seen tou ee!
Repenting of her conduct she exclaimed, "I'd rather have a little patience and complete my work."	悔之曰，寧可耐而成事	Fooy-che yuet, "ning ho noy e shing sze
"Presumptuous soldiers must be defeated", and does not this illustrate the truth of the saying?	驕兵必敗，其是之謂乎	"Kĕw ping peet pai!" ke shee-che wei oo?

從以上例句可見，編譯者用了中國「大禹治水」作為故事背景，譯文中有生僻字，例如：「鱉」即「水魚」，「迯」即「逃亡」。另外，又用了一些比較淺顯

的字或說法，例如：常、不、看、你、與、我、誰、先、到。採用文言文與白話文夾雜的文體把外文作品譯成中文，是當時普遍的翻譯方法。同時，也用了四字成語「驕兵必敗」作為結束語，等等。

四、寓言《狼來了》

《狼來了》是《伊索寓言》中為大家所熟悉的故事。這個故事描述了看羊的男孩說謊。他第一次大喊「狼來了」，嚇得主人立即前來營救。他覺得好玩，便常常這樣做。後來真的有狼來了，但是主人以為他又說謊，所以不管，結果羊被狼吃了。以下是我們摘錄文言文和廣東話拼音的部分。

文言文	廣東話拼音
牧童受主人囑咐，看守羊群，以防狼至。	Múk-tung sh'au Chǔ-yǔn chúk-foo, hoan-sh'au Yaong-kwǔn; ee fóng Lóng chee.
牧童常呼狼至，以為頑意。	Múk-tung shèong foo, "Lóng chee!" ee-wei wán ee.

The Shepherd-boy and the Wolf. *Shepherd-boy tells lies.*	牧童說謊	Mŭh-tung shwŏ-hwăng. *Múk-tung shuet-fŏng.*
A Shepherd-boy had received his Master's commands, *Shepherd boy received Master com-*	牧童受主人嘱	Mŭh-tung shów Choo-jin chŭh- *Múk tung sh'au Chŭ-yŭn chúk-*
to watch vigilantly a flock of Sheep; in order to prevent *mands look-watch Sheep-flock thereby*	咐看守羊群以	foo. kân-shów Yâng-keun; ē *foo, hoan-sh'au Yaong-kwŭn; ee*
any visits from the Wolf. Now, this Shepherd-boy was constantly calling, *guard-against Wolf come Shepherd always*	防狼至牧童常	fâng Lâng chē. Mŭh-tung châng *fŏng Lŏng chee. Múk-tung sheong*
"the Wolf is coming!" for no other object than mere sport; *shouted Wolf come! thereby make play-*	呼狼至以為頑	hoo. "Lâng chē!" ē-wei wân- *foo. "Lŏng chee!" ee-wei wán-*
when his Master would come running out in a great-hurry, and lo! *idea Master hastily went-out behold*	意主人奔出却	ē; Choo-jin pun chŭh:—keŏ! *ee; Chŭ-yŭn pŭn chŭt:—keok!*
it was nothing but the Boy telling so many lies! *was Shepherd tell-lies thus-il-*	是牧童說謊如	she Mŭh-tung shwŏ-hwăng! Joo- *she Múk-tung shuet-fŏng! Yu-*
Thus it happened several times:—and afterwards, when the Wolf *was several-times afterwards really had*	是數次後果有	she soo-tszé; hów, kwŏ yew *she shou-tszé; h'au, kwŏ y'au*
really did come, and the Shepherd-boy called for assistance. *Wolf came Shepherd called-deliver*	狼至牧童叫救	Lâng chē; Mŭh-tung keaou-kēw, *Lŏng chee; Múk-tung kēw-k'au,*

以上《狼來了》的中文翻譯比《龜兔賽跑》容易明白，因為編譯者用了比較淺白的文言文。

五、其他寓言

這本書選了《伊索寓言》中的 82 個寓言，其中有些到現代仍然是大家熟悉的故事，例如：《狐與山羊》（現代翻譯成《狐狸與山羊》）。開頭幾句：「狐過山邊古井，見其水甚清，渴欲飲之，遂聳身落井」的意思是「狐狸經過山上一口古井，看見井水很清很想喝，跌落井」。而結束語翻譯成「可見經一事長一智是也，俗云，未算入先算出」，提醒大家做事要經過深思熟慮。

相信大家都聽過另一個耳熟能詳的寓言故事《日風相賭》（現代翻譯成《北風與太陽》）。故事頭兩句翻譯成「日與風相爭強弱，兩不相讓」，描述太陽和風較量，看誰可以令那個人脫下外套。結束最後幾句翻譯成「世人徒持血氣之勇，多致有失，反不如溫柔力，始得無虞」，提醒世人濫用強權往往不能成功，反而使用溫柔的力量才可以成功達到目的。

《伊索寓言》今天仍然是適合孩子的讀物，因為這些寓言可以教導孩子很多道理，幫助他們建立良好的品格。

35

《辜蘇歷程》——20世紀初《魯賓遜漂流記》廣東話版

光緒二十八年 英國教士英爲霖譯
辜蘇歷程
羊城真寶堂書局藏板

原著 *The Life and Strange Surprizing Adventures of Robinson Crusoe*

出版年份：1719年。

作者：Daniel Defoe（1660–1731年），英國作家。神學院畢業後沒有傳教。曾做商人、記者、編輯等工作。人生經歷多次失敗。具有冒險精神、豐富的想象力、信仰背景及寫作才華。

廣東話漢字版《辜蘇歷程》

出版年份：清朝光緒二十八年（1902年）。

翻譯者：澳洲國家圖書館所藏的《辜蘇歷程》（1902年）封面上註明本書由英國教士英為霖翻譯，而內頁用英文手寫由翻譯者 William Bridie 贈送。英為霖（William Bridie，1897–1928年），英國衛斯理循道會（Wesleyan Methodist Ministry）牧師。1882年被派去廣東傳教。後來被調到香港軍隊當牧師。

本文採用 1902 年版。封面註明：光緒二十八年、羊城真寶堂書局藏版。中文書名先用音譯把 *Robinson Crusoe* 的 Crusoe 譯為「辜蘇」，然後加譯「歷程」，所以廣東話漢字版的書名是《辜蘇歷程》。但是後人的翻譯本把 *Robinson Crusoe* 的 Robinson 音譯為「魯賓遜」，書名翻譯成《魯賓遜漂流記》。全書共 43 章，西式插圖 30 幅，總共 151 頁。

本書敘述 1651 年「辜蘇」不聽父母的話，自己出海。遇到狂風後，在荒島上依靠信仰，終於學會很多生存技能。雖然表面看來是一個冒險家怎樣用智力和勇氣去解決困難的故事，但是具有深層的宗教寓意。故事主要說明人在無助時，得到神的保護看顧後，要心存感激。

一、文獻價值

英國人 Daniel Defoe 於 1719 年出版的 *The Life and Strange Surprizing Adventures of Robinson Crusoe* 非常受歡迎。中國譯本先後有：文言文版、白話文版、廣東話漢字版、廣東話拼音版。最為人熟悉的中文譯本書名是《魯賓遜漂流記》。

原著作者本來想透過冒險故事來比喻靈魂得救，但是現代的中譯本將關於宗教的部分刪除，其餘變成一本給青少年閱讀的冒險家讀物，鼓勵青少年要有勇氣解決困難。我們在澳洲國家圖書館找到《辜蘇歷程》1902 年電子版。我們收錄這本書，是因為它是最早且忠於原作的廣東話漢字譯本，值得為後來者研究廣東話長篇翻譯作品所參考。《辜蘇歷程》除了漢字譯本，1914 年又出版了廣東話拼音版。由此可見，這本書在當時頗受歡迎。

辜蘇歷程

第一章

我辜蘇西歷一千六百三十二年、在英國約城出世、父親名叫辜蘇、本係別國嘅人、喺英國造生意、因此居住好耐、後來取英國女子盧邊信氏為妻、所以稱我名為辜蘇、我父親係公道嘅人、好大生意、我有兩個大佬、個大嘅當兵、共西班牙人打仗、被佢打死、個第二嘅出外、唔知佢生死、我係至細嘅、因為父親產業甚多、故此我年紀將近二十歲、

二、語文特色「睇真啲」

原書是 18 世紀出版的英文書，《辜蘇歷程》是 20 世紀初翻譯成廣東話俗字的版本，廣東讀者讀起來一定覺得很親切。本書有以下幾個特色：

❶ 使用諺語，例如：

◉ 古人有話。三軍未動。糧草先行。我哋四個人嘅食用。有餘有剩。

（古人說：打仗之前，要先準備好兵馬的糧食。我們四個人要吃的，已經充份準備。）

◉ 古人有話。高岸為谷。深谷為陵。呢的事常有嘅。

（古人說：高岸變成山谷，深谷變成高山。世事變遷是很平常的。）

◉ 古人有話。一物不知。儒者所恥。我見個的有知識嘅人。樣樣事學習。處處留心。

（古人說：讀書人要不斷學習。我看到那些有知識的人，甚麼事都用心學習。）

◉ 古人有話。工欲善其事。必先利其器。我因冇器具嘅緣故。致到做拱壁木架嘅板。前後共四十二日咁耐。

（古人說：工匠要把工作做好，一定先具備好的工具。我因為沒有工具，所以花了四十二天才把拱壁木架的板做好。）

◉ 古人有話。知足不辱。呢的說話真係嘅咯。

（古人說：知足就不會有貪念。這些話說得對。）

❷ 現代仍使用的廣東話，例如：

◉ 我有兩個大佬。（我有兩個哥哥。）

◉ 你快的去攞的魚番嚟喇。（你快點去拿一些魚回來吧。）

◉ 唔知點算好。（不知道怎麼辦。）

◉ 可以喺處瞓。（可以在這裏睡。）

◉ 又冇焗麪飽嘅嘢。（又沒有烤麵包的工具。）

❸ 現代不大使用的廣東話，例如：

◉「至歡喜」現代說「最鍾意」(最喜歡)

◉「應當番去歸」現代說「應該返屋企」(應該回家)

◉「摵嚟攞魚」現代說「用嚟攞魚」(用來捉魚)

◉「去嘵咯」現代說「去咗喇」(去了)

◉「有熱頭出」現代說「有太陽出嚟」(有太陽出來)

三、翻譯特色「睇真啲」

翻譯時，除了在語文上運用了以上技巧之外，翻譯者還輸入了一些新的概念。

❶ 使用本土化的詞彙，例如：

辜蘇在星期五救了一個被食人族追殺的土著。然後收他為僕人，給他起名叫「亞五」。很多《魯賓遜漂流記》的中文翻譯本都將這個僕人的名字翻譯成「星期五」，廣東話版本卻翻譯成「亞五」，因為除了表示在星期五救他之外，還借用廣東人「亞＋數字」這種稱呼工人的習慣來稱呼這個僕人，使廣東讀者感到親切。

❷ 介紹歐洲不同的國家和語言

這些知識都開闊了廣東人的眼界，例如：1. 辜蘇的媽媽是英國人；2. 他在船上看到西班牙人、法國人；3. 他去過南美洲、巴西、亞非利加洲（非洲）；4. 沉船後在不知名的荒島生活，等等。

❸ 介紹在荒島生存的種種技能，例如：

1. 起屋（建房子）；2. 打獵；3. 捉魚；4. 保護自己避免受到毒蛇猛獸及食人族的傷害等。

❹「第三人稱」的敘事方式

在文學方面，原著作者以「第一人稱」來講述故事，而中國人習慣以「第三人稱」的方式來敘述。這種新演繹手法傳入中國，影響了近代中國文學。

四、宗教特色「睇真啲」

1902 年的廣東話版《辜蘇歷程》保留了宗教情節，將原著所有內容都翻譯出來，所以讀者可以看到這本小說是基督教文學作品，通過辜蘇的經歷介紹基督教思想，例如：

◉ 身體瘦弱，後來漸漸好番，就多謝神。

（身體虛弱，後來慢慢康復，就感謝上神。）

◉ 若係改變人心為善，除耶穌之外，冇別樣道理咯。

（如果改變人心由壞心腸變成善良，除了耶穌，就沒有別的方法了。）

◉ 但凡悔改求神。佢冇話唔可憐。

（每一個悔改求神的人，他不會不可憐的。）

36

A Vocabulary of the Canton Dialect

《廣東省土話字彙》——19世紀第一本外國人編寫的英粵雙向辭典

廣東省土話字彙

VOCABULARY

OF THE

CANTON DIALECT.

BY R. MORRISON, D. D.

PART. I.

ENGLISH AND CHINESE.

MACAO, CHINA.

PRINTED AT THE HONORABLE EAST INDIA COMPANY'S PRESS,

BY G. J. STEYN, AND BROTHER.

1828.

出版年份：1828年。

作者：馬禮遜（Robert Morrison，1782–1834年），首位來華英國傳教士。1807年受英國倫敦傳道會（London Missionary Society）派遣赴廣州，因當時清政府禁教，便以英國東印度公司翻譯身份居留。通曉廣東話、文言文、官話，熟讀四書五經。編寫第一本英粵雙向辭典，創辦第一間西式教育學校「英華書院」（Anglo-Chinese College）。歷任英國駐華翻譯官、商務監督秘書。獲格拉斯哥大學贈與榮譽博士學位。香港有以其姓氏命名的街道：摩利臣街（Morrison Street）、摩利臣山道（Morrison Hill Road）。著有 *A Grammar of the Chinese Language*（《通用漢言之法》）、*A Dictionary of the Chinese Language*、*Dialogues and Detached Sentences in the Chinese Language*、*A Vocabulary of the Canton Dialect*（《廣東省土話字彙》）等。

本文採用 1828 年版。封面註明：廣東省土話字彙 A Vocabulary of the Canton Dialect, by R. Morrison, English and Chinese, Macao, China, Printed at the Honorable East India Company's Press, 1828。前言以英文書寫，我們將此意譯成中文：「外國人學中國漢字很困難，所以用羅馬拼音來標示怎樣說廣東話，會比較容易。歐洲人與中國人商業往來時溝通困難，作者希望藉本書幫助交流。」本辭典利用自創的第一個廣東話拼音系統，加上漢字和英文對照，教英語人士廣東話日常用語及商業用語。

本辭典分三部分：

1. 第一部分：用英文查廣東話拼音和漢字，適合各級語言水平的學生使用。2. 第二部分：用廣東話拼音查英文解釋和漢字，適合已經學會基礎廣東話拼音的學生使用。3. 第三部分：學生在日常生活聽到廣東人說慣用語，用廣東話拼音查英文意思和漢字，適合非常熟悉廣東話拼音的學生使用。詞語共分為 24 類：世務類、天文氣候類全、禽獸類全、顏色類全、艱苦類全、疾病類全、飲食類全、情分類一、魚蟲類全、朋友類全、親誼類全、笑談類全、文字類全、軍戎類全、名分類一、地方類全、貧賤類全、品格類一、爭鬧類全、富貴類全、盜賊類全、貿易類全、器皿類一、惡黨類全。

一、文獻價值

早期廣東人使用自創的「廣東番話」（pidgin）來跟外國商人溝通，而外國人也嘗試學習「廣東番話」來跟中國商人溝通。

馬禮遜應英國東印度公司要求，將貨物名稱譯成廣東話並培訓同事。為了方便同事一看拼音便能拼讀出廣東話，馬禮遜創立了一套適合英語人士學廣東話的拼音系統，並編寫《廣東省土話字彙》，1828 年由英國東印度公司出版。

我們採用的是美國加州大學圖書館在網上公開的 1828 年版本。之所以收錄這本辭典，是因為它是第一本具有系統性廣東話拼音的英粵雙向辭典，記錄了 19 世紀廣東話的發音、常用詞及短語，啟發後人改進廣東話拼音方案與編寫英粵辭典，為研究 19 世紀廣東話語言特色與商業狀況提供了寶貴語料。

二、貿易用語

以下例子節錄自第三部分第二十二類「貿易類全」。

MAN-YIK-LUY-TSUNE.

destitute (are very liable) to conceive the idea of stealing.

Tow chay, tow che une, 賭者盜之源 Gambling is the souce of theft and robbery.

Tow tsak fung he, 盜賊蜂起 Thieves and robbers rise up like bees—indicate a falling Dynasty.

MAW-YIK-LUY-TSUNE.

貿易類全

TRADE.

SECTION XXII.

Han tam kǎw tso, yǎw ing shang le, 閒談久坐有悞生理 Chit-chat and a long sit, hinder business; This admonition is commonly written up in shops and eating houses.

Yǎw tǎk kam, mow a? 有得減冇亞 Will you abate a little or not?

Yǎw han chay, 有限啫 Have limit—not much.

❶ 日常購買的物品

	粵語拼音	漢字	英文
1.	Tek mei	糴米	To buy rice.
2.	Go huy mai kei hong	我去買雞項	I am going to buy fowls.
3.	Yǎw pǎt tǎw mow ne	有疋頭冇呢	Have you any woolen cloth?

本辭典中作者用「g」來標聲母「ng」，比如「我」。

以上例子中「糴米」的「糴」讀作 dek⁶，意思是「買」。到了 20 世紀 60 年代，香港仍然有人使用這個詞。「雞項」讀作 gai¹ hong²，意思是「沒有生過蛋的母雞」。「有疋頭冇呢」反映了當時疑問句的結構為「有……冇呢」，而現在則說成「有冇……呢」。

❷ 購物用語

	粵語拼音	漢字	英文
1.	Yǎw tǎk kam, mow a?	有得減冇亞	Will you abate a little or not?
2.	How tsoy go im sheong kuy tong oh	好彩我唔上佢當阿	I was not taken in by him.
3.	Go im mai tsze lo	我唔買自咯	I won't buy it because it is so dear.

外國人買東西有時要討價還價。如果覺得太貴，就會委婉地說「我唔買自咯」（我暫時不買）。

❸ 商業觀念及類別

	粵語拼音	漢字	英文
1.	Kung tsze pǎt chut tǎw	工字不出頭	A labouring man does not rise.
2.	Tsap fo pow	雜貨鋪	A miscellaneous goods shop
3.	Pok tǎw shang ee	膊頭生意	Shoulder trade

「工字不出頭」這句廣東話慣用語在當時就已經使用，可見廣東人比較喜歡做生意，而不是只打工。能夠開店最為理想，即使不能開店做小販也不錯。「膊頭生意」是指把貨物放在容器裏，然後用肩膀擔起來，在路邊擺攤售賣，相當於現在的「流動小販」，不過現在已經改用比較省力的手推車或電動車了。

❹ 商業吉祥語（四字格）

	粵語拼音	漢字	英文
1.	Shun fung shun shuy	順風順水	Prosperous trade
2.	Hǎk tsze wǎn loy	客似雲來	May customers come like clouds.
3.	Yǎt poon man le	一本萬利	May one of principal produce ten thousand profits.

廣東商人過年互相祝賀時會說些吉祥話，或將這些吉祥話寫在揮春上。

三、外國的食物

以下例子節錄自第三部分第七類「飲食類全」。當時對外國食物的翻譯與現代有所不同，例如：

	《廣東省土話字彙》1828 年	現代廣東話 2025 年
1.	牛奶餅 cheese	芝士
2.	牛奶油 butter	牛油
3.	黃薑雞 curry fowl	咖喱雞
4.	雞龜 fowl pie	鷄批
5.	燒羊排骨 roast mutton chops	燒羊架

四、廣東話特色「睇真啲」

❶ 語音特徵

從這本辭典中我們可以看到當年拼音系統有 sh 聲母，如 sha tan「沙灘」。到了現代，sh 聲母轉為 s 聲母。香港的地名仍然用 sh，如「沙田」實際讀音是 Saa^1 Tin^4，但地圖及火車站的拼音都寫作 SHA TIN。

❷ 廣東話口語詞

這本辭典中使用了不少廣東話口語詞，這些字到現代仍然在使用，如：嘅、吓、冇、佢、仔、做乜、咁、唔、係、得閒、細蚊仔、糴米、雞項等。

❸ 外來詞

對於一些外國引進的東西或概念，廣東話中沒有相應的詞語，便翻譯成外來語，如：米利堅國（America）、英三月（March）等。

37

The 'Fan Kwae' at Canton Before Treaty Days 1825-1844

《廣州番鬼錄》——19 世紀美國商人回憶錄

THE

'FAN KWAE' AT CANTON

BEFORE TREATY DAYS

1825–1844

BY

AN OLD RESIDENT

LONDON

KEGAN PAUL, TRENCH, & CO., 1 PATERNOSTER SQUARE

1882

出版年份：1882 年。

作者：威廉．亨特（William C. Hunter，1812–1891 年），美國來華商人。年輕時來到中國，在史密夫父子洋行廣州分行工作。因不會說廣東話，先去馬禮遜開辦的英華書院學習廣東話。後來轉去美國旗昌洋行（Russell & Co.）工作。出版 *The 'Fan Kwae' at Canton Before Treaty Days 1825-1844*（《廣州番鬼錄》）和 *Bits of Old China*（《舊中國雜記》）。

本文採用 1882 年版。本書主要描述了在 1844 年中美《望夏條約》簽訂前，外商在廣州口岸活動的情形，如船隻進出口、行商、商館、茶絲貿易等。從威廉．亨特的記錄中，可以瞭解到外國商人和中國商人之間交往溝通的方式。

一、文獻價值

從 16 世紀開始，澳門成為中外貿易中心，葡萄牙商人與中國的貿易越來越多。廣州商人與外國人商業交往的語言是中葡混合語（Pidgin-Portuguese）。到了 18 世紀，英國人成為中國主要的貿易夥伴，中英混合語（Pidgin-English）取而代之。

廣州因為地理優勢，一直都與外國有商貿往來，很早就建立了洋行制度。中國商人常邀請外商到自己家裏品嚐盛宴，除了燕窩、海參、魚翅、鮑魚外，還有各式各樣精緻的點心，令外商十分滿意。中國商人善待外商，促進了貿易的雙贏。1757 年清政府採取閉關政策，雖允許廣州作為唯一外貿港口，但制定了諸多規則。

19 世紀下半葉，廣州仍然是中國唯一的外貿港口。作者記載，當時在廣州只有三個外國人會說廣東話：馬禮遜博士（Dr. Robert Morrison，傳教士，英國東印度公司翻譯員）、戴維斯爵士（Sir John Francis Davis，英國東印度公司在中國最後一位領導人，後成為第二任香港總督）和作者威廉．亨特。其他外商只能用「廣東番話」與廣東商人溝通。由於中外貿易差額很大，外商開始販賣鴉片。清政府禁止販賣鴉片，引發鴉片戰爭，許多外商逃離廣州，前往澳門避難。

目前可以在英國牛津大學找到 *The 'Fan Kwae' at Canton Before Treaty Days 1825-1844* 的 1882 年電子版，書店中也能買到中文翻譯本《廣州番鬼錄》（1993 年）和《阿兜仔在廣州》（2006 年）。這本書有助於瞭解 19 世紀末廣州的商業情況及外國人視角下鴉片戰爭的成因。

二、中外商人的交往方式

中國商人很擅長與外商打交道，威廉．亨特曾到訪中國大商家的豪宅，描述其佈置如同王宮一般，廚師烹製的中國美食更是色香味俱全。宴會結束後，主人還會讓僕人打燈籠送外國商人返回「十三行」。

三、貿易用語

作者記載，當時清朝委任了四五名中國人在廣州擔任翻譯，但他們的英文不標準，且無人能閱讀英文，實際上對外商幫助不大，因此外商只好用「廣東番話」（Pidgin）與中國人溝通。其中 Chop 與 Chow-chow 最為常用：

❶ Pigeon

Pigeon 來自英語「business」，是中外商人談生意時使用的一種混合語。早期廣東有中葡混合語，19 世紀出現中英混合語。我們在前面《紅毛番話貿易須知》的相關文章裏就介紹過一些用漢字作注音的廣東番話，如「one = 溫」、「four = 科」。

☞【Pigeon 跟鴿子沒關係，現在這種混合語多寫為 Pidgin。】

❷ Chop

Chop 是廣州人創造的多用途商業詞。「chop」可以用來指店主的賬單，也可以用來指給官員的報告；「chop boat」指「貨船」；「一等 chop」指「最好的貨」，「第十 chop」指「最差的貨」；「第一 chop 人」指「好人」；叫人「立即去」便說「chop chop 去」。

❸ Chow-chow

Chow-chow 也是廣州人創造的一個多用途商業詞。「chow-chow」指食物、事情的混合，可理解為「集錦」。有些情況下還有完全相反的意思。如「第一號 chow-chow」在形容東西時表示「毫無價值」，但是在形容食物時意思卻是「非常美味」；船上「chow-chow 的貨物」指「雜貨」。

❹ 其他混合語

除了 chop 和 chow-chow，作者還介紹了一些廣東番話的例子及其來源，例如：

	廣東番話	意思	來源
1.	colo	冷	cold（英）
2.	olo flen	老友	old friend（英）

	廣東番話	意思	來源
3.	quick	水銀	quicksilver（英）
4.	pa-te-le	神父	padre（葡）
5.	joss	神	Deös（葡）
6.	kāārle	咖喱	curry（印）

四、中外貿易規則

中外貿易歷史悠久，有資料顯示，明朝政府雖然禁止與葡萄牙貿易，但許多中葡商人在廣東江門走私。清末，葡萄牙人等歐洲商人開始在澳門進行貿易，澳門成為了中外貿易中心。19 世紀，英國、荷蘭、西班牙、美國商人也相繼來到廣州經商貿易。1757 年，清政府規定廣州為唯一外貿港口，負責收關稅及管理外國人，並製定了多項規則。我們從以下三方面進行說明：

❶ 外國商船

在廣東的伶仃島卸下鴉片，裝白米入黃浦，裝茶葉回程。附近黃埔島居民多數從事與外國船運相關的工作。珠江河上的船隻通常往來於中國南北及東南亞。中外商船的海上航道有明確分隔。

❷《民夷交易章程》規定

1809 年嘉慶頒佈《民夷交易章程》，內容可歸納為以下幾項：

- 外國人在貿易季節僅可在「十三行」居留及活動；
- 外國非貿易季節不得在廣州逗留，需要住在澳門；
- 外國商人的家屬僅可在澳門居留及活動。

❸「十三行」

在「十三行」的外商來自丹麥、西班牙、法國、瑞典、英國、美國、荷蘭等國。貿易中涉及的人員包括中國商人、辦事員、醫生、行商（外商擔保人）、通事（協助外商辦理一切日常事務）、買辦（負責商館一切大小事務）、看銀師（外商擔保人）、孖毡（商人）、搬運夫、挑水夫、苦力、僕人、煮飯、中文老師、翻譯等。

五、時局情況

從前中國自恃地大物博，不重視外交，鄰近國家若想與中國貿易，需行「進貢」之禮。清朝時期，政府意識到中外貿易能帶來巨大的經濟效益，還可購入外國商品。但由於貿易差額，最後爆發中外戰爭。

❶ 貿易差額

本書第十三章記載，外商大量買入中國的茶葉和絲綢，而中國進口外國商品則較少，導致巨大貿易差額，外商因此開始販賣鴉片給中國。起初清政府未加干涉，後來因為鴉片嚴重危害到中國人的健康，皇帝下令中國人販賣鴉片者斬頭，但因為沒有下令懲罰販賣鴉片的外國商人，鴉片貿易如常進行。

隨後，清政府在「十三行」美國商館前處死一名中國毒販，逐步採取措施打擊外國鴉片商人，如沒收外國船上的鴉片，嚴禁外商販賣鴉片，發現外國商館藏匿鴉片即沒收。許多外商都因害怕惹上麻煩，逃至澳門。

❷ 中外戰爭

英國不滿中國禁止販賣鴉片，且看到中國勢力薄弱，先提出抗議，最終引發鴉片戰爭。中國戰敗後簽定《南京條約》，清政府被迫割讓香港島，開放廣州、廈門、福州、寧波、上海五處口岸通商。其他國家見狀紛紛效仿英國，中國戰敗後先後簽定《中美望廈條約》、《馬關條約》、《辛丑條約》等不平等條約。這些條約使中國很多知識分子意識到，只有船堅炮利才能保護國家，抵禦外侵。

38

《英粵商業雜話》——20 世紀初中級商用廣東話教材

Commercial Conversations in Cantonese and English

COMMERCIAL CONVERSATIONS
IN
CANTONESE AND ENGLISH

BY REVEREND H. R. WELLS, O.B.E.
LONDON MISSION,
HONG KONG.

PRINTED BY
KAE SHEAN PRINTING CO.,
59, QUEEN'S ROAD C.
HONG KONG
1931.

出版年份：1931 年。

作者：威禮士（Herbert Richmond Wells，1863-1950 年），英國倫敦傳道會（London Missionary Society）駐港牧師，曾任香港皇仁書院漢文主任；香港大學舍監、考試委員、廣東話課程主任。退休後任新界農業會主席。曾出版 *Cantonese for everyone*（《英粵通語》）、《訂正粵音指南》、*Commercial conversations in Cantonese and English*（《英粵商業雜話》）、*An English-Cantonese Dictionary*。

本文採用 1931 年版。本書是香港大學廣東話課程教授外國人中級商用廣東話的教材。首頁註明：Commercial Conversations in Cantonese and English. By Reverend H. R. Wells. Printed by Kae Shean Printing Co. Hong Kong. 1931. 全書共有 12 課，課文以對話為主：1. 香港貨價高；2. 一儎貨到港；3. 呂宋商在港；4. 貿易共獲利；5. 銀價奇世界；6. 買賣公司；7. 運貨艱難；8. 代理尋屋；9. 旅行赤柱；10. 騙棍吞煙；11. 商業；12. 倡設公司。其中第十二課「倡設公司」內容較為詳細，細分為 16 次會議，對話內容實用，外國人學習後即可派上用場。全部課文均有英文、廣東話拼音、漢字對照。

一、文獻價值

香港因地理位置優越，可停泊巨型輪船，逐漸成為中外貿易轉運站，並發展為國際城市，吸引了眾多外國商人前來投資。

本書專為計劃在香港做生意的外國人編寫。通讀 12 課內容先讓學生瞭解香港商業情況，然後通過一些實用的例子教導學生怎樣做生意。又特別提醒學生中外在貨幣、曆法等方面的差異。

我們在香港大學查閱到 *Commercial Conversations in Cantonese and English*（《英粵商業雜話》）1931 年電子版。收錄這本教材，是因為它記錄了 20 世紀初香港的商業及社會狀況，為研究不同年代中國商業發展和社會情況提供了資料。

CONTENTS

Commercial Conversations in Cantonese

二、中國對外貿易「睇真啲」

據本書記載，20 世紀初中國出口最多的商品是茶葉。當時中英貿易正常，與澳洲（以前稱「新金山」）交易最多的是羊毛，中日貿易規模較小。

根據智研諮詢資料中心統計，2024 年中國商品出口排行榜前十名的國家是：美國、越南、日本、韓國、印度、俄羅斯、德國、馬來西亞、荷蘭、墨西哥。

三、香港貿易情況

本書記錄了 20 世紀 30 年代香港的商業情況：

❶ 香港貨價高

20 世紀 30 年代，中國商人「以銀為本」做生意，無需關注金價。外國商人通常按金價買入，按銀價賣出。金價和銀價的波動會影響盈虧。以下是第一課《香

Commercial Conversations in Cantonese

No. 1 High Prices in Hong Kong

1. Lately in Hong Kong all kinds of goods have risen in price.
2. Why have they been raised so high? (much).
3. Our company does five million taels of business a year, the price of gold being so high, we have had great losses.
4. What is the effect of the value of gold and silver (on you)?
5. It has very great effect on our business.
6. In what way does it affect it?
7. Because we buy in gold currency and sell in silver.
8. Well, that is very common, most firms deal in that way.
9. Yes, but they generally fix the rate of exchange between gold and silver.
10. Yes, but, as a rule, the rate is fairly fixed, this time it is not fixed.
11. I really do not understand what you are talking about, we Chinese do not feel any effect (in the matter).
12. That is true, but you Chinese in business do not count much on the value of gold, and appear to regard silver as the basis of currency.
13. Why do you not do that?
14. Well, really an English sovereign is reckoned (divided into) as 20 shillings, for a number of years lately the Hong Kong dollar has been regarded as about 2 shillings and in dealing with the Banks we have an arrangement so that we do not gain or lose much, we generally reckon so that we make, and do not lose, and fix a rate of exchange with the Bank.
15. Well, why have you changed in this matter this time.
16. You do business in Hong Kong, and yet do you not know the importance of rates of exchange?
17. Well, explain more to me, so that I may understand the case.
18. The price of silver has constantly been fairly fixed,

— 1 —

Commercial Conversations in Cantonese

No. 1 High prices in Hong Kong

1. Heung^1 kong^2 kan$_3$ kam^1 kok$_3$ hong$_3$ foh^3 mat$_4$ taai$_3$ hei^2 ka^3.
2. Tim^2 kaai^2 ooi$_2$ hei^2 kom^3 ko^1 ka^3 ni^1?
3. Ngoh$_2$ tei$_2$ poon^2 hong$_1$ mooi$_2$ nin$_1$ yau$_2$ ng$_2$ paak$_3$ maan$_3$ ngan$_1$ shaang^1 i^3, kam^1 ka^3 kom^3 ko^1, ngoh$_2$ tei$_3$ taai$_3$ shit$_4$ poon^2.
4. Kam^1 ka^3 kung$_3$ ngan$_1$ ka^3 yau$_2$ mat^4 kwaan^1 hai$_3$.
5. Ngoh$_2$ tei$_3$ ke^3 shaang^1 i^3 taai$_3$ yau$_2$ kwaan^1 hai$_3$.
6. Tim^2 *yeung$_3$ kwaan^1 hai$_3$ faat$_3$ ni^1?
7. Yan^1 wai$_3$ ngoh$_2$ tei$_3$ chiu^3 kam^1 ka^3 maai$_2$, chiu^3 ngan$_1$ ka^3 maai$_3$.
8. Kom^3 hai$_3$ ho^2 p'ing$_1$ sheung$_1$ la^1, toh^1 sho^3 hong$_1$ ka^1 to^1 hai$_3$ kom^2.
9. Hai$_3$ a^1, Taan$_3$ hai$_3$ nei$_2$ mooi$_2$ mooi$_2$ ting$_3$ kam^1 ka^3 ngan$_1$ ka^3 ke^3 ooi$_3$ shui^2.
10. Hai$_3$, taan$_3$ hai$_3$ p'ing$_1$ sheung$_1$ k'ui$_2$ leung$_2$ koh^3 ka^3, ho^2 t'sz^2 kei^2 ting$_3$, ni^1 yat^1 t'ong^3 m$_1$ hai$_3$.
11. Ngoh$_2$ chan^1 m$_1$ ming$_1$ paak$_4$ nei$_2$ kong^2 koh^3 ti^1 ye$_2$, ngoh$_2$ tei$_3$ t'ong$_1$ yan$_1$ m$_1$ kok$_6$ tak^4 tim^2 kwaan^1 hai$_3$ a^1!
12. Mo$_2$ ts'oh^3 taan$_3$ nei$_2$ tei$_3$ t'ong$_1$ yan$_1$ ke^3 shaang^1 i^3, m$_1$ toh^1 lei$_2$ kam^1 ka^3, ho^2 toh^1 t'ong^3 ngan$_1$ wai$_1$ poon^2 *wai$_3$.
13. Tim^2 kaai^2 nei$_2$ m$_1$ hai$_3$ kom^2 *yeung$_3$ ni^1?
14. Kom^3 ke^2, poon^2 loi$_1$ yat^4 koh^3 ying^1 kam^1, fan^1 wai$_1$ i$_3$ shap$_4$ koh^3 sz^1 ling^2, yau$_2$ ho^2 toh^1 nin$_1$, tsau$_3$ heung^1 kong^2 ngan$_1$ tong^3 wai$_1$ leung$_2$ koh^3 sz^1 ling^2 tsoh^2 *yau$_3$, ngoh$_2$ tei$_3$ t'ung$_1$ ngan$_1$ hong$_1$ kaau^1 yik$_4$, to^1 yau$_2$ koh^3 p'o^2, waak$_4$ chaan$_3$ waak$_4$ shit$_4$, shoh^2 chang^1 yau$_2$ haan$_3$ a^1, ngoh$_2$ tei$_3$ mooi$_2$ mooi$_2$ ta^2 suen^3 yau$_2$ chaan$_3$ mo$_2$ shit$_4$, t'ung$_1$ ngan$_1$ hong$_1$ ting$_3$ yat^4 koh^3 ngan$_1$ shui^2 ke^3 cheung^1 ch'ing$_1$.
15. Kom^2, tso$_3$ mat^4 ni^1 chan$_3$ shi$_1$ m$_1$ hai$_3$ chiu^3 kau$_3$ ni^1?

— 51 —

(一)

No. 1 香港貨價高

1 香港近今各項貨物大起價、
2 點解噲起咁高價呢、
3 我哋本行每年有五百萬両銀生意、金價咁高、我地大賠本、
4 金價共銀價有乜關係、
5 我哋嘅生意大有關係、
6 點樣關係法呢、
7 因爲我哋照金價買、照銀價賣、
8 噉係好平常喇、多數行家都係噉、
9 係吖、但係你每每定金價銀價嘅滙水、
10 係、但係平常佢兩个價、好似幾定、呢一躺唔係、
11 我真唔明白你講个的野、我哋唐人唔覺得點關係吖、
12 冇錯、但你哋唐人嘅生意、唔多理金價、好似當銀爲本位、
13 點解你唔係噉樣呢、
14 噉嘅、本來一个大英金、分爲二十个司令、先幾年有好多年、就香港銀當爲兩个司令左右、我哋同銀行交易、都有个譜、或賺或賠、所爭有限吖、我哋每每打算至到有賺冇賠、同銀行定一个銀水嘅章程、
15 噉、做乜呢陣時唔係照舊呢、
16 你喺香港做生意、都唔知到銀水嘅關係咩、
17 噉你解多的我聽、等我明白喇、
18 不歇銀價幾定、但銀價忽然間跌、噉我哋同人定一萬

港貨價高》的對話：

◉ 問：點解噲起咁高價呢？

答：我哋本行…… 大蝕本。因為我哋照金價買、照銀價賣。

1931 年與 2025 年有些用詞差異，例如：

1931 年	近今	起咁高價	我哋本行	大蝕本
2025 年	呢排	貴咗咁多	我哋公司	蝕大本

❷ 香港運輸業

20 世紀初，香港的運輸業已經發展得很好。貨船到達香港前兩天，代理人會先收到船頭公司的「儎紙」和「船頭紙」。如果船頭倉期未滿，代理人提貨不必交倉租。如果貨物有損毀，需交給驗貨員跟進，要求賠償。客人收到通知就可以取貨。第二課《一儎貨到港》主題是一個運輸業人士分享他的經驗，部分重點節錄如下：

◉ 火船未埋頭之先兩日、我已經收到船頭公司嘅船頭紙。

◉ 喺九龍貨倉收到成套船紙、連埋儎貨單及貨單。

◉ 我見有幾件貨壞爛、啲要請一位驗貨員、同我驗貨至得。

以上有些詞句與 2025 年不同，「儎貨」現在會說成「運送嘅貨」，「火船」現在會說成「隻船」，「壞爛」現在會說成「（整）爛咗」。

❸ 中國人習慣使用農曆

儘管中國政府規定使用陽曆，但華人仍習慣使用陰曆做生意，外國人與華人做生意時也要使用陰曆。銀行採用陽曆，所以律師會建議與銀行交易時最好使用陽曆。第十二課《倡設公司》第七次會議「解釋節畧定陰陽曆」討論了做生意使用陰曆還是陽曆的問題，節錄如下：

◉ 本公司多數共華人交易。華人做生意係照陰曆嘅多。雖然中國政府定例要用陽曆，但的平民重未曾遵依啲辦法……同西人交易往往要驚動銀行。銀行的賬目大多數用陽曆，而且陽曆日子比較係有定嘅。我提倡陽曆……啲有邊位和議呢……

現在廣東人都已經習慣使用陽曆，僅在一些傳統節日（如春節）、二十四節氣（如冬至）、擇日（如結婚）等特殊時間與場合使用農曆。

四、廣東話詞彙及語法特點

❶ 外來詞

本書出現的一些老派廣東話外來詞跟現在有些不同，例如：

	英文	《英粵商業雜話》1931 年	現代廣東話 2025 年
1.	Life insurance	人壽燕梳	人壽保險
2.	Cement	紅毛泥 / 英泥	紅毛泥 / 水泥

「燕梳」是 insurance 的音譯詞，現在老一輩偶而還使用。書中「燕梳」和「保險」都有使用，但「燕梳」使用得更多。「紅毛泥 / 英泥」是意譯詞，「英泥」現在已較少使用。

❷ 完成體標記

本書中一些完成體標記跟現在不同，例如：

	《英粵商業雜話》1931 年	現代廣東話 2025 年
1.	過嘵幾日	過咗幾日
2.	病咽一場	病咗一場

「嘵」是 19 世紀的常用完成體標記，用在動詞後表示動作完成，書面語是「了」。後來另一個標記「咽」漸漸代替「嘵」，「咽」現在寫成「咗」。

五、拼音系統

❶ 九個聲調

本書的中文例子均有拼音，方便學生學習發音，但是沒有解釋拼音系統。作者另一本著作 *Cantonese for Everyone*（《英粵通語》，1931 年）清楚地介紹了當時的拼音系統。將聲調「平、上、去、入」分別標為 1、2、3、4，數字標在拼音音節右上角的是高音階，標在右下角的是低音階，右下角標 0 表示「中入」。

	上平	上上	上去	上入	中入	下平	下上	下去	下入
1.	因 yan^1	忍 yan^2	印 yan^3	一 yat^4	□ yat_0	人 yan_1	引 yan_2	刃 yan_3	日 yat_4
2.	邊 pin^1	貶 pin^2	變 pin^3	必 pit^4	鼈 pit_0	□ pin_1	□ pin_2	便 pin_3	別 pit_4

☞【「必」、「鼈（鱉）」、「別」分別屬於上入、中入、下入。廣東話中同一個音節很少有三個不同音高的發音。表中的拼音均為本書所採用的拼音系統。】

我們來看看第一課對話中的拼音標注：

中國人問：

英文	Lately in Hong Kong all kinds of goods have risen in price. Why have they been raised so high?
拼音	Heung^{1} kong^{2} kan$_{3}$ kam^{1} kok$_{0}$ hong$_{3}$ foh^{3} mat$_{4}$ taai$_{3}$ hei^{2} ka^{3}. Tim^{2} kaai^{2} ooi$_{2}$ hei^{2} kom^{3} ko^{1} ka^{3} ni^{1}?
廣東話	香港近今各項貨物大起價。點解噲起咁高價呢？

外國人答：

英文	We our company ... have had great losses. ... Because we buy in gold currency and sell in silver.
拼音	Ngoh$_{2}$ tei$_{3}$ poon^{2} hong$_{1}$... taai$_{3}$ shit$_{4}$ poon^{2}. ... Yan^{1} wai$_{3}$ ngoh$_{2}$ tei$_{3}$ chiu^{3} kam^{1} ka^{3} maai$_{2}$, chiu^{3} ngan$_{1}$ ka^{3} maai$_{3}$.
廣東話	我哋本行……大蝕本。因為我哋照金價買、照銀價賣。

本書的拼音有以下幾個特點：

1）用英語清音字母 ch、k、t、p 來表示不送氣音，送氣音加「‘」，即 ch‘、k‘、t‘、p‘。

2）採用英式拼法，如「我」ngoh 的 oh、「本」poon 的 oo，用「粵拼」則為 ngo、bun。

3）「咁」的發音 kom^{3} 保留了 19 世紀廣東話韻母 om，後被現代韻母 am 取代，因而「咁」的發音變為 gam^{3}。

❷「發圈法」標聲調

本書拼音多用數字標示聲調，但值得留意的是，課文的漢字有時採用「發圈法」標示聲調，例如第十七頁課文：

你 估 花 旗 的 錢 喺 邊 處 嚟 嗎

39

《親就耶穌》——19 世紀第二代來華傳教士編譯的基督教讀物

出版年份：1865 年。

翻譯者：花波（Mary French，生卒年不詳），美國長老會（Presbyterian Church in the United States of America）駐華女傳教士，在香港及廣州長大，能說流利的廣東話。1851 年嫁給美國長老會駐華傳教士花蓮治（Rev. J.B. French）牧師，婚後在教會開辦學校教導婦孺。1858 年花波一家返回美國，丈夫病逝於船上。1864 年重返廣東傳教，成為首位能說地道廣東話的女傳教士。曾將 *Come to Jesus* 翻譯成廣東話版《親就耶穌》，將 *Bible History for the Least and the Lowest* 翻譯成《述史淺譯》。

本文採用 1865 年版。封面註明：1. 親就耶穌；本年耶穌降世一千八百六十五年；2. 1865；同治四年；3. 凡勞苦任重者歟就我則我賜爾安。全書共有 84 頁。內容可歸納為序言、信仰耶穌的原因、信仰耶穌的好處、介紹耶穌、如何信仰耶穌，最後以一首詩歌結束。本書採用廣東話口語詞書寫，便於婦孺理解學習。

一、文獻價值

> 親就耶穌
> 我所愛嘅朋友呀。我想講親就耶穌嘅事嚟話過你知，請你留心睇吓呢幾節書就係好易曉得親就耶穌嘅意思咯。親就耶穌一句說話真正係出奇嘅。真正係慈悲嘅。真正係緊要嘅。而今我寫呢部細小嘅書。盡心明白勸你至緊親就耶穌。
> 親就耶穌。即係嚟到耶穌嗻嗷解。耶穌喺世上個陣時。好多有病嘅人。嚟到耶穌嗻等耶穌醫

19 世紀起，基督教傳教士開始到廣東傳教。翻譯者花波是第二代傳教士。她的父親 Rev. Dyer Ball 於 1843 年被美國公理教會派往香港傳教。花波自幼在香港和廣州生活，能說地道的廣東話，是首位能說地道廣東話的女傳教士。她將 *Come to Jesus* 翻譯成廣東話版《親就耶穌》（1865 年）。

因為讀者是文化水平較低的婦孺，翻譯者以友善的方式開篇，並使用廣東話書寫傳教內容，重點包括信仰耶穌的原因、好處、耶穌的介紹及信仰耶穌的方法。本書的特色包括直接表達情感、運用比喻手法、借用中國佛教用語、借用天主教用語、使用廣東話口語字。

目前可在日本東北大學圖書館查閱《親就耶穌》（1865 年），通過閱讀可瞭解基督教教義，也能看出一位在廣州長大的美國人對中國語言和文化的熟悉程度。

二、《親就耶穌》「睇真啲」

封面上用文言文註明「凡勞苦任重者歟就我則我賜爾安」，現代白話文聖經翻譯成：凡是勞苦擔重擔的人，到我（耶穌）這裏來，我就賜你平安。《親就耶穌》的「親就」，我們認為是「親近」的意思。

為了讓婦孺容易理解，花波用廣東話解釋了「親就耶穌」的含義：

◉ 親就耶穌即係嚟到耶穌嗻嗷解。……而今耶穌唔喺嗻。係喺天堂嗻……聽聞你求佢嘅說話。好似佢喺嗻一樣。故此搣心求耶穌。倚賴耶穌。噉就係親就耶穌一樣。

以上可以看到 19 世紀的廣東話有些詞語跟現代不同，如「親就」現在會說成「親近」，「而今」現在會說成「而家」，「搣」現在會說成「用」。「嗻」是「處」的讀音簡化，現在會說成「度」。「嗻」是處所詞，現代廣東話有時可以省略，如

「喺天堂嘸」可以說成「喺天堂」。花波以「我所愛嘅朋友呀」開篇，與讀者親切地打招呼；使用廣東話書寫來傳教，內容可歸納為以下四個方面：

- 信耶穌的原因：◉ 為乜事要親就耶穌、因為你係罪人要嚟拯救你
- 信耶穌的好處：◉ 親就耶穌等你入得天堂
- 介紹耶穌：◉ 耶穌係獨一仁愛救主
- 怎樣信耶穌：◉ 依賴祈禱、依賴信德嚟親就耶穌

最後以一首詩歌作結，採用白話文編譯。詩歌最後四句節錄如下：

◉ 未曾更新不識你恩　凡有阻礙移去無存
今則屬你歸你至尊　救主耶穌我來我來

三、《親就耶穌》的翻譯特色

花波在翻譯時運用了以下幾個技巧：

❶ 直接表達情感

作為外國人，翻譯者表達情感更為直接，不僅人與人之間用「愛」，神對人也會用「愛」。中國的宗教中鮮有人聽聞「菩薩愛你」，但基督教強調「神愛世人」和「人應該愛神」。這本宗教讀物共使用了41個「愛」字，例如：

◉ 我所愛嘅朋友呀…… 神愛世人…… 佢打發至愛嘅仔耶穌…… 佢好愛你…… 愛仇敵。

❷ 運用比喻手法

基督教教義對中國人來說比較陌生，比喻的運用有助於讀者理解，例如：

◉ 我哋人信主耶穌基督就得救。個信嘅意思，即係冇的思疑肯倚賴噉解。比如一個人肚餓，俾的野佢食，話呢一碗飯你食喇。或者個陣係夜晚。好黑唔睇見，都信佢說話，揸嚟食。噉就係真信咯。

❸ 借用中國佛教用語

早期來華傳教士常借用中國人熟悉的佛教用語闡釋基督教教義，花波編譯《親就耶穌》時借用了一些中國人熟悉的佛教用語，如「慈悲」、「天堂」、「地獄」：

	中文釋義（佛門網／國語辭典）	1865 年《親就耶穌》
慈悲	「慈悲」本是佛教用詞。慈，梵文為 maitrī，又稱「與樂」，意為慈愛眾生並給予快樂。悲，梵文為 karuṇā，又稱「拔苦」，意為憐憫眾生並拔除其苦。	我哋應該記得耶穌係慈悲嘅人。
天堂	「天堂」謂人死後所投生的快樂世界。《妙法蓮華經玄義．卷一上》:「心能地獄，心能天堂。」	耶穌喺天堂落嚟為乜事呢。
地獄	在佛教中「地獄」屬於六（五）道之一，有八大地獄。它是造惡者投生的場所，投生此處的眾生，將受到種種極端的折磨。	聖書話惡人是必落地獄。

❹ 借用天主教用語

部分現在常見的宗教用語早在 16 至 17 世紀時就已經存在。這些用語源自天主教神父的翻譯。19 世紀基督教傳教士翻譯基督教刊物時也借用這些天主教詞彙，花波在翻譯《親就耶穌》時借用了「耶穌」、「福音」、「十字架」等詞：

英文	《親就耶穌》1865 年	天主教讀物
Jesus	耶穌	羅明堅《天主聖教實錄》（1584 年）
The Cross	十字架	利瑪竇《上大明皇帝貢獻土物奏》（1601 年）
Gospel	福音	艾儒略《天主降生言行紀略》（1635 年）

❺ 借用廣東話口語字

為了方便婦孺理解，花波使用廣東話口語字進行翻譯，如含「乜」（甚麼）的雙音節詞：

	《親就耶穌》廣東話口語字	中文書面語
1.	做乜	為甚麼
2.	容乜易	非常容易
3.	冇乜問題	沒有甚麼問題

40

《舊約創世記》——19世紀第一本廣東話漢字版舊約聖經

GENESIS. CANTON DIALECT.

耶穌一千八百七十三年

舊約創世記

同治十二年

香港中華印務總局活字板

出版年份：清朝同治十二年（1873 年）。

翻譯者：俾士（George Piercy，1829–1913 年），英國傳教士。得到英國倫敦循道衛理會（London Methodist Church）認可，1851 年自費到香港傳教，受理雅各（James Legge）教導，能說流利的廣東話。1852 年被倫敦循道衛理會任命為牧師，除傳教外，還積極翻譯聖經和宗教讀物，成為香港中華循道衛理會之父。

本文採用 1873 年版。首頁標明：1. 舊約創世記；2. 耶穌一千八百七十三年；3. 同治十二年；4. 香港中華印務總局活字板。全書有 60 頁，50 章，無標題。內容可歸為三部分：1. 上帝創造天地萬物；2. 人類犯罪；3. 上帝揀選以色列民族作為子民。採用廣東話口語翻譯。God 一詞有「神」、「上帝」兩種譯法，因此聖經分為「神版」和「上帝」版。1873 年出版的此版本為「上帝」版。

一、文獻價值

西歐宗教改革運動後，傳教士意識到人們以母語閱讀聖經才能真正認識上帝。19 世紀傳教士馬禮遜來到廣東，以文言文翻譯聖經，但因平民受教育程度有限，難以理解文言文，導致普及困難。於是各地傳教士開始採用當地方言翻譯聖經。

新約聖經全部有 27 卷書，俾士除翻譯 25 卷書之外，還翻譯了舊約聖經的《創世記》。他之所以選擇翻譯《創世記》，是因為這是舊約的第一卷書，意義重大。

目前可在日本東北大學查閱 1873 年版《創世記》。這是我們所見的首本廣東話漢字版舊約聖經，可以幫助廣東人瞭解基督教的創世觀及西方文化背後的價值觀，為研究 19 世紀廣東話語言特色、中西文化交流提供重要資料，亦為後世聖經翻譯提供參考。

二、多種方言傳教

俾士學習廣東話進展迅速，在香港島使用廣東話傳教十分順利，但過海到九龍後，卻面臨溝通障礙，因為當時在九龍居住的多數是客家人。

早期移民到香港的除了廣東人，還有客家人、福建人、潮州人等。因此，當時不同教會根據傳教對象所屬的方言群體，優先學習相應的方言。例如，德國巴色教會向客家人傳教，因而學習客家話；中華基督教會以廣東人為傳教對象，因而學習廣東話；美北浸信會向潮州人傳教，故而學習潮州話。這體現了當時香港多種方言的傳教特點。

三、《舊約創世記》的翻譯特色

俾士翻譯時採用廣東話，便於本地人理解，如第三章第七節：

◉ 佢兩人嘅眼，即時就明，覺得自己係赤身，就摵蕉葉嚟做裙。

例句中的「蕉葉」對應的原文是「fig leaves」。在 1822–1872 年的中文聖經譯本中，該詞有「無花果葉」和「蕉葉」兩種譯法。俾士將其譯成「蕉葉」，是為了讓廣東人更容易理解，用中國人熟悉的水果取代了原文詞彙。

四、《舊約創世記》的內容

創世記

第一章 上古之時、上帝創造天地、地係空虛蒙混、淵上黑暗、上帝嘅神、運行水面、上帝
話、應該有光、噉就有光、上帝見光係好、就分開光暗、上帝叫個的光爲晝、叫個的暗爲
夜、有晚有朝、係第一日〇上帝話、水中應有穹蒼、嚟分開上下嘅水、就作出穹蒼、令穹
蒼以上共穹蒼以下嘅水、伶俐分開、於是就照噉樣、上帝叫穹蒼爲天、有晚有朝、係第
二日〇上帝話、天下嘅水、應該聚埋一處、等個乾土現出、於是就照噉樣、上帝叫乾土
爲地、叫水聚之處爲海、上帝見噉係好、上帝話、地要生出的結子嘅青草蔬菜樹生果、
果包核、各樣依番種類、於是就照噉樣、地就生出的結子嘅青草蔬菜樹生果、果包核、
各樣依番種類、上帝見噉係好、有晚有朝、係第三日〇上帝話、天上應有衆光、等分開
晝夜、嚟定四時年日嘅記號、與及由天上照住地面、於是就照噉樣、上帝作出兩個大
光、大嘅管理晝、細嘅管理夜、又作出衆星、上帝將個三光擺在天上、嚟照住地面、等佢
又管理晝夜、分開光暗、上帝見噉係好、有晚有朝、係第四日〇上帝又話、水要生出各
樣生物、又要地上有雀鳥飛在空中、噉就造出大魚共水中所生嘅各樣生物、與及雀

舊約全書 創世記第一章 一

聖經分舊約和新約兩部分。舊約共有 39 卷，從第一卷《創世記》介紹上帝創造天地萬物，到最後一卷《馬拉基書》記錄以色列人犯罪、先知馬拉基號召人民悔改。

我們將《舊約創世記》內容歸納為以下三部分：

❶ 上帝創造天地萬物

◉ 第一章第一節

上古之時，上帝創造天地。

❷ 人類犯罪

◉ 第三章第十七節

對亞當話，你既聽妻子嘅話，食嘵我所禁個禽樹嘅果，地要因你受咒詛，你必定一生辛苦，由佢得食。

❸ 上帝揀選以色列民族作為子民

◉ 第三十二章二十八節

你唔好重叫做雅各，必要改名為以色列，因為你共上帝及人較力都得勝呀。

五、聖經翻譯「睇真啲」

19 世紀傳教士以文言文和方言並行翻譯聖經：

❶ 文言文版

由於當時中國正式的書面語是文言文，所以傳教士先後翻譯了《馬殊曼譯本》（1822 年）、《神天聖書》（1823 年）、《委辦譯本聖經》（1858 年）、《裨治文譯本》（新約 1859 年、舊約 1862 年）。

❷ 方言版

由於許多方言區的平民看不懂文言文，各地紛紛採用當地方言翻譯聖經。以廣東話個人出版的聖經為例：

丕思業（C. F. Preston）翻譯的廣東話聖經包括：《約翰傳福音書》（1862 年）和《馬太傳福音書》（1862 年）、《新約聖經（聯合版）》（1871–1873 年）。

俾士翻譯的廣東話聖經包括：《馬可福音》（1872 年）、《舊約創世記》（1873 年）等。

可見，傳教士都是先翻譯新約聖經，因為基督教的核心人物耶穌在新約中才出現。

方言聖經除了「漢字版」外，還有「拼音版」。部分傳教士認為，「拼音」比「漢字」更容易學習，例如：寧波拼音版《路加福音》（1852 年）出版後，其他地區紛紛效仿。在廣東，傳教士於 1867 年出版了第一本廣東話拼音版聖經《路加傳福音書本地俗話》。但由於廣東民間習慣閱讀「木魚書」和話本，因此「漢字版」更受歡迎。

六、廣東話古詞「搣」、「倒」、「喺」

1.「搣」是 19 世紀廣東話口語常用詞，現代已經被「用」或「將」替代。例如：

◉ 耶和華上帝搣泥塵造人（「搣」的意思是「用」）

我心搣呢笪地賜過你後裔（「搣」的意思是「將」）

2.「倒」和「喺」均為 19 世紀的介詞，用來引介處所，在句子中所處的位置有所不同。「倒」一般用在動詞後，「喺」一般連同其引介的名詞，用在動詞之前，例如：

◉ 我又夢見日月兼十一粒星、都跪倒處拜我。

◉ 佢喺田間迷失路。

「跪倒處」，現代會說成「跪喺度」，「倒」已經消失，用「喺」來代替。「處」仍然使用，但是用「度」比較多。

41

《聖會錄要》——19 世紀廣東話版主禱文、使徒信經、十誡

出版年份：1874 年。

翻譯者：赫清臣（A. B. Hutchinson，1841–1918 年），英國傳教士。1870 年開始在香港傳道，1881 年出任聖士提反教堂牧師，1882 年到日本長崎傳教，1908 年擔任副主教。譯有《聖日禱文》、《聖會禱文》、《聖會錄要》等。

本文採用 1874 年版。首頁註明：1. 聖會錄要；2. 耶穌降世一千八百七十四年；3. 中華印務總局印刷。全書共六頁，分三部分。1. 主禱文：耶穌基督教門徒怎樣禱告；2. 使徒信經：幫助信徒明確純正基督教信仰的規範邊界；3. 十條聖誡：幫助信徒瞭解行為準則。

一、文獻價值

19 世紀香港大多數基督教初信者的宗教知識基礎薄弱，且入教後不清楚如何禱告，也不清楚教會規定的行為準則。翻譯者赫清臣將《聖會錄要》譯成了廣東話，幫助初信者學習禱告儀式與行為規範。

目前找到的版本是英國牛津大學 1874 年電子版，這是我們所見的第一本用廣東話教導信徒學習基督教行為規範的小冊子。

這本書的貢獻在於幫助信徒成長。直至今日，香港部分教會仍然沿襲傳統，在星期日禮拜時集體背誦「主禱文」和「使徒信經」。主日學或者講道時，牧師也會用廣東話版「十誡」教導信徒。即便不是信徒，也可以參考這些規條修養品德。

二、主禱文

新約《路加福音》第十一章第二至四節及《馬太福音》第六章第九至十三節均記錄了耶穌教導門徒禱告的內容，後人稱之為「主禱文」。《聖會錄要》採用《馬太福音》中的主禱文，譯成廣東話版：

◉ 主禱文

我父在天，願父名聖，願父國降臨，願父旨意得成在地好似在天，求父將需用嘅糧，今日賜我，求父免我過犯，好似人犯我，我免佢一樣，又求父勿俾我入誘惑，拯救我脫離凶惡，因國權榮，皆父所有，永遠無盡，亞們。

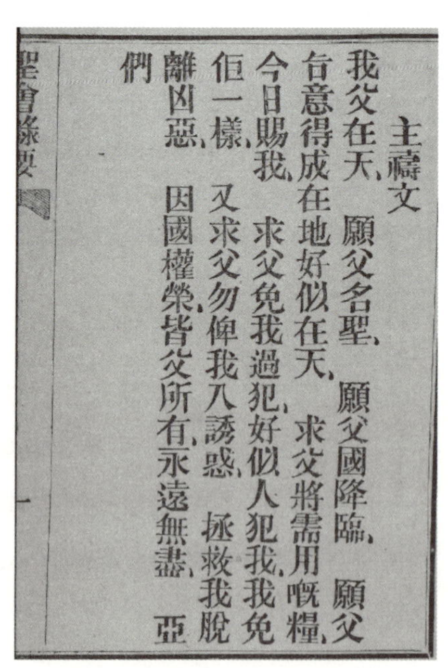
主禱文

我父在天、願父名聖、願父國降臨、願父旨意得成在地好似在天、求父將需用嘅糧、今日賜我、求父免我過犯、好似人犯我、我免佢一樣、又求父勿俾我入誘惑、拯救我脫離凶惡、因國權榮皆父所有、永遠無盡、亞們

聖會錄要 一

譯文以白話文為主，夾雜少量廣東話口語詞，如「好似」（好像）、「嘅」（的）、「日」（天）、「佢」（他）。白話文的使用便

於信徒理解內容且莊重典雅，廣東話口語詞的使用則容易拉近與信徒的距離。

三、使徒信經

耶穌死後，門徒不但不害怕，反而四處傳道，建立教會。當時有不同的宗派傳播異端謬論，令基督教初信者感到迷惑。為了幫助信徒認清基督教真理，明白純正基督教信仰規範的邊界，教會開始撰寫「使徒信經」。以下是赫清臣翻譯的廣東話版：

◉ 使徒信經

我信造化天地上帝，係無所不能聖父。我信我主耶穌基督，係上帝獨生聖子。我信耶穌係聖神感動閨女馬利亞所生。我信耶穌在本丟彼拉多做官之時受難，被釘十字架上，而死，安葬，落陰府，第三日由死復生，上天，坐在上帝全能聖父右便。後來從個處落來，審判生人死人。我信聖神，我信聖公會，我信聖徒大家交接，我信有赦罪嘅恩典，我信身死後來復生，我信永生。亞們。

此譯文同樣以白話文為主，夾雜少量廣東話口語詞，如「係」（是）、「落」（下）、「右便」（右邊）。當時，傳教士對 God 和 Spirit 的中文譯名持不同意見，商議後確定：英國傳教士譯為「上帝」和「聖神」，而美國傳教士譯為「神」和「聖靈」。因為翻譯者是英國傳教士，所以這本小冊子的「使徒信經」採用「上帝」和「聖神」的譯法。

四、十誡

十誡記載於《舊約聖經．出埃及記》第二十章第一至十七節。以色列人出埃及在曠野生活，屢次犯罪激怒上帝，不聽摩西勸告。摩西要求他們自潔後見上帝，但民眾因為懼怕山上的雷轟、閃電、煙霧和地震，懇求摩西代為聆聽上帝的旨意。於是摩西上山，上帝將「十條誡命」寫在石板上，囑以色列人遵守。以下是赫清臣翻譯的廣東話版：

◉ 十條聖誡

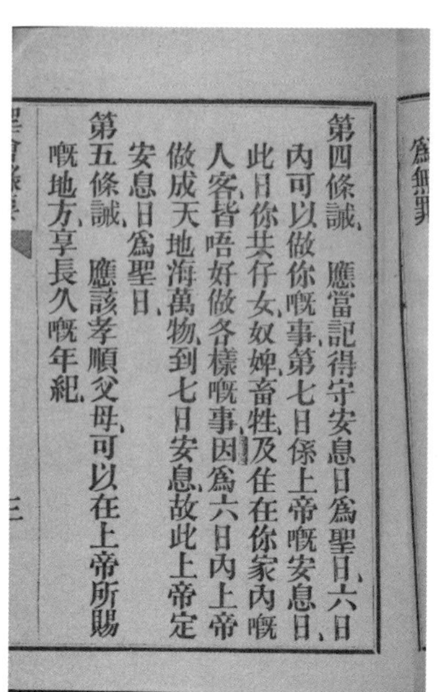
為無罪
第四條誡、應當記得守安息日爲聖日、六日內可以做你嘅事、第七日係上帝嘅安息日、此日你共仔女、奴婢、畜牲、及住在你家內嘅人客、皆唔好做各樣嘅事、因爲六日內上帝做成天地海萬物、到七日安息、故此上帝定安息日爲聖日、
第五條誡、應該孝順父母、可以在上帝所賜嘅地方、享長久嘅年紀、

◉ 第一條誡

上帝話，我係主，就係你嘅上帝，除我之外，切勿拜別個上帝。

◉ 第二條誡

切勿雕刻偶像，所有天上、地下、水中嘅物，唔好做出佢嘅形像，跪拜佢，尊敬佢。因為我係主，就係你嘅上帝，斷不容你將別個上帝比較我。得罪我嘅，降禍患俾佢，至到三四世。敬愛我，守我誡嘅，賜福俾佢，至到千百世。

◉ 第三條誡

上帝嘅名切勿亂叫，亂叫者不得為無罪。

◉ 第四條誡

應當記得守安息日為聖日，六日內可以做你嘅事，第七日係上帝嘅安息日，此日你共仔女、奴婢、畜牲、及住在你家內嘅人客，皆唔好做各樣嘅事。因為六日內上帝做成天地海萬物，到七日安息，故此上帝定安息日為聖日。

◉ 第五條誡

應該孝順父母，可以在上帝所賜嘅地方，享長久嘅年紀。

◉ 第六條誡

切勿殺人。

◉ 第七條誡

切勿淫亂。

◉ 第八條誡

切勿偷盜。

◉ 第九條誡

切勿妄做見證。

◉ 第十條誡

切勿貪愛人嘅屋，切勿貪愛人嘅妻，切勿貪愛人嘅奴僕、妹仔、畜牲，共人所有嘅物件。

譯文中少量使用了廣東話口語詞，但有些詞多次出現：係（是）、話（說）、嘅（的）、唔好（不要）、佢（他）、俾（給）、日（天）、仔女（兒女）、妹仔（女樸）、人客（客人）。第十條聖誡其中一句，現代中文聖經和合本的翻譯是「不可貪愛你鄰舍僕婢」，而當時翻譯成「切勿貪愛人嘅奴僕、妹仔」，將「婢」翻譯成「妹仔」非常地道，體現了方言翻譯的接地氣特點。

五、結束語

禱文結束語在「主禱文」和「使徒信經」中均為「亞們」，現代基督教讀物多為「阿們」。這個外來詞音譯自希伯來文。楊永民牧師指出，基督徒禱告結束說「阿們」的意思是：上面我所禱告的，都是我誠心發出的，所以也有人說「誠心所願」。

對此，我們查到 1873 年廣東話聯合版聖經《新約全書．馬太福音》的主禱文以「誠心所願」結束。「誠心所願」屬於意譯詞，「亞們 / 阿們」屬於音譯詞。考究後發現，19 世紀傳教士通常用「阿們」作結。而俾士牧師在 1862 年翻譯的《曉初訓道》和 1872 年翻譯的《保羅達會小書》中都以「誠心所願」結束祈禱。可見「誠心所願」在廣東已經使用了一百多年。到了現代，香港教會仍以「阿們」為主結束祈禱，「誠心所願」就較少使用了。

42

《讚美神詩》——19世紀傳教士編譯的廣東話兒童詩歌集

出版年份：據漢學家波乃耶（James Dyer Ball）推測，這本詩歌集於 1880–1890 年間出版。

翻譯者：詩歌集未註明翻譯者。波乃耶認為這本詩歌集是由牧師太太哈巴夫人（Mrs. Happer）將 *Children's Hymn Book* 翻譯成的廣東話版。

本文採用 1880–1890 年版。詩歌集共 16 頁，歌詞句子字數由三至十一個字組成。文體採用廣東話口語夾雜文言文和白話文，俗稱「三及第」。收錄 25 首詩歌：1. 講論耶穌；2. 立就耶穌；3. 積少成多；4. 耶穌愛我；5. 來就耶穌；6. 福地詩；7. 孩童憶耶穌；8. 救主宣召；9. 耶穌接納孩童；10. 集其珍寶；11. 我要做耶穌門徒；12. 感謝耶穌；13. 耶穌慈悲牧師；14. 小子噲行善；15. 基督之羊；16. 含天路；17. 望享天福；18. 耶穌牧羊者；19. 孩童晚睡；20. 小兒夜求主；21. 孩童侍神前；22. 耶穌的愛；23. 看十字架；24. 生命之道；25. 時時倚賴主。

一、文獻價值

基督教注重使用聖詩來表達對神的讚美，在聚會中常常集體唱聖詩。對於小朋友來說，兒童聖詩可以幫助孩子理解教義。19 世紀傳教士到廣東後，有人通過開辦男童 / 女童小型學校，結合聖經故事、聖詩教學傳播基督教。

當時中文書面語是文言文，傳教士初期用文言文翻譯聖詩。美國牧師丕思業（Rev. Charles Finney Preston）翻譯的《讚美神詩》雖然以文言文為主，但部分詩歌開始夾雜少量廣東話。哈巴夫人將 *Children's Hymn Book* 翻譯成廣東話版兒童詩歌集，也命名為《讚美神詩》，則保留了 19 世紀常用的廣東話詞語。

目前可在日本東北大學圖書館找到哈巴夫人 1880-1890 年版《讚美神詩》。這是我們已知最早的基督教廣東話兒童詩歌集，為後續基督教詩歌的廣東話翻譯提供了啟發。

二、兒童聖詩的歷史

唱聖詩是基督教徒向神敬拜和祈求的一種方式。19 世紀廣東傳教士將英文兒童聖詩翻譯成中文，大致經歷了兩個階段：

❶ 文言文為主，夾雜少量廣東話

美國傳教士丕思業於 1854 年到廣州傳教。1863 年為悼念逝世的小女兒 Jan Maggie，出版《讚美神詩》。

例如第一首《我暫居兮》：

◉ 我暫居兮一身為外客……嗟哉行路難力倦心憂傷……
絕頂天國登臨真最妙，惟我救主惟我救主光普照。

以上幾句詩歌僅使用了一個廣東話詞語「行路」（走路）。

再如第七十一首《耶穌翻生》：

◉ 耶穌今日係翻生……也曾在個十字架……
負十字架落墳墓……聖子翻生為救主……。

以上幾句詩歌使用了「係」（是）、「落」（下）和「翻生」（復生）等廣東話詞語。

❷ 文言文、白話文、廣東話混合（三及第）

哈巴夫人翻譯的《讚美神詩》採用了「三及第」文體，以第九首《耶穌接納孩童》為例：

◉ 我歡喜接納佢　又抱佢在我襟懷

我係的羊仔善牧者　不可趕佢去

又若佢心佢俾過我　佢噲同我喺榮華處

由得的小子嚟親到我嗻

第九首　耶穌接納孩童

一 猶太國之婦人　帶仔女嚟耶穌嗻

嚴肅門徒想攔阻佢　就叫佢離開

佢佢未去耶穌見佢　又歡喜慈悲溫柔話

由得的小子嚟親到我嗻

二 我歡喜接納佢　又抱佢在我襟懷

我係的羊仔善牧者　不可趕佢去

又若佢心佢俾過我　佢噲同我喺榮華處

由得的小子嚟親到我嗻

三 而家耶穌救主　係噉樣愛的小子

若我地求佢必允准　又祝福保佑

肯帶我地行世上路　到底收上天堂嘅話

其中廣東話詞語包括「佢」（他／她）、「係」（是）、「羊仔」（小羊）、「噲」（會）、「嗻」（那兒）、「喺」（在）和「由得」（任由）等。「俾過我」（給我）體現了 19 世紀「俾＋東西＋過＋人」的句式特色，現代廣東話省略「過」，僅說「俾我」。

三、詩歌的力量

哈巴夫人通過詩歌讓兒童在歌唱中學習基督教真理與識字。以第十四首《小子噲行善》為例：

◉ 細嘅腳噲搵的善路　可以上到真神嗻

細仗仔之聲噲和好　同埋永遠嘅讚美

廣東話詩歌易於打動人心，至今基督教聚會仍然以唱詩作為禱告和傾訴心事的方式。

四、歷久彌新的詩歌

有些古老的聖詩傳唱了幾百年，如 1862 年 William Batchelder Bradbury 作曲的 *Jesus loves me* 在廣東經歷了從文言文、白話文到廣東話的翻譯演變。以下對比哈巴夫人翻譯的《讚美神詩》第四首《耶穌愛我》與 21 世紀版本：

19 世紀版：

◉ 耶穌愛我我知到　因有聖書對我講

我儕孩提歸屬佢　我雖軟弱主強壯

係耶穌愛我　係耶穌愛我

係耶穌愛我　聖書對我講

21 世紀版：

◉ 耶穌愛我知道　因為聖經告訴我

凡小孩子主牧養　我雖軟弱主強壯

主耶穌愛我　主耶穌愛我

主耶穌愛我　聖經上告訴我

43

《幼學四字經》——19世紀傳教士改編的廣東話兒童教材

出版年份：漢學家波乃耶（James Dyer Ball）估計於1880–1890年之間出版。

作者：麥都思（Walter Henry Medhurst，1796–1857年），英國公理會（Congregational Church）駐華傳教士。1817年到馬六甲英華書院任教並從事印刷工作，借用中國《三字經》的形式編寫傳教內容的三字經。1823年出版後廣受歡迎，其他傳教士紛紛效仿。著有《小子初讀易識之書課》。

改編者：那夏理（Harriet Newell Noyes，1844–1924年），美國長老會（Presbyterian Church in the United States of America）女傳教士。1868年到廣州學會廣東話後向中國女性傳教。1872年在廣州創立中國最早的女子學校真光書院（現代香港有四間真光書院）。著有《三字經》、《幼學四字經》、《聖書問答：舊約》等。

本文採用1880–1890年版。全書分三部分，課文、十誡、祈禱文。以廣東話書寫，四字一句，共22頁。課文內容歸為四類：1. 德行（八課）；2. 常識（三課）；3. 社會（兩課）；4. 宗教（十九課）。

一、文獻價值

19 世紀傳教士來華後，先開辦免費書塾教兒童讀書識字，初期以中國道德規範教導，再引入教授基督教內容。麥都思以「四字經」的方式編寫了《小子初讀易識之書課》，那夏理以此為底本，用廣東話改編成《幼學四字經》。

本書融合了中國倫理道德、民間流行格言、社會常識與基督教教義，教導兒童認識中國社會和世界，幫助他們生活得更美好。

目前可在日本東北大學圖書館查閱到 1880-1890 年《幼學四字經》，這是我們所見的第一本以廣東話書寫的「四字經」教材，其貢獻在於藉助中國傳統啟蒙學習形式編寫教材，啟發後世「以學生為中心」的教材編寫理念。

二、教導德行

本書以八課內容教導兒童「好行為」，可歸為：

❶ 非禮勿視、非禮勿聽、非禮勿言、非禮勿動

◉ 眼莫亂睇、耳莫亂聽、口要謹慎、心咪亂想。

❷ 孝順父母

◉ 父母生我、保養睇顧、服事父母、唔好背違。

❸ 勤力學習

◉ 讀書要勤、懶惰無益、寫字作文、應該盡力。

❹ 尊敬老師

◉ 衣服洗淨、來見先生、作揖先生、坐正書位。

❺ 互相幫助

◉ 我有艱難、想人幫我、見人艱難、我當幫助。

❻ 行善去惡

◉ 善有善報、惡有惡報、若然未報、時辰未到。

可以看出，當時傳教士雖以傳教為目的，卻對中國倫理道德十分重視。

三、教導地理常識

為了開拓廣東兒童的視野，教材介紹了中國地理及世界各國：

其十

天下人多　千千萬萬　唔住得埋　萬國分散
唐人所住　中國之間　英吉利地　連到荷蘭
有法蘭西　有大呂宋　慳儉奢華　各合佢用
西海之西　有花旗國　又名大美　地方闊極
各國土產　各處唔同　人可來往　物可相通
大家相愛　歡喜相迎　天下萬國　如弟如兄

❶ 中國及鄰近國家

◉ 海之北邊、即到高麗（韓國）、海之南邊、有暹羅地（泰國）。

❷ 西方國家

◉ 英吉利地（英國）、連到荷蘭、有法蘭西（法國）、有大呂宋（西班牙）、有花旗國（美國）。

四、教導社會知識

教材向孩子傳授有關身邊人、事、物的知識，幫助他們適應社會：

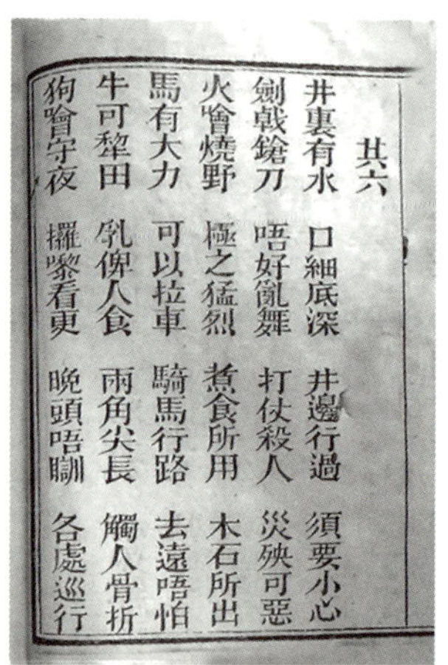

其六

井裏有水　口細底深　井邊行過　須要小心
劍戟鎗刀　唔好亂舞　打仗殺人　災殃可惡
火噲燒野　極之猛烈　煮食所用　木石所出
馬有大力　可以拉車　騎馬行路　去遠唔怕
牛可犁田　乳俾人食　兩角尖長　觸人骨折
狗噲守夜　擺鬃看更　晚頭唔瞓　各處巡行

❶ 井

◉ 井裏有水、口細底深、井邊行過、須要小心。

❷ 動物

◉ 馬有大力、可以拉車、牛可犁田、狗噲守夜。

❸ 材料

◉ 石起得屋、竹做籬壁、木做棟樑、布做衣服。

❹ 賭博

◉ 賭博場中、盜賊所起、賣盡衣衫、無所不至。

❺ 玩樂

◉ 相鬬雞狗、相鬬跑馬、或鬬鵪鶉、或打蟋蟀。

從以上例子中，我們可以窺見 19 世紀廣東社會的人文生活情況：人們利用動物耕田、拉車、守門，利用各種材料建造房屋，製作衣服。當時的娛樂方式有賭博、賽馬、鬥雞、鬥狗、鬥鵪鶉、鬥蟋蟀等。

五、教導宗教知識

教材中超過半數的課文涉及基督教內容：

❶ 聖經、真神

◉ 聖經之名、新約舊約、自開天地、講到世末。
獨一真神、造化天地、偶像死物、受造於人。

❷ 人類始祖、耶穌

◉ 神初造人、一男一女、亞當係父、夏娃係母。
耶穌救主、原係真神、名叫神子、托胎做人。

❸ 善惡報應

◉ 善上天堂、安樂萬古、惡被火燒、永遠受苦。

六、祈禱文

改編者那夏理編寫了三篇祈禱文作為範文，供不會祈禱的教徒參考。以《朝早祈禱文》為例：

◉ 而家我醒、又見天光、我求天父、帶我善步、
我所有造、又想又講、我求天父、指示我路。

44

《舊約詩篇．廣東土白》——19 世紀廣東話版讚美詩

耶穌降世一千八百八十四年　廣東土白

舊約詩篇

大美國聖經會託印　上海美華書館鐫

出版年份：1884 年。

作者：舊約聖經《詩篇》有多位作者，其中大部分由大衛王（King David）所寫。

翻譯者：原書沒有註明翻譯者。根據 Rev. Spillett 1975 年記載，翻譯者是紀好弼（Rosewell H. Graves，1883–1912 年），美南浸信會（Southern Baptist Convention, United States）駐華傳教士。1856 年到香港後，先與浸信會牧師一起傳教。1880 年兼任長洲教會牧師。曾去廣東傳教，積極參與中文聖經翻譯。1889 年成為培道書院校長。作品有《醒世要言》、《真理問答》、《寄羅馬人書註釋》等。

本文採用 1884 年版。首頁註明：1. 舊約詩篇；2. 耶穌降世一千八百八十四年；3. 廣東土白；4. 大美國聖經會託印：上海美華書館鐫。全書有 230 頁。採用廣東話、白話文、文言文（俗稱「三及第」）翻譯。正文共有 150 篇，可分為：1. 讚美的詩歌；2. 祈求的詩歌；3. 建立信心的詩歌；4. 感恩的詩歌。

一、文獻價值

舊約聖經裏，《詩篇》是基督徒很喜愛的一卷書，以精簡的文字表達對神的讚美，並教導信徒在遇到困難時如何向神祈求。

《詩篇》有 150 篇，不少學者指出其中大部分由大衛王創作。大衛王與神關係密切，常編寫詩歌向神訴說心事。他是個性情中人，開心時會一邊唱歌一邊跳舞歌頌神，傷心時痛哭至枕頭濕透。

目前可在美國康乃爾大學找到《舊約詩篇・廣東土白》1884 年電子版。這本書是我們所見的第一本由當時基督教委員會核准使用的廣東話版《舊約詩篇》，長期以來幫助看不懂文言文聖經的廣東信徒學習基督教教義。

二、大衛王的創作

大衛不單是個君王，他還會作曲填詞，創作詩歌。他年輕時用椏杈及石子殺死巨人歌利亞，曾彈琴為掃羅王（King Saul）解憂。後成為以色列第二個王，將耶路撒冷定為首都。他創作了許多詩歌，讚美、祈求、感謝上帝。《詩篇》中有 50 篇為哀歌。他因長期處於困境而向神訴怨，如第十三篇第一節「耶和華呀，你忘記我到幾時？到永遠咩？」；隨後祈求幫助，如第十三篇第三節「我之神耶和華，求你睇顧我」；最後發出讚美，如第十三篇第六節「我要歌頌耶和華，因佢將恩典待我。」

這一過程體現了大衛以積極心態面對困難的生命歷程。下文還有相關示例，可反映其創作。

三、讚美的詩歌

面對山川河流和花草樹木時，人們常常能從中獲得寧靜與力量。大衛因感歎大自然的奧妙，創作詩歌讚美神。以第八篇第三至五節為例：

- 第三節　我見個天、係你所造、見月共星、係你所設
- 第四節　世人係乜誰、致你記念佢、人子係乜誰、致你眷顧佢
- 第五節　你又令佢畧卑過天使、又係將尊榮加佢頭上

詩句中，大衛因「日月星辰」與「神對人的眷顧」而發出對神的讚美。

四、祈求的詩歌

正如中國古人所言，「窮極則呼天，痛極則呼父母。」基督徒遇到困難時，常向神祈求幫助。

❶ 祈求罪得赦免

例如第五十一篇第一節：

◉ 神呀、求照你之恩惠嚟憐憫我、照你之大慈悲嚟抹去我眾罪

❷ 祈求病得醫治

例如第三十篇第二節：

◉ 我之神耶和華、我呼叫你、你就醫我

❸ 祈求危難中得保護

例如第十六篇第一節：

◉ 神呀、求你保護我、因我係倚賴你

從中可見，無論犯罪、患病或處於危難，信徒都希望向神祈求，從而獲得依靠，擺脫孤獨無助。

五、建立信心的詩歌

信徒禱告若未見困境改善，容易對神失去信心。《詩篇》第一百二十一篇第一至八節，註明為「上行之詩」，象徵從低處慢慢往高處爬，攀登至終點，展現了建立信心的歷程：

◉ 第一節　我舉眼望住個山話、我之扶助、從何處來呢

◉ 第二節　我之扶助、係從造天地之耶和華而來

◉ 第三節　願佢唔俾你跌倒、願保護你者、永唔瞓著

◉ 第四節　保護以色列者、總冇瞓覺

◉ 第五節　耶和華係保護你、耶和華係在你右邊嚟庇蔭

◉ 第六節　日間熱頭唔晒壞你、夜間月光亦唔傷害你

◉ 第七節　耶和華必定保護你靈魂、唔俾你受禍

◉ 第八節　你一出一入、耶和華都必保護、從今日直到永遠

詩人從質疑有誰可以幫助他，到確認創造天地萬物的「耶和華」可以「扶助我」，最終以「耶和華都必保護、從今日直到永遠」結束，描繪了信徒建立信心的過程。

六、感恩的詩歌

基督徒禱告蒙應允後，就會得到神的恩典。大衛屢遭追殺與磨難，得到了神的保護。於是他寫下第二十三篇感恩詩，表達對神的感謝：

◉ 耶和華係我之牧人，我必不致缺乏。使我瞓在芳草之地，帶我歇在靜水之邊。令我靈魂復蘇，為佢之名，引我直行義路。我雖經過陰翳險死之谷，亦唔怕受害，因為你常在我側邊；你之棍，你之杖，必安慰我。在我敵人之前，為我預備筵席；你也曾用油搽我頭，斟滿我隻杯。我在世咁耐，必有恩典憐恤跟隨我；要永遠住在耶和華殿裏。

詩篇　第二十三篇

耶和華總管、佢係萬民之　主宰、[廿九]世上富厚之人、食飽而拜、凡歸土之人、跪在　主前、窮苦要死者亦係、[三十]後裔必服事佢、而且論及　主之事、必傳過後代、[卅一]後裔來必將　主之公義、傳過將出世之民聽、即係　主造成之事、

二十三篇　耶[一]和華係我之牧人、我必不致缺乏、[二]使我瞓在芳草之地、帶我歇在靜水之邊、[三]令我靈魂復蘇、爲佢之名、引我直行義路、[四]我雖經過陰翳險死之谷、亦唔怕受害、因爲你常在我側邊、你之棍、你之杖、必安慰我、[五]在我敵人之前、爲我預備筵席、你也曾用油搽我頭、斟滿我隻杯、[六]我在世咁耐、必有恩典憐恤跟隨我、要永遠住在耶和華殿裏、

值得注意的是，翻譯者將廣東話「嘅」（的）譯為文言文「之」，如「你之棍，你之杖」。雖然現代口語很少這樣使用，但廣東話則保留了「之」的另一些用法，如「唔怪之得／唔怪得之／唔怪之」（難怪）的表達。

45

《幼學保身要言》——20世紀傳教士編寫的幼兒保健知識教材

出版年份：清朝光緒二十六年（1900 年）。

作者：伍梅氏（Jeannette May Nelson），美國公理會（The American Board of Commission for Foreign Missions）駐華牧師 Rev. C. A. Nelson 的太太，1892 年和丈夫到廣東傳教，興辦美華中學，積極向婦孺傳道，聘請中國助手探訪學生家庭並傳道。

述說者：林程初，廣東人。受伍梅氏聘請擔任翻譯，協助家訪及傳道。

本文採用 1900 年版。封面註明：幼學保身要言、大清光緒二十六年歲次庚子、耶穌降生壹仟九百年。全書分三部分：前言、正文（以廣東話書寫）、後記。正文共 34 頁、七章內容：1. 論人身嘅骨；2. 論人嘅肌肉；3. 論人身嘅皮膚；4. 論人身嘅胃；5. 論人身嘅血；6. 論人嘅肺；7. 論人嘅腦。每章包含：人體知識、保健常識（應該做和不應該做的事）、問題（考核學生是否理解）。

一、文獻價值

外國人來中國前後出版的有關人體生理知識的著作在中國得以傳播。除了學校用的書籍，一些普及性的小冊子相繼出現，如伍梅氏的《幼學保身要言》。除了教導幼兒基本的人體生理知識，本書還教導兒童怎樣保健，同時低調地在前言及後記融入了一些基督教理念。書中還反映了當時社會的種種問題，對纏足、吸食鴉片等社會陋習進行勸誡。

目前可在美國哈佛大學圖書館查閱到該書 1900 年電子版，這本書是我們所見的第一本廣東話「幼兒保健」書籍。

二、人體生理知識傳入中國

19 世紀傳教士常以醫療傳教，非醫生的傳教士也需要先接受基本醫學訓練，並且要攜帶藥物到中國。

有研究指出，當時傳教士除行醫之外，還著書立說。合信（Dr. B. Hobson）醫生是英國教會派到中國的醫療傳教士。他撰寫的《全體新論》是第一本談論人體生理學的著作。此後有很多傳教士出版相關的著作。20 世紀，日本齋田功太郎的《生理衛生學》及留洋的中國學生進一步將西方人體生理知識引入中國。

後來一些普及性的小冊子相繼出現，如伍梅氏的《幼學保身要言》以幼兒為對象，側重保健，教導幼兒如何擁有強壯的體魄，養成良好的生活習慣。

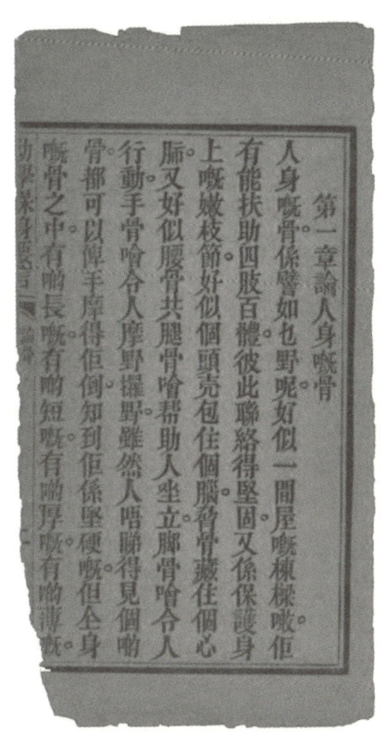
第一章論人身嘅骨
人身嘅骨。係譬如乜野呢。好似一間屋嘅樑棟噉。佢有能扶助四肢百體。彼此聯絡得堅固。又係保護身上嘅嫩枝節。好似個頭殼包住個腦。脊骨藏住個心脈。又好似腰骨共腿骨。會幫助人坐立。腳骨會令人行動。手骨會令人摩野擺野。雖然人唔睇得見個啲骨。都可以俾手摩得佢倒。知到佢係堅硬嘅。但全身嘅骨之中。有啲長嘅。有啲短嘅。有啲厚嘅。有啲薄嘅

三、《幼學保身要言》內容「睇真啲」

以下例子節錄自第一章《論人身嘅骨》：

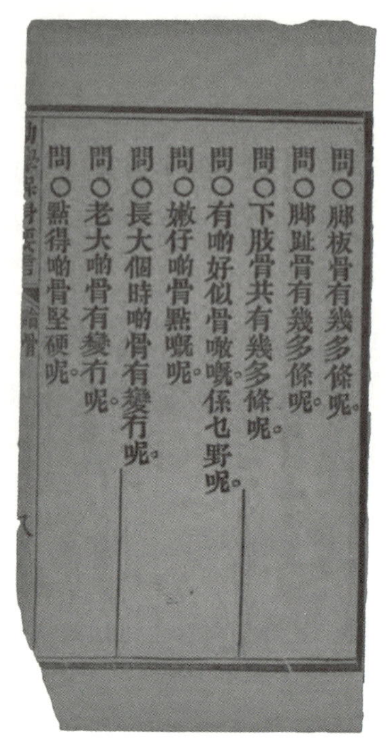
問○脚板骨有幾多條呢。
問○脚趾骨有幾多條呢。
問○下肢骨共有幾多條呢。
問○有啲好似骨嗷嘅係乜野呢。
問○嫩仔啲骨點嘅呢。
問○長大個時啲骨有變冇呢。
問○老大啲骨有變冇呢。
問○點得啲骨堅硬呢。

❶ 人體知識

◉ 人身嘅骨……好似一間屋嘅棟樑噉。佢有能扶助四肢百體……好似個頭殼包住個腦。

❷ 保健常識

◉ 人若係想要個啲骨頭堅硬。就要食多啲好嘢。又要時時郁動……煉吓力。單凡細蚊仔都要常時小心保護佢嘅骨。唔好擒高跳低。恐怕跌親啲骨。

❸ 問題設計

◉ 嫩仔啲骨點嘅呢。

◉ 長大個時啲骨有變冇呢。

◉ 點得啲骨堅硬呢。

◉ 做臊仔嗰時，或跌親佢，或打親佢，噲點呢。

☞【好似＝好像、食多啲＝多吃點、郁動＝運動、跌親＝跌倒、噲點呢＝會怎樣。】

作者用「一間屋嘅棟樑」來形容骨骼，又簡單說明「個頭殼包住個腦」，通俗易懂，指出幼兒若想要擁有堅硬的骨骼，最重要的是多吃健康的食物、多做運動。設計的問題可用來檢驗學生是否理解了所學內容，也可以用來親子共學。

全書使用 20 世紀初的廣東話來書寫，可見當時「小孩」的說法有「細蚊仔」、「嫩仔」、「臊仔」等。有些詞與現代的廣東話不同，面稱「細蚊仔」似乎不大客氣，所以一般會用「小朋友」。

四、身體最重要的器官

第七章《論人嘅腦》強調了大腦的重要性，提醒幼童切勿打別人的頭：

◉ 人身上至緊要係腦。因為用佢嚟思想記憶。……

若係冇腦筋就唔覺得痛。⋯⋯人切勿打個頭殼。

若係因為打壞著個腦。就噲變戇嘅咯。

五、社會問題

書中反映了當時的社會問題，並提出了建議和警示。

❶ 纏足

節錄自第一章《論人嘅骨》：

◉ 父母摵個女嚟纏腳。扎死佢啲骨節。令個啲骨唔生長得。噉個人就行動唔得穩當。⋯⋯點得變過啲俗例。女仔總唔使纏腳至好呀。

纏足陋習在過去的中國社會長期存在，《靜淨齊第八才子書花箋記》（1713年）就已有「的息金蓮二寸長」的描述。後來，基督教牧師麦高溫（John Macgowan）發起廢纏足運動，得到梁啟超、康有為等人的支持。慈禧太后在此推動下，於1902年才下令廢除纏足。

❷ 喝酒、吸煙、吸食鴉片

節錄自第二章《論人嘅肌肉》：

◉ 人要小心打理自己啲肌肉。切勿飲酒食煙呀。

節錄自第四章《論人嘅胃》：

◉ 細蚊仔若係食煙，佢身體必定唔得壯健。⋯⋯試睇吓食鴉片煙嘅人就知哩。⋯⋯酒亦係好似煙噉。內亦有毒質嘅 。

以上內容指出了吸煙、喝酒的危害，勸誡兒童遠離煙酒和鴉片。

六、傳教方式

傳教士向幼童傳教，一般會先教授實用知識，建立良好關係，再讓他們明白基督教教義。書中作者僅在前言和後記中提及一點有關宗教的話。這種委婉的方式比較易於接受。

❶前言

◉人個身為乜要保重呢。孝經有話身體髮膚受之父母，不敢毀傷。…… 聖書又有話。人個身係靈魂居住嘅。…… 個身若係壯健，靈魂就住得舒暢。

❷後記

◉倘若我哋人唔曉得培養個身體，致令個身體生病，冇精神造工夫，敢就係得罪真神。

46 Sheng-Keng: Kwong-Tung T'o Wa《聖經·廣東土話》——20 世紀初廣東話拼音版聖經

SHENG-KENG.

KWONG-TUNG T'O WA.

SHEUNG KUEN.

CH'ONG-SHAI KEI TO SHI P'IN.

PAK-HOI.

— 1905 —

SHENG-KENG.

KWONG-TUNG T'O WA.

HA KUEN.

CHAM-IN TO MAK-SHI LUK.

PAK-HOI.

— 1907 —

出版年份：上卷《舊約·創世記—詩篇》於 1905 年出版；下卷《舊約·箴言—新約·默示錄》於 1907 年出版。

作者：聖經由「上主」(God) 揀選的人寫就。舊約前五卷書為「摩西五經」，由摩西 (Moses) 編寫。《詩篇》大部分由大衛 (King David) 創作。《箴言》、《傳道書》、《雅歌》部分由所羅門 (Solomon) 編寫。新約前四卷書為「四福音」，《馬太福音》、《馬可福音》、《路加福音》、《約翰福音》分別由馬太 (Matthew)、馬可 (Mark)、路加 (Luke)、約翰 (John) 編寫。路加還編寫了《使徒行傳》。約翰另外編寫了《默示錄》(《啟示錄》)。保羅 (Paul) 撰寫了 13 卷書信。

音譯者：據資料記載，英國聖公會差會 (Church Missionary Society) 的柯達夫人 (Mrs. E. G. Horder) 和陂箴夫人 (Mrs. E. B. Beauchamp) 負責音譯。

本文採用 1905 年版上卷和 1907 年版下卷。全書分上下兩卷書。上卷首頁註明：1. SHENG-KENG. Kwong-Tung T'o Wa；2. Sheung Kuen；3. Ch'ong-Shai Kei to Shi P'in；4. Pak-Hoi；5. 1905。正文前有幾幅以色列、歐洲地圖及舊約目錄、新約目錄。正文共 19 卷，從《創世記》到《詩篇》。下卷首頁註明：1. SHENG-KENG. Kwong-Tung T'o Wa；2. Ha Kuen；3. Cham-In to Mak-Shi Luk；4. Pak-Poi；5. 1907。正文共 10 卷，從《箴言》

到《默示錄》。採用標準羅馬拼音方案（Standard Romanization）標注廣東話拼音，將 God 翻譯成「上主」。

「舊約」的「約」指上主與以色列人所立之「約」，上主應許保護拯救以色列人。舊約全書大致可以分為律法書、歷史書、智慧書、先知書四類。

「新約」的「約」指上主與全人類所立之「約」，上主應許信耶穌者得永生。新約全書包含前四卷書「四福音」，加上第五卷書《使徒行傳》後，屬於「歷史書」類；還包含保羅、彼得等人寫的書信，屬於「書信」類；最後一卷書《默示錄》屬於「啟示文學」類。

一、文獻價值

19 世紀外國傳教士發現，向不識字的平民傳教時，拼音聖經比漢字聖經更容易學習，於是廣東地區的傳教士開始出版拼音聖經。這本拼音版聖經由中華聖公會出版，將 God 翻譯成「上主」，不同於其他版本的「神」、「上帝」譯法。

我們推測這本聖經是外國傳教士為痲瘋病院及普通病院的病人翻譯的，依據是：1. 這本聖經由中華聖公會在北海（位於廣西）開設的印書館出版；2. 該會在北海還開辦了痲瘋病院及普通病院，可藉此向病人傳教。

我們在美國哈佛大學找到 *Sheng-Keng: Kwong-Tung T'o Wa*（《聖經．廣東土話》）1905–1907 年電子版。這是第一本用標準羅馬拼音方案來標注廣東話拼音的聖經全書，其貢獻在於：1. 記錄了 20 世紀初廣東話的發音；2. 其拼音系統得到沿用，到了 21 世紀仍有香港的大學及外國傳教士使用這套拼音系統來翻譯聖經；3. 為學者研究 20 世紀初期廣東話語言特色提供了語料。

二、God 的幾種譯名

《舊約．創世記—詩篇》（1905 年）對 God 的翻譯與其他譯本不同。以下為不同版本對《創世記》第一節中 God 的譯文對比。為方便大家理解，我們在拼音後轉寫了廣東話。

神天聖書（1823 年）	神當始創造天地也。
委辦譯本（1854 年）	太初之時，上帝創造天地。
《聖經：廣東土話》拼音譯本（1905 年）	Ch'ĭ-ch'oh kòh shī, Sheûng-Chué ch'òng-tsô t'in teî. （始初個時，上主創造天地。）

由上可見，God 的中文譯名有三種：「神」、「上帝」、「上主」。除了這三種說法之外，這本聖經中記載 God 有一個正式的名字 Jehovah，中文譯為「耶和華」。《創世記》第二章五節中，翻譯者開始尊稱「上主」為「耶和華上主」。到了《出埃及記》第三章第十五節，「上主」正式向摩西介紹自己的名字是「耶和華」，並解釋了它的意思是「自有永有」。這本廣東話拼音版聖經同時使用了「上主」、「耶和華」來稱呼 God。

三、所羅門王

所羅門是大衛的兒子，是上主揀選的第三代君王。在位期間，以智慧治國，國泰民安。《列王記上》第三章第九和第十節體現了其智慧：

◉ 第九節

Uên neĭ k'aaĭ chì-waî kè sam ts'ž kwòh neĭ pūk, chì ngŏh hóh shám-p'òon neĭ kè tsź-mān, ĭ tak fan pīt shìn ok...

（願你摵智慧嘅心賜過你僕，至我可審判你嘅子民，以得分別善惡……）

【摵，現代用「將」替代。】

494 1. LIT-WONG KEI. 3.

6 Shóh-lōh-moōn wâ, neĭ yă-
ts'ăng taaî shí hūng yan kwòh
neĭ pūk ngŏh foô-ts'an Taaî-waî,
tsun-i k'uĭ k'aaĭ shēng-shăt,
kung-î chèng sam, t'ūng-maaĭ
neĭ haí neĭ mîn-ts'ĭn hāng, neĭ
yĭk waî k'uĭ laū-ts'uēn taaî yan-
tín, tsik-haî ts'ž yat-kòh tsaí
ts'ŏh k'uĭ kè waî, hó-ts'ź kam-
yăt.
7 Ngŏh Sheûng-Chué Yē-Wōh-
Wā à, nē-kam neĭ shaí neĭ pūk,
kaì ngŏh foô-ts'an Taaî-waî tsô
wông, taân ngŏh tūk-haî nuên-
tsaí, m̄ chi yeng-tong tím-yeûng
ch'ut yăp.
8 Neĭ pūk haî tsoî neĭ shóh
kaán-suén kè tsź-mān chung, ni-
ti tsź-mīn shâm toh pat hóh
sheng shó, yĭk m̄ kaì tak kòm
toh.
9 Uên neĭ k'aaĭ chì-waî kè sam
ts'ž kwòh neĭ pūk, chì ngŏh hóh
shám-p'òon neĭ kè tsź-mān, ĭ tak
fan pīt shìn ok$_o$, yan-waî mat-shui
nāng shám-p'òon ni-ti kòm toh
tsź-mān ni?
10 Tūk haî Shóh-lōh-moōn
k'aū kóm-yeûng, Yē-Wōh-Wā
tsaû foon-heí.
11 Sheûng-Chué tuì k'uĭ wâ,
yan neĭ shóh k'aū haî kóm-yeûng,
m̄ haî waî tsź-keí k'aū shaû, m̄
haî waî tsź-heí k'aū foò, yĭk m̄
haî k'aū mīt-tsuēt neĭ ch'aū-tīk kè
shang-mêng, tsaû waî tsź-keí
k'aū chì-waî, chì nāng pìn pit
p'òon-tuèn chi leĭ.
12 T'aí a, ngŏh chiù neĭ kè
shuet$_o$-wâ tsô shēng, ngŏh ĭ-
keng ts'ž neĭ yaū ts'ung-mēng
chì-waî kè sam, chì ue tsoî neĭ
chi sin, mŏ yān hó-ts'ź neĭ kóm,
yaū tsoî neĭ chi haû, yĭk pit mŏ
yān heí laī tak hó-ts'ź neĭ kè
ts'ēng-yēng.
13 Taân neĭ shóh meî k'aū kè,
ngŏh yĭk ts'ž kwòh neĭ, tsik-haî
foò-kwaì kûng tsuen-wēng, chì
neĭ tsoî shaì sheûng kè yăt-tsź,
lit wong chung pit mŏ yat-kòh
hó-ts'ź neĭ kóm-yeûng kè.
14 Neĭ yeūk tsun-hâng ngŏh
shîn tô, shaú ngŏh lūt-faat$_o$, k'ăp
ngŏh kaaì-mêng, hôk faan neĭ foô-
ts'an Taaî-waî shóh hâng, ngŏh
tsaû pit ka ch'eûng neĭ shaû shò
à.
15 Shóh-lōh-moōn fàn séng,
t'aí a, haî mûng à, tsaû huì tò
Yē-lô-saat-laāng k'eĭ tsoî Yē-
Wōh-Wā kè yeuk$_o$-kwaî ts'ĭn,
hìn faān tsaì kûng hìn ch'aū-yan
tsaì, ī-ch'é waî k'uĭ chùng pūk
puaí ch'it$_o$ īn-tsīk.
16 ¶ Tong-shí yaū leūng-kòh
nuĭ yān haî keí-foŏ laî tò wōng
ch'uè, k'eĭ tsoî k'uĭ mîn-ts'ĭn.
17 Yat foŏ wâ, ngŏh chué à,
ngŏh kûng ni-kòh foŏ-yān, t'ūng
chuê yat kaan uk, ngŏh t'ūng-
maaĭ k'uĭ haí uk shang tsaí.
18 Ngŏh shang tsaí haû saam-
yăt, ni-kòh foŏ-yān yĭk haî shang
tsaí. Ngŏh-teî t'ūng chuê, tsoî
ngŏh-teî leūng yān chi ngoî, mŏ
pīt yān t'ūng-maaĭ ngŏh-teî tsoî
uk ch'uè.
19 Yê maán ni-kòh foŏ-yān kè
tsaí sź hiu, yan-waî k'uĭ ts'òh nĝ
fàn haí tsaí shan sheûng.
20 Neĭ p'eĭ fàn-nām shí, ni-kòh
foŏ-yān poòn yê heí laî, tsoî ngŏh
shan pin ts'uí ngŏh tsaí, chai haí
k'uĭ tsź-keí hung-waaĭ, tsaû k'aaĭ
k'uĭ sź hin kè tsaí, chai haí ngŏh
hung-waaĭ.
21 Chiu tsó ngŏh heí shan

◉ 第十節

Tūk haî Shóh-lōh-moōn k'aū kóm-yeûng, Yē-Wōh-Wā tsaû foon-heí.

（獨係所羅門求噉樣，耶和華就歡喜。）

《列王記上》第三章第十六到第二十八節記載了所羅門以「劈開嬰兒」的裁決來分辨真假母親，展現了其智慧。案件中兩個婦人都說孩子是自己的，所羅門說：「將孩子劈開兩半，一人一半。」兩個婦人聽了，一個婦人同意，一個婦人反對。所羅門說：「將孩子交給反對的婦人，因為哪有媽媽忍心將自己的孩子劈開兩半的。」

四、耶穌的身份

耶穌是新約聖經的關鍵人物。新約開始的四卷書都記載了耶穌的事蹟。究竟「耶穌」是誰呢？有研究解釋「耶穌」是「耶和華拯救」的意思。《約翰福音》第三章第十六節闡明了其身份：

◉ Yan-waî Sheûng-Chué oì shaì-kaaì, shâm chì k'aaǐ k'uǐ tūk-shang chi tsź ts'ż kwòh k'uǐ-teì, lêng taân-faān sùn k'uǐ kè, mǐn-chì mīt-mōng, yaû tak wěng-shang.

（因為上主愛世界，甚至摵佢獨生之子賜過佢哋，令但凡信佢嘅，免至滅亡，又得永生。）

以上經文說明耶穌的身份是上主的獨生子。上主派耶穌來到世界是為了拯救世人。這句經文證明了上主對世人的愛，所以傳教士常用這一句來傳教。

五、中國拼音版聖經「睇真啲」

傳教士為了向不識字的平民傳教，將聖經翻譯成拼音，因容易學習而在部分地區成效顯著。《中華歸主》（1922 年）統計了以下地區拼音版聖經的銷量：

	廈門	福州	寧波	廣州	溫州
1890–1920 年	62,323	16,895	16,310	15,350	2,400
1916–1920 年	29,179	1,429	1,406	524	196

從以上銷量可見，拼音版聖經 1890–1920 年在廈門地區的銷量最高，1916–1920 年雖然下降，穩定性仍較高。其他地區的跌幅都很大。《中華歸主》認為這種現象與政府鼓勵使用國家拼音文字有關。至於廣東話拼音版聖經銷量不高，主要是因為廣東有俗文學，普羅大眾習慣閱讀廣東俗字。加上愈來愈多人有機會接受教育，拼音版在完成任務之後，功成身退。

六、廣東話拼音的歷史

廣東話的第一套拼音方案（1828 年）是由首位來華英國傳教士馬禮遜（Morrison）制定的。第二套拼音方案是由美國傳教士裨治文（Bridgman）和衛三畏（Williams）在 1841 年和 1842 年制定的。這些拼音方案最初都是在學習廣東話的辭典或教材裏使用。

後來的傳教士嘗試用廣東話拼音來翻譯聖經，如 1867 年採用德國人 Lepsius 設計的拼音方案來翻譯《路加福音》。Lepsius 方案只適合德國傳教士使用，不適合英語傳教士使用，所以駐廣東的英美傳教士於 1888 年召開研討會，制定了比較接近英語拼音的「標準羅馬拼音方案」（簡稱「標拼」）。從此「標拼」傳教士都採用「標拼」來出版聖經、宗教性讀物、廣東話教科書、工具書等。

香港直到現在都受到這一拼音方案的影響，如地名「元朗 Yuen Long」的 Yuen、「美孚 Mei Foo」的 Foo。如果採用現代香港人使用的「粵拼」，「元」應標為 Jyun，「孚」應標為 Fu。過去「標拼」和現代「粵拼」對照如下：

	跟	主	聖	門	我	又	即	答	十
標拼	kan	Chué	Shèng	moōn	ngóh	yaû	tsik	taap	shāp
粵拼	gan¹	zyu²	sing³	mun⁴	ngo⁵	jau⁶	zik¹	daap³	sap⁶

七、語言特點「睇真啲」

我們可以通過廣東話拼音版聖經瞭解到當時的語音情況。《聖經：廣東土話》的語言特點如下：

❶ 聲母

早期廣東話聲母區分 ch / ts、ch' / ts'、sh / s。現代統一為 z、c、s。

❷ 韻母

早期廣東話 om、op 韻母，如「含 hom」、「合 hop」，現代廣東話已分別讀成 am 和 ap，如「咁 gom → gam」、「鴿 gop → gap」。早期廣東話 i 韻母，在這本聖經中已經用 ei 標示，與現代廣東話相同，如「你 ni → nei」。

❸ 聲調

早期廣東話聲調分成九類。香港語言學學會（1993 年）將現代廣東話聲調分為六類。

47

《新約全書．中西字》——20 世紀初第一本粵英雙語版新約聖經

The New Testament in English and Canton Colloquial

新約全書
中西字

THE NEW TESTAMENT
IN
ENGLISH AND CANTON COLLOQUIAL.
PUBLISHED BY THE
AMERICAN BIBLE SOCIETY.

PRINTED
BY
THE FUKUIN PRINTING Co., Ltd.
1908.

出版年份：1908 年。

編輯者：不詳，估計是北海的傳教士。

本文採用 1908 年版。封面註明：新約全書：中西字 The New Testament in English and Canton Colloquial。首頁列出中文書名、英文書名、出版機構、印刷機構及出版年份。新約全書共有 27 卷，將 God 翻譯成「神」，英文經文採用英王欽定版聖經（King James Version）。每一頁分左右兩欄，左欄為橫排英文經文、右欄為豎排廣東話經文。

一、文獻價值

廣東話聖經有四類，根據我們搜集的資料庫（1862–2010 年），其出版量的排序為：漢字版、中西字版、拼音版、點字版。「中西字」的「中」指中文，「西」指英文，兩種語言在同一本書裏並排列印，方便讀者對照。目前我們所見的「中西字」聖經只有官話版（現代普通話版）和廣東話版。因為封面中文書名未明確註明是「官話」還是「廣東話」，讀者需要通過英文書名（Mandarin / Cantonese）來判斷內文情況。

第一本廣東話中西字版聖經是《路加傳福音書》，1886 年由美國聖經會出版。根據 H. W. Spillett 的研究，1886 年中西字版聖經的讀者主要為希望學習英語的中國人，尤其是移民美國的廣東人。後來 1899 年出版的廣東話中西字版《馬太》、《馬可》，以及 1900 年出版的《路加》、《約翰》、《使徒》，均由北海聖公會牧師之妻編輯。我們推測，這本聖經的讀者為北海傳教士開辦的學校裏學習英語的中國人，以及學習廣東話的歐美傳教士。第一本中西字版新約聖經於 1903 年由美國聖經會出版，可惜我們未找到此版本。

目前可在美國哈佛大學圖書館查閱到 *The New Testament in English and Canton Colloquial*（《新約全書・中西字》）1908 年電子版。這本聖經是我們所見的第一本廣東話中西字版新約聖經。該書通過 19 世紀廣東話與 17 世紀英文對照，為當代學者研究廣東話與英文的特色提供了珍貴資料。

二、廣東話聖經版本數量統計

從 1862 年開始，西方傳教士陸續出版了各種版本的廣東話聖經。我們對 1860–2010 年間聖經版本數量進行了統計（如下圖）。19 世紀 70 年代開始，聖經的版本數量持續增多，到 20 世紀初達到高峰期，其後廣東話聖經一度停印。到了 1959 年，香港聖經公會成為唯一印刷廣東話版聖經的機構。

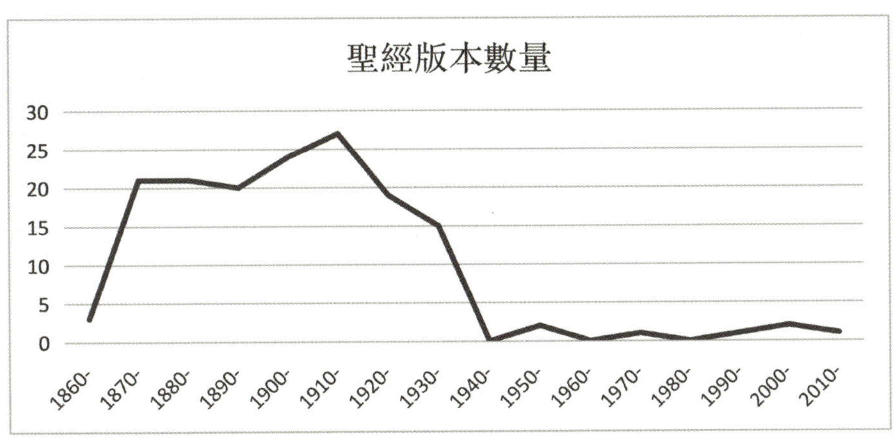

三、廣東話聖經類別及版本數量

廣東話聖經可以分成四類。1862–2010 年每類廣東話聖經的版本數量統計如右表：

類別	版本數量
漢字	101
中西字	27
拼音	24
點字	4

「中西字」指中文和英文「雙語版」，因為英文橫排、中文豎排，且字體大小不一，排版比較複雜。19 世紀末至 20 世紀初問世的「中西字」聖經中，僅官話版與廣東話版存世。我們找到的 27 本廣東話中西字版聖經中，有 22 本在中國上海出版，5 本在日本橫濱出版，反映了這兩個城市當時已成為宗教出版物的中心。

四、新約聖經對照「睇真啲」

新約聖經記載，耶穌基督誕生時，三位東方博士循星象來朝拜。以下節錄《馬太福音》第二章第九至十二節廣東話與英文對照經文：

九	博士聽見王所講，就起行去咯。忽然在東便所見個粒星喺前頭引佢哋，引到個細仪仔所在個處，就止在佢上頭。	When they had heard the king, they departed; and, lo, the star, which they saw in the east, went before them, till it came and stood over where the young child was.

十	博士睇見個粒星，歡喜到了不得。	When they saw the star, they rejoiced with exceeding great joy.
十一	入到屋裏，見細伩仔，同埋佢母親馬利亞，就跪倒拜個細伩仔，打開佢嘅寶盒，摵禮物獻上，即係黃金乳香沒藥。	And when they were come into the house, they saw the young child with Mary his mother, and fell down, and worshipped him: and when they had opened their treasures, they presented unto him gifts; gold, and frankincense, and myrrh.
十二	博士喺夢中得默示，叫咪番去希律處，就喺別條路番歸本土。	And being warned of God in a dream that they should not return to Herod, they departed into their own country another way.

☞【「跪倒」(現代為「跪喺度」)＝跪下。「摵」＝將。「喺」＝在。「番歸」＝回去。】

St. MATTHEW, II. 　馬太第二章 　3

CHAPTER II.

NOW when Jesus was born in
Bethlehem of Judea in the
days of Herod the king, behold,
there came wise men from the east
to Jerusalem,
2 Saying, Where is he that is
born King of the Jews? for we
have seen his star in the east, and
are come to worship him.
3 When Herod the king had
heard *these things*, he was troubled,
and all Jerusalem with him.
4 And when he had gathered
all the chief priests and scribes
of the people together, he demanded
of them where Christ should be born.
5 And they said unto him, In
Bethlehem of Judea: for thus it is
written by the prophet,
6 And thou Bethlehem, *in* the
land of Juda, art not the least
among the princes of Juda: for
out of thee shall come a Governor,
that shall rule my people Israel.
7 Then Herod, when he had
privily called the wise men, inquired
of them diligently what time the
star appeared.
8 And he sent them to Bethlehem,
and said, Go and search diligently for
the young child; and when ye have
found *him*, bring me word again, that
I may come and worship him also.
9 When they had heard the king,
they departed; and, lo, the star,
which they saw in the east, went
before them, till it came and stood
over where the young child was.
10 When they saw the star, they
rejoiced with exceeding great joy.
11 ¶ And when they were come
into the house, they saw the young
child with Mary his mother, and fell
down, and worshipped him: and when
they had opened their treasures,
they presented unto him gifts; gold,
and frankincense, and myrrh.

第二章

當希律王個時、耶穌旣喺猶太伯利恒出世、有幾位博士、喺東便嚟到耶路撒冷話、二生出嚟做猶太人王嘅、喺邊處呢、因我哋喺東便、望見佢粒星、故此嚟拜佢。三希律王聽聞、就慌起嚟、通耶路撒冷都係噉。四就叫齊衆祭司長、同民間讀書人嚟問話、基督應該喺邊處出世呢。五衆人對佢話、喺猶太伯利恒、因爲先知有寫落噉話、六猶太地伯利恒呀、你喺猶太府縣中、唔係至小嘅、因爲將來有個君王、喺你處出、嚟保養我以色列百姓嘅。七於是希律靜靜叫個的博士嚟、細問個粒星係幾時現出。八就打發佢哋去伯利恒、話、你去落力查問個細伩仔、搵着、就話過我知、等我亦去拜佢。九博士聽見王所講、就起行去咯、忽然在東便所見個粒星、喺前頭引佢哋、引到個細伩仔所住個處、就止在佢上頭。十博士睇見個粒星、歡喜到了不得。十一入到屋裏、見細伩仔、同埋佢母親馬利亞、就跪倒拜個細伩仔、打開佢嘅寶盒、摵禮物獻上、即係黃金乳香沒藥。

五、廣東話特色「睇真啲」

這本聖經是 1908 年出版的，當時的廣東話用詞和現在的廣東話有些不同。例如：

	1908 年廣東話	2025 年廣東話
1.	話過我知	話俾我知
2.	跪倒	跪喺度
3.	摵禮物獻上	將禮物獻上
4.	別條路	第二條路
5.	番歸	翻去

48

《新舊約全書．廣東話》——20 世紀初廣東話漢字版聖經

出版年份：1934 年。

翻譯者：不詳，推測為基督徒。

本書採用 1934 年版。第二頁註明：新舊約全書、廣東話、聖書公會印發。第三頁用英文註明；British & Foreign Bible Society、Shanghai、1934。正文前有：1. 舊約目錄：由第一卷書《創世記》到最後一卷書《馬拉基書》；2. 新約目錄：由第一卷書《馬太福音》到最後一卷書《啟示錄》；3. 舊新約各卷書均附加簡稱，例如：《創世記》簡稱「創」、《馬太福音》簡稱「太」；4. 凡例，例如：有標點。

各卷書每一章都註明關鍵詞 / 短語，例如：《創世記》第一章註明「上帝創造天地」。

一、文獻價值

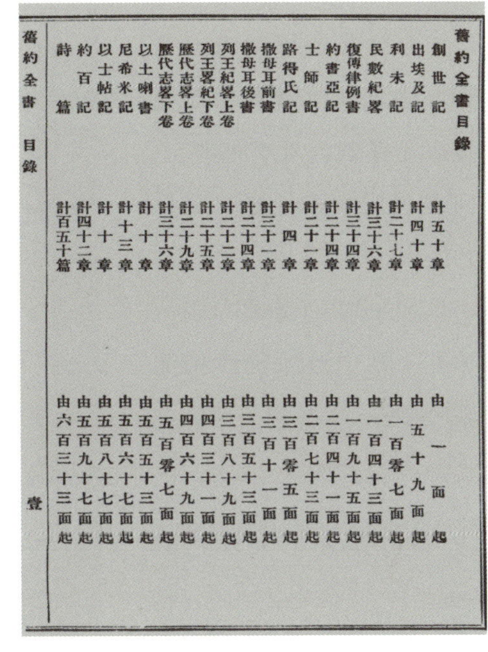

舊約全書目錄

創世記	計五十章	由一面起
出埃及記	計四十章	由五十九面起
利未記	計二十七章	由一百零七面起
民數紀畧	計三十六章	由一百四十三面起
復傳律例書	計三十四章	由一百九十五面起
約書亞記	計二十四章	由二百四十一面起
士師記	計二十一章	由二百七十三面起
路得氏記	計四章	由三百零五面起
撒母耳前書	計三十一章	由三百十一面起
撒母耳後書	計二十四章	由三百五十三面起
列王紀畧上卷	計二十二章	由三百八十九面起
列王畧紀下卷	計二十五章	由四百三十一面起
歷代志畧上卷	計二十九章	由四百六十九面起
歷代志畧下卷	計三十六章	由五百零七面起
以士喇書	計十章	由五百五十三面起
尼希米記	計十三章	由五百六十七面起
以士帖記	計十章	由五百八十七面起
約百記	計四十二章	由五百九十七面起
詩篇	計百五十篇	由六百三十三面起

舊約全書 目錄 壹

我們在香港教育大學圖書館查閱到《新舊約全書．廣東話》1934 年電子版。這本書在 1862 年首版廣東話《馬太福音》和《約翰福音》問世七十多年後出版。

最早的廣東話聖經由 19 世紀傳教士個人翻譯，後由不同差會的外國傳教士合作翻譯，試用後再進行修訂。進入 20 世紀，華人也開始參與修訂工作。民國時期，人們文化水平有所提升，因而 1934 年的《新舊約全書．廣東話》中也使用了一些白話文詞彙進行翻譯。

我們認為廣東話聖經的語體與時並進，是為了更配合當時信徒的需要。其貢獻在於：1. 為廣東話聖經翻譯者及基督教廣東發展研究者提供語料；2. 為廣東話語言研究提供參考。

二、舊約中的人物

❶ 信心之父亞伯蘭 / 阿伯拉罕（Abraham）

耶和華對亞伯蘭說：「你當出嘵本地，離開親戚，隔別父家，去到我將指示你嘅地方，我必令你做大國，賜福過你……天下萬民必定由你得福。……亞伯蘭出哈蘭個時係七十五歲。」（《創世記》第十二章第一至七節）

儘管亞伯蘭夫婦年邁無子，最終神應許賜給他們一個兒子。「亞伯拉罕生仔以撒之時，佢係一百歲。」（《創世記》第二十一章第五節）

為了考驗亞伯蘭的信心，「上帝話，帶你個仔……去摩哩地方……喺個處獻佢過我做燔祭。」（《創世記》第二十二章第二節）

當亞伯蘭準備動手時，神阻止並賜福：「我必祝福你，令你後裔好似天上嘅星、海上嘅沙咁多，你後裔必定得倒仇敵嘅城郭。」（《創世記》第二十二章第十七節）

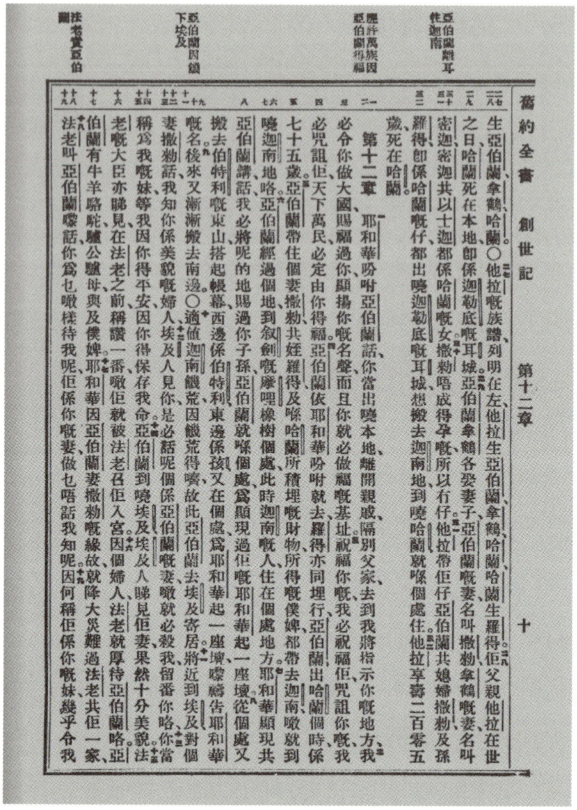

亞伯蘭經歷離鄉、晚年得子、獻子考驗仍然相信神，被後人美譽為「信心之父」，當之無愧。

❷ 不聽話的先知約拿（Jonah）

尼尼微城的人犯下罪過，耶和華派遣先知約拿勸他們悔改，但約拿卻乘船往反方向走。耶和華於是懲罰約拿，讓他落入海中，被吞進魚肚。最後，約拿終於在魚肚裏向上帝祈禱，表示願意叫尼尼微城的人悔改。經文節錄如下：

◉ 約拿起程逃至大失、避去耶和華嘅面前……耶和華使大風降落海上……吹到隻船將近壞爛。於是船家驚慌……約拿就對佢哋話……因為我知到咁大嘅狂風降臨你哋、係為我嘅緣故呀。……噉就執起約拿[illegible]落海、海嘅狂風就平息咯……耶和華就預備一條大魚、吞嘵約拿、約拿在魚肚三日三夜咁耐呀。約拿由魚肚向佢嘅上帝祈禱……

從上面的經文及相關段落中可以看到，現代廣東話的詞語已經跟20世紀30年代的廣東話有所不同，例如：

	20 世紀 30 年代廣東話	現代廣東話
1.	嘵	咗
2.	掞落海	掉落海
3.	唔歡喜	唔開心
4.	城邑	城

三、浪子回頭的比喻

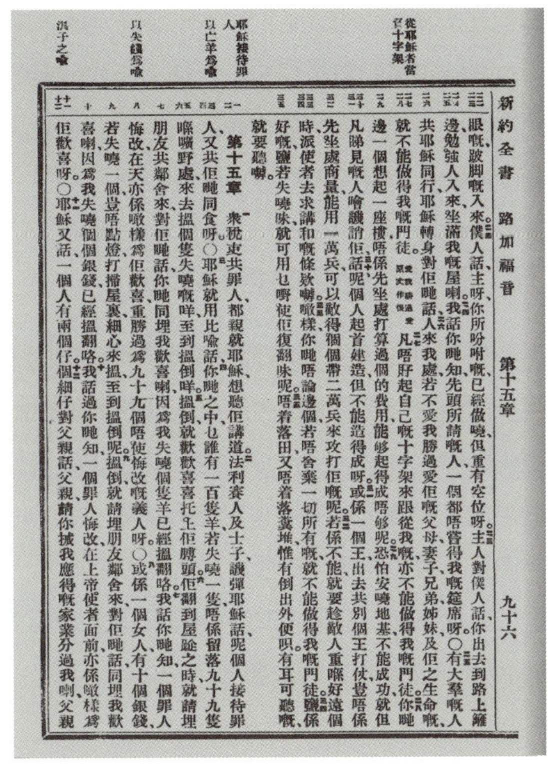
從耶穌者當背十字架
耶穌接待罪人
以亡羊為喻
以失錢為喻
浪子之喻

新約全書　路加福音　第十五章　九十六

眼嘅、跛脚嘅入來。[二二]僕人話、主呀、你所吩咐嘅、已經做嘵、但重有空位呀。[二三]主人對僕人話、你出去到路上籬
邊、勉強人入來、坐滿我嘅屋喇。[二四]我話你哋知、先頭所請嘅人、一個都唔嘗得我嘅筵席呀。○[二五]有大羣嘅人
共耶穌同行、耶穌轉身對佢哋話、[二六]人來我處、若不愛我勝過愛佢嘅父母、妻子、兄弟、姊妹、及佢之生命嘅、
就不能做得我嘅門徒。(愛我勝過愛原文作恨)[二七]凡唔肯起自己嘅十字架來跟從我嘅、亦不能做得我嘅門徒。[二八]你哋
邊一個想起一座樓、唔係先坐處打算過個的費用、能夠起得成唔夠呢。[二九]恐怕安嘵地基、不能成功、就佢
凡睇見嘅人、嚕譏誚佢、[三十]話呢個人起首建造、但不能造得成呀。[三一]或係一個王、出去共別個王打仗、豈唔係
先坐處商量、能用一萬兵、可以敵得個個帶二萬兵來攻打佢嘅呢。[三二]若係不能、就要趁敵人重喺好遠個
時、派使者去求講和嘅條欵嘞。[三三]噉樣、你哋唔論邊個、若唔舍棄一切所有嘅、就不能做得我嘅門徒。[三四]鹽係
好嘅、鹽若失嘵味、就可用乜嘢使佢復翻味呢。[三五]唔着落田、又唔着落糞堆、惟有倒出外便唄。有耳可聽嘅、
就要聽嘞。
第十五章 [一]衆稅吏共罪人、都親就耶穌、想聽佢講道。[二]法利賽人及士子、譏彈耶穌話、呢個人接待罪
人、又共佢哋同食呀。○[三]耶穌就用比喻話、[四]你哋之中、乜誰有一百隻羊、若失嘵一隻、唔係留落九十九隻
喺曠野處、來去搵個隻失嘵嘅咩、至到搵倒咩。[五]搵倒、就歡歡喜喜托上佢膊頭。[六]佢翻到屋企之時、就請埋
朋友共鄰舍來、對佢哋話、你哋同埋我歡喜喇、因為我失嘵個隻羊已經搵翻咯。[七]我話你哋知、一個罪人
悔改、在天亦係噉樣、為佢歡喜、重勝過為九十九個唔使悔改嘅義人呀。○[八]或係一個女人、有十個銀錢、
若失嘵一個、豈唔點燈、打掃屋裏、細心來搵、至到搵倒呢。[九]搵倒、就請埋朋友鄰舍來、對佢哋話、同埋我歡
喜喇、因為我失嘵個個銀錢、已經搵翻咯。[十]我話過你哋知、一個罪人悔改、在上帝使者面前、亦係噉樣為
佢歡喜呀。○[十一]耶穌又話、一個人有兩個仔。[十二]個細仔對父親話、父親、請你摵我應得嘅家業分過我喇、父親

耶穌講述的「浪子回頭」故事中，小兒子要求分家並將家產揮霍殆盡，最後走投無路只好回家。父親遠遠看到小兒子就去親吻他。這引起了大兒子的嫉妒，他認為父親不公平。父親勸說道，「他是死而復活、失而復得的浪子，所以你應該高興才對。」

以下經文節錄自《路加福音》十五章第十一至三十二節：

◉ 耶穌又話，一個人有兩個仔。個細仔對父親話，父親，請你摵我應得嘅家業分過我喇，父親就摵產業分過佢。……佢想摵豬所食嘅豆莢來充飢，都冇人俾過佢。佢醒悟起來……於是起身去佢父親處。重離好遠，佢父親睇見，就動起憐憫嘅心……共佢接吻。……大仔發怒起來，唔肯入去，佢父親就出來勸佢。……你呢個細佬，死嘵又復生，失嘵又得翻，故此我哋歡喜快樂，都係理所當然嘅呀。

耶穌用這個故事來比喻世人都像小兒子一樣犯了罪，而上帝就好比那個慈父，隨時寬恕接納他的子民。

四、新約時代的以色列人

以色列人當時處在羅馬人的統治之下，但宗教活動並未被阻止，如耶穌曾在加利利各會堂傳道。羅馬人更聘請色列人為稅吏，如馬太（Matthew）。有些以色列人盼望能夠出現一個軍事強人，幫助他們復國。當耶穌出現時，以色列人誤以為他就是那個政治救主，卻不知耶穌是拯救靈魂的救世主。

當時平民的職業包括：1. 漁夫，如耶穌的門徒彼得；2. 木匠，如耶穌的爸爸約瑟；3. 醫生，如照顧保羅的路加；4. 生意人，經文有記載，耶穌進聖殿時，把在聖殿裏做買賣的人都趕了出去。

五、廣東話聖經的後期翻譯

到了 20 世紀，華人開始參與聖經修訂，如區鳳墀參與了 1906 年版《新約全書》的修訂。民國時期，更多人能夠看懂白話文，所以基督教聖經翻譯的策略也發生轉變。1919 年全中國基督教教會統一使用的《官話和合本》（用白話文翻譯的聖經）出版之後，廣東話聖經的經文也向《和合本》靠攏。本文採用的 1934 年廣東話版聖經是《和合本》之後的版本。

對比下面三個版本聖經中同一段經文可以發現，1934 年廣東話版聖經受到了 1919 年《和合本》的影響。

	《路加福音》第一章第一節
路加傳福音書（1883 年）	提阿非羅大人呀，因為有好多人，將我哋教中大有憑據嘅事，一段段寫落。
和合本（1919 年）	提阿非羅大人哪，有好些人提筆作書、述說在我們中間所成就的事。
新舊約全書（1934 年）	提阿非羅大人呀，有好多人執筆作書，記錄在我哋之中所成就嘅事。

六、20 世紀廣東話聖經的語言特點

20 世紀傳教士翻譯的廣東話聖經具有以下特點：

❶ 採用「三及第」文體

與本書介紹的其他作品類似，為了讓廣東人容易看懂聖經，傳教士翻譯時借用了傳統廣東俗文學的新文體「三及第」，即夾雜「文言文」、「白話文」、「廣東話」。其中，「廣東話」比例相當高，只偶爾使用「白話文」或「文言文」詞語。

❷ 保持莊重典雅的風格

當時人們一般認為廣東話書寫「難登大雅之堂」，所以傳教士使用文言文來翻譯聖經，保持莊重典雅風格，如《約翰福音》第十一章第二十七節中，廣東話聖經使用「上帝之子」，和合本聖經使用「上帝的兒子」。比較來看，廣東話聖經用詞更加典雅。

	《約翰福音》第十一章第二十七節
和合本（1919 年）	馬大說，主阿，是的。我信你是基督、是上帝的兒子、就是那要臨到世界的。
新舊約全書（1934 年）	馬大話，主呀，係咯，我信你係基督上帝之子，應該臨世嘅呀。

A Vocabulary with Colloquial Phrases, of the Canton Dialect
——19世紀英美人士的廣東話教材

A

VOCABULARY

WITH

COLLOQUIAL PHRASES,

OF THE

CANTON DIALECT.

BY S. W. BONNEY.

出版年份：1854年。

作者：邦尼（S. W. Bonney，1815-1864年），美國公理會（American Board of Commissioners for Foreign Missions）駐華牧師。1845年抵達香港，隨即到廣州擔任教師。後來負責公理會新聞工作。第二次鴉片戰爭期間去澳門避難。後前往廣州，重新開始佈道和管理教會學校工作。著有*Phrases in the Canton Colloquial Dialect*、*A Vocabulary with Colloquial Phrases, of the Canton Dialect*等。

本文採用1854年版。這本書是英美人士學習廣東話短語的教材。封面註明：1. A Vocabulary with Colloquial Phrases, of the Canton Dialect；2. By S. W. Bonney；3. Printed at the office of the Chinese Repository；4. 1854。首頁用英文說明所採用的拼音系統（用英文字母標示廣東話的發音）。全書共544頁，詞語按英文字母排序。讀者可以通過A-Z查找對應的廣東話相關漢字及拼音。

一、文獻價值

A

VOCABULARY

WITH

COLLOQUIAL PHRASES,

OF THE

CANTON DIALECT.

A

ABOUT. I am also about the same, 我都係咁上下, *ngaw too hi kóm shay-ung há.*
ABOVE, 上高 *shay-ung kò.*
It is above at the Tranquil Sea gate, 係上高靖海門 *hi shay-ung kò tsıng hoy moon.*
ABRIDGE. An abridged character, 減筆字 *kám put tsz.*
This book is abridged into an ancient and perspicuous style, 呢部書簡老明白 *nee poo shü kán lò ming pák.*
ABSTAIN. Can not abstain entirely, 唔戒得嗹 *'m ki tuk lut.*
What good remedy is there for abstaining from opium?

19 世紀公理會派邦尼到廣東傳教，他學習兩年便能流利使用廣東話。因為喜歡走上街頭用地道的廣東話和廣東人聊天，不僅學會了廣東俗語，還深入瞭解了廣東的風俗習慣。

這本書雖然是學習廣東話的教材，但內容包含不少基督教用語，並反映了當時廣東社會的問題。目前可在斯坦福大學查閱到 *A Vocabulary with Colloquial Phrases, of the Canton Dialect* 的 1854 年電子版。這本書記錄了 19 世紀廣東話詞語 / 短語，可為研究當時社會狀況、中國文化及廣東話特色提供依據。

二、外國人在廣州

19 世紀廣州是貿易口岸，民眾因而有機會接觸到不同種族的人。邦尼作為美國人，融入當地，學方言，穿華服，走上街頭與廣東人接觸。例如：

英文	I wish to converse with native men.
廣東話漢字	我要同本地人談論。
廣東話拼音	ngwaw ee-ue tōng poōn tee yun tám lun.

I wish to converse with native men, 我要同本地人談論 *ngwaw ee-ue tòng poòn tee yun tám lun.*

廣東人在路上看到邦尼便會說：

英文	A respectable foreigner dressed in Chinese costume.
廣東話漢字	老番辦（編者按：扮）唐人裝。
廣東話拼音	lō fán pán tawng yun chawng.

廣東人見到邦尼買東西吃，便會說：

英文	He knows how to pay money for eatables.
廣東話漢字	佢曉得俾錢吃野。
廣東話拼音	kü hee-ue tuk pee tseen yák yay.

當時廣東人把外國人叫做「番」或「鬼」。有一次邦尼聽到後，用友善的態度問他們：

英文	Allow me to ask you to explain how I am a devil.
廣東話漢字	請問點解我係鬼？
廣東話拼音	tsing mun teem kī ngwaw hi kwī.

廣東人見邦尼態度友善，便問他很多問題，如「你學廣東話好耐？」「你會寫唐字冇？」「你邊國人？」「你住在邊處？」……

邦尼就這樣跟廣東人交談，學會了地道的廣東話。在廣東生活，有時也會身體不適。書中有記載「唔着水土」，即「水土不服」。邦尼來中國後身體不好，49 歲時就去世了。當時有不少外國傳教士都因水土不服逝世。

The water and climate do not agree with me, 唔着水土
'm chay-uk shoo-e tō.

三、社會現象「睇真啲」

邦尼記錄了當時的一些社會現象：

❶ 吸食鴉片

◉ 個隻船裝鴉片來、鴉片係嗌買來呢處冇得出、佢食鴉片煙壞自己身、鴉片係毒物、唔好食鴉片煙。

❷ 賭博

◉ 勿賭錢、賭錢人至詭骨。 【詭骨＝詭詐】

❸ 火災

◉ 小心火燭、火燒屋、舊年火燒個邊。

❹ 抽煙

◉ 捉嫩仔點火食煙。☞【嫩仔＝小男孩】

四、廣東婦女的處境

邦尼記錄了當時廣東婦女的處境：

❶ 婚姻制度

◉ 一妻一妾、棄妻重妾。

❷ 傳統禮教

◉ 呢度女人唔肯出門、女人唔好攜手行、男女唔親手接物件、男人做外事女人做內事。

❸ 日常工作

◉ 綉花、女人要織布。

❹ 受教育情況

◉ 今日我睇見一個中國女人會讀書。

五、海上交通工具

廣東的海上交通很繁忙，邦尼記錄的交通工具包括：

1.	三板	boat	4.	渡船	a passage-boat
2.	西瓜扁	a cargo boat	5.	火船	a steamboat
3.	番船	foreign ship			

Boat, a 三板 *sám pán*. A passage-boat, 渡船 *tò shün*.

六、廣東的風俗文化

邦尼記錄了廣東的風俗文化，包括「菩薩誕」(佛誕)、「上元節」(元宵節)、「睇龍船」(端午節)、「夏至劏狗」、「通書」(年曆／通勝)、「中國嫁娶有媒人」、「有孝著白」等。

七、各行各業「睇真啲」

邦尼記錄了當時社會的各種行業，例如：

- 耕種：種茶
- 醫療：醫生館
- 開店：剃頭鋪、染布鋪、棉花鋪
- 專業人士：通事、買辦、掌櫃、木匠
- 其他：水手、算命、賣魚、賣花、抬轎

到了現代，除了「抬轎」之外，仍然有人從事以上的工作。有些稱謂和過去已經不同，如「通事」現代稱作「翻譯」。

八、傳教用語「睇真啲」

邦尼是傳教士，所以他編寫的這本工具書中有不少基督教用語，例如：

◉ 上帝創造天地萬物。

◉ 讀「耶穌經」(聖經)至好。

◉ 兩點鐘講福音。

◉ 耶穌天降落來嘅。

◉ 耶穌嘅血為多人流。

九、語言特色「睇真啲」

❶ 外來詞

邦尼記錄了一些音譯或意譯外來詞，例如：

廣東話	花旗國	麵包	時辰鐘	咪非	黃薑雞
英文	America	bread	clock	coffee	curry chicken

【花旗國（美國）、時辰鐘（鐘）、咪非（咖啡）、黃薑雞（咖喱雞）。】

❷ 沿用至今的詞語

廣東話	唔該	多謝	大食懶人	講大話	無心機
英文	Excuse me	Thank you	A lazy glutton	Speak falsely	No fixed attention

【大食懶人：又懶又貪吃。】

❸ 沿用至今的慣用語

◉ 四海之內皆兄弟。

◉ 牛唔飲水唔撳得牛頭低。

◉ 柴米油鹽醬醋茶。

◉ 人有三衰六旺。

十、拼音系統「睇真啲」

邦尼自創拼音系統來標示廣東話的聲母和韻母，沒有標注聲調。其拼音系統的特點是韻母採用「英語式拼法」，以 ī 來標 ai 或 aai 音，如「係 hī」（粵拼 hai）、「埋 mī」（粵拼 maai）。其標音體現了早期廣東話的特色，如「佢 kü」（粵拼 kyu，現代讀 keoi）、「俾 pee」（粵拼 bi，現代讀 bei）。

我們再來看一些例子：

例子	我	本	俾	問	錢	有	係	解
拼音	ngwaw	poōn	pee	mun	tseen	yow	hī	kī

Sprechen Sie Chinesisch?《你噲講唐話唔噲》——19 世紀德國人的廣東話教材

你噲講唐話唔噲.
(Sprechen Sie Chinesisch?)

CHINESISCHE PHRASEOLOGIE
NEBST AUSFÜHRLICHER GRAMMATIK.
DIALECT VON CANTON.
(UMGANGSSPRACHE.)
HERAUSGEGEBEN
VON
EMIL HESS.

LEIPZIG, 1891.
C. A. KOCH's Verlag.
(J. SENGBUSCH.)

出版年份：1891 年。

作者：Emil Hess，生卒年不詳，德國人。19 世紀時曾在中國南方居住過一段時間。學過文言文、廣東話。對廣東的貿易及旅遊感興趣。著有 *Sprechen Sie Chinesisch?*（《你噲講唐話唔噲》）。

本文採用 1891 年版。封面註明 1. Sprechen Sie Chinesisch? 你噲講唐話唔噲；2. Emil Hess；3. C. A. Koch's Verlag；4. Leipzig；4. 1891。全書共有 200 面。目錄如下（中文目錄為筆者的翻譯）：

INHALTSVERZEICHNISS	目錄
1. Einleitung	1. 簡介
2. Syllabar	2. 音節表
3. Substantivum	3. 名詞
4. Adjectivum	4. 形容詞
5. Conjugation	5. 詞形變化
6. Zahlen	6. 數字
7. Pronomina	7. 代名詞
8. Phraseologie	8. 短語
9. Probe des Chinesischen Bücherstils	9. 文言文樣本
10. Probe einer wissenschaftlichen Chinesischen Definition	10. 科學中文樣本

由於內容非常豐富，我們只介紹其中的三部分：1. 醫療；2. 外來詞；3. 買賣。值得一提的是，本書作者也自創了廣東話拼音系統和聲調符號。

一、文獻價值

19 世紀來華的傳教士、外交官，大多用英文撰寫書籍。但隨著來華，尤其到廣東的德國商人及旅客越來越多，德國人對學習廣東話的需求日增，故而 Emil Hess 編寫了這本實用的廣東話教材。

我們在德國巴伐利亞國家圖書館找到 *Sprechen Sie Chinesisch?*（《你噲講唐話唔噲》）1891 年電子版。這是筆者目前發現最早一本用德文編寫的廣東話教材，書中不僅採用自創的廣東話拼音系統，還為德國讀者提供了簡單實用的詞彙，尤其是醫療和商業用語，書中也有不少反映當時廣東社會和語言特色的語料，比如外來詞，等等。

二、廣東話拼音系統及語法特點

本書第一章就介紹了廣東話的音節結構。作者自創的這套拼音系統，是為了方便德國讀者使用，故大致採用德文的拼法，比如用了德文字母 ä、ö、ü。因為德文中沒有像廣東話 o 韻母那樣的音，所以作者借用瑞典語的字母 å 來標示。

例字	野	藥	丸	個	你	重
拼音	jä	jök	jün	kå	nei	zung

至於聲調，作者則把感嘆號、問號、連字符、句號等，都寫在音節右側進行標示。

例字	應	請	個	嚟	每	外
拼音	jing!	tzeng?	kå-	lāi.	mui!-	ngåi-!
聲調	1	2	3	4	5	6

值得注意的是，作者還記錄了當時廣東話的一些語法特色，比如他留意到廣東人使用很多語氣助詞。例如：

◉ 我又唔曉寫字添。（我也不會寫字。）

冇銀㗎。（沒有錢啊。）

你係讀書人啩。（我猜你是讀書人吧。）

你對手污糟囉嗃。（你一雙手都已經很髒了。）

我講笑話啫。（我只是開玩笑而已。）

身子好翻㗎咯。（身體已經完全康復了吧。）

書中所使用的語氣助詞，到現代大多仍然使用。從上述例子中，可以看到作者廣東話語氣助詞掌握得很好。

三、買賣用語與數字的不同寫法

作者編寫這本書其中一個目的是做買賣，有不少買賣問答的字、詞、句，張口就來，非常實用。而且，也可以從中看到 19 世紀的廣東話特色。例如：

	19 世紀廣東話	現代廣東話	白話文
1.	唔係貴吖。係第一好貨咯。	唔貴㗎喇。係最好嘅貨喎。	不貴啊。是最好的貨啊。
2.	通香港都冇呢啲咁好嘅。	全香港都冇呢啲咁好嘅喇。	全香港都沒有這麼好的。

	19 世紀廣東話	現代廣東話	白話文
3.	叫人抬貨落貨倉喇。	叫人搬啲貨落貨倉啦。	讓人搬這些貨物去貨倉吧。

此外，作者用了很多例子來說明廣東話中數字的寫法和用法，例如：

一般寫法	正楷	花碼字	廣東話拼音
一	壹	〡	jat
三	叁	〣	sam!
五	伍	〥	ng!-
七	柒	〧	tzat
九	玖	〩	káu?

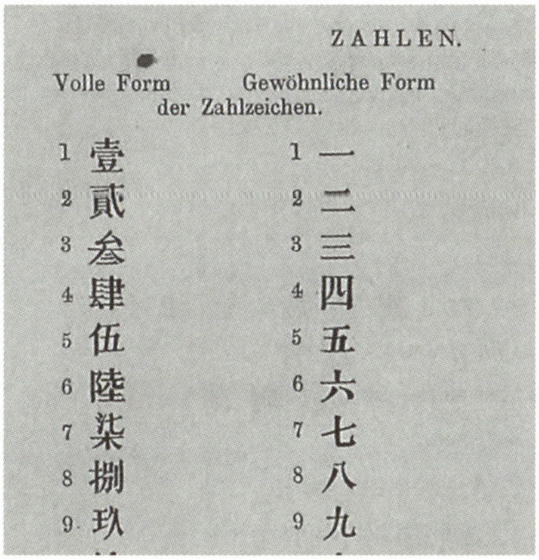

ZAHLEN.

Volle Form	Gewöhnliche Form
der Zahlzeichen.	
1 壹	1 一
2 貳	2 二
3 叁	3 三
4 肆	4 四
5 伍	5 五
6 陸	6 六
7 柒	7 七
8 捌	8 八
9 玖	9 九

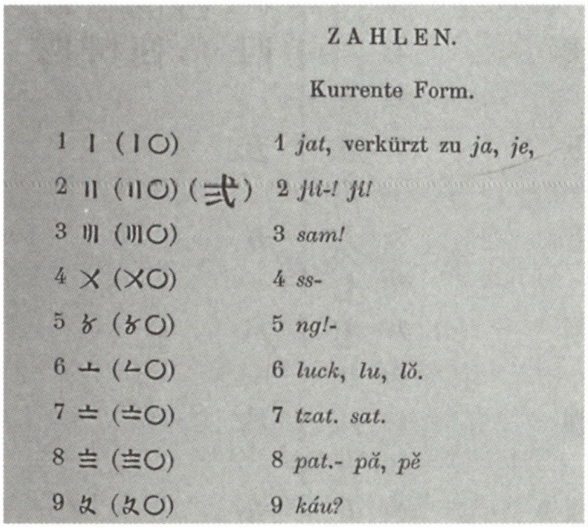

ZAHLEN.

Kurrente Form.

1 〡 (〡〇)	1 *jat*, verkürzt zu *ja*, *je*,
2 〢 (〢〇) (弍)	2 *jîi-! jî!*
3 〣 (〣〇)	3 *sam!*
4 〤 (〤〇)	4 *ss-*
5 〥 (〥〇)	5 *ng!-*
6 〦 (〦〇)	6 *luck*, *lu*, *lŏ*.
7 〧 (〧〇)	7 *tzat. sat.*
8 〨 (〨〇)	8 *pat.- pă*, *pĕ*
9 〩 (〩〇)	9 *káu?*

作者知道廣東的數字在不同場合有不同寫法。除了一般寫法之外，在菜市場等地交易時會寫花碼字。花碼字，又稱「蘇州碼子」，是中國早期民間的商業數字，舊時在港澳地區的街市、餐館、藥鋪仍能見到。而大交易的買賣，為保證準確性，大多用正楷書寫，例如：寫銀票時就使用正楷，以免別人更改。

四、醫療用語

這本書出現很多醫療用語，可以從以下示例中一探究竟：

❶ 醫生問診

例 1	廣東話漢字	你病有幾耐呢？
	廣東話拼音	Néi? peng-! jau!- kéi? nåi- ne!
	德文逐字翻譯	Sie Krankheit haben wieviel lange he?

現代廣東話：你病咗幾耐呀？（你病了多久？）

例 2	廣東話漢字	重有乜野病冇呢？
	廣東話拼音	Zung-! jau! mijä! peng-! mo ne!
	德文逐字翻譯	ausserdem haben was Ding Krankheit nicht he?

現代廣東話：仲有啲乜嘢病呀？（還有些甚麼病？）

❷ 病人求醫

例 1	廣東話漢字	你會醫呢個病症唔會呢？
	廣東話拼音	Néi! wű̆i! ji ni! kå- peng tcheng m wui!- ne!
	德文逐字翻譯	Sie können heilen diese Krankheit nicht können he?

19 世紀廣東話使用的疑問句型是「會＋動詞＋唔會」，現代廣東話則用「會＋唔會＋動詞」。而且，口語中常用「識」來代替「會」，所以以上問句的現代廣東話應該是：你識唔識醫呢個病呀？（你會治療這種病嗎？）

例 2	廣東話漢字	我應食乜野藥呢？
	廣東話拼音	Ngå! jing! ssick mijä! jöck ne!
	德文逐字翻譯	ich müssen essen was Ding Medizin he?

現代廣東話：我應該食乜野藥呀？（我應該吃甚麼藥？）

❸ 醫生囑咐

例 1	廣東話漢字	個的藥丸每朝要吞半粒。
	廣東話拼音	Kå-ti!- jök jŭn. mui!- zéu! ju- t'an! pŭn nap
	德文逐字翻譯	diese Medizin jeder Morgen wollen ½

現代廣東話：個啲藥丸每朝要食半粒。（那些藥丸每天早上要吃半顆。）

例 2	廣東話漢字	每日飲兩匀，每匀飲一酒杯咁多。
	廣東話拼音	Mŭi!-jatt jam? löng!- wáan.- mŭi!- wáan.- jam? jat záu pŭi! kam? tóu!
	德文逐字翻譯	Jeder Tag trinken 2 Mal jeder gleich trinken ein Wein Glas wie viel

現代廣東話：每日飲兩次，每次飲一格。（每天喝兩次，每次一小杯／格子刻度的量。）

❹ 他人關心

例 1	廣東話漢字	佢係外科醫生噅內科呢？
	廣東話拼音	K'öi!- hái-! ngåi-! få! ji! ssang! péi-! nåi-! få! ne!
	德文逐字翻譯	er sein äusserlich heilen Leben oder innerlich he?

現代廣東話：佢係外科醫生定內科醫生呀？（他是外科醫生，還是內科醫生呢？）

例 2	廣東話漢字	請唐人醫生嚟睇脈呀。
	廣東話拼音	tzeng? T'ong. jann. ji! ssang! lāi. t'ái? muck a-
	德文逐字翻譯	Bitten Tang Mann heilen Leben kommen sehen Puls he!

現代廣東話：請中國醫生嚟把脈呀。（請中國醫生來號脈。）

五、外來詞和社會情況

作者在書裏面用了一些音譯和意譯的外來詞，例如：

◉ 皇后去過穌吉蘭。

咖啡炒焦致好。

個個都係法蘭西人。

你嘅時辰鏢唔準。

耶穌聖誕個日佢必見你。

當時，很多外國貨品、地方名稱、西方節日都已經翻譯成廣東話，但與現代的說法有一些不同，例如：穌吉蘭（蘇格蘭）、法蘭西人（法國人）、時辰鏢（手錶／錶）、耶穌聖誕（聖誕／聖誕節）。

作者是外國人，能夠比較敏銳地察覺到廣東一些特別的社會情況。雖然有些廣東話用語與現代不大相同，但也可以從中看出當時的某些現象。

	19 世紀廣東話	現代廣東話	白話文
1.	佢食鴉片煙冇呢？	佢有冇食鴉片呀？	他吸鴉片嗎？
2.	今年嘅通書	今年嘅通勝	今年的黃曆

19 世紀廣東有不少人吸食鴉片，所以作者聽到「佢食鴉片煙冇呢」這個問題，就一點都不怪了。中國曆法與西方不同，每一年的中國日曆叫「通書」，而廣東人因為「通書」的「書」與「贏輸」的「輸」諧音，到了現代已改稱為「通勝」。

51

《日粵會話》——20世紀初日本人的廣東話教材

著者福屋正男

日粵會話

廣東東方日報社發行

出版年份：日本大正十二年（1923 年）。

作者：福屋正男，生卒年不詳，日本人。曾在廣東的銀行工作。

本文採用 1923 年版。封面註明：1. 著者福屋正男；2. 日粵會話；3. 廣東東方日報社發行。全書共 406 頁。正文前介紹廣東話的基本知識，正文分為四部分：1. 語音；2. 語法；3. 會話；4. 詞彙。語音部分包括：韻母和聲調練習。語法部分包括：代詞、數詞、形容詞、動詞、副詞、連詞、感嘆詞、語氣助詞、敬語的解釋和練習。會話部分包括：32 個情境對話練習。詞彙部分包括：時間、天文、方向、地理、人倫、身體、家居、食物、動物、藥品、稱謂、歇後語等。

一、文獻價值

現代有不少日本人學習廣東話。因為日本也使用漢字，日本人比西方人更容易學廣東話。作者福屋正男是當時在廣東工作的銀行職員，而且書中有兩篇序言是駐廣東沙面的日本朋友為他寫的。

我們在中國台灣華文電子書庫找到《日粵會話》1923 年電子版。這是我們目前找到的最早一本由日本人編寫的廣東話教材。這本書的內容非常豐富，筆者精選了其中幾項作比較分析：1. 重疊詞，2. 歇後語，3. 稱謂，4. 農曆新年，5. 語法，6. 拼音。

二、重疊詞

廣東話形容詞有 ABB 重疊的形式。作者用日文描述這是一種「特殊形容詞」。以下摘錄一些例子並註明日文讀音及解釋，不過，需留意：第一，作者用「平假名」標示發音，而且作者創造的聲調符號很難叫廣東人明白，所以筆者用現代「粵拼」聲調的數字括註在後面；第二，作者解釋廣東話詞語，有部分使用舊式日文書寫，筆者則改用現代日文，並增加白話文一項，方便對照。例如：

	廣東話	日文	白話文
1.	熱辣辣	いっらっらっ (6-1-1)。熱い（天気。物の熱いもの）。	熱烘烘
2.	凍冰冰	とーんぺんぺん (3-1-1)。冷たい。	冰冷
3.	鞋霎霎	はいさぷさぷ (4-3-3)。粗っぽい（手足の荒れた）。	不光滑
4.	矮凸凸	あいたったっ (5-1-1)。低い。	個子矮小
5.	光撐撐	くうおんちゃんちゃん (1-4-4)。光る。禿頭。	光線太強

現代香港仍然使用以上 1–5 的重疊詞形式。

三、歇後語

歇後語這種語言遊戲在第一次玩的時候最有趣。聽了頭一句隱藏式的描述後，便要猜第二句，即真正的意思。我們摘錄了一些例子，並註明日文讀音，而且直接摘錄作者使用的平假名，也括註了粵拼聲調，方便對照：

	廣東話歇後語上半句	日文	廣東話歇後語下半句
1.	老鼠拉龜	ろうしゅらいくわい (5-2-1-1)	冇入手（無從著手）
2.	老鼠跌落天平	ろうしゅていっろくていぬぺん (5-2-3-6-1-4)	自己稱自己（自大）
3.	壽星公吊頸	さうせんこんていうけん (6-1-1-3-2)	嫌命長（自作孽）
4.	電燈膽	ていぬたんたーむ (6-1-2)	唔通氣（不避忌）
5.	火燒旗桿	ふおしうけいこん (2-1-4-1)	長炭＝長歎（長得安樂）

四、稱謂

廣東人為了表示尊重別人，會使用敬語，與自稱很不同，日文同樣如此。例如：

	廣東話尊稱	廣東話自稱
1.	閣下	（缺）
2.	貴姓、高姓	小姓、敝姓
3.	尊府、府上	舍下、敝舍
4.	令尊	家父
5.	令堂	家母

五、農曆新年

以前在廣東乃至中國，只有一個農曆新年，日本過去也是如此。後來才接觸到西方的新年曆法。明治六年（1873 年），日本政府決定不再用農曆新年，改用西方的新曆新年，即日本的新年是 1 月 1 號。本書作者在寫到新年時，也受此影響。請見下方示例：

◉ 甲：現在我哋中國人之中，係有好多人舉行新曆新年冇呢？

乙：係有都有嘅，但係有好多人都重係行舊曆新年嘅。

甲：要噉樣做兩回新年嘅，真係費事嘅咯。

乙：所有我哋的人一齊都係舉行新曆年就真正好咯。

丙：係咧！將來漸漸就噲係噉嘅咯。

從上述例子中，可以看到作者已談及新曆新年，而且作者覺得中國人有新曆新年就夠了。可能因為日本是這種情況，所以認為中國也會這樣吧。

六、語法

這本書的出版年份是 1923 年，當時的廣東話是 19 世紀早期廣東話和現代廣東話的過渡期。我們在例句中看到詞彙、語法都同時具有早期廣東話和現代廣東話的語言特色，例如：

表示處所方位的時候，早期廣東話用「- 處」，如「呢處、嗰處、邊處」。現代廣東話用「- 度」，如「呢度、嗰度、邊度」。這本書用「- 處」的例子很多，但也偶爾出現「- 度」。

表示動作完成的時候，早期廣東話用「曉」，現代廣東話用「咗」。這本書「曉」和「咽／咗」都用，但是「咽／咗」用得比「曉」多很多。

例如：

用字	例句
處	邊處有噉嘅道理。
度	針擠喺邊度呀？
咽／咗	省長去咽北京。食咗飯未呀？
曉	唔見曉咯。

七、拼音

作者雖然在銀行工作，但對學習語言的興趣相當大，對廣東話的拼音音節也十分瞭解。他考慮到當時日本人對拉丁字母不太熟悉，就採用平假名和自創的聲調符號來標示每個漢字的廣東話發音。作者在這本書中用了很多嶄新的方法，例如：高聲調用阿拉伯數字「1/ 2/ 3」(= 粵拼 1/ 2/ 3 聲)、低聲調用漢字「一 / 二 / 三」(= 粵拼 4/ 5/ 6 聲)、入聲按照高中低調分別標成「⚲ / o / ♀」(= 粵拼 1/ 3/ 6 聲)；送氣聲母用聲調符號旁邊加一點，例如第一聲旁邊有一點「人」；鼻音韻尾 -m, -n, -ng 分別用「- む」「- ぬ」「- ん」來標，等等。

例如：

例字	睇	個	天	色	或	有	雨	落	都	唔	定
讀音	たい	こ	ていぬ	しえく	わく	やう	ゆう	ろく	とう	む	てん
聲調	2	3	人	⚲	♀	二	二	♀	1	一	三

Introduction à l'Etude du Dialecte Cantonais
——20 世紀初法國人的廣東話教材

GEORGES CAYSAC,
Missionnaire au Kouangsi.

Introduction

à l'Etude du

DIALECTE CANTONAIS

HONGKONG
Imprimerie de Nazareth
1926

出版年份：1926 年。

作者：陳嘉言（Georges Caysac，1886–1946 年）。法國巴黎外方傳教會（De la Societe des Missions-Etrangeres de Paris）駐華神父。1910 年去貴州傳教，後來到廣西傳教，能說流利的廣東話。除了傳教，喜歡研究漢學。作品有《廣東方言研究入門》、《廣東方言研究入門增補篇》。

本文採用 1926 年版。首頁寫著：1. Introduction à l'Etude du Dialecte Cantonais；2. Hong Kong；3. Imprimerie de Nazareth；4. 1926；5. Georges Caysac, Missionnaire au Kouangsi（廣西傳教士）。全書有 226 頁，共四章：第一章（簡介語音、語法）；第二章（短語結構）；第三章（課程）；第四章（附錄）。

作為全書主體的第三章共有 70 課，包括：1. 名詞；2. 代詞；3. 形容詞；4. 問句；5. 動詞；6. 時態；7. 複句；8. 感嘆詞等。主要用法文解釋廣東話語法結構；所有例子都有廣東話漢字、廣東話拼音、法文對照。

一、文獻價值

本書的作者是法國天主教神父陳嘉言，他對漢學研究很有興趣。因為他在廣西長時間傳教，所以很熟悉當地的語言文化。

全書有四部分：1. 簡介語音、語法；2. 短語結構；3. 課程；4. 附錄。在第三部分的課程內容中，除了課文例句，還著重介紹了廣東話語法，其中每句例子都有：廣東話漢字、廣東話拼音、法文對照。

我們在香港大學找到 *Introduction à l'Etude du Dialecte Cantonais* 的 1926 年電子版，這是筆者目前找到的最早一本用法文編寫的廣東話教材。作者陳嘉言長居廣西南寧，因而記錄的是南寧的廣東話。

97 CHAPITRE III. — 33me LEÇON.

33me LEÇON 第 三 十 三 課 *Tai*$_3$ *sám*^{1} *shap*$_4$ *sám*^{1} *fo*^{3}.

Les Adjectifs et Pronoms indéfinis (suite).

1° Même,

a) marquant l'identité, se rend par 同 *t'oung*$_1$ 同樣 *t'oung*$_1$ *yeung*$_3$ 一樣 *yat*^{4} *yeung*$_3$. Ex.:
C'est la même chose. 係一樣 *Hai*$_3$ *yat*^{4} *yeung*$_3$.

b) placé dans une locution adverbiale, ne se rend pas d'ordinaire. [Ex.:
Par la même occasion. 常便 *Sheun*$_1$ *pin*$_3$.
Par cela même que. 因為 *Yan*^{1} *wai*$_3$.

c) ayant le sens de: aussi, se rend par 都 *tó*^{1}. Ex.:
Même le mandarin fait ainsi. 官都係噉做 *Koun*^{1} *tó*^{1} *hai*$_3$ *kom*^{2} *tsó*^{3}.

2° Chaque, chacun,

a) se rendent bien par 各 *kok*^{o}, 每 *moui*$_2$. Ex.:
Chaque homme. 各人 *Kok*^{o} *yan*$_1$ Chaque année. 每年 *Moui*$_2$ *nin*$_1$.

b) quand ils signifient: tous, on les rend bien par la répétition soit du nom, soit du classificatif propre. Ex.:
Chaque année. 年年 *Nin*$_1$ *nin*$_1$.
Chacun le sait. 個個都識 *Ko*^{3} *ko*^{3} *tó*^{1} *shek*^{4}.

3° Aucun, nul,

a) s'il s'agit de personnes, se rendent bien ainsi:
Aucun ne le sait. 毋人識 *Mó*$_1$ *yan*$_1$ *shek*^{4}.
毋邊個識 *Mó*$_1$ *pin*^{1} *ko*^{3} *shek*^{4}.

b) s'il s'agit d'animaux ou de choses, se rendent d'ordinaire par 無一 *mó*$_1$ *yat*^{4} suivi du classificatif, ou même par la simple négation. [Ex.:
Aucun de ces bœufs n'est gros.
咁多牛無一隻大嘅 *Kom*^{3} *to*^{1} *ngao*$_1$ *mó*$_1$ *yat*^{4} *tchek*^{o} *tái*$_3$ *ké*^{3}.
咁多牛無有大嘅 *Kom*^{3} *to*^{1} *ngao*$_1$ *mó*$_1$ *yao*$_2$ *tái*$_3$ *ké*^{3}.

4° Quiconque,

a) ayant le sens de: celui qui, ceux qui, se rend par 邊個 *pin*^{1} *ko*^{3} 乜人 *mat*^{4} *yan*$_1$ 乜誰 *mat*^{4} *sheui*$_1$. Ex.:
Quiconque désobéira sera puni. 邊個毋聽命受罰 *Pin*^{1} *ko*^{3} *mó*$_1$ *t'ing*^{1} *ming*$_3$ *shao*$_3$ *fat*$_4$.

b) parfois on répète les mots 邊個 *pin*^{1} *ko*^{3} pour donner plus d'énergie à la phrase.

EXEMPLES DE LA 33me LEÇON. 97*

C'est le même prix.
係一樣價 *Hai*$_3$ *yat*^{4} *yeung*$_3$ *ka*^{3}.
同樣價 *T'oung*$_1$ *yeung*$_3$ *ka*^{3}.

Par le fait même que vous agissez ainsi.
你一係咁做
Ni$_2$ *yat*^{4} *hai*$_3$ *kom*^{2} *tsó*^{3}.

J'y vais quand même.
我都去 *Ngo*$_2$ *tó*^{1} *hu*^{3}.

Le diable même a peur.
鬼都怕 *Kouai*^{2} *tó*^{1} *p'a*^{3}.

Ces deux maisons ont la même hauteur.
个兩間屋同咁高
Ko^3 *leung*$_2$ *kán*^{1} *ouk*^{4} *t'oung*$_1$ *kom*^{2} *kó*^{1}.

Chacun a ses affaires. 各人各事 *Kok*^{o} *yan*$_1$ *kok*^{o} *sz*$_3$.
Il le fait chaque jour. 佢日日做 *K'u*$_2$ *yat*$_4$ *yat*$_4$ *tsó*^{3}.

Il touche à chaque coup. 回回中 *Oui*$_1$ *oui*$_1$ *tchoung*^{3}.
百打百中 *Pák*^{o} *ta*^{2} *pák*^{o} *tchoung*^{3}.

Aucun ne vient. 毋一個來 *Mó*$_1$ *yat*^{4} *ko*^{3} *loi*$_1$.

Je n'en veux aucun.
一隻我都毋要 *Yat*^{4} *tchek*^{o} *ngo*$_2$ *tó*^{1} *mó*$_1$ *iou*^{3}.

Nul ne sait. 毋一個識 *Mó*$_1$ *yat*^{4} *ko*^{3} *shek*^{4}.
毋人識 *Mó*$_1$ *yan*$_1$ *shek*^{4}.

Nul ne peut dire. 毋一個人講得 *Mó*$_1$ *yat*^{4} *ko*^{3} *yan*$_1$ *kong*^{2} *tak*^{4}.

Il n'y a aucune utilité. 毋有使 *Mó*$_1$ *yao*$_2$ *shai*^{2}.
毋有一樣使 *Mó*$_1$ *yao*$_2$ *yat*^{4} *yeung*$_3$ *shai*^{2}.

Je n'ai aucun bien.
一樣我都毋要 *Yat*^{4} *yeung*$_3$ *ngo*$_2$ *tó*^{1} *mó*$_1$ *yao*$_2$.

Je ne connais aucun des 60 000 caractères chinois.
六萬隻中國字我毋識一隻
Louk$_4$ *mán*$_3$ *tchek*^{o} *tchoung*^{1} *kouok*^{o} *tsz*$_3$ *ngo*$_2$ *mó*$_1$ *shek*^{4} *yat*^{4} *tchek*^{o}.

二、天主教在中國的歷史與西方漢學的發展

一說到天主教，很多人都只認識早期來中國的意大利神父利瑪竇（Matteo Ricci）。其實最早來中國的應該是 1579 年到澳門的意大利神父羅明堅（Michele Ruggieri）。當時羅明堅一個人感到難於開拓天主教工作，所以要求教廷派利瑪竇去澳門協助開拓傳教的工作。羅明堅教導利瑪竇中文後，促使利瑪竇後來成為天主教在中國的先驅，也把西方知識帶給中國。

到了 17 世紀上半葉，因為發生「南京教案」，天主教的發展受到影響。直到 17 世紀下半葉才恢復正常，當時全國的外國傳教士據說有 103 人，羅文藻成為第一個中國神父及主教。但是後來因為發生「禮儀之爭」，清朝康熙、雍正、乾隆、道光等皇帝先後禁教，導致天主教在中國的傳教士及信徒越來越少。

直到鴉片戰爭後，天主教的很多修會及女修會才再增派傳教士來中國傳教。其中來自法國、意大利、比利時、荷蘭的傳教士最多。因為天主教興辦很多慈善機構救助貧困，又開辦學校讓很多孩子有機會受教育，所以當時天主教在中國的發展頗為順利。到了 21 世紀初，仍然有很多來自不同國家的天主教神父、修士、修女、女傳道人來香港先學習廣東話或中文，然後再去傳教。

明朝來中國的羅明堅和利瑪竇除了是神父，也是漢學家，倆人各自編寫了不少作品。比如，羅明堅手繪《中國地圖集》及編寫《天主聖教實錄》，利瑪竇則寫出了《天主實義》、《中國年鑒》等。後來的傳教士繼續編寫有關中國的作品。

到了 19 世紀，法國設立漢學研究，甚至有漢語教師申請資助，出版漢語著述。1894 年，法國巴黎外方傳教會在香港創辦「納匝肋之家」。因為這個機構印刷和出版多種中國讀物，所以使歐洲對中國語言文字知識增加不少。

本書的法國作者陳嘉言雖然是神父，但是對漢學也有深入認識。因為他在廣西的時間很長，很熟悉當地人的生活，當他發現有中國學者對廣西人生活的報告與事實不符，他便在《巴黎外方傳教日報》用法文發表評論。在這本廣東話教科書前言裏，作者聲明撰寫這本書的主要目的是讓年輕的漢學家們做一些記錄，讓他們能夠更清楚地看清中國南寧的語言。

三、廣東話語法「睇真啲」

作者用法文解釋廣東話的語法，是這本文獻的一大特色。以下我們摘錄有關名詞、代詞、形容詞、問句結構、複句的例子：

（一）名詞

❶ 量詞（名量詞）

表示數量時，在數詞跟名詞之間要用量詞。對法國人來說，廣東話的量詞太多，所以作者舉了很多例子來解釋，例如：

	廣東話漢字	廣東話拼音	法文
1.	一個人	$yat^4 ko^3 yan_1$	un homme
2.	一隻狗	yat^4 $tchek_0$ kao^2	un chien
3.	一條蛇	yat^4 $t'iou_1$ $shé_1$	un serpent
4.	一件衫	yat^4 kin_3 $shám^1$	un habit
5.	一張枱	yat^4 $tcheung^1$ $t'oi_1$	une table

❷ 性別詞

法語的名詞有性別之分，所以法國作者特別舉幾個例子來介紹廣東話。

表示男女的人：「公」表示男性，「婆」表示女性。

	廣東話俗字	廣東話拼音	法文
1.	老公	$ló_2$ $koung^1$	mari
2.	老婆	$ló_2$ $p'o_1$	épouse
3.	賊佬	$ts'ák_4$ $ló^2$	brigand (homme)
4.	賊婆	$ts'ák_4$ $p'o_1$	brigand (femme)

表示雌雄的動物：

廣東話「動物名＋公／乸」表示雌雄，但是在廣西粵語中用「動物名＋牯／

乸」來表示雌雄。

	廣東話俗字	廣東話拼音	法文
1.	鷄公	kai^1 $koung^1$	coq
2.	雞乸	kai^1 na^2	poule
3.	馬牯	ma_2 kou^2	cheval
4.	馬乸	ma_2 na^2	jument

（二）代詞

作者介紹了人稱代詞。當時廣西粵語中，人稱代詞跟現在的廣東話一樣，但從作者的標音可見，廣西的廣東話中「你、佢、哋」標成 ni_2、$k'u_2$、ti_3。這三個標音反映出 20 世紀初廣東話的語音與現代不同。現在廣東話將「你、佢、哋」分別標成 nei^5、$keoi^5$、dei^6。

	單數	複數
第一人稱	我 Ngo_2	我哋 Ngo_2 ti_3
第二人稱	你 Ni_2	你哋 Ni_2 ti_3
第三人稱	佢 $K'u_2$	佢哋 $K'u_2$ ti_3

作者也介紹了兩個指示代詞。遠指代詞「个 ko^3」反映出 20 世紀初的廣東話跟現代廣東話「嗰 go^2」不同。

	近指	遠指
指示代詞	呢 Ni^1	个 ko^3

（三）形容詞

❶ 與否定副詞的搭配

作者介紹的廣東話形容詞跟現代廣東話差不多，只是表否定的時候，前面加「毋 $mó_1$」（粵拼 mou^4）。可見廣西粵語中否定副詞跟現代廣東話不一樣，其他例子有：水冇熱 Sheui^{2} mó$_{1}$ it$_{4}$；呢個人冇好 Ni^{1} ko^{3} yan$_{1}$ mó$_{1}$ hó^{2}。

❷ 差比句

廣東話「差比句」的特色是用「形容詞＋比較標記『過』＋ 基準」來表達。書中廣西粵語的「差比句」基本上跟現代的廣東話相似。

種類	廣東話例句
同級比較	辣丁書院嘅學生同師範學生堂嘅學生咁多。
兩者比較	個間屋大過你嘅。
三個或以上比較	咁多樣果至好食係蕉果。

【蕉菓，即香蕉。】

（四）問句結構

作者舉了一些正反問句和特指問句的例子來說明廣東話的問句結構。當時的「正反問句」跟現代差不多，但是當時的「冇」現代廣東話說「唔」，當時的「未曾」或「唔曾」現代廣東話說「未」。另外，當時的「得食過……未」，現代廣東話說「食過……未」。「特指問句」跟現代差不多。至於語氣助詞問句，在廣州和香港的廣東話中，語氣助詞問句都沒有用「麼」的說法，一般會改用「正反問句」。

	本書的例句（1926 年）	現代廣東話（2025 年）
正反問句	你去冇去？ 你食飯未曾？ 得唔曾？ 你去過法國冇？ 你得食過魚翅冇？	你去唔去？ 你食飯未？ 得未？ 你去過法國未？ 你食過魚翅未？
特指問句	点做（膩）？ 你在邊處食過飯（膩）？ 佢講乜野（膩）？ 中國全國有幾多人呢？	點做呢？ 你喺邊度食過飯呢？ 佢講乜嘢呢？ 中國全國有幾多人呢？
語氣助詞問句	你識麼？	你識唔識呀？

53

Dialogues in the Canton Vernacular
——19 世紀英美人士的廣東文化教材

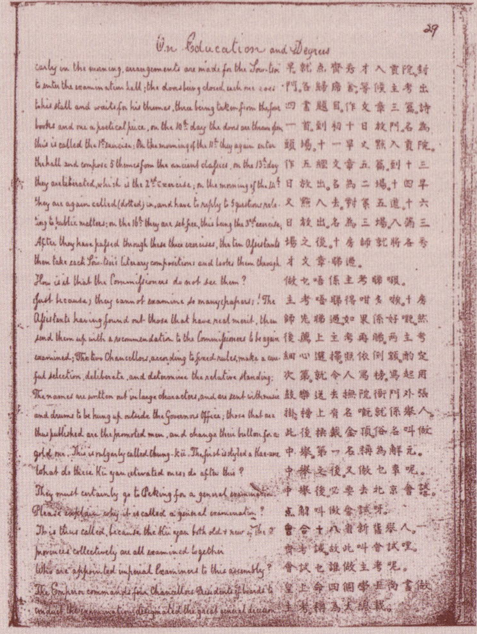

On Education and Degrees 29

early in the morning, arrangements are made for the Sow-tsoi	早就点齊秀才入貢院。封
to enter the examination hall; the doors being closed each one goes	門。各歸席舍。等候主考出
to his stall and waits for his themes, three being taken from the four	四書題目。作文章三篇。詩
books and one a poetical piece, on the 10th day the doors are thrown open,	一首。到初十日放門。名為
this is called the 1st exercise; On the morning of the 11th they again enter	頭場。十一早又點入貢院。
the hall and compose 5 themes from the ancient classics, on the 13th day	作五經文章五篇。到十三
they are liberated, which is the 2nd exercise; on the morning of the 14th	日放出。名為二場。十四早
they are again called (dotted) in, and have to reply to 5 questions rela-	又點入去。對策五道。十六
ting to public matters; on the 16th they are set free, this being the 3rd exercise,	日放出。名為三場。入滿三
After they have passed through these three exercises, the ten Assistants	場之後。十房師就將各秀
then take each Sow-tsoi's literary compositions and looks them through	才文章睇過。
How is it that the Commissioners do not see them?	做乜唔係主考睇喎。
Just because; they cannot examine so many papers! The	主考唔睇得咁多㗎。十房
Assistants having found out those that have real merit, then	師先睇過。如果係好嘅。然
send them up with a recommendation to the Commissioners to be again	後薦上主考再睇。兩主考
examined; The two Chancellors, according to fixed rules, make a care-	細心選擇。照依例額。酌定
ful selection, deliberate, and determine the relative standing;	次第。就令人寫榜。寫起用
The names are written out in large characters, and are sent with music	鼓樂送去撫院衙門外張
and drums to be hung up outside the Governor's Office; those that are	掛。榜上有名嘅就係舉人。
thus published are the promoted men, and change their button for a	此後換戴金頂。俗名叫做
gold one. This is vulgarly called Chung-kü. The first is styled a Kae-une.	中舉。第一名稱為解元。
What do these Kü yan (elevated men) do after this?	中舉之後。又做乜事呢。
They must certainly go to Peking for a general examination.	中舉後。必要去北京會試。
Please explain why it is called a general examination?	点解叫做會試呀。
It is thus called, because the Kü yan both old + new of the 18	會合十八省新舊舉人。一
provinces collectively are all examined together	齊考試。故此叫會試喎。
Who are appointed imperial Examiners to this assembly?	會試乜誰做主考呢。
The Emperor commands four Chancellors Presidents of boards to	皇上命四個學士尚書做
conduct the examination, designated the great general [illegible]	主考。稱為大總裁。

原著（書名不詳）

出版年份：合信（Benjamin Hobson）註明出版年份是 1841 年。

原著作者：合信註明原著作者是一位中文老師。

廣東話翻譯版 *Dialogues in the Canton Vernacular*

出版年份：1850 年。

編譯者：合信（Benjamin Hobson，1816–1873 年），英國倫敦傳道會（London Missionary Society）傳教士。1843 年到達香港，負責管理醫學傳道會開辦的醫院。曾出席傳教士在中國舉辦的「中文聖經翻譯」一系列會議。亦曾在加拿大開設診所。中文作品有 18 本，如《上帝辯證》、《西醫略論》、《內科新識》等。英文作品有 3 本，如 *Dialogues in the Canton Vernacular*、*Annual Reports for Nine Years of the Missionary Hospital at Canton* 等。

本文採用 1850 年版。封面註明：1. Dialogues in the Canton Vernacular；2. by Benjamin Hobson。首頁為英文前言，大意如下：1. 買了一台石版印刷機，用來印刷這本書；2. 這本書原是一位中文老師在 1841 年撰寫的；3. 經過專業人士評審後，一致認為原

文對傳教士有用，值得翻譯出版。全書共 46 面。廣東話漢字、英文對照。正文採用「問答形式」來讓外國人更容易瞭解中國文化。內容歸納為：儒教、佛教、道教、教育、文字、學習、結婚等。

一、文獻價值

19 世紀有些傳教士對中國的語言很感興趣，有些後來還成為漢學家，例如：理雅各（J. Legge）將部分中國典籍譯成英文，也將聖經故事《浪子回頭》（1844 年）編譯成廣東話。

在廣東文化方面，合信翻譯了 *Dialogues in the Canton Vernacular*（1850 年）。合信在中文原文上，附加英文翻譯，對外國人瞭解中國人的儒教、佛教、道教，以至教育制度、風俗習慣有很大幫助。這是我們找到的第一本有關中國文化的書，便收錄在此。

我們在美國耶魯大學查閱到 *Dialogues in the Canton Vernacular* 的 1850 年電子版。這本書用問答方式來編寫，讓讀者代入成為提問者。我們發現書裏面有些教育、宗教、醫學的知識，可能當時的中國人也不大清楚。

二、中國教派「睇真啲」

❶ 三大宗教

問：請問中國儒釋道三教點分別呢？	I beg to ask how the three sects in China Yu, Shik and Tow are distinguished?
答：儒係學者之稱。故此叫做儒教。	Yu is the denomination of scholars therefore called the literate sect.

儒教始於堯舜，有敬天、祭祖等儀式。有學者認為儒家思想不是宗教，雖然很多人已經將孔子神化，興建孔廟給人拜祭。至於儒教是一個宗教還是一種教育思想，到了現代仍有爭論。

❷ 儒教

問：孔夫子係乜朝嘅呢？	In what dynasty did Confucious live?
答：係周朝嘅咯。	In the dynasty of Chow.

原文的作者認為「上至天子，下至庶人，無不尊敬佢嘅噃」。這句話中的「佢」即指孔子。

❸ 釋教（佛教）

問：請問邊的係釋教呢？	Pray which is the Sect of Shik?
答：釋教就佛教。而家剃光頭，著大袖袍，稱為和尚個的就係釋教嘅人哩。	This is the religion of Buddha; now those who shave their heads entirely, and wear long sleeved gowns are called Buddhist priests.

「釋教」是「佛教」的古稱，教主是釋迦牟尼。

問：幾時黎嘅呢？	At what period? When did it enter China?
答：自漢朝起首黎。	It commenced in the dynasty of Han (or Hoan).

書裏面還有介紹：

◉ 想入個教就要出家拜個和尚為師傅。⋯⋯專食素菜嘅。

❹ 道教

問：請問道教點來歷呢？	Please tell me how the Taoist religion originated.
答：周朝其教始盛。有個李耳⋯⋯後人就奉佢為道教之宗咯。	In the dynasty of Chow, this religion began to be very flourishing. Le E (or Urh) also named Low Tam was the man whom after generations honored as the founder of this religion.

❺ 其他（英文翻譯省略）

問：請問中國儒釋道三教之外重有乜野教哩？
答：有回回教、天主教、大成教。回回教就唔犯禁。天主大成兩教就犯禁嘅。

「回回教」是「回教」的古稱。在唐朝伊斯蘭教從絲綢之路進入中國，並有多個民族信仰伊斯蘭教。

相信這本書也啟發了後來者編寫類似的著作，像著名漢學家 James Dyer Ball 對中國風土人情亦十分瞭解，1882 年出版的 *Things Chinese*（《中國風土人民事物記錄》）十分暢銷，先後出了四版。由此可見，當時很多外國人都對中國文化很有興趣。

三、拜鬼「睇真啲」

問：請問神鬼係乜野呢？
答：世俗講神係天上嘅。鬼係地下嘅。神道正大光明。鬼就屬於邪昧。
問：有人拜鬼有冇呀？
答：有兩次。第一次係三月清明節。二次係七月盂蘭節。

清明節和盂蘭節雖然都是拜祭往生的人，但卻有所不同。清明節主要是掃墓祭奠、紀念先人，盂蘭節則是每年佛教的重要節日之一，為了解救受苦的餓鬼。

四、讀書「睇真啲」

問：請問中國細蚊仔幾大至讀書呢？
答：五六歲七八歲不等。
問：乜嘢叫做書館呀？
答：讀書嘅屋就叫書館哩。

清朝「書館」是學生學習的地方。「書館」分兩種：「專館就富貴人家至有。係請個先生黎家下。專教自己子姪。唔教外來人。」；「散館就係先生自己設立嘅館。各家隨便送子姪去教……」。

我們知道以前有錢人才可以讀書。但有錢人也有資產、門第之分，他們的孩子學習的地方亦有分別。

五、學醫「睇真啲」

問：請問中國學醫，點起首呢？
答：從師學習咯。
問：幾大年紀至學醫道呢？
答：十五六歲至廿零歲都有。

書裏面還有說明：

◉ 假如我有子姪讀書不能上進，又唔願學貿易，但想學醫道，咁就要選擇一位……醫生，拜佢為師。……聰明人勤力學兩年……。

這樣看來，當時不上進的年輕人都有機會讀中醫，如果努力學習，兩年就可以成為中醫。

六、結婚「睇真啲」

問：請問中國嫁娶、點樣規矩呢？
答：凡男女婚姻皆聽父母之命。
問：或者自己唔中意呢？
答：縱有唔中意，都不能逆父母子命囉。

書裏面詳細說明了有關結婚的禮儀，例如：媒人查明後確定男方沒有問題，才向女方「庚帖」（交報告書證明男方沒有問題）、過大禮、上頭、用花轎迎接新娘等。

Select Phrases and Reading Lessons in the Canton Dialect
——19 世紀廣東謎語

SELECT PHRASES

AND

READING LESSONS

IN THE

CANTON DIALECT.

PREPARED FOR THE PRESS

BY THE

REV. W. LOBSCHEID.

HONGKONG:

PRINTED AT NORONHA'S OFFICE.

1864.

出版年份：1864 年。

編輯者：羅存德（Wilhelm Lobscheid，1822–1893 年）。德國禮賢會（Rhenish Missionary Society）牧師。1848 年被派到香港傳教。1853 年轉去中國傳教會（Chinese Evangelization Society）傳教。1856 年再轉去英國倫敦傳道會（London Missionary Society）傳教。1857 年在香港政府從事教育行政工作。著有 *Select Phrases and Reading Lessons in the Canton Dialect*、*English and Chinese Dictionary：with the Punti and Mandarin Pronunciation*（《英華字典》）。

本文採用 1864 年版。首頁註明：1.Select Phrases and Reading Lessons in the Canton Dialect；2. Rev. W. Lobscheid；3. HongKong: Printed at Noronha's Office；4. 1864。全書分為四部分：1. Phrases in the Canton dialect（廣東話短語）；2. Canton colloquial（廣東俗語）；3. Reading lessons（課文閱讀）；4. Chinese riddles（猜謎），共 70 頁。本文只介紹其中第四部分：Chinese riddles(猜謎)(第 68–70 頁)。

一、文獻價值

「謎語」是一種語言遊戲。設置「謎壇」的人用精簡的「隱語」來描述「謎底」，叫對方猜出隱藏的意思。起初這種語言遊戲只是個人閒玩，後來發展成集體項目，比如 16 世紀《廣東新語》中已有關於元宵節民眾一起「猜燈謎」的記載。

資料顯示，明清時期已經流行「猜謎語」，但是有關謎語本身的文獻則不多見，更不用說方言版的了。筆者搜集到最早的專門作為謎語讀物的文獻是 1928 年出版的《廣州謎語》。但是，在其他文獻刊載有謎語的，則是這本來自德國傳教士羅存德於 1864 年編寫出版的廣東話教科書 *Select Phrases and Reading Lessons in the Canton Dialect*。

我們在德國巴代利亞國家圖書館找到本書 1864 年電子版，發現最後幾頁記錄了廣東「謎語」，而且已經翻譯成英文。這些 19 世紀的「謎語」，我們也花了些時間才能夠猜中。「謎語」叫大家動腦筋，大家也來試一試是否可以猜中近一百多年前的謎語吧！

這本書所記錄的民間謎語所使用的語言有以下特色：1. 只用廣東話；2. 用廣東話夾雜白話文；3. 用白話文夾雜文言文；4. 用 19 世紀的廣東話口語詞；5. 用「比喻」；6. 用「雙關語」；7. 用「押韻」。

二、中國謎語「睇真啲」

最早提到「謎語」一詞的，是在魏晉南北朝的學者劉勰所撰寫的《文心雕龍》第三卷「諧讔」:「自魏代以來，頗非俳優，而君子嘲隱，化為謎語。謎也者，迴互其辭，使昏迷也。」歷代文人雅士用「謎語」來當作文字遊戲。猜謎形式從個人猜謎發展到後來元宵夜在花燈上寫上詩詞，來讓群眾一起猜謎的民間活動，增加節日氣氛。

《廣東新語》（1700 年）第十一卷「文語」的「土言」類記載清朝的「燈謎」分三部分：「謎面」、「謎目」（提示）、「謎底」。這些本來是成年人的文字遊戲，後來發展到連小朋友也喜歡的遊戲。劉萬章收錄了 130 題明末清初流行的謎語，編輯成《廣州謎語》（1926 年）。

19 世紀來廣東的傳教士在學會廣東話後，往往都會編寫廣東話教科書給其他外國人看。羅存德在他編寫的 *Select Phrases and Reading Lessons in the Canton Dialect* 裏面，就記錄了在廣東聽到的「謎語」，而且翻譯成相對應的英文，讓其他外國人也認識這種文字遊戲。

三、謎語解謎「睇真啲」

羅存德記錄了 13 個廣東謎語，下面請大家先猜三題：看「謎面」猜「謎底」；可以藉助筆者後加的「提示」；如果看了「謎底」仍然不明白，則可參考筆者的「解謎」。

68 CHINESE RIDDLES.

CHINESE RIDDLES.

1

The character "large" pierces the vault of heaven. Ten women cultivate half an acre of land. Upon the head of my King is displayed the character "eight." A field and ground to the etxent of one thousand li are intimately connccted.

大字一筆頂穿天十女同耕半畝田我王頭上排八字千里田土又相連

2

21 men carry a jar of oil, yet they do it in such a manner that their feet represent the character "eight."

二十一人抬一埕油抬得八字噉脚

3

Living in a mountain turned half over he keeps a rice shop. The trade is successfully carried on. The longer he keeps the shop the more his business extends.

住在橫山開間米舖十分生意越造越大

4

One dot and one dash; he carries his musket in a slanting manner. Cross is opposed to cross, and sun and moon combine their light against darkness.

一點一畫長斜斜揹枝鎗十字對十字日月對陰陽

5

One dot and one dash, a two and a mouth and only one square; a field which requires no water, a sun and moon which give no light.

一點一畫長二字口四方有田又無水日月不用光

6

A drake and a duck fly together. The one is lean, the other fat. They come once a year, and twice a month.

兩隻鴛鴦比翼飛一个瘦來一个肥一年來一次一月見三回

7

Two strokes are horizontal, and two perpendicular; Mr. Pat lives without and Mr. 1. within.

兩畫橫兩畫企亞八走出嚟亞二在家裡

（一）低難度謎語

❶ 謎面

謎語	中	英
1.	二十一人抬一埕油、 抬得八字噉腳。	21 men carry a jar of oil, yet they do it in such a manner that their feet represent the character "eight."
2.	兩畫橫兩畫企、 亞八走出嚟、 亞二在家裏。	Two strokes are horizontal, and two perpendicular; Mr. Pat lives without and Mr. I. within.
3.	圓不圓兮、方不方、 卻將天地盡包藏、 色分外面兩重白、 土在中央一點黃。	It is neither round nor square, and contains the whole of heaven and earth. Without its white colour is divided into two parts, the earth is within like a yellow dot.

❷ 提示

謎語 1：一個字、姓氏

謎語 2：一個字、少筆畫

謎語 3：兩個字、食物

❸ 解謎

謎底	謎面	解釋	
1. 黃	二十一人	龷	「廿」字下面加「一」字
	抬一埕油	由	「油」與「由」同音
	八字噉腳	八	「八」字放在最下面
2. 其	兩畫橫兩畫企	廿	兩畫向橫寫，兩畫向直寫
	亞八走出嚟	其	「八」字走出「廿」的範圍
	亞二在家裏	甘	「二」字在「廿」範圍裏面

謎底	謎面	解釋
3. 雞蛋	圓不圓兮方不方、卻將天地盡包藏	不是圓型，不是四方形。意指一個完整的形狀。
	色分外面兩重白、	蛋黃外面的兩層（蛋白和蛋殼）都是白色
	土在中央一點黃	在中央的地方是黃色

接下來，我們再來猜三組比較難的謎語。

（二）高難度謎語

❶ 謎面

謎語	中	英
4.	紅螳蜋（編者按：塘蜫）泊塘邊、有水生無水死。	A red dragon-fly is lying on the side of a pond. So long as there is fluid in the pond it keeps alive; but dies as soon as the fluid is exhausted.
5.	三千子弟同一家、聚族群居日日嘩、雖然唔係文章巧、代代出來做探花。	Three thousand pupils live together in one family. They make a great noise every day. Though not expert in composing essays, they become T'ám-fá in every generation.
6.	一點一畫長、斜斜擔枝鎗、十字對十字、日月對陰陽。	One dot and one dash; he carries his musket in a slanting manner. Cross is opposed to cross, and sun and moon combine their light against darkness.

❷ 提示

謎語 4：兩個字、古人日常用品

謎語 5：兩個字、昆蟲

謎語 6：一個字、建築物

❸ 解謎

<table>
<tr><th>謎底</th><th>謎面</th><th colspan="2">解釋</th></tr>
<tr><td rowspan="2">4. 盞燈</td><td>紅蟷蜋（塘蝞）泊塘邊</td><td colspan="2">19 世紀的廣東話「紅蟷蜋（塘蝞）」，現代稱為「紅蜻蜓」，比喻「燈芯」。「泊塘邊」比喻放在油燈旁邊。此句比喻「燈芯放在油燈旁邊」。</td></tr>
<tr><td>有水生無水死</td><td colspan="2">用「水」來比喻「油燈的油」。此句比喻「燈芯有油會發亮，沒有油便會熄滅」。</td></tr>
<tr><td rowspan="2">5. 蜜蜂</td><td>三千子弟同一家、聚族群居日日嗶</td><td colspan="2">用「三千子弟」來比喻「蜜蜂」。此句比喻「蜜蜂在蜂巢每天聚集」。</td></tr>
<tr><td>雖然唔係文章巧、代代出來做探花</td><td colspan="2">運用「雙關語」。用科舉獲得第三名「探花」來比喻蜜蜂採蜜。此句比喻「雖然文章寫得不是特別好，但是世世代代去參加科舉考試都得到第三名」。</td></tr>
<tr><td rowspan="4">6. 廟</td><td>一點一畫長</td><td>亠</td><td>寫一點之後，在下面寫「一」字</td></tr>
<tr><td>斜斜擔枝鎗</td><td>广</td><td>用豎撇「丿」連接「亠」</td></tr>
<tr><td>十字對十字</td><td>[illegible]</td><td>加上兩個「十」字</td></tr>
<tr><td>日月對陰陽</td><td>[illegible]⇦明</td><td>將「日」字 和「月」字放進去</td></tr>
</table>

四、語言特色「睇真啲」

從以上謎語的例子中可以看到 19 世紀謎語的幾個特色：

1. 直接使用廣東話，其中有些是 19 世紀獨有的廣東話說法或詞語，前者例如：八字㗎腳；後者例如：紅蟷蜋（塘蝞），現代稱「紅蜻蜓」。

2. 夾雜廣東話、文言文和白話文，例如：亞二在家裏；圓不圓兮方不方。

3. 用了比喻、雙關等修辭手法，前者例如：用「紅蜻蜓」比喻「燈芯」；後者例如：「科舉考到第三名」和「蜜蜂採蜜」都是「探花」。

4. 用了「押韻」，例如：「一點一畫長」的「長」和「斜斜擔枝鎗」的「鎗」和都押 oeng 韻。

5. 用了精簡的「隱語」來描述謎底，例如：以「紅螳螂（塘蜫）泊塘邊、有水生無水死」描述「盞燈」。

The English-Chinese Cookery Book ——19 世紀外國人編寫的英粵雙語西餐食譜

THE

English-Chinese Cookery Book.

CONTAINING

200 RECEIPTS IN ENGLISH AND CHINESE,

BY

J. DYER BALL, M.R.A.S.

MEM. N. CHINA BRANCH R.A.S. ETC., AND OF H.M.'S. CIVIL SERVICE, HONGKONG.

Author of "Cantonese Made Easy," "Easy Sentences in the Hakka Dialect with a Vocabulary," "How to Speak Cantonese," "How to Write Chinese," &c., &c., &c.

HONGKONG:

KELLY & WALSH, LIMITED, PRINTERS, QUEEN'S ROAD

AND AT

SHANGHAI, YOKOHAMA AND SINGAPORE.

1890.

[*All Rights reserved.*]

出版年份：1890 年。

作者：波乃耶（James Dyer Ball，1847–1919 年），英美混血兒。父母都是從外國到廣東的傳教士。自小在廣州及香港長大，能說流利的廣府話、新會話、東莞話、客家話。在香港政府做了 35 年公務員。是著名的漢學家、語言學家。著有 *Cantonese Made Easy*（四版）、*Things Chinese*（四版）等。

本文採用 1890 年版。正文前有：1. 中文書名；西國品味求真；2. 關鍵句：The English-Chinese Cookery Book；3. 作者出版過的書籍；4. 導言；5. 目錄。全書 148 面，200 個西餐食譜。食譜內容為廣東話英文對照。我們將食譜分以下幾類：1. 湯；2. 沙拉；3. 肉；4. 海鮮；5. 蔬菜；6. 麵食；7. 糕點。

一、文獻價值

「民以食為天」，這句話對於外國人同樣適用。19 世紀來到廣東的外國人，最喜歡吃的還是西餐。廣東是通商口岸，商業和水運發達，不少西餐食材都可以買到，外國人可以自己煮西餐。

於廣東長大的波乃耶是當時在香港比較會說廣東話的外國人。他看到很多身邊的外國朋友想吃西餐但不知如何與中國廚師溝通，所以編寫了這本西餐食譜。食譜中記錄了兩百款西餐菜式，也有非常多有關食物的外來詞。作者分享了很多烹調心得，也告知外國人應如何與中國廚師溝通做西餐，請他們做出地道的西餐來。

我們在英國 Wellcome Library 找到 *The English-Chinese Cookery Book* 的 1890 年電子版。這是我們目前發現的第一本英粵雙語西餐食譜，不僅使當時在華的外國人可以吃到西餐，也啟發了後人編寫西餐食譜，更見證了外國飲食文化進入廣東及香港的歷史，甚至對後來中西合璧的「港式茶餐廳」產生影響。

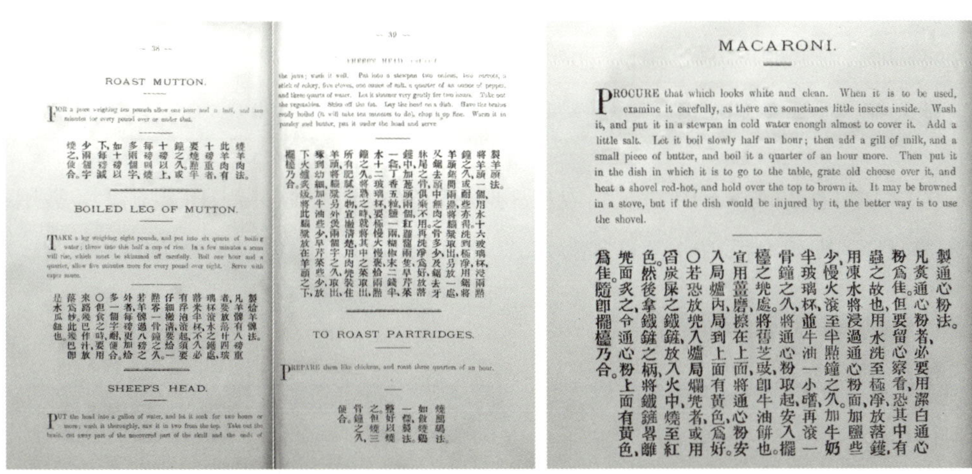

— 38 —

ROAST MUTTON.

FOR a piece weighing ten pounds allow one hour and a half, and ten minutes for every pound over or under that.

燒羊肉法。此羊肉有十磅重者，要燒點半鐘之久。或十磅以上，每磅回燒多兩個字，如十磅以下，每磅減少兩個字燒之，便合。

BOILED LEG OF MUTTON.

TAKE a leg weighing eight pounds, and put into six quarts of boiling water; throw into this half a cup of rice. In a few minutes a scum will rise, which must be skimmed off carefully. Boil one hour and a quarter, allow five minutes more for every pound over eight. Serve with caper sauce.

製烚羊髀法。凡羊髀有八磅重者，要放落什四玻璃杯滾水之鑊處，落米半杯，不久必有浮泡滾起，須要仔細撇清，要烚一點零一骨鐘之久。若羊髀過八磅之外者，每磅更加烚多一個字耐，便合。○但食之時，要用來路嘰巴汁，放落窩妙。此嘰巴即是木瓜餌也。

SHEEP'S HEAD.

PUT the head into a gallon of water, and let it soak for two hours or more; wash it thoroughly, saw it in two from the top. Take out the brain, cut away part of the uncovered part of the skull and the ends of

— 39 —

the jaws; wash it well. Put into a stewpan two onions, two carrots, a stick of celery, five cloves, one ounce of salt, a quarter of an ounce of pepper, and three quarts of water. Let it simmer very gently for two hours. Take out the vegetables. Skim off the fat. Lay the head on a dish. Have the brains ready boiled (it will take ten minutes to do), chop it up fine. Warm it in parsley and butter, put it under the head and serve.

製羊頭法。將羊頭一個，用水十六玻璃杯，浸兩點鐘之久，或耐些亦得。洗到極淨，用鋸將羊頭鋸開兩邊，將腦漿取出，另放一處，又鋸去頭中無肉之骨多少，及鋸去牙牀尾之骨，俱棄不用。再洗淨為好，放落鑊中，加葱頭兩個，紅蘿蔔兩隻，旱芹菜一裔，丁香五粒，鹽一兩，胡椒末二錢半，水十二玻璃杯，要極慢火慢褒，恰兩點鐘之久。將熟之時，就將其中之菜取出，所有肥膩之物，宜撇清楚，用肉兜裝住羊頭，將腦漿另外煲兩個字之久，取出，琢到幼細，加牛油些少，旱芹菜些少，放下火爐炙燶。將此腦漿放在羊頭之下，擺檯乃合。

TO ROAST PARTRIDGES.

PREPARE them like chickens, and roast three quarters of an hour.

燒鷓鴣法。如做燒雞一樣製法。整好以燒之，但燒三骨鐘之久，便合。

MACARONI.

PROCURE that which looks white and clean. When it is to be used, examine it carefully, as there are sometimes little insects inside. Wash it, and put it in a stewpan in cold water enough almost to cover it. Add a little salt. Let it boil slowly half an hour; then add a gill of milk, and a small piece of butter, and boil it a quarter of an hour more. Then put it in the dish in which it is to go to the table, grate old cheese over it, and heat a shovel red-hot, and hold over the top to brown it. It may be browned in a stove, but if the dish would be injured by it, the better way is to use the shovel.

製通心粉法。凡煑通心粉者，必要用潔白通心粉為佳。但要留心察看，恐其中有蟲之故也，用水洗至極淨，放落鑊，用凍水將浸過通心粉面，加鹽些少，慢火滾至半點鐘之久。加牛奶半玻璃杯，並牛油一小嚿，再滾一骨鐘之久，將通心粉取起，安入擺檯之兜處。將舊芝士即牛油餅也。宜用薑磨，擦在上面，將通心粉安入局爐內，局到上面有黃色，為好。○若恐放兜入爐局爛兜者，或用舀炭屎之鐵鏟，放入火中，燒至紅色。然後拿鐵鏟之柄，將鐵鏟暑離兜面炙之，令通心粉上面有黃色，為佳。隨即擺檯乃合。

二、食物外來詞的演變及譯法

（一）食物外來詞的演變

從 19 世紀開始，當時外國人編寫的辭典及教科書中，已可見到有關食物的外來詞。大致有以下三個階段：

1. 英國傳教士馬禮遜（Robert Morrison）編寫的 *A Vocabulary of the Canton Dialect*（《廣東省土話字彙》）（1828 年），較早開始出現有關食物的外來詞。收錄在該書第三部分的「VII 飲食類全」，有大約 40 個。

2. 美國傳教士裨治文（Elijah Coleman Bridgman）編寫的 *Chinese Chrestomathy of the Canton Dialect*（1841 年），關於食物的外來詞有所增加。收錄在該書第七章「食物類」，有大約 50 個。

3. 在廣東長大的波乃耶（James Dyer Ball）編寫的 *The English-Chinese Cookery Book*（1890 年），繼續擴充更多有關食物的外來詞。

（二）食物外來詞的翻譯情況

我們比較 19 世紀到現在的外來詞翻譯方法後，歸納為以下三種：

❶ 基本採用音譯

英文	19 世紀譯法			現代譯法
pudding	布顛（1828）	布顛（1841）	布顛（1890）	布甸（2025）
cheese	支士（1828）	牛奶餅（1841）	芝豉（1890）	芝士（2025）

以上的 pudding 從 19 世紀到現在都採用音譯。至於 cheese，19 世紀大多數用音譯，到了現代亦採用音譯。

❷ 由意譯發展為音譯

英文	19 世紀譯法			現代譯法
curry	黃薑（1828）	黃薑（1841）	加厘（1890）	咖喱（2025）
pie	麵龜（1828）	龜（1841）	麵龜 / 批（1890）	批（2025）

以上 curry 和 pie 最初都用意譯，但是逐漸演變成音譯。

❸ 基本採用意譯

英文	19 世紀譯法			現代譯法
bread	麵包／麵頭（1828）	麵包／麵頭（1841）	麵包（1883）	麵包（2025）
oven	局爐（1828）	局爐（1841）	局爐（1890）	焗爐（2025）

從以上例子可見，有些外來詞在差不多兩百年間都採用意譯。

我們精選了書中 60 個有關煮西餐的食物詞來做小型比較統計。以下例子的原文放在括號裏。下面「餅圖」用來說明兩者的統計比例。

❶ 19 世紀音譯與意譯外來詞比例

音譯詞

卑京包打（baking powder）、呵薇列（omelet）、賓擊（pancake）、吉列（cutlet）

意譯詞

牛肉扒（beef steak）、來路（foreign）、豬腸（sausage）、雲石餅（marble cake）

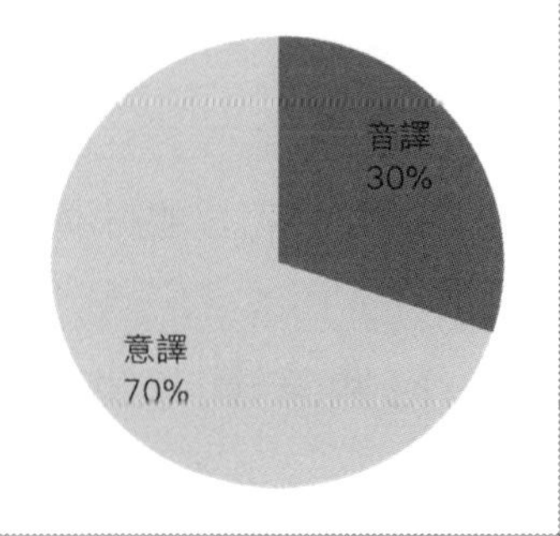

❷ 19 世紀與 21 世紀外來詞異同

說法相同的外來詞

火腿（ham）、免治（minced）、燒牛肉（roast beef）、牛仔肉（veal）

說法不同的外來詞（21 世紀的詞用 [ ] 括註）

乾葡提子 [提子乾]（raisin）、杯餅 [紙杯蛋糕]（cup cake）、金錢桔 [番茄]（tomatoes）

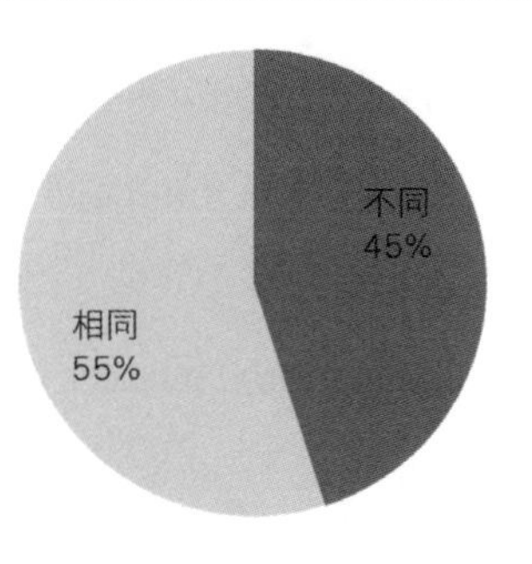

三、西餐食材「睇真啲」

作者介紹的西餐食譜，歸納後主要採用了以下的食材。那些與現代食材相同的，我們在下方括註。

- 肉類：牛肉、豬肉、羊肉。
- 家禽：火鷄、鷄肉、火鷄。
- 海鮮：魚、蝦、蟹。
- 配料：芝豉（芝士）、鷄蛋、豬膏律（朱古力）、卑京包打（自發粉）。
- 蔬菜：荷蘭薯仔（薯仔）、葱頭（洋葱）、芹菜（洋西芹）。
- 水果：來路檸檬（檸檬）、波蘿（菠蘿）、平菓（蘋果）。
- 油：牛油、豬油、牛膏（牛脂肪）。
- 調味品：檸檬香水（檸檬香精／油）、乾薑粉、罷蘭地酒（拔蘭地／白蘭地）。
- 製成品：火腿、煙肉（煙肉）。

四、經典食譜：沙拉、通心粉、牛肉批、布甸

❶ 沙拉

很多蔬菜外國人都是生吃，作者將 Salad 稱為「生菜」。以下大家看看作者怎樣製作「生菜」的英文及廣東話食譜。

◉ SALAD

Pick the lettuce over, and lay it in cold water. ... Boil three eggs twelve minutes, and throw them into cold water; remove the shell, and take out the yolks; mash them fine in a spoonful of water and two of oil; add salt, powdered sugar, make mustard and vinegar; pour the mixture over the salad, cut the whites of the eggs in rings and garnish the top.

◉ 製生菜法

將生菜剝去爛葉，用凍水浸之。……

取雞蛋三隻，烚十二分鐘之久，取起，放落凍水，剝去殼，將蛋黃取

出，用水一羹，生菜油兩羹，放下蛋黄處，擦到極碎，加鹽些少，並尖白糖。及用水開便之芥末，連醋倒落生菜面，至於雞蛋白，則用刀切成圓圈樣，安在上面便合。

【由於澳門曾將「橄欖油」稱為「生菜油」，所以我們認為作者這裏用「生菜油」來指「橄欖油」。】

以上食譜中，作者提醒讀者生吃蔬菜一定要新鮮，所以要先拿走壞葉子再用冷水泡幾次。做「沙拉醬」只需要煮熟鷄蛋，然後把蛋黃加上鹽、芥末、醋，倒在蔬菜上。最後將蛋白用刀切成圓圈，放在上面，看起來增加食慾。

❷ 通心粉

作者將 MACARONI 稱為「通心粉」，通心粉在現代香港，主要是作為早餐或下午茶食用。而書中則介紹作為正餐來吃。以下是製作「通心粉」的廣東話食譜。

◉ 製通心粉法

凡煮通心粉者，必要用潔白通心粉為佳。但要留心察看，恐其中有蟲之故也，用水洗至極淨，放落鑊，用凍水將浸過通心粉面，加鹽些少，慢火滾至半點鐘之久。加牛奶半玻璃杯，並牛油一小礸，再滾一骨鐘之久，將通心粉取起，安入擺檯之兠處。將舊芝豉，即牛油餅也。宜用薑磨，擦在上面，將通心粉安入局爐內，局到上面有黃色為好。……

以上食譜中作者提醒讀者通心粉可能有蟲，所以要挑選顏色潔白的。洗乾淨通心粉後要用凍水浸過，加一點鹽，慢火煮半小時。然後加半杯牛奶和一小塊牛油，再煮十五分鐘。將通心粉倒入容器內，再灑上磨好的芝士和薑，放入烤箱「一骨鐘」（15 分鐘），烤至金黃色。

❸ 牛肉批

香港人通常都把「雞批」、「蘋果批」當作「小食」或「糕點」。書中作者將 BEEF STEAK PIE 稱為「牛肉批」，而且介紹可以當正餐吃。

◉ 製牛肉麵龜法

用牛油三兩，麵粉一磅，將牛油擦入麵粉處，令其蝕勻。加凍水落牛油麵粉處……變成結麵料……快手搓好。用圓木一條，輾之成片。……

落清楚牛肉在兠之後，將成塊之麵，蓋住兠口，封到密，令其週圍黐黏兠邊。若有麵剩下，整成樹葉樣等類，放在麵龜之上，令其好睇。……

☞【「麵龜」=「批」pie。「兠」=「兜」(容器)。】

以上的「牛肉批」用了牛油和麵粉做批皮，然後把牛肉放在容器後，再用批皮蓋住容器封好。將剩下的批皮做樹葉之類的形狀放在上面，讓它變得好看美觀。

❹ 布甸

作者把 CUP PUDDINGS 稱為「杯布顛」，「布顛」現代寫為「布甸」。

◉ 製杯布顛法

用牛油照英三両，用釵一枝，打到浮白，加上好白糖照英二両，加麵粉照英三両，及牛奶一玻璃杯，攪到匀。用牛油搽匀茶杯裏，將布顛放落茶杯，然後放入局爐，局四個字之久，便合。

☞【「四個字」即 20 分鐘。】

將 3 盎司黃油打成奶油狀，加入 2 盎司糖粉拌匀。然後倒入 3 盎司麵粉、一杯牛奶，攪拌均匀。再把混合物倒入塗過黃油的杯子中，烘烤 20 分鐘即可。

56 《聖諭廣訓》——19 世紀廣東話版聖旨

154 READINGS IN CANTONESE COLLOQUIAL.

Now, want of harmony among brothers, generally arises from contentions about property, and from listening to what their wives say. What these wives say may not be wholly destitute of reason; but because it has a little reason in it, it enters their husbands ears before they are aware.	如今兄弟不和、多係爲爭財起見、多係聽妻子說話、雖然做妻子嘅說話、亦唔係總冇道理、正因爲佢嘅說話、亦有啲道理、便不知不覺、聽從佢咯。
Thus a sister-in-law [the elder brother's wife] will perhaps say to the elder brother:—'How slothful my little uncle is! how insufferably prodigal! You have painfully and labouriously collected money to support him; and still he is prating about long, and chatting about short. Is it not hard to say that you are his son, and that I am his daughter-in-law; and that we must go and discharge filial duty to him?'	就如做大嫂嘅、向大哥話、小叔點樣懶惰、點樣散錢、你辛辛苦苦賺錢嚟養佢、佢重說長論短、唔通我哋係佢嘅仔共媳婦、應該孝順佢嘅咩。
The wife of the younger brother also knows how to chatter to him:—'With respect to your elder brother,' she says, 'he has, it is true, scraped together money; but you also have scraped together money, and acted your part in the family, both in great and small affairs, just as well as he; yea even a hired coolie has not such	嗰個細佬嘅妻、亦噲向丈夫話、就是大哥噲賺錢、你亦賺過錢、你在家中做呢樣、做個樣、即使請個長工、亦冇咁勞苦嘅、偏偏佢嘅仔女就係仔女、買

原文《聖諭廣訓》

出版年份：清朝雍正二年（1724 年）。

作者：清朝雍正皇帝任命的官員。

廣東話版《聖諭廣訓》

出版年份：1894 年。

翻譯者：俾士（George Piercy，1829-1913 年），英國傳教士。得到英國倫敦循道衛理會（London Methodist Church）認可，1851 年自費來香港傳教。來港後得到理雅各（James Legge）教導，能說流利的廣東話。1852 年倫敦循道衛理會任命他為牧師。後成為香港中華循道衛理會之父，用廣東話翻譯了很多基督教文學作品。

本文採用的版本是收錄在漢學家波乃耶（James Dyer Ball）編寫的 *Readings in Cantonese Colloquial* 中的第二十九課，由俾士（George Piercy）牧師翻譯的廣東話版《聖諭廣訓》（1894 年）。《聖

諭廣訓》有十六條誡命，但俾士牧師只將第一條翻譯成廣東話，其中夾雜少量白話文、文言文。波乃耶後來在俾士牧師的版本上加了相應的英文翻譯。

一、文獻價值

清兵入關，朝代更替，出現了種種問題。康熙皇帝在位期間為了解決這些問題，在康熙九年（1670 年）頒佈了十六條誡命，稱為「聖諭十六條」。

雍正繼位後第二年（1724 年），將「聖諭十六條」用淺白文言文解釋，然後任命全國各地方官員用來教導民眾，所以叫做《聖諭廣訓》。為了讓民眾明白這本聖旨所寫的文言文，市面上出現不少用白話文或圖文來解釋的作品。

有一些傳教士將《聖諭廣訓》翻譯成白話文及方言版。在廣東傳教的俾士自然便將《聖諭廣訓》翻譯成廣東話，希望老百姓看得懂，即使看不懂，別人唸給他們聽，便聽得懂。

有學者認為傳教士翻譯《聖諭廣訓》的好處是可以當作學習中文的教材。我們同意這個看法，因為在 *A Syllabic Dictionary of the Chinese Language*（1889 年）中作者衛三畏（Samuel Wells Williams）採用了中國八種方言的拼音來拼寫《聖諭廣訓》。另外，我們又看到漢學家波乃耶把俾士翻譯的《聖諭廣訓》廣東話版收錄在他的著作中，並加上英文，作為外國人學習閱讀廣東話讀物的教材。

我們在美國康乃爾大學圖書館找到波乃耶編寫的 *Readings in Cantonese Colloquial* 的 1894 年電子版，裏面收錄了俾士翻譯的《聖諭廣訓》廣東話版。

這本廣東話版《聖諭廣訓》讓我們瞭解傳教士除了翻譯宗教作品之外，也翻譯中國聖旨。俾士牧師翻譯的《聖諭廣訓》同時採用了廣東話、白話文、文言文，俗稱「三及第」。現代人看《聖諭廣訓》可以瞭解到清朝的社會、政治、文化和語言情況。

二、《聖諭廣訓》的時代背景

中國明朝滅亡，滿州人改朝換代。清政府用軟硬兼施的方法來管治漢人。對於知識份子，即使考到狀元，官職最高也只是二等。清政府還設立「文字獄」，監禁涉嫌以文字反清的漢人。

在滿州人方面，因為不少人逃避當兵，到民間不同地方躲避，求漢人幫助。漢人社會又出現各種問題，例如：不供養父母、與兄弟爭遺產、不學傳統禮教、不務正業、不管教孩子、結黨械鬥、誣告別人，等等。

康熙皇帝在位時，為解決種種社會問題，於康熙九年（1670 年）頒佈「聖諭十六條」，即聖旨十六條，每條七字。轉錄如下，並括註現代白話譯文：

1. 敦孝悌以重人倫（注重倫理道德，孝順父母，友愛兄弟）；

2. 篤宗族以昭雍睦（保持家族宗親的密切關係，相親相愛）；

3. 和鄉黨以息爭訟（要與鄉里民眾和睦相處，減少糾紛訴訟）；

4. 重農桑以足衣食（注重農耕蠶桑，保證豐衣足食）；

5. 尚節儉以惜財用（崇尚節儉樸素，不要揮霍浪費錢財）；

6. 隆學校以端士習（興辦學校教育，尊師重道，端正德行）；

7. 黜異端以崇正學（拒絕邪念異端，心存正義正統）；

8. 講法律以儆愚頑（宣講法律條文，提高警覺）；

9. 明禮讓以厚風俗（彰明禮儀謙讓，推行良好風俗）；

10. 務本業以定民志（各人敬業樂群，安定民心志向）；

11. 訓子弟以禁非為（管教孩子向善，禁止胡作非為）；

12. 息誣告以全善良（不誣告他人，以善心教化他人，保全良善之人）；

13. 誡匿逃以免株連（不要收留潛逃的犯人，避免被牽連）；

14. 完錢糧以省催科（按時完成賦稅，免遭官府催徵）；

15. 聯保甲以弭盜賊（十家為一甲，十甲為一保。甲有甲長，保有保長。推行保甲聯防，消除盜賊憂患）；

16. 解仇忿以重身命（化解仇恨，不要意氣用事，珍惜身家性命）。

三、《聖諭廣訓》廣東話版的特色

中華循道衛理會的英國牧師俾士能說流利的廣東話，而且用廣東話翻譯了很多基督教文學作品。當他知道雍正皇帝下令要各地人民學習《聖諭廣訓》時，便將第一條誡命進一步翻譯成廣東話後出版。現摘錄部分如下：

◉……如今且將父母愛痛你哋嘅心腸講一講，你哋在懷抱個時候，餓呢，自己唔噲食飯。冷呢，自己唔噲著衫。你嘅老母，睇住你嘅面貌，聽住你嘅聲音，你笑呢，就歡喜……即如古時之人，有臥冰求鯉嘅，有割股奉親嘅……亦不必定要噉樣做，致叫做孝……

◉除嘵父母，就係兄弟。呢啲兄弟，唔係兩個人。……你若打你細佬，就係自己打自己一樣咯。……兄弟不和，多係為爭財起見。……但凡兄弟不和，做父母必然生氣，……俗語有話，打虎不離親兄弟，上陣還須父子兵，……你哋若係孝順親愛呢，做民嘅，致係良民，做兵嘅，致係好漢。……

以上翻譯的廣東話有幾個特色：

1. 採用大量廣東話口語詞，例如：你哋、你嘅老母、嚟嘅、係、細佬等。

2. 文白夾雜，例如：在、便是、不和、生氣等；又如：如今、便是、臥冰求鯉、割股奉親等。

4. 加上一些俗語，例如：打虎不離親兄弟，上陣還須父子兵。

5. 使用 19 世紀廣東話用字，例如：「噲」，現代寫為「會」。

總體而言，這種夾雜廣東話、白話文、文言文的形式，是 19 世紀傳教士相關廣東話作品常見的文體。

四、傳教士翻譯中國聖旨的益處

除了俾士翻譯的《聖諭廣訓》廣東話版，衛三畏也在 *A Syllabic Dictionary of the Chinese Language*（1889 年）用中國八種方言的拼音來拼寫了《聖諭廣訓》。

我們認為傳教士將《聖諭廣訓》翻譯成較淺白的文體，除了幫助人民明白聖旨之外，還有其他好處，例如：1. 可以打破與中國人的隔膜，用中國聖旨作為話題，與中國人建立關係後再開始傳教；2. 幫助廣東人遵守中國倫理道德；3. 讓外國人瞭解中國的政治、文化、語言及社會情況。

《新安縣全圖》——19 世紀香港和深圳地名

Map of the San-On District

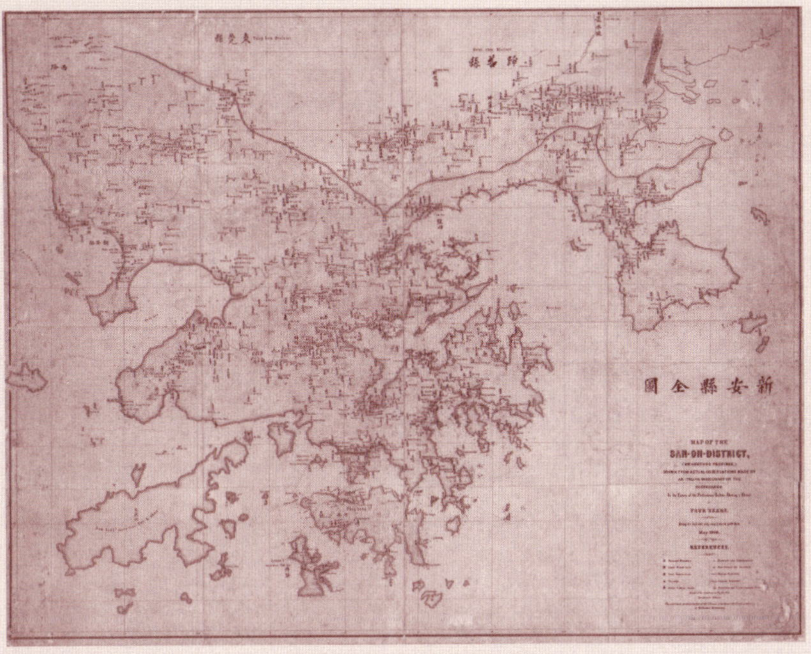

出版年份：1866 年。

繪製者：和神父（Simeone Volonteri，1831–1904 年），意大利人。1860 年來到香港，在香港仔、汀角傳教，同時興建學校。喜愛測畫地圖，跟中國梁子馨神父一起繪製了《新安縣全圖》。1869 年被任命為河南宗座代牧，1874 年晉升主教。著有《新安縣全圖》。

本文採用 1866 年版。地圖上註明：1. Map of the San-On District. (Kwangtung Province) 新安縣全圖；2. Drawn from actual observations made by an Italian missionary of the Propaganda in the course of his professional labors during a period of four years；3. Being the first and only map hitherto published. May 1866；4. The uncertain pronunciation of the Chinese characters is fixed according to Williams's Dictionary；5. Engraved by F. A. Brockhaus, Leipzig. San-On 是「新安」的廣東話拼音。新安縣即現在的「香港」和「深圳」。地圖記錄了 964 個地名。大部分地名都使用漢字和廣東話拼音標寫。

一、文獻價值

進入航海時代之後，西方航海家抵達的地域逐漸擴大。隨著測繪技術的提高，精準程度較高的地圖陸續出現。他們繪製的地圖愈臻完善，接近現代使用的地圖。從 16 世紀開始，來中國傳教的天主教神父也著手繪製中國及世界地圖，一來是為了記錄傳教地點向教廷報告，二來是為了讓中國人加深對於中國各地及周邊世界的認識。

比如，第一位來中國的耶穌會傳教士羅明堅製作了《中國地圖集》，但這本地圖集是手稿，沒有正式出版，只收藏在梵蒂岡。近年復刻出版後，德國、葡萄牙、中國等地區的專家還就羅明堅《中國地圖集》的貢獻及其影響，舉辦了國際學術研討會，並於 2014 年出版了《羅明堅〈中國地圖集〉學術研討會論文集》。後來利瑪竇也和李之藻一起製作了一幅巨型的世界地圖《坤輿萬國全圖》。這些耶穌會傳教士繪製的地圖幫助當時的中國人建立起宏觀的世界地理版圖。

進入 19 世紀，意大利人和神父 1860 年來到香港後，與中國神父梁子馨一起繪製《新安縣全圖》，並於 1866 年出版。我們在澳洲國家圖書館找到《新安縣全圖》1866 年電子版，這是我們所見的最早一份用廣東話拼音標寫香港和深圳地名的地圖，藉此可以瞭解 19 世紀中葉的新安縣村落位置和村名的廣東話發音，以及當時的地理環境。和神父一邊考察一邊記錄村落名稱，地圖可以說是他田野調查的成果，實際地理資料可供政府瞭解新界村落的情況。這幅地圖在 1894 年舉辦的米蘭地圖學展覽獲獎，後來政府製作香港地圖時也以此作為參考。

二、《新安縣全圖》的製作過程

《新安縣全圖》是「新安縣」的地圖。「新安縣」是清朝時期的地名，古稱「寶安縣」。民國時期為了避免跟河南省「新安縣」混淆，便重新使用古名「寶安縣」。新安縣包括現在的香港和深圳。

香港和九龍被割讓給英國後，羅馬教廷決定積極向新安縣各區展開傳教工作。和神父於 1860 年來到香港，首先學習廣東話，在香港仔傳教。後來奉命與華人神父梁子馨一起考察新安縣各地，用了四年時間記錄了各區的地理環境，一共記錄了 964 個地名。其中 464 個地名屬於現在的香港，500 個地名屬於現在的深圳市及鄰近地區。他在 1866 年的香港政府憲報上公佈《新安縣全圖》完成時，透露了考察期間遇到的許多困難，比如當地村民往往不願意提供協助，因為村民以為和神父進行實地勘查是為了查探山裏藏著的金礦，等等。和神父完成地圖繪製之後沒有資金印刷，便在憲報上呼籲大家捐款。香港政府非常重視這幅地圖，因為它對新界的村落記錄得非常詳細。再到後來，1968 年香港政府在大埔興建「船灣淡水湖」，受此影響，很多《新安縣全圖》上記錄的村莊都消失了。因此，這份古地圖對地方志研究具有很大的參考價值。

三、記錄地名「睇真啲」

傳說中，香港的地名與製香業有關。其實地名的由來有四種說法：

1.「沉香木」說。因為香港有很多沉香木輸出到外地，而沉香木具有香味，所以被命名為「具有香味的港口」。

2.「紅香爐」說。據說在維多利亞港海面上，曾經漂來一個紅香爐。1839 年的《廣東沿海統屬圖》也標寫「紅香爐」。

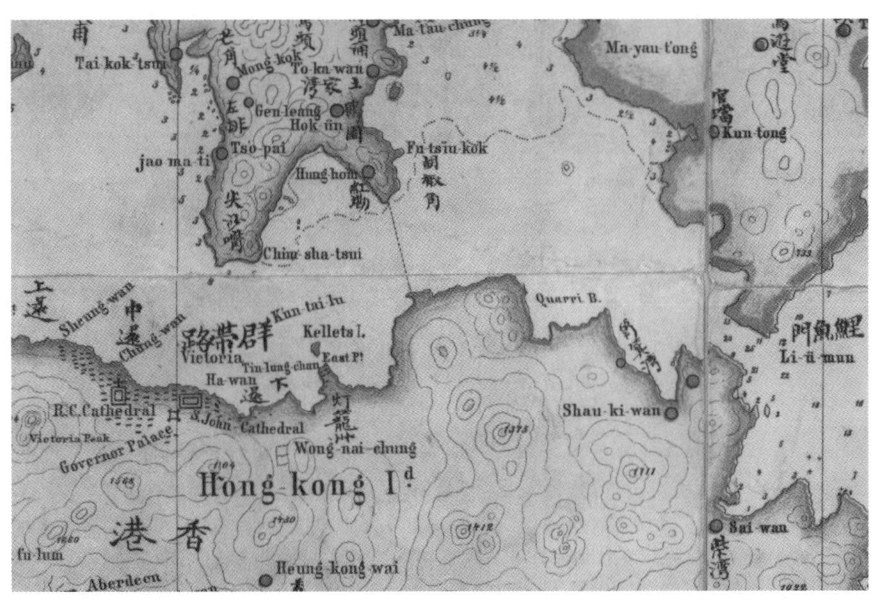

香港部分地名

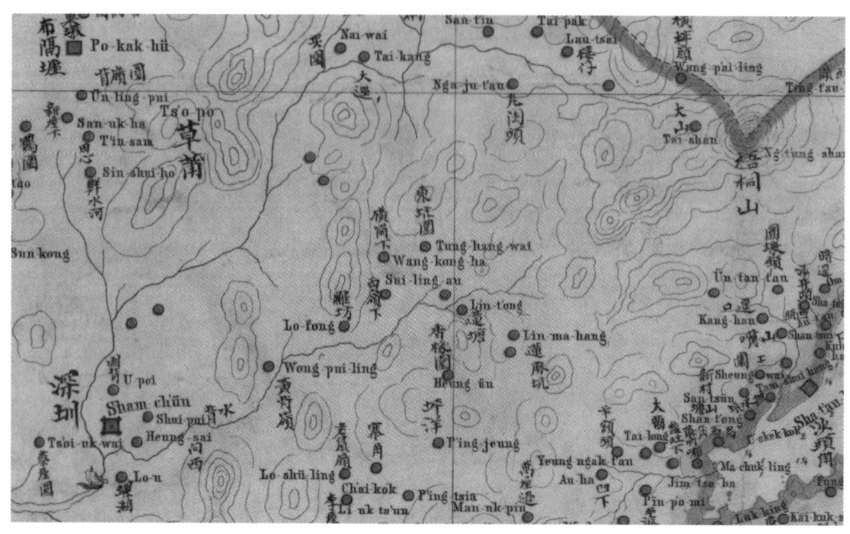

深圳部分地名

3.「群帶路」說。群帶路本來是一個村名。據說曾有外國人問村民這個島叫甚麼，這個村民說叫「群帶路」。

4.「蜑家人」說。據說外國人在海上遇到蜑家人，問這個島叫甚麼，那個蜑家人說「Hong Kong」。

先不論哪一種說法可信度更高，在《新安縣全圖》中確實有「群帶路」這個地名，不過不是香港島的名字。

《新安縣全圖》的地名都是用漢字和廣東話拼音書寫的。我們比較《新安縣全圖》和現在的香港、深圳地名的時候，發現很多地名相差不大，只有一些字形或讀音差異：

1.「上環」、「中環」當時寫成「上還」、「中還」。

2.「筲箕灣」的「箕」現在的粵語拼音是 kei，而在 19 世紀則拼作 ki，與之類似的還有「地」等拼音。

3.「旺角」當時寫成「芒角」。現在「旺角」的英文地名是 Mong Kok，但實際發音是 Wong Kok。Mong Kok 應是保留了當時「芒角」的發音。

4.「紅磡」的「磡」在 19 世紀拼作 hom，現代地圖上仍然標寫 Hung Hom，但「磡」的現代發音是 ham，有關 om 轉 am 的情況，在本書前文也有類似例子佐證。

5. 香港和深圳的交界「羅湖」，當時寫成「螺湖」。

6. 深圳的「布隔墟」，現在改稱「布吉」，可能是為了美化而改名的結果。

	《新安縣全圖》1866 年	香港及深圳地名 2025 年
香港	中還 Chung-wan	中環 Central
	筲箕灣 Shau-ki-wan	筲箕灣 Shau Kei Wan
	紅磡 Hung-hom	紅磡 Hung Hom
	尖沙嘴 Chim-sha-tsui	尖沙嘴 Tsim Sha Tsui
	八仙嶺 Pat-sin-ling	八仙嶺 Pat Sin Leng
	芒角 Mong-kok	旺角 Mong Kok
深港交界	螺湖 Lo-u	羅湖 Lo Wu / Luohu
深圳	南頭城 Nam-t'au-shing	南頭古城 Nantou Gucheng
	梧桐山 Ng-t'ung-shan	梧桐山 Wutong Shan
	布隔墟 Po-kak-hü	布吉 Buji

四、地名演變「睇真啲」

除了《新安縣全圖》（1866 年）之外，我們找到明代郭棐在《粵大記》中編製的《廣東沿海圖》（1595 年）。

《廣東沿海圖》中的香港地名與《新安縣全圖》中的地名有些相同，有些不相同。在以下九個例子中，前六個完全相同，另外三個寫法不同。最後一個例子「青衣」在 1595 年使用另一個名字「春花落」。

	《粵大記〈廣東沿海圖〉》1595 年	《新安縣全圖》1866 年	香港地名 2025 年
1.	香港	香港	香港
2.	赤柱	赤柱	赤柱
3.	鯉魚門	鯉魚門	鯉魚門

	《粵大記〈廣東沿海圖〉》1595 年	《新安縣全圖》1866 年	香港地名 2025 年
4.	尖沙嘴	尖沙嘴	尖沙嘴
5.	葵涌	葵涌	葵涌
6.	長洲	長洲	長洲
7.	淺灣	全灣	荃灣
8.	屯門	團門	屯門
9.	春花落	青衣	青衣

廣東沿海圖

58

Canton Plants——19世紀廣東植物詞表

出版年份：1886 年。

作者：莊延齡（Edward Harper Parker，1849–1926 年），英國漢學家。來中國之前跟隨漢學教授 James Summers 學習中文。1869 年來華，先在英國駐北京領事館工作，後又在上海、漢口、廣州領事館工作。會說中國多種方言，例如：北京話、南京話、廣東話、客家話等。回國後在英國曼徹斯特大學首任漢學教授。著有 *Chinese Customs - China's Intercourse with Europe*、*China, Her History, Diplomacy, and Commerce* 等。

本文採用 1886 年版。莊延齡於 1886 年在期刊《中國評論》用英文發表了 *Canton Plants*。全文介紹了：1. 200 個廣東植物名稱；2. 植物的英文俗名、英文學名、廣東話漢字、廣東話拼音；3. 有些廣東植物沒有相對應的英文俗名，故留白，我們以「缺」字標示。廣東話拼音系統採用衛三畏（Samuel Wells Williams）制定的拼音系統，但沒有標聲調。

一、文獻價值

俗語說，民以食為天。植物中少不了蔬菜、水果、茶葉，可食用的農作物得以大量種植。廣東一直與外國有商貿往來，廣東人自然也常吃到外國的食物，甚至將外國植物的種子引進到廣東種植。

我們在香港大學找到《中國評論》1886 年電子版，裏面看到 *Canton Plants*。這篇文章是我們找到的第一篇外國人記錄廣東植物的文章，藉此可以瞭解到一百多年前的植物有些到現代仍然常見，有些則已經很少看到。這篇文章對研究廣東

No.	Vulgar Name.	Botanical Name.	Cantonese Name.	Pronunciation.
1	Garlic	Allium sativum, Linn.	百子蓮	Pák tsz lín
2		Agapanthus umbellatus, Herit.	蒜	Sün
3	Ground-nut	Arachis hypogaea, Linn.	花生	Fá sháng
4	Chinese gooseberry	Averrhoa carambola, Linn.	楊桃	Yéung t'ó
5	Arbor vitæ	Biota orientalis, Don.	扁栢	Pin pák
6	Paper-mulberry	Broussonetia papyrifera, Vent.	假楊梅	Ká yéung múi
7		Bryophyllum calycinum, Salisb	落地生根	Lok tí sháng kan
8	Chilli	Capsicum frutescens, Linn.	辣椒	Lát tsiu
9	Papaya	Carica papaya, Linn.	萬壽菓 or 木瓜	Mán shau kwo *or* muk kwá
10		Chloranthus inconspicuus, Linn.	雞爪蘭	Kai ch u lán
11	Coolie orange	*Citrus aurantium, Linn.*	橙	Ch'áng
12		Clerodendron squamatum, Vent.	龍船花	Lung shün fá
13		Clerodendron fragrans, Vent.	臭茉莉	Ch'au mút lí
14		Colocasia odora, Brongn.	痕芋頭	Han ú t'au
15	Coriander	Coriandrum sativum, Linn.	莞荽	Ün sui
16	Cucumber	Cucumis sativus, Linn.	黃瓜	Wong kwá
17		Eclipta alba, Hassk.	假蓮蓬	Ká lín p ung
18	Rose-apple	Eugenia jambos, Linn.	葡萄	P'ó t'ó
19	Rice-paper plant	Fatsia papyrifera, Benth. and Hook. fil.	通草	T'ung ts'ó
20	Fig	Ficus chlorocarpa, Benth.	無花菓	Mó fá kwo
21	"	Ficus hispida, Linn.	牛𡡉奶	Ngau ˊná ˏnín
22	"	Ficus stipulata, Thunb.	饅頭哏	Mán t'au ˏlong
23		Glycosmis pentaphylla, DC.	山桔	Shán kat
24		Hibiscus rosa-sinensis, Linn.	[大]紅花	[Tái] hung fá
25	Balsam	Impatiens balsamina, Linn.	燈盞花 or 鳳仙花	Tang chán fá *or* fung sin fá

植物學的貢獻非常大。

作者記錄 200 個廣東植物詞，有些具有觀賞價值，有些可以平常食用，有些帶點醫療效果。每種植物都有英文俗名、英文學名、廣東話漢字、廣東話拼音，以便讀者對照。

二、水果「睇真啲」

廣東有很多水果，營養豐富，吃法多元，可生吃水果，也可用水果來煲湯，例如：海底椰蘋果雪梨百合湯、木瓜雪耳南北杏玉竹豬展湯 。

文中記錄的水果舉例如下：

	英文俗名	英文學名	廣東話漢字	廣東話拼音
1.	Coolie orange	Citrus aurantium, Linn.	橙	Ch'áng
2.	Mango	Mangifera indica, Linn.	杧菓	Mong kwo
3.	Water-melon	Citrullus vulgaris, Schrad.	西瓜	Sai kwá
4.	Lichee	Nephelium litchi, Camb.	荔枝	Lai chi
5.	Lungan	Nephelium longana, Camb.	龍眼	Lung ngan

可以看到，Mango 當時寫作「杧菓」，現代則寫作「芒果」。另外，作者還記錄了楊桃、木瓜、蕃石榴、菩提子（現稱：葡提子／提子）、蕃荔枝（現稱：菠蘿蜜）、柿、枇杷、桃、無花果等。

三、瓜菜「睇真啲」

以下摘錄 150 年前瓜菜的名稱，現代仍然常見。

	英文俗名	英文學名	廣東話漢字	廣東話拼音
1.	Cucumber	Cucumis sativus, Linn.	黃瓜	Wong kwá
2.	缺	Momordica balsamina, Linn.	苦瓜	Fú kwá

	英文俗名	英文學名	廣東話漢字	廣東話拼音
3.	缺	Ipamoea retans, Poir.	蕹菜	Ung ts'oi
4.	Potato	Solanum tuberosum, Linn.	薯仔	Shü tsai
5.	Tomato	Lycopersicum esculentum, Mill.	蕃茄 or 金錢桔	Fán k'é *or* kam ts'in kat

Cucumber 和 Tomato 在外國常見常吃，當時廣東人稱「黃瓜」、「蕃茄／金錢桔」，現稱「青瓜」及「蕃茄」（而「金錢桔」在現代指另一種蔬果）。至於「苦瓜」和「蕹菜」的英文俗名則從「缺」，可能是外國人少吃或不吃這些瓜菜。

以前廣東人說夏天吃瓜、冬天吃菜最好，講究當季合時。到了現代，因為種植方法改良了，一年都可以買到不同的瓜菜。

此外，作者還記錄了蘿蔔、芋頭、花生、辣椒、紫蘇、毛荳、番薯、薑、茄、風栗、石栗等。其中，「石栗」多為印尼人所食用，主要是用來增加食物的濃度。

四、花草樹木「睇真啲」

以下摘錄花草樹木的名稱，現代同樣常見。

	英文俗名	英文學名	廣東話漢字	廣東話拼音
1.	Sun-flower	Helianthus annuus, Linn.	向日葵	Héung yat k'wai
2.	Mok-lee	Jasminum sambac, Linn.	茉莉花	Mút lí fá
3.	缺	Clerodendron fragrans, Vent.	[玉] 繡毬花	[Yuk] sau k'au fá
4.	缺	Chrysanthemum indicum, Linn.	菊花 [草]	Kuk fá [ts'ó]
5.	Rue	Ruta bracteosa, DC.	臭草	Ch'au ts'ó
6.	缺	Cyperus iria, Linn.	三方草	Sám fong ts'ó
7.	缺	Cordyline Jacquinii, Kth.	鐵樹	T'it shü
8.	Cotton-tree	Bombax malabaricum, Linn.	木棉	Muk mín
9.	缺	Aglaia odorata, Linn.	米仔蘭	Mai tsai lán
10.	Oleander	Nerium odorum, Sol.	夾竹桃	Káp chuk t'ó

以前廣東人煮綠豆沙時加上「臭草」，會令這道甜品更香，味道更好。「鐵樹」很少會開花，所以有句俗語說「鐵樹開花，富貴榮華」。「夾竹桃」很美，行山的時候好想摸一下，但是不可不知，這種花有毒，不能亂碰。至於「三方草」是甚麼呢？中醫用來理氣止痛，驅風除濕，主治小兒夜哭，風濕骨痛。

五、保健與食療「睇真啲」

廣東人很愛吃，民間有很多用植物製作的各款菜式、湯水、甜品、涼茶，不少都有保健功效。即使生病也有民間食療方法，讓身體康復。作者記錄的植物有些有保健與食療的功用，例如：

- 紅棗：有「緩和藥性」的作用，可以「補中益氣」。
- 薑：可以防感冒，消炎，預防血管阻塞，促進腸道蠕動等。
- 菊花：可以幫助減肥、美容。
- 蓮子：煮「白蓮子」加一點糖，可以止腹瀉。
- 芫茜：有清熱作用。

Enigmatic Parallelisms of the Canton Dialect

——19 世紀廣東話歇後語

ENIGMATIC PARALLELISMS OF THE CANTON DIALECT.

(*Continued from p. 46*).

II.—INGRATITUDE.

32. **班鳩鳥；冇情義.**
A turtle dove; without feelings of gratitude.
(The Chinese maintain that the turtle dove can never be tamed).
Usage.—1. Applied in a general sense to persons who are forgetful of kindness shown them.
2. In a special sense to men who know not how to return hospitality.

33. **太監食西瓜；冇涼心.**
The eunuch eating the melon; not cool to his taste.
Play on the words—**涼 良** cool and good.
Usage.—To be ungrateful.

34. **賣布佬；冇量心.**
A cloth seller; no measuring across the middle.
(When cloth is sold, the dimensions are taken at the edge of the piece.)
Play on the words—**量心 良心** 'measuring the middle' and 'good heart.'
Usage.—To be ungrateful; often said when bargains are made for work to be done, as for example:—
1. By customers of tradesmen when the

出版年份：1886–1888 年。

編譯者 1：Y. W. Pearce，生卒年不詳。英國倫敦傳道會（London Missionary Society）牧師。1881 年來廣東傳教，會說廣東話。除了傳教，喜歡研究廣東語言文化。著有多篇關於中國的文章。

編譯者 2：駱克（James Haldane Stewart Lockhart，1858–1937 年），英國駐華公務員。在香港做了 21 年高級公務員，1921 年退休。香港政府為紀念他的貢獻，把香港島一條街道命名為駱克道（Lockhart Road）。會說廣東話，喜歡研究漢學。著有《香港殖民地展拓界址報告書》，幾篇有關中國的文章在《中國評論》刊登。

本文採用 1886–1888 年版。兩位編譯者於 1886–1888 年在期刊《中國評論》用英文發表了幾篇有關廣東話歇後語的文章，題目是 *Enigmatic Parallelisms of the Canton Dialect*，中文直譯為「廣東話的神秘平行結構」，意即「廣東話的歇後語」。他們在文中提到：這種語言遊戲用隱晦精簡的語言描述作為第一句，而讓別人說出第二句，類似歇後語。幾篇文章合共 464 個歇後語，部分在現代仍然使用，有些修訂後亦可再作使用，有些則很少或不再使用。

一、文獻價值

英國倫敦傳道會牧師 Pearce 與香港政府公務員駱克認為廣東話的平行結構句子很有趣，一起收集後，在 1886–1888 年間幾次投稿發表於《中國評論》。

我們在香港大學找到 1886–1888 年在《中國評論》刊登的 *Enigmatic Parallelisms of the Canton Dialect*。這些資料記錄了 19 世紀的廣東話歇後語；因為附有英文翻譯，所以歐美人士也可以享受到廣東話語言遊戲的樂趣，這些資料也見證了 19 世紀中外文化交流的歷史。

不但廣東人覺得歇後語這種語言遊戲很好玩，連外國人都享受這種類似「猜謎」的樂趣。我們之前介紹的日本人的廣東話教材《日粵會話》（1923 年）中也記錄了一些廣東話歇後語。而 *Enigmatic Parallelisms of the Canton Dialect* 的出版年份是 1886–1888 年，比《日粵會話》還早了三十幾年。這是我們看到的第一本歐美人士搜集廣東話歇後語的記錄。

ENIGMATIC PARALLELISMS OF THE CANTON DIALECT.

(Continued from Vol. XVI, page 359.)

XXXI.—SAGACITY, EXPERTNESS, EXPERIENCE.

409. 觀音山頂睇大操；果然高見.

To see a grand review of the troops from the hill of the Goddess of Mercy; an elevated point of view.

(The hill of the Goddess of Mercy is the northern boundary of the city of Canton and lies between the great and little North Gates and is much resorted to by Chinese and foreigners. Close to the foot of the hill is the official residence of the Governor, and in a military parade ground attached to his yamen the most extensive and imposing reviews of the native troops are held. A spectator on the hill of the Goddess of Mercy is in the most favourable position for seeing the show.)

Play on two senses of the words: 高見 a lofty point of view; 高見 exalted wisdom.

Usage.—Of persons gifted with extraordinary foresight and wisdom.

410. 摩星嶺打千里鏡；省城至高見.

Looking through a telescope on the sky-high mountain; the highest point from which to view the city of Canton.

(The sky-high mountain referred to is the highest peak of the White Cloud hills, about four miles north-east of the city.)

Play on two senses of the words: 高見 the highest point of view; 高見 the most lofty wisdom.

Usage.—Of a person wise as Solomon.

411. 睇穿石；見㶶.

Seeing through a stone; seeing everything.

(A phrase said by some to be borrowed from the practice of geomancy. Competent professors of this art can see straight down through the various strata into the heart of a piece of ground and tell if the elements are combined suitably. But the phrase 'to see through a stone' is used commonly of experts in the jade stone trade. Some of these acquire in a short time large fortunes, and on their judgment, concerning a mass of

二、歇後語的歷史

「歇後語」在中國全國各地通行，它有點像謎語，也像是一種語言遊戲。第一次玩最有趣。它只有兩句話，聽了頭一句隱藏式的描述後，便要說出第二句（真正的意思）。

究竟歇後語在中國是從甚麼時候開始出現的呢？有資料顯示：先秦時期就已經出現了，如《戰國策・楚策四》:「亡羊補牢，未為遲也。」意思是，丟失了羊再去修補羊圈，還不算太晚。而廣東話中有關歇後語的書面記錄，可能是晚清時期的事了。

至於外國人最早記錄廣東話歇後語的資料，目前筆者看到的是 *Vocabulary of the Canton Dialect*（《廣東省土話字彙》）（1828 年）。本文介紹的 *Enigmatic Parallelisms of the Canton Dialect*，則在同一時期稍晚出現。為方便對照，我們也選了網上資源「粵典」於 2020 年登載的《140 句廣東話歇後語》，與前述兩份清末廣東話文獻的例子進行比較，看看經過了哪些發展變化。

	1828 年	1886-1888 年	2020 年
1.	牛皮燈籠 ——唔明白	牛皮燈籠 ——唔明	牛皮燈籠 ——點極唔明
2.	啞佬食黃蓮 ——肚裏苦	啞佬食黃蓮 ——肚內苦自己知	啞仔食黃蓮 ——有苦自己知

297. 牛皮燈籠；唔明.

A leather lantern; not bright.

Play on words: 明 bright as a lantern; 明 intelligent as a man.

Usage.—Of a person, dull and stupid; a simpleton, a blockhead.

Another form of the phrase is 黑漆皮燈籠, a lacquered leather lantern. The words, with never a bright or lucid moment 唔的多明, complete the parallelism.

以上兩句歇後語儘管相距已經差不多有兩百年，今天仍然在使用，且變化不大。為甚麼呢？我們認為是因為其具有通用性和普適性。第一句「牛皮燈籠」，不同年代總有比較笨的人存在，怎樣教他都不明白。第二句「啞仔食黃蓮」，不同年代也都有人受了委屈，只能藏在心裏，不足為外人道吧！

那麼，不同年代的歇後語有甚麼演變呢？下文將繼續介紹三種類型。

三、維持不變的歇後語

有些歇後語差不多有兩百年歷史，到現代仍然維持不變。大家試試以下的配對遊戲。

❶ 常見配對

前半句	後半句
1. 觀音兵	A. 吱吱喳喳
2. 開籠雀	B. 銀作怪
3. 有錢使得鬼推磨	C. 聽女人使喚

❷ 不常見配對

前半句	後半句
4. 黃腫腳	D. 冇的錯漏
5. 西瓜皮	E. 不消蹄
6. 密底算盤	F. 專𨈇人

第一組配對中，「觀音」是女菩薩化身，作為「菩薩」的兵則比喻男人聽女人使喚（配對 1—C）；「開籠雀」形容小鳥飛出鳥籠後高興得吱吱喳喳（配對 2—A）；而「有錢使得鬼推磨」當然是金銀的魔力啦（配對 3—B）。

第二組配對中，「黃腫腳」酸脹很難提起來，因「蹄」與「提」的廣東話同音，都讀 tai[4]，「不消蹄」也就諧音「不要提起來」，比喻不好的事，不必再提（配對 4—E）。「西瓜皮」一踩就滑倒，常被人拿來使壞，比喻暗中準備陷阱害人（配對 5—F）。以前做生意的人會把算盤底部密封，不讓人偷看，「密底算盤」比喻一個人精打細算，一點利益都不放過，真是「冇的錯漏」（配對 6—D）。

四、有所修訂的歇後語

這份文獻中記錄的歇後語，也有一些與現代使用的情況大同小異，只是經過了少許調整修訂，例如：

	1886-1888 年	2025 年
1.	共老婆打扇——妻涼咯	老公撥扇——妻涼（淒涼）
2.	貓喊老鼠——假慈悲	貓哭老鼠——假慈悲

在上述歇後語中，「共」的意思是「同」，「共老婆打扇」演變簡化成「老公撥扇」，後半句用了廣東話諧音，「妻涼」與「淒涼」同音，都讀 cai[1] loeng[4]。而「貓喊老鼠」的「喊」是廣東話口語，意即「哭」，現代微調了這一處字眼，屬於文白轉化。

五、現代很少使用的歇後語

這份文獻記錄了 464 個歇後語，除了前述兩種沿用情況外，其餘大部分是現代人比較少用或不用的了，例如：

	前半句	後半句
1.	無糖湯圓	心淡嘅
2.	豬肉點醋	肉酸
3.	近視後生買老眼鏡	是必唔合眼
4.	井底撐船	冇路行
5.	豬乸嚼螺殼	貪口爽

以上這些歇後語，對照前後兩句，確實意思明瞭。不過，不管是在網上，還是筆者周圍，大多都找不到或未曾聽過，或者是轉了其他說法。通過這份文獻的記錄，我們才得以「考古掘金」，不失為一種發現。

60 Chinese Nursery Rhymes——20 世紀初廣東兒歌

CHINESE NURSERY RHYMES

As a rule nursery rhymes in all countries are nothing *but rhymes*; if they have any meaning at all, it is very deeply hidden; yet one may learn from them something of child-life in that particular country, and the way in which children are amused, or amuse themselves.

I have therefore made a small collection of Chinese nursery rhymes—many of which have but very little meaning—with the hope that some insight into Chinese child-life may be obtained.

I take it that very few would attempt to translate many of our English nursery rhymes into any *other* language; e.g. 'Dickory, dickory dock!' and the like; and therefore my translation of this collection must not be severely criticised by Sinologues. It will be seen that I have made no attempt to construct anything in the shape of a corresponding rhyme; I have given merely the bare translation with notes where necessary.

ALFRED J. MAY,
M.R.A.S., F.E.I.S.

I.

[A ditty in general use by old and young as a lullaby. It also shews what use ditties may be put to. It further expresses a hope that one may live long.]

Of ditties it is good to learn a few,
When they are learned and one grows old and has no one to talk to,
One may murmur oneself to sleep with them.

第一。歌仔學埋三五隻。得來老大冇人同我講。唵的唵的瘫上床。

II.

[A ditty sung by very young children]

The cockerel's tail is large, (*a*)
I, a three year old, can learn ditties,
I need no father nor mother to teach me,
I myself am so smart that I can't help singing them.

第二。鷄公仔。尾婆娑。三歲孩兒學唱歌。唔使爹娘教導我。自己精乖冇奈何。

(*a*) i.e. full of fine feathers like a full grown fowl.

III.

[A ditty sung by mothers to their infants].

The cock crows again!
What does he say?
He tells me that grand-dad will live till he is 80 years old.(*a*)

第三。鷄又啼。啼乜野。啼我哋公公八十齊。

(*a*) This must not be taken literally; it means that whatever age the grandfather is, the hope is that he may live to be *very* old.

IV.

[A ditty ridiculing the aged, and shewing how easily they may be imposed upon].

The grand-uncle (*a*)
Blows up the fire with a tube.(*b*)
He buys a piece of sugar cane,
It is worm eaten.
He buys a cake,
It is full of holes.

第四。二叔公。吹火筒。買碌蔗。又生蟲。買個餅。又穿窿。

(*a*) A general term for any old man.
(*b*) A menial occupation.

出版年份：1901 年。

編譯者：Alfred J. May，生卒年不詳。曾在香港皇仁書院教書，通曉中英文。1903 年於皇仁校刊《黃龍報》用英文翻譯中文諺語。

本文採用 1901 年版。Alfred J. May 於 1901 年在期刊《中國評論》用英文發表 *Chinese Nursery Rhymes*。全文介紹了：1. 27 首廣東兒歌；2. 每首兒歌都有廣東話漢字、廣東話拼音（第 11 首、第 12 首）、英文翻譯。有些兒歌留存到現代，有些已經消失。我們還介紹了文章記錄的「急口令」（繞口令）。

一、文獻價值

編譯者 Alfred J. May 覺得每一個國家的兒歌都表現出兒童的天真，從中可以感受到兒童世界的奇妙。他在日常生活中聽到小孩兒唱廣東兒歌，覺得很有趣，便搜集了 27 首，並翻譯成英文及加注廣東話拼音，刊登在 1901 年的《中國評論》。

我們在香港大學找到《中國評論》1901 年電子版，裏面刊有 *Chinese Nursery Rhymes*。Alfred J. May 的這篇文章，比我們目前找到最早由中國人收集的廣東話兒歌文獻 —— 1928 年出版的《廣州兒歌甲集》，還要早 27 年。我們比較之後，發現兩者所收錄的兒歌基本一致，當然，也有一些差異，後文再細緻展開。

Alfred J. May 收集的兒歌，有不少用了押韻，例如押 ong 韻的有：「光」gwong^{1}、「粧」zong^{1}、「琅」long^{4}、「槓」gong^{3}、「床」cong^{4}。押韻會讓兒歌在音律上十分動聽。另外，他還用了「頂真」的修辭手法，將歌詞上一句結尾的詞，在下一句重複，讓大家感到緊緊相扣，達到聲音韻律流暢動聽的效果。筆者小時候唱過的許多兒歌，竟然跟一百多年前的一樣。這是一種集體回憶，感覺很溫馨。

二、孩童的安眠曲

想要孩子安靜入睡，輕唱安眠曲／搖籃曲是比較好的辦法。我們來對比一下 *Chinese Nursery Rhymes*（1901 年）和《廣州兒歌甲集》（1928 年）收錄的同一首兒歌：

	Chinese Nursery Rhymes **第二十三首**	**《廣州兒歌甲集》第三十七首**
第一段	唉、唉、唉！唉大䃭姑嫁秀才， 唔嫁秀才就嫁官； 嫁官又有官廳坐，秀才又有八人抬。抬到衙門狗又吠。入到官廳雞又啼。	愛、愛、愛！愛大乖姑嫁秀才， 唔嫁秀才又嫁官； 嫁官又有官廳坐，八人抬橋入衙門。入到衙門金狗吠，入到官廳雞又啼。

	Chinese Nursery Rhymes 第二十三首	《廣州兒歌甲集》第三十七首
第二段	狗仔出嚟駝鎖鍊。貓兒頭上戴金釵，金釵跌落井。摩倒個大燒餅。燒餅跌落塘。摩倒個大檳榔。檳榔跌落涌。摩倒隻大蝦公。蝦公跌落鑊。家兒仔趟嚟剝殼。剝得一筲箕零一大鑊。食完食剩請街坊。	上廳點火下廳光，照見新人擺嫁粧，十隻大船搬嫁粧，十隻戒指响鈴琅；金漆枕頭銀漆槓，縐紗蚊帳象牙床。

以上這首兒歌的兩個版本，在比較後可以看出：

第一段歌詞大同小異，都是對女孩的祝福。希望她長大後可以嫁個秀才或官員，十分幸福。

第二段在 1901 年版本中比較長，好像一個幽默故事。「貓兒頭上戴金釵，金釵跌落井」等事件接連發生，令人覺得很有趣。兒歌中運用了「頂真」的修辭手法，例如：「摩倒個大燒餅。燒餅跌落塘。摩倒個大檳榔。檳榔跌落涌。摩倒隻大蝦公。蝦公跌落鑊」，上一句結尾的詞在下一句重複，唱起來十分緊湊。又用了押韻，例如：「井」$zeng^2$、「餅」$beng^2$ 都是押 eng 韻；「塘」$tong^4$、「榔」$long^4$ 都是押 ong 韻；「鑊」wok^6、「殼」hok^3 都是押 ok 韻。整體唱起來音律協調。

第二段在 1928 年版本中比較短，歌詞仍是延續第一段祝福孩子將來嫁得好，嫁妝多到用十隻大船來載，她的十個手指都戴上金銀珠寶。每句都押 ong 韻，例如：「光」$gwong^1$、「粧」$zong^1$、「琅」$long^4$、「槓」$gong^3$、「床」$cong^4$，十分動聽。

三、孩童的真實生活

當孩子長大一點則可以唱遊，一邊唱兒歌，一邊活動身體，還可以學習常用詞和做運動。例如：《打掌仔》的歌詞反映出孩子真實的生活和行為。因為原文最後三句比較粗俗，所以此處省略。

Chinese Nursery Rhymes 第二十二首	《廣州兒歌甲集》第三十五首
打掌仔，買鹹魚，鹹魚淡，買烏欖，烏欖甜，買個添，人唔俾，泵地擸番錢，別處買，浸牙甜，甜甩牙，擸啖茶，茶又凍……	打掌仔，買鹹魚，鹹魚淡，買烏欖，烏欖甜，買個添，人唔被，頓地擸番錢，別處買，浸牙甜，甜甩牙，擸啖茶，茶又凍……

以上兩個版本差不多一樣，從歌詞可以看到：

1. 一百多年前的日常食物有鹹魚、烏欖。

2. 歌詞反映出孩子喜歡吃甜食，而且很天真。當他想再買，而別人不賣給他時，會氣得直跺腳，將錢拿回來，到別處買。買後又吃到「甜甩牙，擸啖茶」，正是孩子的寫照。

3. 運用了「頂真」修辭手法，例如：「買鹹魚，鹹魚淡，買烏欖，烏欖甜」。又用了押韻，例如：「甜」tim^4、「添」tim^1 都是押 im 韻。手法和效果同前文兒歌。

四、急口令「睇真啲」

小孩子也喜歡用「急口令」（繞口令）來比賽，看誰說得快，看誰發音準。比如：「黐綫蜘蛛黐住條黐綫絲」。Alfred J. May 在文中也記錄了當時的「急口令」，比如 *Chinese Nursery Rhymes* 第十二首：

廣東話漢字	人哋話，東門東街董地洞裏個東瓜大。我話西門西街西地個西瓜，大過東門東街董地洞裏個東瓜的的咁多。
廣東話拼音	Yan ti wa, Tung mun, Tung kai, Tung ti, tung lui, ko tung-kwa tái, Ngo wa, Sai mun, Sai kai, Sai ti, ko sai-kwa tai kwo Tung mun, Tung kai, Tung ti, tung lui, ko tung-kwa, Ti-ti kom to.
英文翻譯	Some say that the pumpkins in the cave on Mr. Tung's property which is in East Street, near the Eastern Gate are large: I say, that the water-melons in the Western Ward, West Street, near the Western Gate, are a little larger than the pumpkins in the cave on Mr. Tung's property in East Street, near the Eastern Gate.

「哋」的拼音是「ti」，可見 19 世紀「哋」的韻母是「i」，「i」演變到現代已經變成「ei」，本書前文論述也可呼應。

五、結婚「睇真啲」

男大當婚，女大當嫁。前文那首兒歌是對孩子婚嫁的祝福，但現實也有婚姻不合的現象。以下兩首兒歌講述了婚後的委屈、不滿。

◉ *Chinese Nursery Rhymes* 第六首

天呀天，娶個老婆噲食煙。

一夜起身十二徧。打工唔夠買煙錢。

◉ *Chinese Nursery Rhymes* 第八首

鷄公仔，尾彎彎。做人新婦甚艱難。

早早起身都話晏。眼淚濡濡入下間……。

以上第六首的內容反映那個「老公」真可憐，娶了個「老婆」不但抽煙，而且晚上都不睡覺。他去打工賺來的錢都不夠給「老婆」花。但是這種情況的記錄比較少。像第八首描述出嫁後的新婦受委屈的記錄比較多。女子只能在「下間」（現稱：廚房）偷哭。看來，婚姻問題古今都有。

策劃編輯　鄭海檳

責任編輯　郭　楊

書籍設計　a_kun

書籍排版　楊　錄

書　　名　我手寫我口：中外人士廣東話書寫（1535–1935）

Written Cantonese by Local and Overseas Writers (1535-1935)

編　　著　李燕萍　片岡 新

出　　版　三聯書店（香港）有限公司

香港北角英皇道 499 號北角工業大廈 20 樓

Joint Publishing (H.K.) Co., Ltd.

20/F., North Point Industrial Building,

499 King's Road, North Point, Hong Kong

香港發行　香港聯合書刊物流有限公司

香港新界荃灣德士古道 220-248 號 16 樓

印　　刷　美雅印刷製本有限公司

香港九龍觀塘榮業街 6 號 4 樓 A 室

版　　次　2025 年 7 月香港第 1 版第 1 次印刷

規　　格　16 開（170mm × 240 mm）344 面

國際書號　ISBN 978-962-04-5753-1

Written Cantonese
by Local and Overseas Writers